Nachdem Rebecca entdeck hat, dass ihr Mann sie betrügt, verlässt sie überstürzt Deutschland. In Irland mietet sie ein Cottage direkt am Meer. Von dort aus macht sie Ausflüge zu dem Leuchtturm und den Klosterruinen von Skellig Michael – einer winzigen Insel vor der zerklüfteten Küste, wo es vermeintlich spukt. Im Mittelalter soll die junge Aislin vor ihren Feinden auf die Insel geflohen sein und sich in einen Mönch verliebt haben, wurde dann jedoch in einer Sturmnacht über die Klippen gestoßen. Seit damals treibt ihr Geist sein Unwesen, so heißt es – was im 19. Jahrhundert die bekannte Schriftstellerin Emma Rothburn auf die Insel lockte. Doch in einer stürmischen Nacht ist auch sie spurlos verschwunden. Ereilte sie etwa ein ähnliches Schicksal wie einst Aislin?
Rebecca begibt sich auf Spurensuche. Immer, wenn sie der Wahrheit nahe scheint, stößt sie auf ein neues Rätsel. Erst mit Hilfe des schweigsamen Ian macht sie in der Nähe des Leuchtturms eine beunruhigende Entdeckung.

Sophia Cronberg wurde 1975 in Linz geboren. Seit einigen Jahren ist sie hauptberuflich Schriftstellerin. Sie spielt gern Klavier und liebt das Reisen. Sophia Cronberg ist Mutter einer kleinen Tochter und lebt abwechselnd in Frankfurt am Main und in Österreich. Bei FISCHER Taschenbuch sind von ihr »Das Efeuhaus«, »Die Lilieninsel« und »Der Palazzo am See« erschienen.

Weitere Informationen finden Sie auf www.fischerverlage.de

SOPHIA CRONBERG

DAS LEUCHTEN ÜBER DEN KLIPPEN

Roman

FISCHER Taschenbuch

Erschienen bei FISCHER Taschenbuch
Frankfurt am Main, Dezember 2017

Druck und Bindung: CPI books GmbH, Leck
Printed in Germany
ISBN 978-3-596-03688-2

Es ist ein unglaublicher, unmöglicher, verrückter Ort.
Ich sage euch, dieser Ort gehört zu keiner Welt,
in der ich und Sie leben und arbeiten.
Er ist Teil unserer Traumwelt.

Bernard Shaw über die Insel Skellig Michael

Prolog

Skellig Michael, 1116

Der Mönch schwitzte. Er konnte sich nicht erinnern, dass ihm auf dieser winzigen, sturmumtosten Felseninsel inmitten des Meeres jemals so heiß geworden war. Er konnte sich auch nicht erinnern, jemals so geschnauft zu haben. Manchmal hatte er Steine geschleppt, um die Stufen der Treppen auszubessern, doch nie zuvor hatte er versucht, mit einem Spaten ein Loch zu graben. Immer wieder stieß er auf etwas Hartes. Die vermeintlich saftig braune Erde war so dünn wie die Haut eines Mädchens – er konnte kaum daran kratzen, ehe er nicht schon wieder Stein fühlte. Und wenn er noch so verbissen schuftete – am Ende würde er wohl eher den Spaten ruiniert als ein Loch gegraben haben.

Aufhören konnte er dennoch nicht. Er musste etwas tun ... konnte nicht einfach stillsitzen ... darüber nachdenken, was er getan hatte ... oder gar beten ... nein, beten konnte er am allerwenigsten! Er durfte es nicht!

Nirgendwo, so hieß es, wäre man dem Himmel so nah wie auf dieser Insel, deren zwei Gipfel geradewegs in das unendliche Blau wiesen. Wer lange genug hinaufstarrte und lange keiner menschlichen Stimme mehr gelauscht hatte, könnte die Engel dahinter singen hören. Aber der Mönch blickte nicht hoch in den Himmel, sondern auf den Boden vor sich, vernahm keine singenden Engel, sondern keckernde Dämonen, fühlte sich nicht im Himmel, sondern geradewegs in der Hölle gelandet.

Denn ja, so musste Satans Reich beschaffen sein: Es glich keinem Meer aus Feuer, in dem die armen Sünder gequält wurden, sondern war wie diese steinerne Wüste, in der nichts mehr lebte, nichts mehr atmete ...

Allerdings: Er selbst atmete noch, keuchte regelrecht, während der Mann, der nicht weit von ihm entfernt bäuchlings auf dem Boden lag, für immer verstummt war. Er selbst hatte ihn erschlagen, konnte ihm mit seinen verschwitzten Händen aber kein Grab graben, sich nun noch nicht mal mehr auf den Beinen halten. Erst ließ er den Spaten fallen, dann sank er auf die Knie. Stundenlang hatte er früher in gleicher Position ausgeharrt, um Gott anzurufen und ein Heiliger zu werden. Doch von jetzt an würde er nie etwas anderes sein als ein Mörder, und dass niemand von seiner Tat wusste, machte es nicht besser, im Gegenteil: Welche Erleichterung wäre es, wenn nicht nur er selbst sich dieser Tat anklagen müsste, sondern ein anderer es täte. Aber der Wind säuselte nur, anstatt zu heulen, die Wellen tanzten, anstatt mit ihren weißen Fäusten die Klippen zu prügeln. Selbst die Möwen, die ruhelos den Himmel durchpflügten, schwiegen, so dass nur das Echo des letzten Schreis zu hören war, den der Tote ausgestoßen hatte – und seine eigenen Gedanken.

Du muss dich entscheiden ... Du hast nicht mehr viel Zeit ... Heb den Spaten auf und stoße ihn weiterhin sinnlos auf Stein ... Oder lebe weiter, was vielleicht nicht minder sinnlos ist, aber die einzige Möglichkeit, um für deine Schuld zu büßen.

Wie erstarrt lauschte er seinen Gedanken, bückte sich dann unvermittelt, allerdings nicht nach dem Spaten, sondern um den Toten mit ein paar der rötlich-braunen Steine, die hier überall lagen, zu bedecken. Ob diese die Vögel davon abhalten würden, sich am Leichnam gütlich zu tun, wusste er nicht. Er achtete auch nicht darauf, ob die Hände des Toten auf der Brust verschränkt waren und dass der

Kopf Richtung Westen und die Beine Richtung Osten zeigten.

Hauptsache, die fahle Haut war nicht mehr zu sehen, nicht die schlaffen Glieder, nicht der leere Blick. Und Hauptsache, die Seele fand so selbstverständlich ihren Weg ins Jenseits, wie ihn die Sonne vom Morgen bis zum Abend ging.

Nicht dass von dieser Sonne viel zu sehen oder zu spüren war. Als der Mönch den Blick hob, wurde er nicht von ihr geblendet, sondern sah stattdessen etwas Dunkles über den Himmel ziehen – einen Eissturmvogel, der Vorbote des Winters. Für gewöhnlich erschreckte ihn sein Anblick ebenso wie der von Krähen oder Raben, denen man nachsagte, Unglück zu bringen. Heute aber war etwas zu Schlimmes geschehen, um den Winter zu fürchten. Heute war ihm heiß wie nie, er schwitzte wie nie.

Erster Teil

Rónán und Aislinn

1

Rebecca starrte auf den Felsen, der spitz aus dem dunklen, schaumgekrönten Wasser ragte. Die winzige Insel glich einer riesigen Haifischflosse. Oder nein, eigentlich dem stolz geblähten Segel eines majestätischen Schiffes – oder noch mehr einer Pyramide, wenngleich diese nicht von Menschenhand gemacht worden war, sondern von Mächten kündete, die irgendwo zwischen Himmel und Meer wohnten und das schroffe Eiland aus den dunklen Fluten hatten erstehen lassen.

Auch an die Spitze einer gotischen Kathedrale ließ die Insel denken, wies doch auch diese in die blauen Weiten des Himmels, hinter denen etwas wohnte, was stärker, größer und ewiger als der Mensch war.

»Sie können gerne einen Ausflug nach Skellig Michael machen. So heißt diese winzige Insel vor der irischen Westküste.«

»Wie bitte?«, entfuhr es Rebecca. Sie fand zurück ins Hier und Jetzt und löste den Blick von der Fotografie, die hinter der Rezeption hing.

»Ja«, sagte die Dame, die sie im Bed and Breakfast in Empfang genommen hatte, »es werden täglich Bootstouren zur Insel angeboten. Natürlich sind diese wetterabhängig – man muss am Morgen vor der Abfahrt anrufen und nachfragen, ob sie auch wirklich stattfinden. Ich kann das gerne für Sie arrangieren. Mein Bruder hat ein Bootsunternehmen, und ich begleite ihn oft. Die Fahrgäste wollen schließlich ein wenig betreut werden, wissen Sie, ich mache Tee und habe sicherheitshalber warme Kleidung mit. Man unterschätzt häufig den Wind, und an Tabletten gegen die

Übelkeit denken viele erst recht nicht. Manch einer hat das Boot schon mit der festen Überzeugung bestiegen, ein echter Seebär zu sein, um bei der ersten Welle mit grünem Gesicht über der Reling zu hängen ... Ach meine Liebe, Sie werden ja ganz blass. Ich wollte Sie gewiss nicht erschrecken. Wie gesagt, es gibt Tabletten gegen die Seekrankheit und ...«

Rebecca war in der Tat schwindlig geworden, aber das lag weniger daran, dass sie sich eine Bootsfahrt auf dem offenen Meer ausmalte, als an der langen Reise, die sie hinter sich hatte.

»Mrs Donovan«, sagte sie bestimmt, ehe die andere zu einem weiteren Monolog ausholen konnte, »Sie haben also ein Zimmer frei?«

»Sagen Sie Sheila zu mir. Und ja, ich kann Ihnen ein sehr schönes Zimmer anbieten. Es liegt zwar auf der Rückseite – das heißt, Sie sehen nur auf die Brücke, nicht Richtung Skellig Michael –, aber um den Ausblick zu genießen, können Sie jederzeit in den Salon kommen. Dort gibt es auch das Frühstück, den Nachmittagstee und ...«

»Und für wie viele Nächte könnte ich das Zimmer haben?«

Sheila schwieg ausnahmsweise, als sie ihren Kalender studierte. Sämtliche Notizen hatte sie mit einem ziemlich stumpfen Bleistift eingetragen, weit und breit war kein Computer zu sehen. So tief, wie sie sich über die Seite des Kalenders beugte, hingen ihr etliche Strähnen des kinnlangen, auffällig rot gefärbten Haares ins Gesicht, aber sie strich sie nicht zurück. »Sie können das Zimmer für drei Nächte haben, danach bin ich leider ausgebucht.«

Sheila hob den Kopf und warf einen Blick auf Rebeccas Tasche, an die diese sich regelrecht festklammerte. Sie war nicht sehr groß, und Rebecca konnte sich auch nicht erinnern, was genau sie in der Eile eingepackt hatte.

»Das genügt doch, oder?«, fragte Sheila. »Die meisten Gäste bleiben nicht länger hier auf Valentia Island. Sie fahren einmal rund um die Insel und machen einen Ausflug nach Skellig Michael. Natürlich ist die Enttäuschung immer groß, wenn das Wetter mal nicht mitspielt. Aber es gibt auch noch das Skellig Experience Center, ein ganz tolles Museum gleich neben der Brücke. Es ist Ihnen sicher aufgefallen, als Sie hergekommen sind, es sieht ein wenig aus wie ein Bunker, wenn Sie mich fragen. Dort sind die Mönchszellen nachgebaut worden, um ...«

»Mönchszellen?«

Rebecca starrte wieder auf das Foto von der Felseninsel, und Sheila folgte ihrem Blick.

»Kaum vorstellbar, dass auf diesem schroffen Eiland je Menschen gelebt haben, nicht wahr? Aber ja, Skellig Michael war im Mittelalter bewohnt. Zwölf Mönche und ein Abt lebten dort. Damals gab es ja noch keine motorisierten Boote, sie sind mit ihren Schiffen einen ganzen Tag dorthin unterwegs gewesen. Und wie hart das Leben gewesen sein muss! Auf der Insel konnte man ja nicht sonderlich viel anbauen, vielleicht ein bisschen Gemüse und paar Kräuter. Ansonsten ernährten sich die Mönche von Vögeln und deren Eiern, und natürlich von Fischen, aber richtig satt sind sie wohl nicht geworden. Auch die Leuchtturmfamilien, die im 19. Jahrhundert auf Skellig Michael ...«

Die Tasche fühlte sich plötzlich sehr schwer an. »Drei Nächte genügen fürs Erste«, fiel Rebecca Sheila ins Wort.

»Ein Cottage vermiete ich übrigens auch, aber das müsste ich erst mal gründlich saubermachen. Schauen Sie sich das Zimmer an. Wie gesagt, es hat keinen Meerblick, aber die Brücke ist gut zu sehen.«

Obwohl Rebecca gerade selbst über die Brücke gefahren war, die Valentia Island mit dem irischen Festland oder genauer gesagt dem County Kerry verband, vermeinte sie zum ersten Mal davon zu hören. Plötzlich fühlte sie sich so verloren, dass sich auch keine Zweifel geregt hätten, hätte Sheila eine Bootsfahrt über den Lake Michigan vorgeschlagen.

»Sie sagen mir doch Bescheid.«

»Bitte?«

»Nun, falls ich für Sie einen Ausflug nach Skellig Michael arrangieren soll.«

»Ach so, ja.«

Rebecca nahm den Schlüssel an sich und warf einen letzten Blick auf das Foto. Nun las sie auch das Zitat von Bernard Shaw, das darunter stand. »Skellig Michael ist Teil unserer Traumwelt.«

Nun ja, sie konnte sich nicht vorstellen, dass irgendjemand davon träumte, freiwillig auf dieser Insel zu leben wie einst die Mönche. Sie selbst wiederum hatte zwar jahrelang von einer Reise nach Irland geträumt, aber dass sie diese nun angetreten hatte, lag daran, dass sich ihr Leben in einen Albtraum verwandelt hatte. Und als sie wie betäubt die Stufen hochstieg und ihre Schritte von einem weichen, roten Teppich gedämpft wurden, hatte sie nicht das Gefühl, dass sie bald daraus erwachen würde.

An dem Schlüssel hing eine rote Quaste, von der sich etliche Fäden lösten. Mehrmals verfehlte Rebecca das Schlüsselloch. Kalter Schweiß brach ihr aus und erinnerte sie daran, dass sie kaum geschlafen hatte. Als sie endlich doch die Türe aufsperren konnte, eilte sie sofort zum Bett und ließ sich mitsamt ihren Schuhen darauf fallen. Eine Weile blieb sie mit geschlossenen Augen liegen, ehe sie sich umsah. Das Zimmer war nicht sehr groß, aber gemütlich. Der Teppichboden war – anders als im Gang und Treppenhaus – weiß, aber genauso flauschig und dick. Zwischen dem King-Size-Bett und dem Fenster war immerhin Platz genug für einen Lehnstuhl. An dem Polster, der dort lag, befanden sich ebenfalls etliche Quasten, diese allerdings in Mintgrün. Den gleichen Farbton hatten die Blümchen auf den Vorhängen und die Vögel auf den beiden Teetassen, die – neben einem Wasserkocher und einem Holzkästchen, das mit löslichem Kaffee und Teepackungen bestückt war – auf einem kleinen Tischchen standen.

Rebecca erhob sich, ignorierte ihre Kopfschmerzen und füllte den Wasserkocher im Bad mit Wasser. Das Bad war ebenfalls klein, aber sauber und modern. In der Badewanne konnte man gerade so sitzen, aber im Moment konnte sie sich trotz ihres verschwitzten Körpers ohnehin nicht aufraffen, auch nur zu duschen, geschweige denn ein Vollbad zu nehmen. Sobald sie sich einen Kaffee zubereitet hatte, starrte sie mit der Tasse in der Hand zum Fenster hinaus, sah aber nichts von der Brücke, die Valentia Island mit dem Festland verband, sondern nur Nebelschwaden.

Schon beim ersten Schluck verbrannte sie sich die Zunge, aber das hielt sie nicht davon ab, den Kaffee zügig auszutrinken, und danach schien ihr Kopf nicht länger in Watte gepackt zu sein. Dennoch fehlte ihr die Energie, ihre Tasche auszupacken und zu prüfen, ob sie wirklich alles Nötige eingepackt hatte. Sie zog lediglich ihr Smartphone aus der Handtasche, schaltete es ein und stellte fest, dass es nur noch zu dreizehn Prozent geladen war. Und sie hatte zwar ihr Ladekabel mitgenommen, jedoch keinen Adapter für die Steckdose.

Mist, Mist, Mist.

Aber nun gut, als sie heute Morgen das Einfamilienhaus im Taunus verlassen hatte und mit dem Taxi zum Frankfurter Flughafen gefahren war, hatte sie nicht gewusst, wohin es sie verschlagen würde. Das hatte sie allein dem Zufall überlassen.

Ob Sheila vielleicht einen Adapter hatte? Ehe sie sich aufraffen konnte, nach unten zu gehen und zu fragen, vibrierte das Smartphone. Eine SMS ... Bestimmt schrieb Nils ihr ... Vielleicht war er schon zu Hause und hatte gemerkt, dass sie nicht da war. Der Text verschwamm vor ihren Augen, doch als sie ihn endlich entziffern konnte, stellte sie fest, dass es nicht Nils war, sondern ihr Mobilfunkanbieter, der die Kosten für einen Daily oder Weekly Pass fürs Internet auflistete.

Rebecca ließ sich auf die Kissen fallen und tippte eine Nummer ein.

Kein Anschluss unter dieser Rufnummer.

Richtig, sie hatte vergessen, die Schweizer Vorwahl einzugeben. Bevor Johanna Richtung Genf aufgebrochen war, hatte Nils einen Vertrag mit einer Schweizer Telefongesellschaft abgeschlossen, weil dann die Anrufe billiger wären.

Schon verrückt. Das Schweizer Eliteinternat, das Johanna seit einigen Wochen besuchte, kostete monatlich so viel wie eine großzügige Mietwohnung in Falkenstein im Taunus – eine der teuersten Gegenden Deutschlands –, aber bei solchen Details legte Nils Wert auf Sparsamkeit.

Es klingelte sechsmal, doch als Rebecca schon auflegen wollte, ertönte etwas unwirsch: »Ja? Was gibt's?«

»Schatz, ich bin's ... Mama ...«

Anstelle einer Antwort vernahm Rebecca nur ein Rauschen. Sie erhob sich schnell, trat zum Fenster. »Johanna?«

»Mir geht's gut, Mama, wirklich, du musst nicht jeden Tag anrufen.« Obwohl sie das Gesicht ihrer Tochter in diesem Augenblick nicht sehen konnte, war Rebecca überzeugt, dass sie gerade entnervt die Augen verdrehte – wie so oft seit jenem Tag, da sie beschlossen hatte, kein Kind mehr zu sein, sondern erwachsen. Und genauso wollte sie auch behandelt werden.

»Ich wollte doch nur sicher sein …«, setzte Rebecca an.

»Ich habe einen Platz in der Theater-AG bekommen, stell dir vor!« Jetzt funkelten bestimmt Johannas dunkle Augen, die sie von ihr hatte. »Und mit dem Französisch klappt's schon ganz gut … In meine Klasse geht ein Mädchen, das aus Monaco kommt. Sie spricht vier Sprachen perfekt, ihr Vater ist irgend so ein hohes Tier in der Formel 1.«

»Das freut mich«, sagte Rebecca, obwohl ihre Stimme etwas gepresst klang.

Sie dachte an ihren Streit mit Nils, als Johanna zum ersten Mal ihren Wunsch geäußert hatte, ihrer besten Freundin aufs Eliteinternat zu folgen.

Was, wenn sie dort zum Snob wird?, hatte Rebecca zu bedenken gegeben. Wenn sie ständig mit diesen zickigen Millionärsgören zusammen ist und irgendwann genauso wird wie diese?

Doch Nils hatte gelassen geantwortet: Was, wenn das ihre große Chance ist, die ihr die ganze Welt eröffnet, und du ihr die Chance verbaust, weil du einfach nicht loslassen kannst?

Rebecca hatte nachgegeben und sagte sich seitdem jeden Tag wie ein Mantra vor: *Nicht klammern, nicht klammern, nicht klammern.* Auch jetzt hatte sie sich so weit im Griff, um zu murmeln: »Ich will dich nicht weiter stören, irgendwann erzählst du mir ausführlich davon, mach's gut, Schatz.«

Doch kaum hatte sie aufgelegt, schossen ihr die Tränen in die Augen. Das Zimmer, das ihr eben noch so gemütlich erschienen war, wurde ihr schlagartig zu eng. Sie schob ungestüm die geblümten Vorhänge zur Seite und öffnete das

Fenster – zumindest versuchte sie es. Leider ließ es sich nur kippen. Wie eine Ertrinkende presste sie ihr Gesicht in den schmalen Spalt, atmete tief ein, glaubte, wie von weither Sheilas Stimme zu hören, die offenbar gerade ankommende Gäste begrüßte. Beinahe überhörte sie, dass eine neuerliche SMS eintrudelte.

Diese kam von Nils.

Er weiß es … Er weiß es … Er weiß, dass ich es herausgefunden habe … dass ich deswegen abgehauen bin …

Doch als sie die Nachricht öffnete, las sie nur: *Hast du schon meine Hemden abgeholt? Ich brauche morgen das hellblaue.*

Wenn ihre Finger nicht so gezittert hätten, hätte sie sofort geantwortet. Und wenn sie das hellblaue Hemd in den Händen gehalten hätte, hätte sie es zerschnitten.

Davon war sie zumindest für wenige Augenblicke überzeugt, ehe sie sich eingestand, dass sie ihn noch nicht einmal per SMS mit ihren Vorwürfen konfrontieren konnte, geschweige denn von Angesicht zu Angesicht. Insgeheim war sie sogar erleichtert, dass er ihre Flucht noch nicht einmal bemerkt hatte.

Allerdings war es einer anderen nicht entgangen, wie eine weitere Textnachricht verriet. Diese stammte von ihrer Freundin und Nachbarin Charlotte, mit der sie heute zum Pilates verabredet gewesen war. Rebecca war jedenfalls davon überzeugt, dass es sich um Pilates handelte, während Charlotte die Sporteinheiten als Mischung aus Yoga, Kickboxen und Ballett bezeichnete. Rebecca rieb sich den verspannten Nacken. Zumindest ein Gutes hatte ihre Flucht – sie ersparte sich diese mühsamen Verrenkungen.

Das Smartphone war noch zu neun Prozent geladen, als sie Charlottes Nummer wählte. Ehe sie auch nur den Mund aufmachen konnte, wurde sie von einer Fülle an Vorwürfen überschüttet. »Kannst du mir nicht wenigstens rechtzeitig Bescheid sagen, wenn du verhindert bist? Ich habe EWIG auf dich gewartet, bin eine GANZE Viertelstunde zu spät gekommen. Die anderen haben sich bereits aufgewärmt, weißt du, wie komisch die ersten Übungen bei mir aussahen? Und warum kannst du nicht wenigstens an dein Handy gehen? Was hast du denn Wichtiges zu tun, Johanna ist doch jetzt im Internat. Ich hingegen muss mir einen freien Vormittag mühsam freischaufeln. Du solltest das doch noch wissen, wie das mit kleinen Kindern so ist ... wobei du ja nur eines hattest. Mit zweien ist es manchmal die HÖLLE, das sage ich dir.«

Rebecca ließ das Smartphone sinken, um sich wenigstens den Rest des Lamentos zu ersparen.

Ja, ja, dachte sie, ich weiß, ich weiß. Du bist die gestresste Kleinkindmutter, während ich den ganzen Tag auf der faulen Haut liege. Das Einzige, worum ich mich jetzt noch kümmern muss, sind blaue Hemden. Und nicht einmal das bringe ich auf die Reihe.

Ferdinand und Gustav, Charlottes Söhne, waren eins und drei. Jedes Mal, wenn ihre Namen fielen, spottete Nils, ob Charlotte ihre Zugehörigkeit zum Bildungsbürgertum nicht mit etwas weniger antiquierten Namen unter Beweis stellen hätte können. »Werden irgendwann auch wieder Namen wie Gernot und Eberhard gebräuchlich?«, pflegte er zu fragen.

Charlotte selbst fand die Namen ihrer Jungs »hip«. Für eine Bildungsbürgerin hielt sie sich im Übrigen nicht, eher für eine Frau, die das Muttersein neu erfinden wollte. Ihr Erziehungsstil war, gelinde gesagt, etwas widersprüchlich. Einerseits legte sie viel Wert auf Tischmanieren – und das in einem Alter, da Kinder vorzugsweise Bananenbrei in der ganzen Wohnung verteilen –, andererseits brach sie, wie sie behauptete, ganz bewusst mit Konventionen, indem sie Gustav zum Ballett anmeldete (und ja, es war wirklich klassisches Ballett, keine Mischung aus Pilates, Yoga, Kickboxen oder Sonstigem). Jeden Nachmittag leistete sie sich ein Kindermädchen, aber eine Putzfrau, so erklärte sie, käme ihr nicht ins Haus. Stattdessen besaß sie einen sündhaft teuren automatischen Staubsauger, der in ihren Augen superpraktisch war, in denen von Nils hingegen nutzlos, denn »in den Ecken muss sie ja doch selber nachputzen«.

Charlotte allerdings, nach eigenen Aussagen ein »Freigeist«, waren die Ecken egal. Dort ließ sie gerne Spinnweben wuchern, und sie erschlug eigenhändig Fliegen, um ihre Hausspinne damit zu füttern. Diese hatte sie – zu Johannas großer Begeisterung – Thekla-Thusnelda genannt. Thekla, weil auch die Spinne in *Biene Maja* so hieß, und Thusnelda, weil das in Charlottes Augen ein typischer Spinnenname war.

Charlottes schrille Stimme riss Rebecca aus den Erinnerungen. »Also, was ist los mit dir?«

Rebecca atmete tief durch. Sie schloss das Fenster wieder, als gälte es, ein Geheimnis zu hüten, obwohl Sheila sicherlich ohnehin kein Deutsch verstand.

»Nils betrügt mich«, sagte sie schließlich leise.

Eine Weile herrschte am anderen Ende der Leitung Stille. »Ach du Scheiße, bist du sicher?«

»Absolut.«

»Aber wie ...«

»Wie ich es herausgefunden habe?«

Nun war es Rebecca, die schwieg, und entgegen ihrer Gewohnheiten bohrte Charlotte ausnahmsweise nicht nach. Wahrscheinlich konnte sie sich all die unschönen Details denken: Lippenstiftspuren am Hemdkragen ... der Geruch von fremdem Parfüm am Smoking ... Schnüffeln im E-Mail-

Postfach. Nils benutzt zwei Passwörter. Das für die Bank war schrecklich kompliziert, da es genaue Vorschriften gab, aus wie vielen Buchstaben, Zahlen und Sonderzeichen es bestehen musste, aber für seine privaten E-Mails verwendete er seit Jahren schlichtweg »Johanna«.

Wie einfallsreich.

Rebecca ging ins Bad und setzte sich auf den Klodeckel. Sie hatte das Gefühl, nur weitersprechen zu können, wenn sie in einem möglichst kleinen Raum saß – vielleicht, weil dann auch der Schmerz, der Schock, die Enttäuschung keinen Platz fanden. Vorerst sagte sie allerdings gar nichts. Das erste Geräusch nach gefühlten Ewigkeiten war das Vibrieren des Smartphones, das signalisierte, dass der Akku bald endgültig leer war.

»Du musst jetzt einen kühlen Kopf bewahren«, sagte Charlotte schließlich und versuchte frohgemut zu klingen. »Lass dich nur ja nicht von Emotionen hinreißen.«

»Ich dachte, Emotionen nicht rauszulassen wäre ungesund, weil man sich dann Krebs oder Depressionen oder beides holt.«

»Na ja, bei mir kannst du dich gerne auskotzen. Aber ihm gegenüber musst du Haltung bewahren.«

Rebecca war nicht nach Kotzen, sondern nach Schlafen zumute. »Ich habe ja in gewisser Weise schon Übung«, murmelte sie. »Beim letzten Mal war es irgendwann wieder vorbei.«

»Beim letzten Mal?«

Das Smartphone vibrierte wieder. »Nils hatte schon vor zwei Jahren eine Affäre«, bekannte Rebecca. »Ich habe es damals für mich behalten, ich wollte …«

Ja, was hatte sie eigentlich gewollt?

»Ach so«, fiel Charlotte ins Wort und klang nun regelrecht erleichtert. »Dann ist es ja nicht so schlimm.«

»Wie bitte?«, entfuhr es Rebecca.

»Männer, die wiederholt fremdgehen, verlassen ihre Frauen nicht. Das ist statistisch erwiesen.« Charlotte berief sich oft auf erfundene Statistiken. »Weißt du, wenn er sich so richtig in eine andere verknallt hätte, wäre eure Ehe vielleicht in Gefahr. Aber dann und wann eine Affäre ... ach, das läuft doch nie und nimmer auf was Ernstes hinaus. Deswegen setzt er doch nicht aufs Spiel, was er hat.«

Eine Frau, die seine blauen Hemden zur Reinigung brachte. Wobei das notfalls auch ihre Haushälterin machen konnte. Anders als bei Charlotte kam bei Rebecca dreimal die Woche eine ins Haus.

»Würdest du es auch so locker sehen, wenn Erich dich betrügt?«, fragte Rebecca. Auf dem Klodeckel wurde es langsam unbequem, aber anstatt aufzustehen, klammerte sie sich regelrecht daran fest.

»Solange ich es nicht weiß ...«

»Aber ich weiß es!« Ihre Stimme hallte von den Badezimmerwänden. Sie klang hysterisch ... und vor allem klang sie fremd.

»Ach Liebes, beruhige dich! Wie ich schon sagte: Du musst die Sache jetzt ganz nüchtern betrachten. Du darfst ihn keinesfalls mit der Wahrheit konfrontieren – wenn man ihnen Vorwürfe macht, ziehen sich Männer in ihr Schneckenhaus zurück. Tu lieber so, als wäre alles in Ordnung. Mach dich hübsch, koch was Feines, verwöhne ihn ein bisschen, du wirst sehen, dann verliert er bald die Lust an der anderen.«

»Das meinst du nicht wirklich ernst!«

»Was wäre denn die Alternative?«

Das, was ich gemacht habe, dachte Rebecca im Stillen. Ich habe meine Sachen gepackt, bin zum Flughafen gefahren, habe den Zufall entscheiden lassen. *Der dritte Ort, der auf der Anzeigetafel steht, ist mein Ziel ...*

Es war Dublin gewesen, und sie hatte sogar noch einen Platz in der Maschine bekommen. Dort angekommen, war sie mit dem Taxi zum Bahnhof gefahren, und der dritte Ort, der dort auf der Anzeigetafel aufschien, war Limerick gewesen. Von nun an hatte sie sich eigentlich nicht mehr auf den Zufall verlassen, sondern mit dem Leihauto Richtung Norden, nach Connemara, fahren wollen, doch an einem Kreisverkehr hatte sie die falsche Ausfahrt erwischt und war im Südwesten der Insel – im County Kerry – gelandet. Als sie müde geworden war, war sie gerade an dem kleinen Ort Portmagee vorbeigekommen und hatte von dort kurzerhand die Abbiegung nach rechts genommen – zur Brücke, die nach Valentia Island führte.

»Siehst du«, sagte Charlotte, die ihr Schweigen als Zustimmung wertete. »Es gibt keine Alternative. Männer und ihre Hormone ... ach, das ist eine traurige Geschichte. Er muss sich eben noch mal beweisen, was er für ein toller Hecht ist. Du wiederum hast ein prima Leben, das willst du doch nicht ernsthaft aufs Spiel setzen! Rebecca, du bist zweiundvierzig! Die Typen, die du jetzt noch abkriegen würdest, sind doch allesamt gestört. Oder sie haben Bälger an der Backe, um die du dich dann kümmern musst. Patchworkfamilie ist doch Scheiße. Jetzt, da Johanna aus dem Haus ist, kannst du endlich dein Leben genießen und ...«

Sobald Johannas Name fiel, stiegen Rebecca wieder Tränen in die Augen. »Der Akku ist gleich leer ...«, warf sie ein.

Doch Charlotte hatte sich gerade erst in Fahrt geredet. »Dieses ganze Geschwafel von der großen Liebe und so. In einer Ehe muss das Preis-Leistungs-Verhältnis stimmen. Ich will ja nicht sagen, dass Nils perfekt ist. Aber er ist doch sehr großzügig, du kannst tun, was du willst, und wenn du es fürs Ego brauchst, such dir eben einen Lover. Der kommt deutlich billiger als ein neuer Partner. Du denkst doch nicht ernsthaft über eine Trennung nach, oder? Ich bitte dich, was willst du denn ohne Nils machen? Du hast damals noch nicht mal dein Referendariat abgeschlossen! Und in deinem Alter kannst du das nicht mehr nachholen.«

»Jetzt tu nicht so, als wäre ich eine alte Oma!«

»Und tu du nicht so, als wäre die Vierzig kein Einschnitt. Wenn du dich von Nils trennst, kannst du deinen bisherigen Lebensstandard vergessen.«

»Ich soll also aus wirtschaftlicher Berechnung bei ihm bleiben?«

»Mein Gott, wie du das sagst! Du warst doch noch nie so feministisch!«

Nein, aber romantisch. »Der einzige Grund, warum ich bei einem Mann bleibe, ist, weil ich ihn liebe.«

»Liebst du Nils noch?«

Rebecca erhob sich vom Klodeckel. Ihr Nacken schmerzte, obwohl sie ihn nun mit der freien Hand massierte. Vielleicht hätte sie heute doch zum Pilates gehen sollen.

»Natürlich«, sagte sie schließlich.

»Na also, dann musst du ihm das auch sagen! Oder besser noch – du musst es ihm zeigen!«

Rebecca unterdrückte ein Seufzen. »Das wird etwas schwierig, ich bin nämlich in Irland.«

»Irland? Wie kommst du denn ausgerechnet nach Irland?«

»Geschwommen bin ich nicht. Ich habe das Flugzeug genommen.«

»Aber warum um Himmels willen ...«

Ehe Charlotte den Satz beendet hatte, war der Akku endgültig leer. Kurz war ein kleiner angebissener Apfel zu sehen, dann verschwand auch der. Rebecca starrte eine Weile auf das schwarze Display und legte das Smartphone schließlich zur Seite.

Doch anstatt nach unten zu gehen und Sheila nach einem Adapter zu fragen, verließ sie nur das Badezimmer und bückte sich, um ihre Tasche auszupacken.

Sie konnte sich denken, was Charlotte hatte sagen wollen: Aber warum um Himmels willen bist du ausgerechnet nach Irland gefahren?

Eigentlich habe ich gar nicht dem Zufall die Entscheidung überlassen, gestand Rebecca sich ein. Erst als sie auf der Anzeigetafel Dublin gelesen hatte, hatte sie sich auf den dritten Ort festgelegt. Eigentlich hatte sie schon seit langem einmal nach Irland reisen wollen, genau genommen seit den Zeiten, da sie Englisch und Geschichte studiert und während diverser Austauschprogramme Schottland und Wales kennen und lieben gelernt hatte. Irland hatte auf ihrer Liste noch gefehlt, aber dann war Nils in ihr Leben getreten und Nils' Reiseziele lagen vorzugsweise im Süden. In Irland würde es ja doch nur regnen. Charlotte wiederum hatte einmal erzählt, dass es total romantisch wäre, mit seinem Liebsten ein verregnetes Wochenende in so einem schnuckeligen kleinen Cottage zu verbringen ...

Rebecca zog erst ein total zerknülltes und ziemlich fleckiges T-Shirt aus der Tasche, dann ihre elektrische Zahnbürste, die ihr allerdings nicht viel nutzen würde, solange sie keinen Adapter für die Steckdose hatte. Dann ließ sie die Tasche auf den Boden fallen, warf sich aufs Bett und begann zu weinen.

Als Rebecca im Morgengrauen hochschreckte, wusste sie kurz nicht, wo sie war. Eine vage Ahnung überkam sie erst, als ihr Blick auf den Blümchenvorhang fiel, und als sie die leere Kaffeetasse auf dem Tischchen entdeckte, fand sie endgültig zurück in die Wirklichkeit.

Gott, warum habe ich gestern noch Kaffee getrunken ...

Bis zwei Uhr hatte sie wach gelegen, sich unruhig im Bett gewälzt, von Erinnerungen quälen lassen und vom … Hunger. Gestern Abend war sie überzeugt gewesen, satt zu sein, doch ihr Magen war in der Nacht anderer Meinung gewesen und hatte diese mit lautem Knurren bekundet. Nach längerem Suchen hatte sie in ihrer Handtasche einen in Plastik eingeschweißten Butterkeks gefunden, doch sobald sie ihn verschlungen hatte, war ihr übel geworden.

Reflexhaft griff sie jetzt nach ihrem Smartphone, doch es war immer noch tot. Klar, sie hatte ja keinen Adapter organisiert. Sie hatte sich auch nicht darum gekümmert, dass jemand anderer die Blumen ihrer Schwiegermutter goss, die gerade auf den Azoren weilte. Und was Nils blaues Hemd anbelangte …

Als sie sich erhob und langsam ankleidete, hatte sie nicht nur das Gefühl, eine längere Reise hinter sich zu haben, sondern mindestens zwei durchzechte Nächte. In ihrem Gepäck fand sie zwar frische Unterwäsche, aber keinen weiteren warmen Pulli, so dass sie erneut den von gestern anziehen musste. Sie zog die Vorhänge zur Seite und blickte heraus, doch was sie sah, war wieder nur Nebel.

Jetzt weißt du, warum ich nie nach Irland wollte, glaubte sie Nils' Stimme zu hören.

»Aber es heißt, dass es hier so gute Steaks gibt«, murmelte Rebecca.

Nicht dass sie Lust auf ein Steak hätte. Eher auf Pancakes … oder Obstsalat. Sie hatte für Johanna die Obststücke immer in Form von kleinen Gesichtern auf den Teller gelegt, auch, als sie kein kleines Kind mehr war. Und Heidelbeeren. Johanna aß so gerne Heidelbeeren. Ansonsten war sie wählerisch, und man musste sie stundenlang überreden, ein neues Gericht zu kosten.

Weil sie meinen erlesenen Geschmack hat, pflegte Nils zu sagen.

Nein, weil sie schrecklich heikel ist, pflegte Rebecca entgegenzuhalten.

Nein, erklärte er dann immer, weil sie sich Gedanken um ihre Figur macht. Das ist nicht verkehrt, solltest du auch mal tun.

Findest du mich etwa zu dick?

Wenn sie so etwas fragte, grinste er wohlwollend – genau wie auf der Party neulich, wo sie sich ein zweites Stück von der Sahnetorte genommen und Nils laut in die Runde gerufen hatte: »Ich liebe jedes Pfund an meiner Frau!« Auf diese Weise waren die Anwesenden überhaupt erst auf die Idee gekommen, ihre Figur zu betrachten und zu bemerken, dass sie begonnen hatte, mit geringerem Grundumsatz und den Gesetzen der Schwerkraft zu kämpfen.

Rebecca hatte den Teller mit der Torte wieder unauffällig abgestellt. »Jetzt iss doch die Torte, wenn sie dir schmeckt!«, hatte Nils gerufen und ihr den Teller wieder in die Hand gedrückt.

»Ich will aber nicht!«

»Wirklich nicht?« Und wieder hatte er in die Runde gesehen und Rebecca in den Hintern gekniffen. »Ich liebe wirklich jedes Pfund an meiner Frau«, hatte er wiederholt, um nachdrücklich hinzuzufügen: »Und jede Delle.«

Selbst jetzt, als sie daran dachte, wurde sie glühend rot.

Und was liebe ich an Nils?, fragte sie sich nun.

Als sie wenig später das Zimmer verließ und den Schlüssel mit der roten Quaste umdrehte, hatte sie keine Ahnung, wie spät es war. Unten war alles still, von Sheila war nichts zu sehen. Wieder fiel ihr Blick auf das Foto von Skellig Michael, dieser Felsenpyramide inmitten des Meeres. Einen Adapter hingegen entdeckte sie in der Rezeption nicht, nur einen zerfledderten Reiseführer mit jeder Menge Eselsohren.

Sie nahm ihn an sich, schlug ihn auf, überflog ein paar Informationen zu Valentia Island – einer der westlichsten Inseln Europas, die erst seit 1970 mit dem Festland verbunden war. Etwa siebenhundert Einwohner zählte sie, die von Landwirtschaft, Fischerei und Tourismus lebten. Mehrere Restaurants waren aufgelistet, auch Bars und Cafés, wo man ein »Full Irish Breakfast« erhielt.

Ob dazu auch Blutwurst gehörte wie in Schottland? Rebecca schüttelte sich.

Nun hab dich nicht so, gönn dir etwas, ich liebe jede Delle an dir.

Ist das bei deiner Geliebten auch so? Wer ist sie eigentlich? Eine Kollegin? Oder eine Kundin?

Gewiss war sie gertenschlank … jünger … hübscher … ach, was für ein Klischee. Rebecca beschloss, Nils' Affäre fortan Thekla-Thusnelda zu nennen. Wobei sie eigentlich gar nicht über sie nachdenken wollte, nur schleunigst das Bed and Breakfast verlassen, ins Auto steigen und wegfahren, egal wohin.

Eher instinktiv als willentlich nahm sie bei der ersten Abzweigung nicht die Straße, die Richtung Portmagee führte, sondern den schmaleren Weg nach rechts, wo der Aussichtspunkt Bray Head ausgeschildert war.

Wer weiß, wenn die Klippen so sehenswert sind, gibt es hier vielleicht auch ein Café, dachte Rebecca.

Schon nach wenigen hundert Metern bereute sie ihren Entschluss. Nicht nur, dass die Straße immer schmaler zu werden schien. Obendrein wuchsen rechts und links Fuchsien. Dass sie in einem kräftigen Rot blühten, versöhnte sie ein wenig, dennoch befürchtete sie bleibende Lackschäden. Gar nicht erst ausmalen wollte sie sich, was wäre, wenn ihr ein Auto entgegenkäme. Unmöglich würden auf dieser Straße zwei Autos Platz haben, und allein bei der Vorstellung, den Rückwärtsgang einzulegen, brach ihr der Schweiß aus.

Das einzige Fahrzeug, das ihr schließlich entgegenkam, war ein Motorrad mit italienischem Kennzeichen, und dieses fuhr sehr langsam, drehte die Beifahrerin doch mit ihrer Handykamera gerade einen Film. Schöne Erinnerungen an den Urlaub: eine Nebelsuppe und dann und wann ein Cottage – vom Meer keine Spur.

Wenig später erreichte Rebecca zwar einen kleinen Parkplatz, nach einem Café hielt sie jedoch vergebens Ausschau. Ein Hinweisschild machte lediglich darauf aufmerksam, dass zwei Euro zu zahlen waren. Eine Weile suchte sie nach den passenden Münzen, stellte das Auto schließlich ab, ohne zu zahlen, stieg aus und ... fröstelte. Immerhin war jetzt das Meer zu sehen, wenn auch keine Klippen, obwohl die vom gegenüberliegenden Festland die steilsten von Kerry sein sollten.

Rebecca trat zu einer Anschlagtafel, auf der der Fußmarsch rund um den Bray Head – einer tief ins Meer hineinragenden, schroffen Landzunge – beschrieben wurde. Etwa eine Stunde dauerte es bis zur höchsten Erhebung an der Spitze und zurück. Ob der steile Fußmarsch allerdings heute wirklich von einer spektakulären Aussicht belohnt wurde, wie sie eben in ihrem Reiseführer nachlas, bezweifelte sie. Anstatt ihn anzutreten, blätterte sie weiter und erfuhr, dass von hier aus im 19. Jahrhundert das Transatlantikkabel verlegt worden war, das Valentia Island mit Neufundland und damit quasi die Alte mit der Neuen Welt verbunden hatte. Seit damals dauerte es nicht mehr Tage oder gar Wochen, um Nachrichten zu überbringen, sondern – der Telegraphie sei Dank – wenige Minuten.

Und ich habe nur ein totes Smartphone.

Rebecca trat von einem Bein auf das andere. Sie konnte sich weder aufraffen, einen Teil des Weges zu gehen noch sich wieder ins Auto zu setzen und nach einem Café zu suchen. Sie wusste einfach nicht, was sie tun sollte. Das Einzige, was sie wusste, war, dass sie sich noch nie so einsam und verloren gefühlt hatte wie in diesem Moment, da sie in einem grauen Niemandsland gefangen zu sein schien. Ehe sie das Elend endgültig überwältigte, begann sie loszulaufen. Schon nach wenigen Metern stieß sie auf ein geschlossenes Gatter und musste über eine hölzerne, ziemlich rutschige Leiter klettern, um es zu überqueren. Offenbar wurden hier Rinder gehalten, wenngleich keines der Tiere zu sehen war. Blieb nur zu hoffen, dass die weiche Masse, in die sie jetzt stieg, nur Schlamm war und kein Kuhfladen. So oder so sogen sich ihre Sportschuhe schon nach wenigen Schritten mit einer bräunlichen Pampe voll. *Wie gut, dass ich die richtige Ausrüstung zum Wandern mitgebracht habe ...*

Dennoch ging sie weiter, um wenigstens den düsteren Gedanken zu entfliehen, und plötzlich schien sich der Nebel zu lichten. Aus den erstickenden Schwaden wurden Fäden – fast so dünn wie die von Thekla-Thusneldas Spinnennest –, und bald genügte ein Windstoß, um der Welt den grauen Schleier abzureißen. Nicht länger schwarz, sondern tiefblau lag das Meer vor ihr, das von strahlend weißem Schaum gekrönt war und nicht nur gegen die Klippen, sondern gegen einige kleine, dem Land vorgelagerten Inseln donnerte. Auf der Spitze von Bray Head war nun ein kleiner Turm zu sehen und dahinter schienen zwei weitere gebaut worden zu sein, wenn auch nicht auf festem Boden, sondern inmitten des Meeres: zwei Inseln ragten aus dem Meer, deren Gipfel mit dem noch etwas farblosen Himmel zu verschmelzen schienen, so dass man sie kurz für eine Sinnestäuschung halten konnte.

Rebecca schlug wieder den Reiseführer auf und erfuhr, dass die eine Insel die »Skellig Michael« sein musste und die daneben das sogenannte »Little Skellig«, das nur von Vögeln bewohnt wurde. Vögel kreischten auch über ihren Kopf hinweg, und unwillkürlich duckte sie sich.

Nicht dass sie irgendetwas bei sich hatte, auf dass diese Möwen scharf waren. Sie hatte ja noch nicht einmal etwas für sich zu essen dabei. Ob sie nicht doch zurück zum Auto gehen sollte? Vorerst blieb sie stehen und genoss den Anblick – zumindest versuchte sie es.

Von wegen immer Regen ... Es ist wunderschön hier ... Nein, es wäre wunderschön, wenn Nils auch hier wäre ... Wenn er keine Affäre hätte und ich nicht abgehauen wäre, sondern wir gemeinsam diese Reise geplant und angetreten hätten ...

Sie würden Hand in Hand den Weg hinaufgehen, würden den Blick nicht von den winzigen steinernen Inseln in der Ferne lassen, würden diskutieren, ob es ein Zeichen von Irrsinn oder Mut war, dass sich dort einst Mönche niedergelassen und ihr Leben Gott geweiht hatten.

Nils würde ein Selfie machen, wahrscheinlich würde er sich die Kapuze seiner Regenjacke von Jack Wolfskin – anders als sie war er ja immer perfekt ausgerüstet – über den Kopf ziehen und einen auf Mönch machen. Im Urlaub bewies er gerne mal, dass er das Leben nicht so ernst nahm, wie es den Anschein hatte. Und sie würde lachen ... während sie jetzt nur wieder mit den Tränen kämpfte.

Allein ... allein ... sie war so allein ... und sie hasste es, allein zu sein ... hasste es weit mehr, als dass sie Nils liebte.

Und wenn ich nur noch mit ihm zusammen bin, weil ich die Einsamkeit fürchte?

Die Mönche im Mittelalter schienen sie nicht gefürchtet zu haben – im Gegenteil. Sie hatten die Einsamkeit, die Weltabgeschiedenheit gesucht, um ihr Leben allein Gott zu widmen. Hatten sie sich auf Skellig Michael aber wirklich abgewöhnt, sich nach anderen Menschen zu sehnen? Oder hatten selbst die frömmsten von ihnen dann und wann mit dem Gefühl grenzenloser Verlorenheit zu kämpfen gehabt?

2

1116

Bruder Mícheal musste sich während der gesamten Überfahrt erbrechen. Schon als er das winzige Boot erblickt hatte, das sie zur Insel bringen würde – ein kleiner Einmaster mit zwei Rudern –, war ihm ganz schlecht geworden. Auf dem Boot dann hatte er zu würgen begonnen, und obwohl Bruder Ciaran ihn streng gemustert hatte, hatte er sich vorgebeugt und den Mageninhalt auf den Boden gespien. Da der Boden von modrig riechenden Algen bedeckt war, fiel der Gestank nicht weiter auf, doch sobald Mícheal wieder zu würgen anfing, griff Bruder Rónán beherzt zu. Indem er den Kopf seines Mitbruders über die rechte Seite des Boots hielt, landete alles im dunklen Wasser und nichts auf seiner Kutte.

Bruder Ciaran begnügte sich nicht länger mit einem strengen Blick, sondern schüttelte mahnend den Kopf. Er war ein dürrer Mann, hatte allerdings kräftige Arme. Wann immer er die Ruder in das Wasser stieß, schien es, als wollte er es schlagen. Es war ihm deutlich anzusehen, dass er wohl auch Bruder Mícheal gerne geschlagen hätte, als der – nunmehr auf der anderen Seite des Boots – sich weiter übergab.

»In der Abtei von Killenane muss es viel zu essen geben, wenn du einen so vollen Magen hast«, knurrte er. »Glaub mir, auf Skellig Michael wird das anders werden.«

Bruder Mícheal wurde noch bleicher – fürchtete er sich vor dem Hungertod doch noch mehr als davor, in der stürmischen See zu ersaufen.

»Es ... es wird schon nicht so schlimm werden«, sagte

Rónán, der wie Bruder Mícheal bislang in der Abtei von Killenane bei Cahersiveen gelebt hatte. »Und bedenke, was für eine große Ehre es ist, dass wir ausgewählt wurden, uns der Gemeinschaft von Skellig Michael anzuschließen.«

Nicht dass sich nicht auch in ihm Zweifel geregt hatten, als der Abt sie vor wenigen Tagen seine Entscheidung hatte wissen lassen. Doch wann immer er Mícheal tröstete, fühlte sich Rónán selbst besser.

Bruder Mícheal richtete sich auf. Von der Küste war nurmehr ein schmaler Streifen zu sehen, während sich vor dem Bug die endlose Weite des Meeres ausbreitete. Nichts verriet, dass es hier eine Insel gab, die von Mönchen bewohnt wurde.

»Ob wir es überhaupt ans Ziel schaffen ...«, murmelte er. Gottlob hörte Bruder Ciaran ihn nicht, denn eben gab das Segel ein Geräusch von sich, als würde es gleich reißen.

»Es wird alles gut«, murmelte Rónán, drückte Mícheal auf den Boden und presste sich selbst an den Rand des Boots. Nicht länger stieg ihm nur salzige Meeresluft in die Nase, sondern auch der süßliche Geruch von Harz, mit dem das Leder, welches das hölzerne Gerippe des Boots umspannte, abgedichtet worden war. »Es wird alles gut«, wiederholte er.

Mícheal blieb flach liegen, widersprach jedoch. »Du hast die Geschichten doch auch gehört ... von Mönchen, die auserwählt wurden, Teil der Gemeinschaft von Skellig Michael zu werden, die Gott aber im Meer ertrinken ließ, weil sie unwürdig waren.«

»Das sind doch nur Gerüchte. Und die Strecke ist gar nicht so weit – zumindest nicht so weit wie der Weg, den einst der heilige Brendan zurückgelegt hat. Er ist bis ans Ende der Welt gereist.«

»Das Schiff vom heiligen Brendan war riesengroß«, sagte Mícheal mit kläglicher Stimme. »Es heißt, es sei aus dem

Holz von zehn jungen Erlenbäumen und den Häuten von acht Ochsen errichtet worden und dass auf jeder Seite drei Ruderer saßen.«

»Nun ja«, meinte Rónán und versuchte zu verbergen, wie sehr ihn das stete Ächzen des Bootes, das an die Klagen eines Greises denken ließ, beunruhigte. »Ein so großes Schiff könnte auf Skellig Michael nicht anlegen. Dieses Boot hingegen ist so leicht, dass es zwei Männer an Land heben können, wo es festgebunden wird.«

Bruder Mícheal hörte gar nicht richtig zu, sondern war in Gedanken immer noch beim heiligen Brendan. »Eines Tages hat er eine Insel erreicht. Zumindest dachte er das. Doch die Insel war in Wahrheit ein riesiger Wal. Was, wenn wir von so einem Ungeheuer verschlungen werden?«

Rónán blickte sich um. Inmitten der spitzen Wellen konnte er sich gut vorstellen, dass hier nicht nur Wale, sondern Fische mit scharfen Zähnen hausten.

»Wir werden nie ankommen«, stöhnte Mícheal und beugte sich einmal mehr über den Rand des Bootes.

»Lieber Himmel!«, schaltete sich Bruder Ciaran ein und hörte für einen Augenblick zu rudern auf. »Und ausgerechnet du Memme trägst den Namen des Erzengels Michael, der unsere Insel aus dem Meer erstehen hat lassen und ihr seinen Namen gegeben hat?«

Mícheal sah aus, als würde er sich seines Namens schämen. »Meine Mutter hat mich nun mal so genannt«, sagte er kleinlaut. »Sie stammte von den Nordmännern ab, die vom Hafen in Kerrycurrihy aus Handel trieben.«

»Wir haben keinen Vater und keine Mutter mehr – wir gehören allein Gott«, brüllte Bruder Ciaran gegen das Tosen des Windes an.

»Und Gott hält mich gewiss auch für einen Schwächling«, jammerte Bruder Mícheal.

»Nun und?«, sagte Rónán schnell, ehe Bruder Ciaran auf den Gedanken kam, mit dem Ruder auf Mícheal einzudreschen. »Wer Gott dient, hat in der Tat keinen Vater und keine Mutter, keine Heimat und keinen Reichtum mehr. Selbst wenn er stark wäre, würde er Gott diese Stärke schenken. Und wenn er mutig wäre, würde er Gott diesen Mut schenken. Wir geben alles, so dass nichts von uns übrig bleibt.«

»So ist es«, pflichtete Bruder Ciaran bei. Sein Gesichtsausdruck war immer noch verdrossen, aber seine Stimme klang etwas freundlicher. »Gemessen an Gottes Größe sind wir alle erbärmliche Würmer. Und Würmer geben keinen Ton von sich. Sie schweigen.«

Mícheal zog seinen Kopf ein und presste die Lippen zusammen, allerdings wohl weniger, um seine Gedanken zu verschweigen, als den bitteren Speichel zurückzuhalten, der sich in seinem Mund gesammelt hatte. Rónán presste sein Gesicht wieder an das Leder und schloss die Augen.

Das Tosen des Windes wurde noch lauter und übertönte seinen Herzschlag, wenn auch nicht das Kreischen einer Möwe über ihnen und das Knattern des Segels. Es überraschte ihn nicht, dass Bruder Ciaran sie zum Schweigen ermahnt hatte. Der Abt des Klosters Killenane, wo er seit seinem elften Lebensjahr lebte und vor zwei Jahren sein Gelübde abgelegt hatte, hatte ihn darauf vorbereitet, dass die Mönche von Skellig Michael noch weniger Worte verloren als die ihrer Gemeinschaft. »Wirst du es ertragen?«, hatte er gefragt.

Und Rónán hatte genickt. »Am liebsten verrichte ich die Arbeit eines Steinmetzes«, hatte er gesagt, »und die Steine schweigen auch.«

Der Abt hatte zufrieden genickt, und Rónán war stolz gewesen, doch schon bei den nächsten Worten des Abtes war er erschrocken. »Nun, auf Skellig Michael bedarf es keines Steinmetzes, jedoch eines Mönches, der stark genug ist, die Treppen weiter auszubauen. Dafür bist du geeignet.«

Er hatte Rónán nicht gefragt, ob er sich diese Aufgabe auch zutraute, und der war nicht sicher, ob er in diesem Fall zu sagen gewagt hätte, was ihm eben durch den Kopf ging. Wenn er mit Hammer und Meißel Steine formte, so hatte er nie etwas nur Nützliches schaffen wollen, sondern immer auch etwas Schönes. Doch gab es auf Skellig Michael, einem Ort, der einsam wie kein zweiter war, dem Himmel ungleich näher als der hiesigen Welt, windumtost und den Gewalten des Meeres preisgegeben, überhaupt Schönheit?

Als Mícheal einmal mehr laut stöhnte, öffnete Rónán die Augen. Der Mund des anderen war weit geöffnet, doch es flossen weder Speichel noch Erbrochenes noch Klagen heraus, nur ein staunendes: »Oh!«

Rónán blickte in die gleiche Richtung wie er und sah nun auch jenen Zacken, der aus dem Meer ragte – nein, nicht einen, sondern deren zwei. Nicht weit von Skellig Michael entfernt gab es noch eine zweite Insel, die nur von Vögeln bewohnt wurde. Kein Mensch, so hieß es, hätte sie jemals betreten, nur der Erzengel Michael. Auch die größere Insel sah nicht so aus, als wäre sie jemals von Menschen bewohnt gewesen. Weder waren die runden Mönchszellen zu sehen noch die Kapelle, nur schwarzer, spitzer, an manchen Stellen mit Moos bewachsener Stein. Und er, der so gerne Stein formte, der oft vermeinte, dass er unter seinen kundigen Händen zu Wachs würde, dem man jedes Muster, jede Verzierung einprägen konnte, hatte plötzlich Angst davor.

»Hier ... hier kann man doch nicht leben«, entfuhr es ihm, »und wer es dennoch versucht, ist ein Tor!«

Ciaran ruderte verbissen weiter und schalt ihn nicht dafür, das Schweigen gebrochen zu haben. »In der Bibel steht, dass die Torheit der Welt Weisheit vor Gott ist. Skellig Michael ist die zu Stein gewordene Torheit des Menschen, die in Gottes Augen zur Weisheit wird. Für uns mag es verrückt sein, hier zu leben ... für Ihn ist es das nicht.«

Der Himmel war etwas heller geworden, die Schaumkronen wirkten nicht länger grau, sondern weiß, und das Geschrei der Möwe klang lustvoll, nicht klagend. Als Rónán sich am Boot festklammerte, fühlte er sich dennoch so verlassen, so winzig klein, so erbärmlich wie nie. Jäh war ihm auch derart übel, dass er sich am liebsten übergeben hätte, aber anders als Bruder Mícheal hatte er während der letzten zwei Tage gefastet.

Ein Mönch der Abtei Killenane hatte die zwei Gipfel von Skellig Michael mit zwei Händen verglichen, die sich zum Gebet erhoben. Als sie sich nun der Insel näherten, schien es Rónán aber eher, als wollte jemand drohend den Zeigefinger heben. Immerhin erhaschte er nun erstmals einen Blick auf die Mönchszellen – diese waren nicht spitz, sondern rund wie Bienenwaben, aber als er versuchte, mehr zu erkennen, ruderte Bruder Ciaran an dem schroffen Eiland vorbei geradewegs auf das offene Meer zu.

»Gütiger Gott, was tust du denn?«, schrie Rónán entsetzt, während Mícheal vor Schreck die Zähne klapperten.

»Das, was jeder tut, der die Insel und das Meer kennt und der weiß, dass dieses Meer launischer als jedes Weib ist.«

Rónán war seit dem Eintritt ins Kloster keiner Frau mehr begegnet und hatte heute zum ersten Mal seit Jahren das Meer wieder gesehen. Aber er konnte sich noch gut an seine große Schwester Nola erinnern. Sie hatte ihn großgezogen, weil seine Mutter gestorben war, und als kleiner Junge hatte er oft an ihrem Zeigefinger genuckelt, weil aus ihren Brüsten schließlich keine Milch kam. Sie hatte immer gedroht, dass es damit ein Ende hätte, falls er sie jemals beißen würde, aber er hatte sie nie gebissen, er hatte genuckelt und ihren Geschichten gelauscht. Nola war nicht launisch wie das Meer gewesen, sondern zärtlich und liebevoll ...

»Drei Anlegeplätze gibt es«, erklärte Bruder Ciaran, »doch man weiß im Voraus nie, an welchem man am leichtesten anlegen kann. Heute erscheint mir der im Norden der sicherste Landeplatz zu sein, doch ob wir dort wieder festen Boden betreten dürfen, weiß Gott allein. Betet! Betet so inbrünstig, wie ihr könnt!«

Bruder Mícheal schaffte es, aus den Tiefen seines Gedächtnisses ein paar lateinische Verse zu kramen, während in Rónán alles wie tot war.

Ihm fiel kein Gebet ein, nur die Geschichten, die Nola ihm erzählt hatte ... von den Túatha dé Danann, die einst in Irland herrschten, bevor Milesius kam, um ihnen die Insel zu rauben. Er hatte Erfolg, doch dieser Erfolg hatte seinen Preis: Zwei seiner Söhne erlitten vor Skellig Michael Schiffbruch und ertranken. Obwohl das nicht nur Jahrzehnte, sondern Jahrhunderte her sein musste, vermeinte Rónán plötzlich das Geräusch von knackendem Holz zu hören, das Schreien von Männern, das Brüllen des Sturms.

Allerdings, so hatte Nola auch erzählt, hatte die steinerne Insel nicht nur Menschen ins Verderben geführt, sondern war auch zur Zuflucht geworden – von König Daire Doman zum Beispiel, der nach einer Niederlage ein ganzes Jahr und einen Tag hier lebte.

»*Credo in Deum Patrem omnipotentem creatorem caeli et terrae*«, murmelte Mícheal dicht an Rónáns Ohr, »*et in Jesum Christum, fillium eius unicum, Dominum nostrum, qui conceptus est de Spiritu sancto, natus est Maria Virgine.*«

Warum fielen ihm nicht diese Worte ein? Warum kam ihm nur der Name eines heidnischen Königs in den Sinn?

»Heiliger Suibni, bitte für uns …«, krächzte Mícheal. »Heiliger Fionán, bitte für uns …«

Welchen meinst du?, lag es Rónán auf der Zunge zu fragen, gab es doch zwei Heilige, die den Namen Fionán trugen – Fionán, der Lepröse, und Fionán, der Schieler. Einem von beiden sagte man nach, das Kloster auf Skellig Michael gegründet zu haben, aber wer es nun genau gewesen war, wusste niemand.

Die Möwe, die hartnäckig das Boot umkreiste, schoss plötzlich auf sie herab, weil sie Mícheals nach Schweiß glänzendes Gesicht wohl mit einem Fisch verwechselte, und da Bruder Ciaran erbittert gegen die Strömung anruderte, blieb es Rónán überlassen, die Faust zu ballen und nach der Möwe zu schlagen. Er erreichte nichts anderes, als dass das Boot bedrohlich wankte. Schon näherte sich der bösartige Vogel wieder, und diesmal erhob sich Rónán, um den Angriff besser zu parieren. Im nächsten Augenblick aber wurde er blind für die Möwe. Nicht nur, dass er erneut einen Blick auf die Mönchszellen erhaschte. Nicht weit davon entfernt erblickte er ein Dutzend schwarzer Vögel … nein, es waren in Schwarz gekleidete Mönche.

Mícheal hatte sie noch nicht erblickt, denn er hatte sich beide Hände vors Gesicht geschlagen, doch die Möwe schien die gleiche Ehrfurcht zu fühlen, wie Rónán sie nun überkam, und flog davon.

»Schau nur!«, stieß Rónán aus.

Bruder Ciaran ruderte und ruderte, bugsierte das Boot an Felsen vorbei, die gottlob nicht spitz, sondern glatt und rund waren, hatten die Wellen sie doch zurechtgeschliffen, wie Rónán es bei Steinen tat.

Sobald sie das Boot erblickten, setzten sich die Mönche in Bewegung und kamen die steile Treppe heruntergeschritten. Rónán zählte zehn – den Abt und neun Brüder. Um die

Zahl der Apostel, die Christus auf seinen Wegen begleitet hatten, komplett zu machen, fehlten nur sie drei – Ciaran und die zwei neuen, die jene Brüder ersetzen sollten, die kürzlich gestorben waren.

Woran eigentlich?, fragte sich Rónán zum ersten Mal. Waren sie von den Klippen gestürzt? Von einer Möwe angefallen worden? Waren sie verhungert, erfroren?

Ein Dutzend Arten zu sterben kam ihm in den Sinn, als sie dicht an die Insel heranfuhren, zwei der Mönche den Hanfstrick packten, den Ciaran ihnen entgegenwarf, und daran zogen, bis das Leder des Bootes auf Stein traf und ein quietschenden Geräusch von sich gab. Sehr wendig sprang Ciaran aus dem Boot. Es sah so leicht aus – war es aber nicht. Als Rónán es ihm gleichtun wollte, rutschte er aus und wäre wohl ins Wasser gefallen, wenn nicht einer der Mönche ihn gepackt hätte. Mícheal wiederum klammerte sich erst ans Boot fest, kroch dann auf allen vieren heraus und versank prompt bis zur Hüfte im schwarzen Wasser, das sich gewiss wie tausend Nadelstiche anfühlte. An seinem offenen Mund erkannte Rónán, dass er jammerte, doch es war kein Ton zu hören, weil der Wind so laut heulte. Dieser wehte nicht eben milder, als sie sich an den Aufstieg machten und am Ende der Treppe vom Abt empfangen wurden, der hier – auf einer kleinen Ebene zwischen den beiden Gipfeln – auf sie gewartet hatte.

Seine Hände waren über der Brust verschränkt – vielleicht, um ihr Zittern zu drosseln –, und seine bläulichen Lippen waren ein weiteres Zeichen, dass er fror. Doch seine Miene war ausdruckslos, als hätte er es verlernt, unter der Kälte zu leiden. Rechts und links standen zwei Männer, deren Haut mindestens so gegerbt war wie seine – wahrscheinlich die *sruthi*, wie die Ältesten der Gemeinschaft genannt wurden.

Rónán fiel vor dem Abt auf die Knie und murmelte das aramäische Wort für Vater: »Abba.«

»Steh auf!«, verlangte der Abt, um nach einer Weile, da er ihn und Mícheal schweigend gemustert hatte, hinzuzufügen: »So lange wie heute werde ich nie wieder zu euch sprechen. Und ich werde keines meiner Worte wiederholen. Prägt sie euch in eurem Herzen ein. Sie zu vergessen könnte den Tod bedeuten.«

Er deutete nach unten, wo eben zwei Mönche das Boot aus den Fluten zogen und mit Tauen festmachten. Erst jetzt wurde es entladen, hatte Ciaran doch nicht nur zwei neue Brüder mitgebracht, sondern auch Kerzen, Messwein und Brot, um die Kommunion zu feiern. »Wir sind im Besitz von zwei Booten, und sie müssen beide stets festgebunden werden. In besonders stürmischen Nächten bewachen wir sie auch. Einmal wurden beide Boote vom Wind erfasst und sind aufs offene Meer getrieben.« Der Abt machte eine kunstvolle Pause. »Einer der Mönche hat damals gedacht, der Allmächtige wolle seinen Glauben prüfen. Er versuchte, übers Meer zu gehen, so wie einst Jesus Christus, ist aber jämmerlich ertrunken. Sein Glaube war nicht stark genug – ganz anders als der der restlichen Mönche. Sie beteten und fasteten zwölf Tage lang, und am dreizehnten brachte der Wind eines der Boote wieder zurück. Der Wind ist nicht immer unser Freund – aber er gemahnt uns daran, was wir tun sollen, nämlich so beständig zu beten, wie er heult und pfeift.«

Als er endete, war tatsächlich Gemurmel zu hören. Bruder Mícheal, der bis jetzt nur geschnauft hatte, presste wieder ein paar lateinische Worte hervor, während Rónán nur seine Lippen bewegte.

Himmel, warum fiel ihm kein einziger Psalm ein?

Gottlob bemerkte der Abt nicht, wie leer sein Kopf war, sondern fuhr fort. »Ja, wir beten immerzu, ansonsten sprechen wir wenig, fast nichts. Warum auch? Die Kräfte, die uns geliehen wurden, brauchen wir, um Gott zu dienen und zu überleben. Für unnütze Worte reichen sie nicht. Und nun kommt mit.«

Von der Ebene führten noch mehr Stufen hoch. Manche waren gerade, manche schief, manche von Flechten überwuchert, manche glitschig und nass. Manche hatten einen Sprung, und Rónán spürte, wie ein solcher auch durch seine Seele ging. Warum sonst schien diese unsichtbare Last auf seinen Schultern zu liegen? Warum sonst fiel ihm jeder Schritt schwer, obwohl er doch nichts zu schleppen hatte? Alles, was er besaß, trug er schließlich an seinem Leib: die Tunika, den wollenen Umhang und einen breiten Schal. Außerdem besaß er Sandalen, wenn auch keinen an der Spitze gebogenen Stab, wie ihn der Abt mit sich führte. Seine Kutte hatte auch keinen bestickten Saum oder dekorierte Ärmelstulpen, und sie war nicht grau, sondern von einem so dunkeln Schwarz, wie man es nur herstellen konnte, wenn man den Stoff gemeinsam mit Efeublättern und Brombeeren kochte.

Aber hier wuchsen doch keine Brombeeren, oder? Er war nicht einmal sicher, ob er Kleidung zum Wechseln bekommen würde, wie er sie in Killenane besessen hatte, im Winter überdies Handschuhe oder zumindest Schweinefett, um sich die wunden Hände einzureiben. Nein, das alles gab es hier wohl nicht, was wiederum bedeutete, dass er an nichts anderem zu schleppen hatte als an seinen Ängsten, Sorgen ... und vor allem an der Einsicht, dass der Stein hier nicht sein Freund zu sein schien, sondern sein Feind.

Immer tiefer sank sein Kopf, und er blickte erst hoch, als Mícheal ihn anstieß. Sie hatten den Klostergarten erreicht, und vor ihnen lagen die bienenwabenförmigen Zellen und die zwei Oratorien. Beide hatten sie die Form eines Bootes, doch eines war deutlich größer. Etliche Steinkreuze markierten den Friedhof, doch bevor Rónán erkennen konnte, welches der Gräber das neueste war, winkte der Abt sie weiter und deutete auf zwei Zisternen.

»Diese Zisternen sammeln das Regenwasser. Wenn man flucht, versickert es – und wir müssen alle verdursten.«

Mícheal biss sich auf die Lippen, als wollte er bekunden, dass er niemals zu fluchen gedachte. Rónán malte sich währenddessen erschaudernd aus, wie es wohl klang, wenn der Regen auf die Mönchszellen prasselte. Sicherlich war das lauter als anderswo. Hier war ja alles lauter – nur die menschliche Stimme nicht. Er hörte kaum, wie der Abt erklärte, dass sie einige Ziegen halten würden – die einzigen Nutztiere, die auf diesem Eiland überleben könnten, weil sie noch auf dem schroffsten Felsen festen Tritt fanden –, und erst recht hörte er keine Ziegen meckern. Auch dass der Abt sie zum Essen einlud, erkannte er nur daran, dass Mícheal ihn anstupste und auf die Platte deutete, die in der Nähe der Zisterne abgestellt worden war. Auf den ersten Blick hielt Rónán das, was darauf lag, für Steine, wies doch alles den gleichen, grauen Farbton auf. Erst auf den zweiten Blick konnte er Erbsen von Bohnen unterscheiden, Sellerie von Karotten und gesalzenen Fisch von Pastinaken.

»Wir essen einmal am Tag«, erklärte der Abt, »nämlich zu der Stunde, da das Tageslicht schwindet. Das Essen wird hierhergebracht und jeder nimmt sich, was er braucht, und geht damit in seine Zelle.« Er selbst, so fuhr er fort, schliefe allein in einer. Die anderen Mönche teilten sich jeweils zu zweit oder dritt die restlichen Zellen.

Die Mönche blieben steif stehen und überließen es den Neuankömmlingen, sich zuerst zu nehmen – was Mícheal sehr hastig tat. So dürr wie mancher Bruder war, gab es wohl etliche, die sich kaum etwas oder an manchen Tagen sogar überhaupt nichts nahmen, doch Rónán hatte zu lange gefastet, um jetzt seine Gier zu bezähmen. Sobald sie sich bedient hatten, brachte einer der Mönche sie zu der Zelle, die der Abt ihnen zugewiesen hatte. Ehe Rónán das Wort an ihn richten konnte, war er schon wieder verschwunden, und sie blieben allein zurück.

Bruder Mícheal machte sich über das Essen her, während Rónáns Kehle plötzlich zu eng schien, um einen Bissen herunterzubringen.

Wird uns der Abt denn nicht einen der Brüder als anamchara *zuweisen, als Seelenfreund, dem man alles anvertrauen kann, auch Ängste und Zweifel? Oder gibt es solche Banden in dieser Gemeinschaft nicht, weil man annimmt, dass ohnehin Wind und Regen alle Ängste und Zweifel vertreiben?*

Rónán blickte sich um. Er hatte erwartet, dass es in der Zelle stockdunkel war, doch in der Mitte brannte ein winziges Feuer. Es spendete allerdings mehr Rauch als Wärme, und die Flämmchen waren von keinem kräftigen Rot, sondern von einem fahlen Violett.

»Ich dachte, es gäbe hier kein Holz ...«, murmelte er.

»Offenbar verwendet man die Wurzeln der Grasnelken zum Feuermachen«, erwiderte Mícheal und setzte sich vor die Flämmchen.

Rónán verharrte steif. Um die Zelle zu betreten, hatte er sich tief bücken müssen, denn die Tür – die einzige Öffnung, die es gab – war sehr niedrig. Doch in der Mitte des Raumes konnte selbst ein großgewachsener Mann, wie er es war, aufrecht stehen. Vergebens sah er sich nach einer hölzernen Liege mit einem Strohsack um, auf der sie in Killenane geschlafen hatten – die Einrichtung beschränkte sich auf zwei aufgeschüttete Bänke aus Erde und Wurzeln, die mit Leder bedeckt waren. Ein Stück Holz, auf das man den Kopf betten konnte, gab es nicht.

Rónán ließ sich auf das Leder sinken. Anders als das, mit dem das Boot umspannt war, roch es nicht süßlich nach Harz, sondern nach gar nichts. Vielleicht wurde hier auf der Insel mit der Zeit alles geruchlos.

Mícheal hatte seine Mahlzeit verzehrt. »Denkst du, dass wir jetzt schlafen dürfen?«, fragte er.

Rónán zuckte mit den Schultern. »Ich bin mir nicht sicher. Wahrscheinlich schlafen die Brüder nur, wenn es stockdunkel ist, und erheben sich schon beim ersten Licht. Einige werden wohl manche Nacht durchwachen und gänzlich auf den Schlaf verzichten ...«

Mícheal zog unbehaglich die Schultern hoch. »Und die nächste Mahlzeit gibt es wirklich erst morgen Abend?«

Rónán nickte, doch als er sah, wie sich Mícheals Gesichtsausdruck verdüsterte, trat er rasch zu ihm und setzte sich nun ebenfalls ans Feuer.

»Wir sollten dankbar sein, dass wir hier wohlbehalten angekommen sind«, sagte er. »Du hattest solche Angst, dass wir ertrinken, doch es ist alles gutgegangen ...«

Mícheal blickte so bekümmert, als wäre ihm ein schneller Tod im kalten, schwarzen Wasser lieber als ein langsames Verhungern.

»Es ist eine große Ehre, dass wir ausgewählt wurden, uns der Gemeinschaft anzuschließen«, fuhr Rónán hastig fort. »Nirgendwo ist man Gott so nah ... und der Welt so fern ... und die Welt ist doch ein schlechter Ort ... voller Sünder ... voller Krieger ...«

Besagte Krieger hatten einst auch seine Familie fast ausgelöscht. Seine Sippe – die O'Shea – gehörte zu den mächtigen Familien von Corca Duibhne, die zahlreiche Schiffe besaßen, Handel trieben und sich als Herren des Meeres wähnten. Doch eines Tages waren über dieses Meer Feinde gekommen. Sie hatten seinen Vater getötet, seine Großmutter und auch seine Schwester Nola, an deren Finger er als Kind genuckelt hatte. Von der Truhe aus, in der er sich verkrochen hatte, hatte er alles gesehen, hatte Nolas Blick standgehalten, die ihn bis zuletzt stumm beschwor: »Du muss versteckt bleiben! Du darfst nicht schreien!«

Und er hatte nicht geschrien, weil er wusste, dass es keinen Sinn hatte. Er hatte sich nur seinen eigenen Finger blutig gebissen und sich geschworen, dass er das, was geschah, vergessen würde. Erstaunlich, dass die Erinnerung ausgerechnet hier und heute zurückkam, mächtiger, beängstigender, lauter denn je. Besser, er würde sich so schnell wie möglich zu Stein verwandeln. Und er sollte nicht bedauern, dass hier auf der Insel niemand Schönheit suchte, sondern nur Einsamkeit.

Verspätet nahm Rónán wahr, dass er sich in den Finger gebissen hatte. Rasch zog er ihn aus dem Mund, nahm sich stattdessen ein Stück Pastinake und gab Mícheal den Rest des Mahls.

»Es wird alles gut werden«, sagte er wieder, und ob Mícheal ihm nun glaubte oder nicht, wenigstens schien er nicht mehr so verzweifelt zu sein wie zuvor.

3

Eigentlich war sie überzeugt gewesen, keine Tränen mehr zu haben. Doch als Rebecca auf die fernen Felsen im Meer starrte, konnte sie nicht verhindern, dass ihr wieder etliche über die Wangen liefen. Die Inseln schienen wieder im Nebel zu zerlaufen. Halbblind wandte sie sich ab, eilte zurück Richtung Auto. Sie war nicht sicher, in welche Richtung sie fahren sollte, wusste nur, dass sie jetzt unter Menschen sein wollte ... sein musste.

Sehr weit kam sie nicht. Schon nach wenigen Schritten stieß sie gegen jemanden. Ob es ein Mann oder eine Frau war, konnte sie nicht erkennen, doch Erleichterung durchflutete sie, weil sie nicht länger allein war.

»Entschuldigung, ich wollte nicht ...«

Ihre Kehle war so zugeschnürt, dass sie kein Wort mehr hervorbrachte, doch da zog ihr Gegenüber schon ein Taschentuch aus der Jackentasche. Erst nachdem sie sich damit über die Augen gewischt und sich die Nase geputzt hatte, erkannte sie, dass sie vor einem Mann stand, mittelgroß, mit schütteren rot-blonden Haaren und roten Flecken auf den Wangen. Sie wusste nicht, ob diese von Verlegenheit kündeten, weil eine weinende Frau in ihn hineingelaufen war, oder nur vom zunehmend schärfer wehenden Wind.

»Dieser Wind ...«, sagte Rebecca prompt und war dankbar, dass ihre Stimme nun etwas fester klang, »er treibt mir regelmäßig die Tränen in die Augen.«

Gut möglich, dass er ihre Lüge durchschaute. Etwas theatralisch breitete er seine Hände aus. »Nun, diesem Wind haben wir es zu verdanken, dass wir den Ausblick auf Skellig

Michael genießen können!«, erklärte er und deutete hinter sich. Der Anblick der beiden Felseninseln am Horizont, der ihr Gefühl der Trostlosigkeit und Verlorenheit verstärkt hatte, erweckte in ihm offenbar pure Begeisterung. »Ist es nicht herrlich?«

Rebecca wollte nicht, dass seine gute Laune ihretwegen einen Abbruch erlitt, und nickte. Einmal mehr fuhr sie sich mit dem Taschentuch über die Augen.

»Sind Sie zum ersten Mal hier?«, fragte er.

Sie nickte wieder. »Und Sie?«

»Ach, ich habe vergessen zu zählen, wie oft ich nun schon auf Valentia Island war und Skellig Michael besucht habe. Aber trotzdem – man kann sich an diesem Anblick einfach nicht sattsehen. Er ist immer wieder erhebend, scheinen diese Inseln doch von einer anderen Wirklichkeit zu künden.«

So antiquiert, wie er sich ausdrückte, schien auch er einer anderen Zeit zu entstammen. Sie hätte sich nicht gewundert, wenn er einen Diener gemacht hätte, als er sich mit den Worten vorstellte: »Gestatten, Dr. Joseph Flanagan.«

»Rebecca Magin«, gab sie leise zurück, steckte das Taschentuch ein und musterte ihn etwas genauer. Seine grüne Jacke wirkte wind- und wetterfest, saß aber nicht besonders gut, weil sie für den dürren Körper viel zu groß, an den Armen jedoch zu kurz war. Immerhin schien sie neu zu sein, was man von der restlichen Kleidung nicht sagen konnte: Der Stoff der grauen Hose war nicht nur ziemlich verschlissen und warf viele Falten – obendrein war er von Flecken übersät. Und die Schuhe aus gelbem Wildleder passten überhaupt nicht dazu. Um den Hals trug er einen großen Fotoapparat, wie ihn normalerweise japanische Touristen mit sich schleppten, doch anstatt damit Fotos zu schießen – sie vermutete, dass er aus diesem

Grund hierhergekommen war –, breitete er einmal mehr theatralisch die Hände aus.

»Kaum zu fassen, dass auf Skellig Michael Menschen gelebt haben. Im Mittelalter waren sie mindestens einen Tag unterwegs, um ans Festland zu gelangen.«

Rebecca nickte wieder. Sie konnte sich nicht aufraffen, seinem Blick zu folgen und die Skellig-Islands erneut zu betrachten, aber es war beruhigend, eine menschliche Stimme zu hören.

»Uns erscheint die Entscheidung der Mönche, sich dort niederzulassen, natürlich vollkommen verrückt. Aber damals wähnte man sich Gott nun mal am nächsten, wenn man sich völlig aus der zivilisierten Welt zurückzog. *Peregrinatio pro amore Dei*, hieß das Motto. Wandern um der Liebe Gottes willen ... sich nirgendwo heimisch fühlen. Waren Sie schon einmal in Kalambaka in Griechenland?« Die Frage war offenbar nur eine rhetorische, denn er wartete ihre Antwort nicht ab. »Dort gibt es riesige, dreihundert Fuß hohe Steinsockel, auf denen Mönche lebten. Sie nahmen sich den Heiligen Antonius zum Vorbild, der sich in die Wüste zurückgezogen hat, oder Symeon Stylites, den sogenannten Säulenheiligen, der, wie sein Name sagt, sein Leben auf einer Steinsäule zubrachte. Die irischen Mönche des Mittelalters standen diesen Heiligen um nichts nach – in kaum einem anderen Land Europas war die asketische Tradition so verbreitet wie hierzulande. Auf mindestens dreiundzwanzig anderen Inseln gab es ebensolche Mönchsgemeinschaften, wenngleich keine Klosterruine so gut erhalten ist wie die auf Skellig Michael.«

Rebecca entging nicht, mit welcher Leidenschaft Joseph Flanagan dozierte. Er schien keiner der Menschen zu sein, die Wissen sammelten, um damit anzugeben oder sich wichtigzumachen, sondern einer, der so für etwas brannte, dass er gar nicht anders konnte, als ständig darüber zu reden. *Wes des Herz voll ist, des geht der Mund über*, ging es ihr durch den Kopf, und ihr eigenes Herz erschien ihr plötzlich leer und tot.

»Selbstverständlich waren nicht alle irischen Mönche Asketen«, fuhr Joseph Flanagan fort. »In vielen Klöstern entstanden regelrechte Dynastien: Das Amt des Abtes ging vom Vater auf den Sohn über, denn das Zölibat wurde nicht immer ernst genommen und der Verzicht auf eigenen Besitz ebenso wenig. Doch gerade von diesen säkularen Gemeinschaften wollten sich andere abgrenzen. Skellig Michael war dementsprechend ein Fixpunkt für die, die sich als die wahren Diener Christi bezeichneten, als die Gefährten Gottes. Erst im 13. oder 14. Jahrhundert haben die Mönche die Insel verlassen – was dem damaligen Klimawandel ebenso geschuldet war wie der Umstrukturierung der irischen Kirche.«

Er klang ein wenig so, als würde er einen Lexikonartikel auswendig können und diesen nun wiedergeben, doch am Ende lächelte er so breit, als habe er ein wunderschönes Gedicht zitiert, das einem das Herz aufgehen ließ.

»Sie scheinen sich intensiv mit dem Thema beschäftigt zu haben«, murmelte Rebecca.

Er lachte etwas verlegen. »Tut mir leid, falls ich Sie langweile. Aber ich kann mich einfach nicht beherrschen. Am liebsten würde ich jedermann mit meiner Leidenschaft für *Sceilig Mhichíl* – das ist der gälische Name der Insel – anstecken.«

Rebecca war überzeugt, gegen diese »Krankheit« vollkommen immun zu sein, aber das wollte sie ihm nicht zeigen. »Und Sie waren schon mehrmals auf der Insel?«

»Natürlich. Viele Menschen, die einen Blick auf Skellig Michael geworfen haben, fühlen nahezu einen Zwang, das

Eiland endlich zu betreten. Ich kenne keinen Ort auf der Welt, von dem eine solche Anziehungskraft, ja Magie ausgeht – zumindest für jemanden, der sich für Geschichte interessiert.«

Rebecca rechnete schon mit einem neuen Vortrag, doch er schien sich am Riemen zu reißen und schwieg.

»Ich ... ich habe auch Geschichte studiert«, sagte sie unwillkürlich.

Wieder leuchteten seine Augen, glaubte er doch, in ihr eine Gleichgesinnte gefunden zu haben. »Dann kennen Sie das ja, dieses Bedürfnis, jeden alten Stein umzudrehen!«

Rebecca wollte schon kleinlaut zugeben, dass sie sich schon länger nicht mehr mit dem Fach beschäftigt hatte, das sie einst studiert hatte, doch plötzlich sprudelte es förmlich aus ihr hervor: »Meine Lieblingsorte als Kind waren alte Burgruinen. Meine Eltern befürchteten schon, ich würde mir irgendwann den Hals brechen, weil ich jede Mauer, jeden Turm hochkletterte. Ich habe mir ständig Geschichten ausgedacht und immer erklärt, dass ich eines Tages Schriftstellerin sein und historische Romane schreiben würde. Auch davon waren meine Eltern nicht sonderlich begeistert. Sie meinten, ich solle etwas Richtiges lernen.«

»Etwas Richtiges?« Joseph Flanagan grinste, was ihn, der eigentlich etwas steif und unbeholfen war, kurz wie einen kleinen Jungen erscheinen ließ. »Richtig, falsch«, fügte er hinzu, »wer kann das schon sagen? Bücher zu schreiben heißt doch, etwas Bleibendes zu schaffen, nicht wahr? Und ist das nicht von einem höheren Wert als die Zahlen, mit denen sich die Banker herumschlagen? Sind das im Grunde nicht riesige Luftblasen?«

Nils würde jetzt wohl empört reagieren. Wobei Rebecca sich nicht erinnern konnte, dass Nils jemals so begeistert von seinem Beruf gesprochen hatte wie Joseph Flanagan von seiner Leidenschaft. *Und worüber habe ich in den letzten Jahren so ausschweifend und mit so glänzenden Augen geredet?*

In Gedanken versunken, entging ihr fast, dass er etwas gefragt hatte. Erst als er sie neugierig anblickte, ging ihr auf, dass er wissen wollte, ob sie nun tatsächlich historische Romane schrieb.

»Nein, nein, ich bin Lehrerin für Englisch und Geschichte«, sagte sie schnell und verschwieg dabei ein wesentliches Detail – dass sie nämlich seinerzeit das Referendariat abgebrochen und darum später nie unterrichtet hatte.

»Nun, wenn Sie Ihren Schülern etwas Spannendes erzählen wollen, dann sollten Sie mich begleiten. Ich habe für heute eine Bootsfahrt nach Skellig Michael gebucht. Am Morgen sah es ja nicht so aus, als könnten wir loslegen, aber wie mir scheint, ist das Meer ruhig. Vielleicht ist noch ein Platz frei.«

»Aber ...«, begann Rebecca. *Aber ich interessiere mich doch gar nicht für die Mönchsinsel!*

»Falls Sie noch nichts gefrühstückt haben, uns bleibt noch etwas Zeit. Ich könnte Sie einladen.«

»Aber ...«, begann sie wieder. *Aber das geht doch nicht ... ich habe maßlos übertrieben ... ich bin keine begeisterte Historikerin ... keine Gleichgesinnte.*

»Und falls Sie Angst vor der Seekrankheit haben – ich habe Kaugummi dabei, der hilft eigentlich immer.«

»Aber ...«, setzte sie zum dritten Mal an, brach dann aber ab. Ihr fiel einfach nichts mehr ein, was sie ihm entgegensetzen konnte. Vielleicht teilte sie weder seine Leidenschaft noch sein Interesse, aber die Vorstellung, irgendwo allein an einem Sandwich zu kauen, fand sie noch schlimmer als eine unruhige Bootsfahrt. Und auch wenn Skellig Michael einer der einsamsten Orte auf Erden sein mochte – lieber verbrachte sie den Tag dort gemeinsam mit diesem skurrilen, aber freundlichen Mann, als völlig isoliert in Sheila Donovans Bed and Breakfast.

»Also gut«, gab sie nach.

Etwa zehn Boote standen am Hafen von Portmagee bereit, um nach Skellig Michael aufzubrechen. Bei den einen saß man auf schlichten Holzbänken, bei anderen auf kaum bequemeren Plastiksitzen – groß genug, um eine komfortable Fahrt zu garantieren, war keines. Noch am Steg hätte Rebecca am liebsten kehrtgemacht, doch Joseph Flanagan bemerkte ihr Unbehagen nicht.

»Wir haben wirklich Glück mit dem Wetter. Es kam schon vor, dass ich eine Woche in der Region verbracht habe, ohne nach Skellig Michael zu kommen. Die See ist oft zu unruhig, um landen zu können.«

Die Sonne schien immer kräftiger – was eine andere Touristin, die eben ein Boot bestieg, nicht davon abgehalten hatte, eine dicke Regenjacke und Regenhose anzuziehen, womit sie einem Michelinmännchen glich. Rebecca erinnerte sich an die Mahnung im Reiseführer, wonach es in Irland jederzeit regnen konnte und man das Haus nie ohne Regenschirm verlassen sollte.

»Ich … ich bin ja gar nicht richtig ausgerüstet …«, stammelte sie.

Diesmal antwortete nicht Joseph Flanagan, sondern eine vertraute Stimme.

»Ach, Sie kommen auch mit?«

Sheila Donovan winkte ihr von dem Boot aus zu, auf dem Joseph Flanagan die Fahrt gebucht hatte und zu dem er sie nun sachte zog. Rebecca war so überrascht, dass sie keinen Widerstand leistete, sondern das Boot bestieg und sich auf einer der beiden Holzbänke niederließ.

»Warum haben Sie denn gar nicht bei mir gefrühstückt?«, fragte Sheila vorwurfsvoll. »Es ist immer gut, etwas im Magen zu haben. Ich habe heute frische Pancakes gemacht. Manche behaupten zwar, dass auf der See alles gleich wieder hochkommen könnte, aber ich finde, dass man mit leerem Magen den Wellengang noch deutlicher spürt. Und wir sind ja keine Asketen wie die Mönche, die einst auf der Insel lebten.«

Während Sheila auf sie einredete, reichte sie ihr ein Trinkgefäß, das jener Schnabeltasse glich, aus der Johanna seinerzeit trinken gelernt hatte. Allerdings war sie nicht mit verdünntem Mehrfruchtsaft gefüllt, sondern mit schwarzem Tee, der so stark war, dass er Tote hätte aufwecken können. Immerhin vertrieb er ihre Mutlosigkeit und Niedergeschlagenheit ein wenig.

»Warum sind Sie auf dem Boot und nicht im Bed and Breakfast?«, fragte Rebecca.

Sheila antwortete nicht, sondern wandte sich weiteren Passagieren zu, darunter zwei älteren Engländerinnen, die sich als Edna und Suzie vorstellten, und einem jungen Paar aus Magdeburg. Auch sie bekamen eine Schnabeltasse mit heißem Tee in die Hand gedrückt.

»Ich habe lange überlegt, wie ich den Tee servieren könnte«, erklärte Sheila. »Mit einem normalen Pappbecher würde man sich bei der ersten hohen Welle anschütten, aber so klappt es gut.«

Joseph Flanagan schien nicht zum ersten Mal aus der Schnabeltasse zu trinken. »Sheila ist so fürsorglich, nicht wahr?«, schwärmte er. »Sie begleitet James – das ist der Bootsfahrer und ihr Sohn – oft. Auf keinem der anderen Boote kriegt man einen so tollen Service.«

Besagter James – ein grimmig dreinblickender Seebär – lugte kurz aus der Kajüte und zählte wortlos die Passagiere, ehe er den Motor anließ. Als sein Blick auf die Schnabeltassen gefallen war, hatte er kaum merklich die Augen verdreht, doch Sheila war das entgangen.

Die junge Magdeburgerin setzte sich neben Rebecca. »Brauchen Sie vielleicht eine Tablette gegen Reiseübelkeit?«

Rebecca versuchte, sich zu erinnern, ob sie damals auf der Minikreuzfahrt in der Karibik, die sie nach ihrer Hochzeit mit Nils gemacht hatte, seekrank geworden war, aber es fiel ihr beim besten Willen nicht mehr ein.

»Diese Tabletten machen doch nur müde«, sagte Joseph Flanagan schnell.

Als sie wenig später den Hafen hinter sich ließen und an einer winzigen Insel vorbeikamen, verspürte Rebecca trotz des steten Schaukelns keine Übelkeit. Das Röhren, das von der Insel her ertönte und das sie nicht recht einordnen konnte, sorgte allerdings nicht dafür, dass der leichte Druck auf ihren Schläfen nachließ. Während sie auf eine seltene Hunderasse tippte, erklärte ein graumelierter Mitreisender, dass es Seelöwen sein müssten. Es war das Letzte, was er sagen konnte, ehe er sich über seine Papiertüte erbrach. Rebecca wandte sich rasch ab und konzentrierte sich darauf, sich mit beiden Händen an der Holzbank festzuklammern. Sobald sie die Meerenge zwischen dem Festland und Valentia Island hinter sich ließen, fühlte es sich bei jeder Welle so an, als würden sie erst an der Fassade eines Einfamilienhauses hinauf- und dann wieder hinunterfahren. Lieber Himmel, worauf hatte sie sich nur eingelassen!

Joseph Flanagan schien der Wellengang nicht im Geringsten zuzusetzen. Er redete ununterbrochen – entweder über die irische Geschichte im Allgemeinen oder irische Klöster im Besonderen –, was Sheila nicht davon abhielt, ebenfalls mit Informationen aufzuwarten. Demnach lag Skellig Michael dreizehn Kilometer von Valentia Island entfernt oder 11,6 Kilometer vom Bolus Head, der westlichen Spitze der Iveragh Halbinsel.

Rebecca überlegte, wie lange es wohl dauern würde, diese Strecke zurückzulegen, doch Sheila gab die Antwort im nächsten Satz. »Wir werden etwa fünfundvierzig Minuten unterwegs sein.«

Unauffällig lugte Rebecca auf die Armbanduhr. Zumindest das erste Drittel war geschafft.

»Rechts sehen Sie Valentia's Bray Head«, fuhr Sheila fort, »und links Horse Island, wo viele Lachmöwen leben.«

Im Moment war kein Lachen zu hören, nur das Stöhnen des Windes. Das Magdeburger Pärchen kuschelte sich eng aneinander, während Rebecca sich einmal mehr verloren vorkam. Wie schön wäre es, wenn Nils dabei wäre ... wobei der sich wohl beschweren würde, nass zu werden. Bei besonders hohen Wellen spritzte die Gischt von oben auf sie, weswegen sie nun verstand, warum die meisten Passagiere trotz Sonnenscheins Regenbekleidung trugen.

»In der Ferne können Sie die Blasket Islands sehen, außerdem den Lemon Rock und Puffin Island.«

Noch waren alle Reisenden so beschäftigt, sich festzuhalten, dass keiner den Fotoapparat zückte, doch plötzlich tauchte dicht neben ihrem Boot eine schwarze Flosse auf.

»Ein Walhai!«, schrie die Magdeburgerin begeistert. »Das war bestimmt ein Walhai!«

»Du spinnst«, erklärt ihr Freund gutmütig, obwohl er rasch nach seinem Fotoapparat griff. »Dafür war die Flosse viel zu klein.«

»Aber ...«

Die junge Frau brach ab, denn eben tauchten gleich mehrere Delphine aus den Fluten auf und vollführten ein paar kecke Sprünge, was die Touristen zu begeistertem Kreischen veranlasste. Nur Rebecca brachte keinen Ton über die Lippen.

Johanna ... Johanna liebte Delphine.

Joseph Flanagan schien die Delphine, die das Boot eine Weile begleiteten, ehe sie in die andere Richtung fortschwammen, gar nicht zu bemerken, konzentrierte er sich doch gerade auf seine nächste Rede. »Skellig Michael wird von zwei Gipfeln dominiert. Auf dem niedrigeren wurde einst die Klosteranlage errichtet, auf dem höheren hat ein Eremit gelebt, der noch mehr Einsamkeit suchte als die übrige Gemeinschaft.«

»Da ist noch einer!«, schrie die Engländerin namens Suzie.

Flanagan guckte so, als überlegte er ernsthaft, ob irgendwo in den eiskalten Fluten ein mittelalterlicher Mönch schwimmen würde.

»Ein Delphin«, erklärte Rebecca.

Sheila nutzte die Gelegenheit, um das Gespräch wieder an sich zu reißen.

»Hier kann man viele Tiere beobachten – Walhaie, Schwärme von Seelachsen und Makrelen und natürlich Seehunde mit ihrer buckligen Nase.« Sie klang so stolz, als hätte sie persönlich all diese Tiere erschaffen. »Und bald kommen wir an Little Skellig vorbei, die kleinere Insel der beiden Skellig-Islands und ein wahres Vogelparadies.«

»Und dort haben niemals Mönche gelebt?«, fragte der Magdeburger. »Ich meine, sie hätten ja mal rüberschwimmen können.«

Flanagans Blick wurde streng. »Little Skellig ist unbewohnbar«, erklärte er.

Als sie sich später Skellig Michael näherten, fühlte sich Rebecca einmal mehr an eine Pyramide erinnert, wenngleich diese hier – anders als vom Festland betrachtet – deutlich grüner wirkte. Die Aussicht, hier an Land zu gehen und einige Stunden zu verbringen, war gleichwohl nicht verheißungsvoll.

»Auf der Insel werden Sie die Guides in Empfang nehmen und Ihnen die wichtigsten Verhaltensmaßnahmen erklären«, sagte Sheila.

»Guides?«, fragte Rebecca verwundert.

»Insgesamt verbringen vier von ihnen die Sommermonate hier.«

»Etwa in den Klosterzellen?«, fragte Edna.

»Nein, natürlich nicht. Sie sind in kleinen Containern untergebracht.«

»Und welche Verhaltensmaßnahmen bläuen sie uns ein?«, fragte der Magdeburger. »Ist küssen etwa verboten?«

»Es geht darum, potentielle Gefahren beim Besteigen der Treppen zu vermeiden. Die sind sehr steil und meist auch glitschig.«

Der graumelierte Mann mit der Papiertüte wurde noch etwas bleicher.

»Keine Angst«, sagte Flanagan, »wenn man nicht grade unter Höhenangst leidet, ist das nicht so schlimm. Die Guides steigen mehrmals täglich zu den Ruinen hoch. Ansonsten gibt es ja kaum Möglichkeiten, sich auf der Insel die Beine zu vertreten.«

»Es gibt tatsächlich auch heutzutage noch Menschen, die freiwillig auf der Insel leben?«, fragte Rebecca.

»Sie verbringen von Mai bis Oktober immer abwechselnd zwei Wochen hier und eine Woche auf dem Festland«, erklärte Sheila. »Bei schlechtem Wetter bekommen sie oft tagelang keine Touristen zu Gesicht.«

»Und wer sind diese Guides?«, fragte der Magdeburger. »Sträflinge?«

»Natürlich sind es allesamt ausgebildete Reiseführer, die sich freiwillig für diese Aufgabe bewerben«, erklärte Sheila und klang etwas eingeschnappt, fand sie es doch wohl gar nicht lustig, dass man über ihr Nationalheiligtum Scherze machte.

Sie schienen geradewegs auf eine der steilen Wände zuzufahren, und bevor Rebecca die kleine zementierte Kaimauer erblickte, die sich unmittelbar davor befand, konnte sie sich nicht vorstellen, dass sie tatsächlich hier landen würden. So unruhig wie das Boot auf- und abstieg, sobald James es wenig später vertäut hatte, war es tatsächlich eine große Herausforderung, das Boot zu verlassen.

»Heutzutage geht man hier, am sogenannten Blind Man's Cove, an Land, während die Mönche seinerzeit meist die Nordseite ansteuerten«, erklärte Sheila. »Die Wetterbedingungen lassen das seit langem nicht mehr zu. Die Straße, die Sie sehen, wurde einst gebaut, als man zwischen 1820 und 1826 die beiden Leuchttürme auf der Insel errichtete. Damals wurde Skellig Michael von den *Commissioners of Irish Lights* gekauft. Kurz vor dem ersten Leuchtturm führt eine Treppe hoch zum Kloster – dort werden Sie die Guides erwarten.«

»Wenn wir es denn überleben, aus dem Boot zu steigen«, murmelte Rebecca.

Als sie es versuchte, packte James sie an einem Arm und Flanagan am anderen, doch selbst mit vereinten Kräften konnten es die beiden nicht verhindern, dass sie nur mit einem Fuß auf dem Steg zu stehen kam, während sie mit dem anderen noch immer Halt auf dem Boot suchte – ausgerechnet dann, als es von einer Welle vom Steg weggetrieben wurde.

Auch eine Möglichkeit, den Spagat zu üben.

Dank eines etwas unsanften Stoßes von James Donovan erreichte sie schließlich doch noch den Steg, und auch die anderen Passagiere schafften es, heil aus dem Boot zu kommen. Sogar der Mann mit der Papiertüte nahm wieder etwas Farbe an.

Jeder zückte nun seinen Fotoapparat, nur Rebecca nicht.

Selbst wenn ich einen dabeihätte, wem sollte ich die Bilder schon zeigen …

»Um eins müssen Sie wieder zurück sein!«, rief Sheila, die offenbar bei ihrem Sohn auf dem Boot bleiben würde.

»Ist es nicht beeindruckend«, rief Edna laut und deutete auf die Wände, die die schmale Straße säumten. Rebecca rang sich ein Lächeln ab, haderte aber insgeheim damit, dass sie nun ganze zweieinhalb Stunden auf der Insel gefangen war und sich wahrscheinlich genauso lange ausufernde Vorträge von Joseph Flanagan anhören musste.

Ein echter Volltreffer.

Einer der Guides, der sie erwartete, war ein stämmiger Ire, der trotz der kühlen Brise nur eine kurze Hose und ein ärmelloses T-Shirt trug. Auf Letzterem war ein riesiger Gorilla abgebildet, der seinen Bierbauch betonte. Neben seiner wuchtigen Gestalt wirkte die grauhaarige Frau neben ihm umso schmaler. Sie sah so aus, als würde sie sich seit mindestens zwei Jahrzehnten ausschließlich von Quinoa und Weizengrassaft ernähren, und als Suzie sie fragte, womit sie sich den Tag vertrieb, wenn keine Touristen kamen, antwortete sie erwartungsgemäß: »Ich mache Yoga.«

Nils hätte sich jetzt unmöglich eine seiner zynischen Bemerkungen verkneifen können …

Um nicht an ihn zu denken, machte sich Rebecca als eine der Ersten an den Aufstieg und erreichte wenig später eine kleine Ebene, die die zwei Gipfel verband und »Christ's Saddle« hieß. Den grotesk geformten Stein, an dem man auf dem Weg dorthin vorbeikam und der an ein Kreuz erinnerte, betrachtete sie nur flüchtig, während die meisten anderen hier stehen blieben – nicht nur, um Fotos vom Stein zu machen, sondern auch, um einen Blick auf Wale zu erhaschen. Zumindest hatte die Yoga-Quinoa-Frau versprochen, dass man manchmal welche von hier aus beobachten könnte.

Über Christ's Saddle kreischten nur Möwen, und außerdem sah Rebecca einen Hasen vorbeihuschen.

»Haben die Mönche etwa Hasen gehalten?«, fragte sie laut.

Edna, die als Einzige mit einem Wanderstock ausgerüstet war, war ihr am schnellsten gefolgt.

»Nein, sie wurden scheinbar von den Leuchtturmwärtern hierhergebracht und haben sich rasch fortgepflanzt.«

Richtig, Sheila hatte vorhin ja die beiden Leuchttürme aus dem 19. Jahrhundert erwähnt.

»Die Leuchtturmwärter haben wahrscheinlich ständig hier gelebt«, murmelte Rebecca, »nicht nur im Sommer, wie heutzutage die Guides.«

Edna nickte. »Ich habe gehört, dass sie sogar ihre Familien mitbrachten.«

Ein wahrlich großartiger Ort, um Kinder großzuziehen ...

Rebecca nahm die Treppe in Angriff, die von Christ's Saddle hoch zur Nordspitze führte. Sie stieß auf einen Tunnel, konnte ihn aber durchschreiten, ohne den Kopf einzuziehen – was nicht nur daran lag, das sie nicht sehr groß war, sondern sie den Kopf schon die ganze Zeit über hängen ließ.

Genieß es doch ... Du betrittst ein Weltkulturerbe und du tust so, als wäre jemand gestorben!

Der Anblick der grauen, bienenwabenförmigen Zellen, von denen etliche noch intakt waren, hob ihre Stimmung allerdings nicht, sondern ließ sie nur frösteln. Von der mittelalterlichen Kirche stand nur mehr die östliche Wand, durch deren Fenster man gewiss tolle Aufnahmen von Little Skellig machen konnte. Rebecca ließ Edna den Vortritt und trat hinter die Kirche, wo sich eine Reihe ziemlich schiefer, verwitterter, mit Moos und gräulich-grünen Flecken überwucherter Kreuze befand.

Rebecca fragte sich, ob hier ausschließlich Mönche begraben waren, und bekam prompt von Joseph Flanagan, der nun ebenfalls – mit rotgeflecktem Gesicht und ziemlich schnaufend, aber mit ungebremstem Enthusiasmus – die Klosterruinen erreichte, eine Antwort. »Tatsächlich stammen die meisten Gräber auf dem hiesigen Friedhof aus dem Mittelalter. Aber es wurden auch Mitglieder der Leuchtturmfamilien hier bestattet.«

Also von Leuchtturmwärtern ... ihren Frauen ... ihren Kindern ...

Rebecca wurde die Kehle eng, als sie sich jäh fragte, wie viele tragische Todesfälle sich auf einer so unwirtlichen Insel zugetragen hatten.

Was tue ich hier eigentlich?

Und warum musste sie sich das überhaupt fragen?

Sie war doch Historikerin ... sie sollte sich doch für eine Stätte wie diese interessieren ... vorausgesetzt, dass sie sich überhaupt Historikerin nennen durfte, da sie doch nie als Geschichtslehrerin gearbeitet hatte ... wegen Nils ... oder nein, wegen Johanna ... aber warum war sie jetzt ohne die beiden hier, obwohl sie ihnen so viel geopfert hatte? Ihnen ... oder der eigenen Bequemlichkeit ... sie konnte Nils unmöglich anlasten, dass sie ihr Referendariat nicht beendet hatte. Ihm vorwerfen, dass er sie betrog, konnte sie natürlich schon, aber das traute sie sich nicht, sonst hätte sie ihn spätestens heute Vormittag angerufen, anstatt nach Skellig Michael zu fahren.

Einmal mehr stiegen Tränen in ihre Augen und sie wandte sich rasch ab, damit weder Joseph Flanagan und erst recht nicht das Magdeburger Pärchen sie sah, das sich erst vor einer der Zellen küsste und dann ein Selfie machte.

Als sie wenig später Christ's Saddle erreichte, hatte sie kaum auf die Stufen geachtet, obwohl es ihnen die Guides eingebläut hatten – eine Leichtsinnigkeit sondergleichen. Sie beschloss, sich wieder mehr auf den Weg zu konzentrieren, zumal sie nun die Treppe zum Leuchtturm in Angriff nahm.

Als sie etwa zehn Minuten später bei den Containern ankam, in denen die Guides lebten, war weder etwas vom Gorillamann noch von der Yogafrau zu sehen. Wahrscheinlich waren sie oben bei den Klosterruinen und mussten sich ordentlich ins Zeug legen, um Joseph Flanagan auszubremsen. Beim Gedanken daran lächelte sie gerade lange genug, um den Mut zu fassen, auf die Container zuzugehen. Zunächst sagte sie sich, dass sie nur neugierig auf die Lebensbedingungen auf Skellig Michael war, doch als sie vergebens einen Blick ins Innere der Container zu erhaschen versuchte, kehrte sie nicht um, sondern ging die schmale, gewundene Straße einfach weiter. Wenn sie den Plan der Insel recht im Kopf hatte, musste sie ob kurz oder lang auf zumindest einen der beiden Leuchttürme stoßen.

Nils hatte Leuchttürme immer geliebt ... und obwohl sie nicht recht sagen konnte, ob sie diese Faszination von Herzen oder nur vordergründig mit ihm geteilt hatte, hatte sie die Hoffnung, sich dort etwas weniger verloren zu fühlen als inmitten der Klosterruinen.

Was allerdings nach der nächsten Kurve vor ihr aufragte, war kein Leuchtturm, sondern ein bulliger Mann, gegen den selbst der Guide mit dem Gorilla-T-Shirt wie ein Zwerg angemutet hätte. Er war ungemein groß, ungemein stämmig und ungemein bärtig. Die untere Gesichtshälfte war aufgrund der langen Zotteln überhaupt nicht zu erkennen, von der oberen war nur zu sehen, dass die Augen streng zusammengekniffen waren. Und falls sie noch irgendeinen

Zweifel daran gehabt hätte, dass der Mann höchst ärgerlich war, hätte es ihr spätestens seine Stimme verraten. Es ging ihr durch Mark und Bein, als er brüllte: »Was tun Sie hier?«

Rebecca zuckte zusammen. Sie war überzeugt, dass mindestens eine der Mönchszellen zusammenbrechen müsste, wenn er dort oben so laut schreien würde – schließlich waren sie ohne Mörtel errichtet worden. »Ent-Ent-Entschuldigung …«

»Haben Sie das Schild nicht gesehen?«

Er sprach nun etwas leiser, machte aber einen drohenden Schritt auf sie zu, so dass sie instinktiv zurückwich.

»Welches Schild?«

Er gab einen ähnlichen Ton von sich wie ein Gorilla in der Brunftzeit. *Das arme Weibchen, das den abkriegt.*

»Touristen haben zum Bereich hinter den Containern keinen Zugang. Der Leuchtturm fällt in den Besitz der *Commissioners of Irish Lights.*«

Er klang so überdrüssig, als hätte er das mindestens schon hundert neugierigen Touristen zu erklären versucht.

»Entschuldigung«, murmelte Rebecca wieder, drehte sich um und hastete den Weg zurück. Sein Blick schien sich förmlich in ihren Rücken zu brennen. War er etwa einer der Guides, der hier lebte? Aber als Guide würde er die Gäste nicht so anpflaumen. Außerdem hatte er ein wenig so geklungen, als wäre der Leuchtturm nicht Besitz der *Commissioners of Irish Lights,* sondern sein ganz persönlicher. Ob er der Leuchtturmwärter war? Und lebte er als solcher ebenso hier wie einst seine Vorgänger im 19. Jahrhundert?

Nun, falls er ständig hier wohnen musste, könnte sie seine schlechte Laune durchaus verstehen.

Allein aus Furcht vor einer neuerlichen Begegnung machte sich Rebecca schnell wieder auf den Aufstieg Richtung Christ's Saddle.

»Ich habe gesehen, dass Sie die Bekanntschaft mit Iain gemacht haben!«

Rebecca blickte hoch und sah, dass Sheila ihr frischen Tee anbot. Mittlerweile war die ganze Gruppe zurück aufs Boot gekehrt, und Rebecca war erleichtert, dass es endlich zurück zum Festland ging. Allerdings hatte sie keine Lust, die unschöne Begegnung zu erwähnen, und zuckte nur mit den Schultern.

»Machen Sie sich nichts draus«, sagte Sheila schnell. »Iain O'Neil verhält sich allen Touristen gegenüber unmöglich. Er führt sich auf, als würde die Insel ihm gehören und als wäre es sein alleiniges Recht, hier zu sein.« Sie presste ihre Lippen zusammen, was Rebecca vermuten ließ, dass Iain O'Neil auch schon Sheila selbst mindestens einmal zurechtgestutzt hatte.

Joseph Flanagan, der sich eben neben sie setzte, schmunzelte. »Ich darf mich im Kreise derer, die eine Begegnung mit Iain nur mit knapper Not überlebt haben, übrigens auch einreihen«, schaltete er sich ein. »Als ich einmal wagte, dem unteren Leuchtturm zu nahe zu kommen, machte er den Eindruck, als würde er mich gleich eigenhändig ins Meer katapultieren.«

Beim Anblick des dürren Flanagans konnte sich Rebecca gut vorstellen, dass Iain O'Neil das auch mühelos gelungen wäre.

»Na ja«, meinte sie, »ich kann mir schon vorstellen, dass man etwas eigenbrötlerisch wird, wenn man hier zu viel Zeit verbringt.«

Sheila wurde noch schmallippiger. »Ein Mindestmaß an Höflichkeit muss man überall einfordern können – auch auf Skellig Michael.«

»Muss er als Leuchtturmwärter hier leben?«

»Ach was, der Leuchtturm ist seit Jahrzehnten unbemannt.

Ich habe noch die letzte Crew gekannt: Paddy Dirrane, Aidan Walsh und Michael O'Regan. Kinder, wie die Zeit vergeht. Es war 1987, als der Leuchtturm auf Automatik umgestellt wurde. Natürlich verbringt Iain manchmal eine Nacht hier, wenn es technische Probleme gibt. Zumindest ein Raum ist ganz wohnlich eingerichtet, und dort ist es sicher gemütlicher als in den Containern, in denen gerade mal ein Doppelstockbett, ein Tisch, zwei Klappstühle und ein Gaskocher Platz finden. Ich stelle es mir grässlich vor, so eingepfercht zu wohnen.«

Rebecca fand die Vorstellung, eine Nacht auf der Insel zu verbringen, in jedem Fall grässlich – unabhängig davon, ob man sie in einer Luxussuite oder in einem Container verbrachte.

Flanagans Blick wurde hingegen sehnsüchtig. »Immer mal wieder wird es Archäologen und Astronomen gestattet, hier zu nächtigen, doch bislang habe ich leider vergebens darum angesucht. Ich bin schließlich nur ein kleiner Archivar.«

Rebecca ging auf, dass sie bis jetzt nicht nach seinem Beruf gefragt hatte, doch nun hatte sie ungefragt eine Antwort erhalten. Ehe sie Näheres erfahren konnte, heulte der Motor auf, und das Boot entfernte sich heftig schlingernd von der Insel. Alle anderen warfen einen Blick zurück, doch Rebecca klammerte sich wieder an die Bank und starrte auf ihre Knie.

»Nun, aber im 19. Jahrhundert haben die Leuchtturmwärter doch wirklich hier gelebt«, sagte sie, sobald sie sich wieder Gehör verschaffen konnte, »und das mitsamt ihren Familien. Was für ein schreckliches Leben das gewesen sein muss!«

Flanagan antwortete: »Die Menschen damals würden das wohl anders sehen. Für die damaligen Leuchtturmwärter war ihr Beruf nicht einfach nur ein Job, sondern eine Mission. Vor 1820 gab es zwischen dem Cape Clear und dem Loop Head keinen einzigen Leuchtturm – man kann sich also gut vorstellen, zu wie vielen Schiffsunglücken es kam.«

Rebecca hatte keine Ahnung, wo die beiden Orte lagen, aber mit Blick auf das dunkle Wasser erschienen ihr Schiffsunglücke nicht als passendes Gesprächsthema.

»Aber dann kaufte die *Corporation for Preserving and Improving the Port of Dublin* Skellig Michael und errichtete zwei Leuchttürme«, fuhr Flanagan fort.

Rebecca sah hoch und warf nun doch einen Blick zurück auf die Insel. In der Ferne waren noch die Mönchszellen zu sehen, und sie erinnerte sich an die verwitterten Kreuze auf ihren Gräbern. War nicht auch die Rede davon gewesen, dass Angehörige von Leuchtturmfamilien dort oben begraben waren?

Sie wollte schon nachfragen, um wen genau es sich handelte, als der Magdeburger spottete: »Wie hoch ist eigentlich die Scheidungsrate bei den Leuchtturmwärtern? Ich meine, welche Frau haut über kurz oder lang nicht ab, wenn sie gezwungen ist, auf Skellig Michael zu leben?«

Joseph Flanagan sah ihn irritiert an, aber ehe er etwas sagen konnte, kam ihm Sheila zuvor. »Nun, obwohl er nicht dauerhaft auf Skellig Michael lebt, hat Iains Frau es auch nicht lange an seiner Seite ausgehalten. Sie ist schon vor langer Zeit mit den beiden Kindern nach Dublin gegangen.«

Rebecca konnte ihr das nicht verdenken, obwohl sie nun besser verstand, warum sich die Laune dieses Bären von einem Mann auf einem Tiefpunkt befand. Sie selber machte das Alleinsein schon nach zwei Tagen verrückt, obwohl sie von so vielen Menschen umgeben war. Wie erging es da wohl einem Mann, der nach einer gescheiterten Beziehung einen Teil seiner Zeit auf diesem Felseneiland verbringen musste?

Erneut wollte sie nach den Leuchtturmfamilien fragen, doch wieder kam ihr einer der Mitreisenden zuvor – ein älterer Herr, der ihr bei der Hinfahrt gar nicht aufgefallen war. »Heißt es in einer alten Legende nicht, dass keiner, der je seinen Fuß auf Skellig Michael setzt, wieder Glück in der Liebe findet?«

Joseph Flanagan schien noch irritierter und machte nicht den Eindruck, dass er davon schon einmal gehört hatte. Sheila hingegen wurde ungewohnt schweigsam.

»Echt?«, rief die Magdeburgerin. »Ist die Insel etwa verflucht?«

»Keine Angst«, sagte ihr Freund, »ich liebe dich immer noch, Schatz, und ich habe nicht vor, dich zu verlassen.«

»Na, dann habe ich aber Glück gehabt.«

Gelächter ertönte, und anstatt das Thema zu vertiefen, deutete Sheila auf Little Skellig. Die kleinere der beiden Inseln sah angesichts der Massen von Vögeln, die hier nisteten, wie weiß verschneit aus. Alle zückten den Fotoapparat, und James verlangsamte die Fahrt.

Rebecca blieb weiterhin sitzen. Ein Fluch ... eine alte Legende ... kein Glück in der Liebe ...

Wie es aussah, hatte sie schon vor ihrem Besuch auf Skellig Michael nicht sonderlich viel davon gehabt. Was wiederum die Mönche im Mittelalter anbelangte, konnte sie sich nicht vorstellen, dass sie an die Liebe zwischen Mann und Frau auch nur einen Gedanken verschwendet hatten. Ihnen war es schließlich allein darum gegangen, ihr Leben in den Dienst Gottes zu stellen.

4

1116

Rónán beugte sich tief über den Brunnen. Auf der schwarzen, ölig wirkenden Oberfläche des Wassers konnte er von seinem Spiegelbild nur vage Umrisse erkennen. Vielleicht war er tatsächlich längst zu einem Schatten geworden und hatte kein Gesicht mehr. Die anderen Mönche schienen auch alle gleich auszusehen – mit ihren eingefallenen, spitzen Gesichtern, der gegerbten Haut, dem nach innen gekehrten Blick, der blind für die Welt zu sein schien.

Er prüfte den Stand des Brunnenwassers und stellte fest, dass der noch niedriger als gestern war, obwohl es die ganze Nacht geregnet hatte und die Luft noch schwer und feucht war. Irgendetwas stimmte mit dem Brunnen nicht, in dem das Regenwasser, das sich über einen flachen, großen Stein hinter dem Kloster ergoss, gesammelt wurde. Wahrscheinlich versickerte das meiste wohl – nur wohin? Es schien doch kaum weiche Erde auf dieser Insel zu geben, nur Stein.

Von diesem Stein könnte er etliche Stücke zurechthauen, um damit den Boden des Brunnens auszulegen, aber er zweifelte daran, dass das allein etwas nutzen würde. Nein, man würde auch Mörtel brauchen, um den Brunnen abzudichten, doch um solchen herzustellen, müsste man Muscheln kleinschlagen – und das war in den Augen des Abts eine zu lange, mühselige Arbeit.

Als Rónán ihm angeboten hatte, dies zu übernehmen, hatte er jedenfalls nur geschwiegen. Vielleicht wollte er schlichtweg nicht, dass sie Mörtel besaßen und damit die Ritzen der Zellen füllen konnten. Dass es ständig zog, war schließlich ein Zeichen der Allgegenwärtigkeit des Windes und diese wiederum Zeichen der Allgegenwärtigkeit Gottes.

Rónán richtete sich auf. Selbst wenn er den Brunnen nicht ausbessern durfte, sollte er sich an seine übliche Arbeit machen – nämlich die vielen losen Steine, die auf der Insel herumlagen, zu sammeln und die leichteren in Ledersäcken, die schweren mit Hilfe von Seilwinden zu der Stelle zu bringen, wo sie gesammelt wurden, um sie später mit Hammer, Meißel und Stemmeisen zu formen und damit die Stufen auszubessern. In den ersten Wochen auf Skellig Michael waren seine Hände stets von Blasen übersät gewesen, doch mittlerweile war seine Haut dick und gefühllos geworden.

Was der Abt auf jeden Fall nicht gestattete, war, während der Arbeit einzuschlafen, doch als die Stille plötzlich von einem empörten Schrei zerrissen wurde, ahnte Rónán, dass Bruder Mícheal genau das einmal mehr passiert war.

Rónán unterdrückte ein mitleidiges Seufzen. Das Gesicht von Bruder Mícheal unterschied sich noch deutlich von dem der anderen. Es war rundlicher und rosiger, und die Augen waren nicht leer, sondern es war stete Angst darin zu lesen. In den Nächten, in denen er oft schlotternd wach lag, anstatt zu schlafen, galt diese Angst den Dämonen.

»Sie können diese Insel doch nicht erreichen«, pflegte Rónán dann zu sagen.

»Warum nicht? Die Dämonen haben Flügel wie die Engel, auch wenn sie bei ihnen schwarz, nicht weiß sind.«

»Der Wind würde sie verwehen ...«

»Und wenn uns ein Windstoß erfasst und in die Tiefe reißt? Einem Bruder ist genau das einmal passiert.«

»Der war viel dürrer als du ...«

»Ja«, stöhnte Mícheal, »weil er viel tugendhafter war als ich, während ich meinen fleischlichen Gelüsten nicht abschwören kann – und deswegen werden sich die Dämonen auf mich zuerst stürzen.«

Die Nacht zuvor hatte sich Rónán zu ihm gesetzt und seine Hand gehalten, bis er eingeschlafen war. Doch die kurze Zeitspanne bis zur Laudes – dem Morgenlob – hatte dem Bruder nicht genügt, um genug Kraft für den neuen Tag zu sammeln. Mícheal war auf dem Gemüsebeet, wo er eigentlich Unkraut jäten sollte, eingenickt, was Bruder Eamonn nicht entgangen war. »Du bist ein Nichtsnutz!«, schimpfte er auf ihn ein. »Ein schrecklicher Nichtsnutz!«

Eamonns Gesicht lief rot an vor Ärger, wobei der wohl nicht nur Mícheal galt, sondern auch sich selbst, hatte er doch wegen der Nachlässigkeit eines anderen die Beherrschung verloren und nicht einfach nur das übliche Schweigen gebrochen, nein, regelrecht gebrüllt. Nun, jetzt war es zu spät, sich auf die Lippen zu beißen, jetzt kamen schon andere Brüder herbeigeeilt, darunter sogar der Abt. Mit Gesten deutete er Eamonn an, sich zurückzuziehen, und Mícheal weiterzuarbeiten, und der begann prompt so schnell Unkraut auszureißen, dass er in seinem Eifer gar nicht bemerkte, wie viel von den essbaren Blättern mit den dornigen Ranken in den Korb wanderten. Nur dass Rónán, ohne zu arbeiten, unschlüssig in der Nähe des Gartenbeetes verharrte, entging dem Abt, denn schon zog es ihn wieder zurück ins Oratorium.

Sobald er verschwunden war, trat Rónán zu Mícheal. Die Gräser, die dieser mittlerweile ausriss, waren so hart, dass sie tief in seine Handinnenfläche schnitten. Und weil Mícheal zu schwach war, um schwere Steine zu schleppen, und diese darum noch nicht verhornt waren, bluteten sie. Nicht nur Blutstropfen fielen auf den Boden, auch Tränen.

»Ein Nichtsnutz, ich bin ein schrecklicher Nichtsnutz.«

Während der Abt und die anderen Brüder ihn für das Gejammer verachten würden, regte sich in Rónán nur Mitleid. Er legte seine schwielige Hand auf die Mícheals.

»Ich helfe dir ...«

Bruder Mícheal hob den Kopf. »Der Abt wird später meine Strafe verkünden«, erklärte er, »er wird mich fasten lassen. Und dann werde ich endgültig verhungern.«

»Er würde dich doch niemals sterben lassen!«

»Nun, der Heilige Comgall hat im Kloster von Bangor einst sogar sieben Mönche vor Hunger sterben lassen, weil er sie so lange fasten ließ.«

»Ich ... ich gebe dir von meinem Essen ab«, sagte Rónán schnell, doch Mícheal schien ihn gar nicht erst zu hören. »Die Mönche hier streben alle an, Märtyrer zu werden«, murmelte er in sich gekehrt. »Du weißt ja, es gibt drei Arten von Märtyrertum: das weiße, das grüne und das rote. Beim roten gibt man sein Blut hin, beim grünen all seine Sehnsüchte und Wünsche, beim weißen alles, was man liebt.«

Hast du denn jemals jemanden geliebt? Und kennst du überhaupt noch eine andere Sehnsucht als die, satt zu sein?

Laut gab Rónán seine Gedanken nicht preis, sondern wiederholte nur sein Versprechen, seine Ration mit Mícheal zu teilen. Nicht dass ihm das leichtfiel, da sie doch ohnehin nie genug bekamen. Gestern erst hatte es Fischsuppe gegeben, doch die Suppe hatte wässrig geschmeckt und das Fleisch des Fisches war nicht saftig und weiß gewesen, sondern bläulich und zäh. Vielleicht würde es einem der Mönche heute gelingen, dickere Fische zu fangen oder gar einem der vielen Vögel Eier abzujagen.

Mícheal blutete nicht mehr, aber er weinte immer noch.

»Als die Wikinger damals kamen, haben sie Abt Egal eingesperrt und verhungern lassen«, stieß er schluchzend aus.

»Das ist fast dreihundert Jahre her. Die Wikinger sind längst Christen geworden.«

»Dennoch höre ich in den Nächten manchmal Abt Egals Geist, wie er ruhelos herumzieht ...«

»Der Abt wohnt doch jetzt im Himmel.«

»Heißt es nicht, dass man hier auf Skellig Michael dem Himmel so nahe wie an keinem anderen Ort der Welt ist? Und kann es daher sein, dass man hier den rechten Moment verpasst, durch das Tor ins Jenseits zu schreiten?«

Rónán zog unbehaglich die Schultern hoch. »Was immer du in den Nächten vernimmst – es ist das Geschrei der Möwen.«

»Die Möwen schlafen in der Nacht.«

»Du solltest das auch, dann würdest du nicht tagsüber über der Arbeit einnicken.«

»Wie soll ich denn schlafen, wenn sich mein Magen vor Hunger verkrampft?«

»Vielleicht ...« Rónán rang eine Weile nach den richtigen Worten. »Vielleicht lässt dich der Abt als Strafe gar nicht fasten. Vielleicht schickt er dich auch zum Eremiten, um ihm das Essen zu bringen.«

Mícheal riss die Augen auf, und seine Tränen versiegten. »Zum Eremiten?« Seine Stimme war ganz heiser vor Furcht. »Den Weg zum Gipfel würde ich doch erst recht nicht überleben.«

Der Gipfel im Süden der Insel war nicht nur hoch, er war auch spitz. Wer darauf stünde, könnte die Wolken berühren, hieß es. Bis ganz hinauf schaffte es allerdings niemand – nur bis zur Eremitage, die man ein Stück darunter errichtet hatte. Hier lebte ein Mönch in noch größerer Einsamkeit als der Rest der Gemeinschaft – und führte ein noch frömmeres Leben.

»Du wirst es schaffen«, sage Rónán, obwohl er längst bereute, die Eremitage erwähnt zu haben. Wusste der Teufel, was ihn geritten hatte – schließlich hatte er selbst weder eine der drei Plattformen, auf denen die Eremitage errichtet worden war, noch den Eremiten selbst je zu Gesicht bekommen. Das sollte man auch nicht, hieß es doch, nur Gott allein dürfte ihn sehen. Lediglich an der Stelle, die man Nadelöhr nannte und die es zu überwinden galt, wenn man auf den Südgipfel steigen wollte, war Rónán mehrmals vorbeigekommen.

»Warum ... warum muss man dem Eremiten überhaupt Essen bringen?«, fragte Mícheal. »Dem Heiligen Paul von Theben, der nur Kleider aus Palmwedeln trug, brachte ein Rabe jeden Tag ein halbes Stück Brot. Und am Freitag und Mittwoch aß er überhaupt nichts, weil an dem einen Tag Jesu Tod gedacht wird und am anderen Judas' Verrat.«

»Nun, ich nehme an, die Raben, die in Theben leben, sind freundlicher als hierzulande die Möwen.«

Mícheal erschauderte, seine Lippen waren mittlerweile so blutleer wie seine Wangen. »Es heißt, einer der Eremiten hätte einmal einen Steinbrocken auf einen Unwürdigen geworfen, der den Aufstieg zur Eremitage wagte.«

»Dieser Unwürdiger war gewiss ein Wikinger ... aber keine Angst ... es ist, wie gesagt, schon so lange her, dass diese Skellig Michael heimsuchten ... Übrigens war auch das seinerzeit ein Grund, die Eremitage zu gründen.«

Die Worte schienen an Mícheal abzuperlen. So stark, wie er nunmehr schlotterte, dachte er wahrscheinlich an Abt Egals Geist oder die wilden Wikinger oder er malte sich aus, wie er beim Aufstieg abrutschte und sein Körper auf dem spitzen Stein zerschellte.

Rónán wusste, dass er nicht hierbleiben konnte, weil alsbald auffallen würde, dass er sich von seiner Arbeit weggestohlen hatte. Er ließ Mícheals Hand los, jedoch nicht, ohne sie ein letztes Mal zu drücken und ihm zuzuraunen: »Wenn du wirklich dem Eremiten Essen bringen musst, werde ich anbieten, dich zu begleiten.«

Es war ein strahlender Tag, wie es ihn hierzulande selten gab: Keine einzige Wolke stand am Himmel, die Kronen der Wellen, die gegen das Eiland donnerten, waren schaumweiß und das Meer nicht unheimlich schwarz, sondern von einem freundlichen Blau, ja dort, wo die Sonnenstrahlen es kitzelten, nahezu türkis.

Nicht dass Rónán dem guten Wetter traute. Zu viele Sturmschwalben zogen Kreise über sie – ein sicheres Zeichen für baldigen Regen –, aber das hielt ihn nicht davon ab, Mícheal zu versichern, dass der blaue Himmel ein Zeichen wäre, wie gut es Gott mit ihnen meinte.

Mícheal schnaufte bereits, als sie Christ's Saddle erreichten, obwohl er bis dahin nur nach unten, nicht nach oben steigen musste. Leider hatte er die Sturmschwalben auch gesehen, wenngleich es nicht der Regen war, den er fürchtete. »Diese Vögel sind böse«, erklärte er, »Bruder Ciaran sagt, sie würden ein übelriechendes Öl ausspucken. Einmal hat eines dieser Biester auf diese Weise den Messwein verunreinigt.«

So ein Unsinn, dachte Rónán. Wenn der Messwein in unseren Mündern bitter schmeckt, dann nur, weil wir so lange des guten Essens entwöhnt sind ...

»So nahe wagen sich die Sturmschwalben doch nicht an Menschen heran«, sagte er laut.

»Der Eremit zumindest ist kein gewöhnlicher Mensch mehr, sondern ein Heiliger«, murmelte Mícheal, und nun klang nicht nur Angst, sondern auch Ehrfurcht aus seiner Stimme. »Bruder Ciaran meinte, sein Mund wäre ihm zugewachsen, weil er seit Jahren kein Wort mehr gesprochen hätte, und seine Zunge wäre aus Stein.«

»Nun, dann kann zumindest er keinen Messwein trinken«, sagte Rónán.

»Spotte nicht! Sonst wird dir der Abt befehlen, als Buße hundertmal hinzuknien und wieder aufzustehen.«

»Das würde er doch nur, wenn er wüsste, was ich über den Eremiten gesagt habe. Und du wirst mich doch nicht verraten, oder? Zumal ich dich auf diesem Weg begleite.«

Bruder Mícheal beantwortete die Frage nicht. »Der Eremit macht auch jeden Tag hundert Kniebeugen, vielleicht sogar tausend. Und er erhebt beide Hände gen Himmel, wenn er Psalmen betet.«

»Ich vermute, das hat auch Bruder Ciaran behauptet, aber heißt es nicht, dass niemand den Eremiten je sieht? Woher weiß er das dann?«

Mícheal zuckte mit den Schultern und achtete wieder auf den Weg, während Rónán sich darauf konzentrierte, den geflochtenen Korb gerade zu halten, damit sie nichts von seinem Inhalt verloren. Sehr schwer war der Korb nicht, beinhaltete er doch nur getrockneten Fisch und Weißklee.

Bald hatten sie den niedrigsten Punkt von Christ's Saddle erreicht, von dem aus ein grüner Hang zu einem Grat führte, der den Südgipfel mit einer Anhäufung von Steinen verband. Am nördlichsten Ende des Grates begann der Aufstieg und führte zunächst über ein paar Stufen, dann auf einem natürlichen, spiralförmigen Weg zur westlichen Seite des Gipfels.

Mícheals Schnaufen wurde lauter, und Rónán fragte sich, wie er es mit ihm im Schlepptau wohl nach oben schaffen konnte. Zwar galt es nur die unterste der drei Plattformen zu erreichen, wo sich der Garten des Eremiten befand, und nicht die beiden oberen, wo er schlief und betete. Doch der Abt hatte gewarnt, dass auf dem Pfad, der hinter dem »Nadelöhr« folgte, ein falscher Schritt genügte, um in die Tiefe zu stürzen. Und schon jetzt, als der Weg plötzlich eine scharfe Kurve nahm, hinter die man nicht blicken konnte, und man einen Schritt ins Ungewisse setzen musste, bekam er einen ersten Eindruck von den vielen Gefahren, die es zu überwinden galt.

Aus Mícheals Schnaufen wurde erst ein Stöhnen, dann ein Jammern. »Ich … ich … ich schaffe das nicht.«

Rónán brach der Schweiß aus, und so unangenehm, wie sie auf sie herabstach, erschien ihm die Sonne längst nicht mehr als Zeichen, dass Gott ihnen freundlich gewogen war. »Pass auf«, sagte er, »du bleibst einfach hier und wartest.«

Mícheal sah ihn mit großen Augen an. »Warten?«

»Später kannst du doch sagen, dass wir dem Eremiten gemeinsam den Korb gebracht haben.«

»Aber das wäre eine Lüge!«

»Wovon nur wir beide wüssten!«

»Auch Gott weiß es.«

»Gott ist doch nicht kleinlich – nicht an einem Ort, wo alles – der Wind, das Meer, die Einsamkeit – so groß und laut ist.«

»Denkst du wirklich …«

»Warte einfach hier!«

Er drückte ihn auf einen Stein, und Mícheal leistete weder Widerstand noch machte er Anstalten, sich wieder zu erheben und Rónán zu folgen, als der davongegangen war. Nur einmal drehte dieser sich nach seinem Gefährten um, dann beschloss er, sich lieber auf den Weg zu konzentrieren.

Nun war er es, der ins Schnaufen geriet, als es stetig bergauf ging, der Weg erst schmaler wurde, dann breiter und schließlich vor einem Stein endete, der horizontal vor ihm aufragte. Auch hier befanden sich zwei steinerne Plattformen – einst errichtet, weil man von diesem Ort aus Material zum Bau der Eremitage hochgeschafft hatte. Wie verführerisch es wäre, sich auf eine zu setzen und auszuruhen! Doch Rónán hielt nicht inne, sagte sich vielmehr, dass es durchaus angenehm war, einmal zu schwitzen. Er umklammerte den Korb und kletterte am Stein vorbei, was nun, da er keine Rücksicht mehr auf Mícheal nehmen und nicht länger dessen Klagen hören musste, leichter als erwartet fiel. Und dann hatte er schon ein Steinkreuz erreicht, von dem eine Art Rinne wegführte. Etliche Löcher befanden sich hier, in denen man gut Halt fand, obwohl viele von Pflanzen überwuchert waren und diese Pflanzen Dornen hatten, wie der brennende Schmerz in seinen Zehen bewies. Nun, die paar Blutstropfen machten ihm nichts aus. Je höher er kam, desto lebendiger fühlte er sich. Hier oben schien ihn der Wind nicht zum Gebet zu ermahnen wie sonst. Nein, laut zu lachen schien er, ihn zu verspotten: *Du glaubst, Gott zu dienen, indem du ein freudloses Leben führst? Ach, vielmehr tanzen solltest du, tanzen wie ich!*

Gewiss, der Wind hatte keine Knochen, die er sich brechen könnte, während Rónán sich hütete, einen unbedachten Schritt zu machen. Das änderte aber nichts daran, dass er nun immer wieder stehen blieb, sich umblickte und den Blick aufs Meer genoss, der ihm heute kein Unbehagen verursachte wie sonst, sondern ihm eine Ahnung von Freiheit schenkte. Wenn er die Arme ausbreitete ... vielleicht könnte er dann wirklich fliegen. Nicht dass er es versuchte, aber allein die Vorstellung, es zu tun, ließ ihn erstmals fühlen, was so viele Mönche von Skellig Michael vor ihm geahnt hatten: dass dies ein Ort war, wo der Mensch keine Vergangenheit und keine Zukunft hatte, einzig im Hier und Jetzt lebte und dieses Jetzt gleichsam die Ewigkeit Gottes war.

Die letzten Schritte, die ihn von seinem Ziel trennten, gelangen ihm mühelos. Schon hatte er die erste Plattform erreicht, die von Flechten überwuchert war und einen Blick auf die zweite darüber ermöglichte, ebenso auf das winzige Oratorium, das dort oben aus trockenem Stein errichtet worden war. Ob man darin überhaupt aufrecht stehen konnte?

Nun, ganz sicher würde man von dort aus die bienenwabenförmigen Zellen ihrer Klostersiedlung sehen, und obwohl der Abt Rónán eingebläut hatte, nicht höher als bis zur ersten Plattform zu steigen, machte er sich nun doch ans Klettern. Erst jetzt gestand er sich ein, warum er Mícheal wirklich zur Eremitage hatte begleiten wollen – nicht nur aus Mitleid und Barmherzigkeit, sondern auch aus Neugierde. Ja, er wollte einen Blick auf den Eremiten erhaschen, in sein Gesicht schauen ... das Gesicht eines Menschen, der jeden Tag überreich von der Freiheit kostete, die er eben vage gespürt hatte ... der Freiheit von Angst ... der Freiheit von Zweifel.

Er kam nur mehr auf allen vieren voran, musste den Kopf einziehen, weil der Wind ihm so heftig ins Gesicht blies, dass seine Augen tränten. Der Wind lachte nicht mehr, tanzte nicht mehr, schien ihn vielmehr zu warnen. *Wer weiß, ob du erträgst, was dich hier in dieser Höhe erwartet.*

Ein Mensch schien es schon mal nicht zu sein, denn es war nichts zu hören – weder ein Stöhnen, ein Ächzen, ein Murmeln, noch nicht einmal ein raues Atmen.

»Bruder ...«, stieß Rónán aus, und erst jetzt ging ihm auf, dass er gar nicht wusste, wie der Eremit hieß. Vielleicht wusste es niemand, weil ein Name in dieser Höhe und dieser Einsamkeit keine Bedeutung hatte.

Ein eisiger Schrecken durchfuhr Rónán, als er die zweite Plattform erreichte. Erst erstarrte er, dann wich er so schnell zurück, dass er fast gefallen wäre. Im letzten Moment hielt er sich an ein paar Gräsern fest und fand wieder Halt.

Neben dem Oratorium befand sich ein Bassin, in dem

sich Wasser gesammelt hatte. Dieses Wasser war schwarz wie im Brunnen des Klosters und wahrscheinlich genauso kalt, und in diesem Wasser lag – mit dem Kopf voran – ein Mönch.

Obwohl der Wind kräftig wehte, stank es grässlich. Nicht nur von dem Toten ging dieser beißende Geruch aus, sondern auch von dem Wasser, in dem er so lange gelegen hatte. Obwohl es nicht salzig war, schien es die oberste Schicht der Haut zerfressen zu haben – zumindest kam es Rónán so vor, als er den Leichnam zögernd an den Schultern packte und herauszog. Wer lange genug auf Skellig Michael lebte, so war ihm gesagt worden, besäße irgendwann kein menschliches Antlitz mehr, sondern wäre eine Maske, hinter der sich ein Funke des Allmächtigen erahnen ließ. Dieser Tote hier hatte tatsächlich kein menschliches Antlitz mehr, aber je länger Rónán auf das bläulich aufgeschwemmte Fleisch starrte, desto höhnischer schien ihn die Fratze des Todes anzugrinsen.

Es hat doch alles keinen Sinn. Und wenn wir noch so heilig leben, wenn wir noch so entschieden allen Fleischeslüsten abschwören, wenn wir hier oben auf dem Gipfel uns dem Himmel so nahe wähnen und mit dem Wind zu tanzen vermeinen – am Ende sind wir nichts als verwesendes Fleisch. Denn wahrhaft mächtig, wahrhaft groß ist nicht der Mensch, ist auch nicht der Wind oder das Meer, sondern nur der Tod.

Dieser Gedanke, der in ihm so viel Grimm, so große Empörung weckte, erschreckte Rónán fast noch mehr als der Anblick des toten Bruders. Er ließ ihn los, so dass er mit lautem Klatschen zurück in das Wasserbassin fiel. Etwas von der fauligen Brühe spritzte auch auf Rónáns Kutte, aber das war ihm egal, war er doch ohnehin überzeugt, den Geruch des Todes nie wieder abwaschen zu können ... nie wieder auch den Zweifel loszuwerden, der sich in ihm regte. Als er damals ins Kloster eingetreten war, hatte er geglaubt, den grausamen Tod, wie seine Schwester Nola ihn gestorben war, hinter sich gelassen zu haben, doch nun hatte ihn dieser Tod wieder eingeholt, war ungleich schneller den Gipfel hochgeklettert als er, hatte höhnisch grinsend auf ihn gewartet.

Für den Abstieg brauchte er deutlich länger. Er beeilte sich nicht, hatte auch keine Angst zu fallen, warum denn auch. Der Tod war mächtiger, größer, schneller ... wenn er ihn wollte, würde er ihn ohnehin kriegen. Dennoch ließ er sich Zeit, um seine Fassung wiederzufinden – und sei es nur um Bruder Mícheals willen, der zutiefst schockiert sein würde, wenn er vom Tod des Eremiten erfuhr.

Auf der Höhe des Nadelöhrs hielt er inne. Sein Geist war immer noch aufgewühlt, doch der Schweiß in seinem Gesicht war erkaltet, nun, da dicke Wolken sich wie Fäuste auf dem Himmel ballten. Sie hingen nicht tief genug, um die spitzen Gipfel der Insel zu erreichen, stahlen ihr aber jegliche Farbe. Das Meer war wieder schwarz, das Lied der Brandung klang wieder feindselig, in Rónán erwachte Trotz.

Dann sind wir eben verfaulendes Fleisch, na und. Wenn es unsere Gebete nicht bis zum Himmel schaffen, so steigt wenigstens unser Gestank hoch genug, um Gott daran zu erinnern, dass es uns noch gibt. Nein, es wird ihm nicht gelingen, uns zu vergessen, selbst wenn er wollte. Unwillkürlich erhob Rónán seine Faust zum Himmel, und obwohl sich in tiefster Seelenkammer die Einsicht regte, dass die Gedanken, die er spann, üble Blasphemie waren, konnte er nicht anders, als mit dem Allmächtigen zu hadern, der den Mann dort oben im Wasserbassin hatte verfaulen lassen, anstatt seine Engel zu schicken.

Er wusste, wenn er die Faust wieder sinken ließ, würde er sich wie ein Narr vorkommen ... schlimmer noch ... er würde einsehen, dass er ein Sünder war, ein Frevler ... doch gerade deswegen hielt er sie drohend erhoben.

Die Strafe erfolgte sofort. Ob wegen seiner lästerlichen Gedanken oder einfach nur aus Unaufmerksamkeit konnte er später nicht sagen – jedenfalls rutschte er ein Stück über dem Nadelöhr auf einem Stein aus, der zwar nicht feucht, aber sehr glatt war. Und ehe er wieder Halt finden und sich an Flechten klammern konnte, war er schon zu Boden gegangen, hatte sich mehrmals um die eigene Achse gedreht und rollte immer schneller dem Abgrund entgegen. Weder Gräser noch Steine hielten seinen Sturz auf. Er würde ins Meer fallen und ertrinken, dessen war er sich gewiss, doch anstatt Angst regte sich nur Hohn: *Ha, die Fische werden mich fressen, ehe mein Leichnam zu stinken beginnt!*

Doch der Tod wollte ihn nicht. Rónán blieb schließlich auf trockenem Boden liegen, atmete noch, und sein Herz pochte schneller denn je. Mit brummendem Kopf blickte er sich um, sah, dass er in der Nähe von jener Stelle gelandet war, die man Aedhs Höhle nannte. Eine Höhle gab es hier zwar längst nicht mehr, und er wusste auch nicht, wer dieser Aedh gewesen war, doch er wusste, dass – lange bevor man die Eremitage auf dem Südgipfel errichtet hatte – hier ein Mönch ganz allein gelebt hatte. Von der einstigen Zelle stand nur eine Mauer, doch die hatte genügt, um Rónáns Sturz zu bremsen. Er erhob sich, entdeckte unten beim Wasser ein paar träge Seehunde – und sah noch ein anderes Wesen, viel zarter als diese und mit viel hellerer Haut.

Einen Augenblick lang war er überzeugt, dass er zwar nicht sein Leben, dafür aber seinen Verstand verloren hatte. Doch als er aufstand und nach unten hinkte, begriff er, dass seine Sinne ihn nicht täuschten. Er sah dieses Wesen nicht nur, er konnte es sogar berühren.

Tot, tot, tot ... auch dieser Mensch war tot ... wie war es möglich, dass er zwei Leichname an einem Tag entdeckte? Oder war es vielleicht nur einer, weil der Wind den Leichnam des Eremiten mit sich gerissen und in die Tiefe hatte stürzen lassen? Aber nein, der Wind war nicht einmal stark genug gewesen, seinen Gestank zu vertreiben ... während dieser Tote hier nach gar nichts roch.

Rónán zögerte wieder lange, packte schließlich auch diesen Körper an den Schultern und drehte ihn um.

Es war keiner der Mönche, schlich sich ein Gedanke in die Leere seines Kopfes.

Und dieser Mensch hier war nicht tot, folgte ein weiterer.

Und viele, viele Atemzüge später ging ihm auf: Der Mensch war eine Frau.

Dieser Gedanke schien eine fast noch größere Lästerung Gottes zu sein als sein voriger Hader. Es konnte doch keine Frau hier vor ihm liegen! Nie hatte ein weibliches Wesen diese Insel betreten! Und hätte es doch eine versucht, so hatte der Abt unlängst behauptet, würde sie auf der Stelle tot umfallen!

Aber tot war lediglich der fromme Eremit, während der Körper der Frau noch warm war und das Leben in ihr pulsierte, das fühlte er ganz deutlich. Doch gleichzeitig sah er, dass etwas Warmes über ihr Gesicht lief, auch über ihre Hände, ihre Brust ... etwas Rotes… es war Blut…

Seine Gedanken verlangsamten sich wieder, ehe ihm aufging: Sie ist schwerverletzt, und viel schneller überkam ihn die Erkenntnis: Und sie ist schön. So wunderschön.

5

Als Rebecca zurück zum Bed and Breakfast kam, hatte sie zum ersten Mal seit Tagen wieder richtigen Appetit. Am Morgen hatte sie das Sandwich, zu dem Flanagan sie eingeladen hatte, nur mühsam heruntergebracht – jetzt lief ihr das Wasser im Mund zusammen, als sie drei kleine Plastikschüsseln mit verschiedenen Salaten aus der Tüte zog, die sie im Supermarkt von Portmagee gekauft hatte: Mozzarella und Tomaten, Couscous mit Minze und Nudelsalat mit Hähnchen. Die Aussicht auf eine Tasse löslichen Kaffee war zwar nicht berauschend, aber sie freute sich, etwas Warmes zu trinken, saß ihr nach der Rückfahrt von Skellig Michael doch die eisige Kälte in allen Gliedern. Ein Vollbad wäre auch was Feines – zumindest entfuhr ihr allein bei der Vorstellung, die etwas steifen Glieder in heißes Wasser zu senken, ein wohliges Seufzen. Und wenn sie sich auf Skellig Michael noch so verloren gefühlt hatte, diese unglückselige Begegnung mit Iain O'Neil erlebt und obendrein hatte erfahren müssen, dass die Insel kein guter Ort für Liebende war, konnte sie nicht leugnen, dass der Ausflug sie aus der Lethargie gerissen hatte. Außerdem hatte ihr Joseph Flanagan vorhin beim Abschied sein Visitenkärtchen überreicht und sie dazu eingeladen, ihn jederzeit anzurufen, falls sie noch mehr von der Gegend sehen wollte. Gerne könnte er ihr Valentia Island mit seinen prähistorischen Ausgrabungsstätten und anderen Sehenswürdigkeiten zeigen. Rebecca zweifelte daran, dass sie sich allzu bald wieder einen seiner ausufernden Vorträge antun würde, aber es war ein gutes Gefühl, dass sie jemanden anrufen konnte, wann immer sie wollte.

Die gute Laune währte genau so lange, bis sie ihr Zimmer betrat und die drei Plastikschälchen mit den Salaten aus der Papiertüte gezogen hatte. Dann fiel ihr Blick auf ihr Smartphone, das immer noch ausgeschaltet war, weil der Akku leer war. Und gerade als sie zum Schluss kam, dass das sein Gutes hatte, entdeckte sie, dass, wer immer das Bett gemacht und das Bad geputzt hatte, auch einen Adapter für die Steckdose auf das Tischchen gelegt hatte. Sheila konnte das nicht gewesen sein, aber wahrscheinlich hatte sie eine Angestellte, die es gut mit Rebecca gemeint hatte und nicht damit hatte rechnen können, dass sie ihr damit gründlich den Appetit verdarb. Denn jetzt konnte sie nicht einfach in Ruhe essen und baden.

Sie steckte das Smartphone ein, wartete eine Weile, bis das Symbol des angebissenen Apfels aufleuchtete, gab ihre PIN ein. Und schon signalisierte ihr ein Piepsen und Vibrieren, dass eine SMS eingegangen war. Von Nils.

Ruf mich sofort an.

Obwohl sie eben noch gefröstelt hatte, brach ihr nun der Schweiß aus.

Er hat bemerkt, dass ich weg bin … und er kann sich sicher denken, warum …

Am liebsten hätte sie das Smartphone wieder ausgeschaltet, aber sie wusste, dass sie das Unvermeidliche nicht länger aufschieben konnte und dass sie ihn endlich mit ihren Vorwürfen konfrontieren musste.

Mechanisch öffnete sie eines der Plastikschälchen, steckte sich eine Kirschtomate in den Mund, kaute darauf, ohne etwas zu schmecken.

Warum fühle eigentlich ich mich schlecht, wenn er mich doch betrogen hat? Warum lasse ich mir eine köstliche Mahlzeit vergällen?

Dieser Gedanke machte sie zornig genug, um seine Nummer zu wählen. Schon beim fünften Läuten hatte sich ihr gerechter Zorn etwas verflüchtigt, und sie legte fast schon auf, als plötzlich sein knappes »Ja?« ertönte.

»Ich bin's«, sagte sie, obwohl er ihren Namen auf dem Display lesen konnte.

Seine einzige Antwort war ein Keuchen – zumindest klang es so. Erst, nachdem sie Schuldgefühle und Verlegenheit hineinzuinterpretieren versucht hatte, erkannte sie, dass die Verbindung schlecht war, weil er offenbar im Auto saß. »Kann jetzt nicht ... unterwegs ... später ...«

So sehr sie sich eben einen Aufschub gewünscht hatte, so wenig wollte sie sich einfach abweisen lassen. »Du hast mich gebeten, dass ich dich sofort anrufe.«

Sie merkte erst, dass sie schrie, als sie den Satz bereits beendet hatte.

Wieder ein Rauschen, dann einzelne Worte. »Hemd gesucht ... blaue ... dann das weinrote genommen ...«

Rebeccas Hand, mit der sie sich das Smartphone ans Ohr presste, schien taub zu werden. Deswegen rief er sie also an. Nicht wegen seiner Affäre, nicht, weil er sich Sorgen machte, sondern weil sie seine Hemden nicht aus der Reinigung geholt hatte.

»Übermorgen bist du doch wieder zurück, oder?«, fragte er. Die Verbindung war nun besser, aber nun geriet sie ins Stammeln ...

»Übermorgen ... ja ... vielleicht ...«

Sie war nicht sicher, ob ihre Worte überhaupt bei ihm ankamen.

»Und bitte«, er klang nun etwas gereizt, »bitte sag mir beim nächsten Mal rechtzeitig Bescheid, wenn du einen Wellnesstrip mit Charlotte planst. Ich wundere mich ja, dass sie unter der Woche so einfach wegkann. Ich meine, ihre Jungs sind doch noch so klein. Du hättest Johanna seinerzeit auch nicht einfach beim Babysitter abgeladen. Geht's euch gut?«

Wellnesstrip? Charlotte? Rebecca war nicht sicher, ob er den Verstand verloren hatte oder sie.

»Und du hast auch nicht vergessen, dass am Wochenende die Hübners zu Besuch kommen.« Zumindest mit diesem Namen konnte sie sofort etwas anfangen. Arnulf Hübner war der Vorstandsvorsitzende der Bank, in der Nils arbeitete.

»Ja«, murmelte sie, »weiß ich doch ...«

»Und du weißt auch noch, dass die Frau vom Hübner Vegetarierin ist. Oder sogar Veganerin. Am besten, du kochst irgendetwas mit diesem ... diesem ... diesem, na diesem Sojazeugs.«

»Du meinst Tofu?«

»Tofu ist zu banal. Ich meinte dieses Seitan-Zeugs. Im Internet findest du doch bestimmt Rezepte. Ich muss jetzt Schluss machen, genieß die Massage.«

»Massage ist doch zu banal, wenn dann schon eine Hot-Stone-Behandlung«, murmelte Rebecca, aber da hatte Nils schon aufgelegt.

Ihre Hand war immer noch wie taub, als sie wie erstarrt dastand, weiterhin das Smartphone an ihr Ohr presste und versuchte, sich einen Reim auf seine Worte zu machen. Charlotte hatte also für sie gelogen, um ihre Ehe zu retten. Gegen ihren Willen. Oder – um es etwas freundlicher auszudrücken – ohne ihre Zustimmung.

Sie war nicht sicher, ob sie dankbar oder wütend sein sollte. Sie wusste nur, dass sie keine Lust mehr auf die Salate hatte.

»Wie wär's mit einer Tasse Tee, Gurkensandwiches und Scones?«

Ehe Rebecca sich versah, hatte Sheila sie an den Schultern gepackt und auf eines der Sofas gedrückt, das über und über mit rosigen Blumen bestickt war und auf dem mehrere Polster mit grünem Samtbezug und unzähligen Troddeln lagen. Auf dem Tisch vor ihr befand sich eine weiße Decke mit gehäkeltem Saum.

Rebecca kam langsam wieder im Hier und Jetzt an. Vorhin hatte sie wie ferngesteuert das Zimmer verlassen, ohne genau zu wissen, wohin sie wollte. Zum Glück war sie Sheila förmlich in die Arme gelaufen.

»Also, ich hole schnell etwas ...«

Ohne ihre Zustimmung abzuwarten, ließ Sheila sie im Salon des Bed and Breakfast sitzen und machte sich in der Küche zu schaffen, und ja, es tat gut, sich einfach zurückzulehnen und dem Klappern von Geschirr zu lauschen. Wenig später kam Sheila mit einem vollbeladenen Tablett zurück.

»Die andern Gäste sind noch nicht zurückgekommen – sie nützen wohl das schöne Wetter aus.«

Rebeccas Blick glitt nach draußen zum immer noch strahlend blauen Himmel.

»Schade eigentlich, dass man nicht mehr Zeit auf Skellig Michael verbringen kann«, fuhr Sheila fort. »Gerade mal zwei, drei Stunden, dann heißt es nach Hause fahren.«

Während Sheila dampfenden Tee einschenkte, beugte sich Rebecca vor. »Na ja, anders als Joseph Flanagan reizt es mich wenig, dort zu übernachten.«

Sheila nötigte ihr ein Gurkensandwich auf. Es sah etwas alt aus, und das Brot schien in ihrem Mund immer mehr zu werden, aber der Belag schmeckte erstaunlich gut. Sheila hatte Kerbel oder Dill oder beides zu den Gurken gegeben. »Im 19. Jahrhundert mieden die Fischer die Insel. Alle möglichen Geschichten wurden erfunden, wonach die Insel nachts von den Geistern der Mönche heimgesucht werde. Diese Geuster, so hieß es, würden regelmäßig an der Tür des Leuchtturms klopfen, weil ihre Seelen nicht zur Ruhe kämen.«

»Womit wir wieder bei diesem Fluch wären …«

Vorhin auf der Rückfahrt hatte Sheila kein Wort mehr darüber verloren, und auch jetzt sah sie sie nur fragend an.

»Na, diese Geschichte, wonach Liebende nie wieder glücklich werden, nachdem sie die Insel betreten haben«, hakte Rebecca nach.

»Ich denke, das ist alles nur Aberglaube. Selbst wenn die Liebesgeschichte damals tatsächlich tragisch endete, heißt es doch nicht, dass sie einen Schatten auf alle künftigen Paare geworfen hat, die Skellig Michael jemals wieder betreten. Denken Sie an das Ende von *Romeo und Julia*. Es ist so traurig, und trotzdem pilgern unzählige Liebenden nach Verona.«

»Die Liebesgeschichte damals?«, fragte Rebecca.

»Na, diese alte Legende, die scheinbar schon im Mittelalter erzählt wurde.«

»Damals wurde die Insel doch von Mönchen bewohnt. Was bedeutet, dass Skellig Michael nicht gerade das optimale Setting für eine Lovestory war.«

Sheila grinste schief. »Aber ist bei richtig guten Lovestorys die Liebe nicht immer verboten, ja nahezu unmöglich?«

»Sie meinen, auf Skellig Michael hat damals eine Frau gelebt?«

Sheila nahm auch einen Schluck vom Tee, aber anders als Rebecca schien ihr davon nicht warm genug zu werden. »Nach diesen Bootsfahrten brauche ich einfach etwas Stärkeres als nur Tee … Sie haben doch sicher auch Lust auf einen Schuss Whiskey? Der brennt so richtig durch, und es ist doch angenehmer, Schauergeschichten zu hören, wenn einem richtig warm ist.«

Ehe Rebecca protestieren konnte, war Sheila schon aufgesprungen. »Im Keller habe ich noch eine Flasche Bushmills«, sagte sie und verließ den Salon, um auf die Tür, die sich gleich neben der Rezeption befand, zuzusteuern. Rebecca beugte sich vor, nahm nun auch ein Stück der Scones. Während sie kaute, lauschte sie Sheilas Schritten, die zuerst vom Teppich gedämpft wurden, dann von steinernen Stufen hallten und immer leiser wurden. Danach war eine Weile gar nichts mehr zu hören. Rebecca wunderte sich nicht weiter, verzehrte das Scone, wartete. Schließlich schnappte sie sich eine Tageszeitung, die auf dem Stuhl gegenüber dem Sofa lag, und las unkonzentriert einen Artikel, dessen Inhalt sie bereits vergessen hatte, noch bevor sie fertig war. Eigentlich war mittlerweile zu viel Zeit vergangen. So lange konnte es doch nicht dauern, eine Flasche Whiskey aus dem Keller zu holen. Sie nahm noch ein paar Schluck aus der Teetasse und stand dann auf.

»Sheila?«, rief sie.

Keine Antwort.

Rebecca erhob sich und trat zur verwaisten Rezeption. Von der Tür daneben wehte ihr kalte, modrige Luft entgegen.

»Sheila?«, rief Rebecca wieder, und diesmal klang ihre Stimme deutlich besorgter.

Sie lugte die Treppe hinunter, die aus fast so schiefen, unregelmäßigen Stufen bestand wie die von Skellig Michael, und vernahm einen kläglichen Ton.

»Um Gottes willen! Sheila!«

Sie musste etwa auf halbem Weg gestolpert sein und lag merkwürdig verdreht am Ende der Treppe. Immerhin konnte sie den Kopf noch heben. »Um den Whiskey ist es richtig schade ...«, sagte Sheila und deutete auf das bräunliche Scherbenmeer hinter ihr.

»Es geht einfach nicht«, sagte Sheila seufzend.

Nachdem Rebecca ihr aufgeholfen hatte, schien es, als habe sie den Sturz unverletzt überstanden. Doch rasch stellte sich heraus, dass sie unmöglich auf dem rechten Fuß auftreten konnte. Selbst im trüben Licht von einer einsam an der Decke baumelnden Glühbirne erkannte Rebecca, dass der Knöchel rasend schnell anschwoll. Gerade mal drei Stufen hatte es Sheila, die sich zugleich auf Rebecca und das Treppengeländer stützte, nach oben geschafft. Schon bei der vierten war ihr ein kläglicher Aufschrei entfahren, und anstatt einen fünften Schritt zu wagen, ließ sie sich auf eine Stufe sinken.

»Sie müssen unbedingt zum Arzt«, wiederholte Rebecca das, was sie als Erstes gesagt hatte, als sie Sheila erreicht hatte. Vorhin hatte die noch nichts davon wissen, sondern lieber die Glasscherben aufwischen wollen, aber jetzt nickte sie kleinlaut.

»Ich gehe immer zu Doktor Sullivan in Knightstown, aber er kann unmöglich hierherkommen, er hat doch immer so viel zu tun.«

»Aber es wird doch so etwas wie einen Notruf geben.«

»Wegen dieser läppischen Sache?«, fragte Sheila, obwohl ihr Gesicht kreidebleich war und die kleine Schramme auf der Stirn dadurch umso deutlicher sichtbar war.

»Ich fahre Sie gerne zur Praxis, aber zuerst müssen wir Sie irgendwie ins Auto kriegen.«

Sheila kniff die Lippen zusammen, erhob sich wieder, stützte sich diesmal mit beiden Händen auf das Treppengeländer und schaffte immerhin zwei Stufen – ehe sie wieder aufgab. »Können Sie meinen Sohn anrufen?«, fragte sie. »An schönen Tagen geht er nach den Skellig-Trips manchmal noch fischen, aber vielleicht haben Sie ja Glück. Seine Telefonnummer finden Sie an der Rezeption.«

Oben angekommen, wählte Rebecca James Donovans Nummer, aber wie befürchtet, hob er nicht ab. Sie hinterließ eine Nachricht auf seinem Anrufbeantworter, durchsuchte ein Verzeichnis von Telefonnummern nach der des Arztes, stieß aber nur auf die einer gewissen Muriel.

»Ist Muriel das Zimmermädchen, das hier aushilft?«, rief sie die Treppe hinunter.

»Sie arbeitet nachmittags in einem Hotel in Knightstown, ich will sie dort nicht stören.« Sheilas Stimme klang noch gepresster als vorhin.

Kurzerhand griff Rebecca in ihre Tasche, zog den kleinen Zettel hervor, den sie dort fand, und wählte Joseph Flanagans Nummer.

Es blieb nur die Frage, wie viele wissenschaftliche Vorträge er wohl bis zur Arztpraxis in Knightstown halten würde.

Tatsächlich ließ es sich Joseph Flanagan nicht nehmen, Sheila nicht nur die Treppe hoch zu geleiten, sondern zur Arztpraxis zu fahren. Allerdings war er auf dem Weg unerwartet wortkarg und bestand lediglich später darauf, in Dr. Sullivans Wartezimmer mit Rebecca auszuharren.

Rebeccas Mund war nach dem Kraftakt, Sheila erst zum Auto und dann in die Arztpraxis zu bringen, wie ausgedörrt. Ein Glas Whiskey wäre jetzt nicht schlecht, dachte sie, wobei sie genauso gern das Wasser in dem Plastikbecher ergriff, den Joseph Flanagan ihr reichte.

»Wie ist es bloß zu diesem Unfall gekommen?«

»Ich fürchte, wenn ich nicht mit der alten Legende angefangen hätte …«, setzte Rebecca an.

Joseph Flanagan wurde hellhörig. »Alte Legende?«

»Naja … diese Geschichte … von einem Mönch und einer Frau … Auf der Rückfahrt von Skellig Michael haben wir darüber geredet, und später hat mir Sheila mehr erzählt ... Wobei ich mir nicht vorstellen kann, dass ein Wissenschaftler wie Sie daran glaubt, dass die Insel verwunschen ist.«

Flanagan lächelte breit. »Nun, dass es für ein Liebespaar üble Folgen hat, ihre Zeit auf Skellig Michael zu verbringen, glaube ich in der Tat nicht. Das ist schlichtweg Aberglaube. Aber die Legende basiert nicht nur auf Aberglauben, sondern ...«

»Wie gut kennen Sie diese Legende denn?«, fragte Rebecca und nahm einen Schluck Wasser.

»Wie gut ich sie kenne?«, Flanagan lachte. »Um ehrlich zu sein, habe ich es mir zur Lebensaufgabe gemacht, ihre wahren Hintergründe zu entschlüsseln. Skellig Michael hat eine lange und faszinierende Geschichte, aber der historische Kern dieser Geschichte hat meine Aufmerksamkeit stets am meisten auf sich gezogen.«

Rebecca blickte sich im Wartezimmer um. Bis auf Joseph Flanagan und sie war es gähnend leer. Von wegen Dr. Sullivan hätte so viel zu tun. Die Sprechstundenhilfe saß hinter einem Computer, und ihre pinklackierten Nägel klapperten, als ihre Finger über die Tastatur flogen.

»Und was ist nun dieser historische Kern?«, fragte Rebecca.

Bevor er antwortete, zog sich Joseph Flanagan etwas umständlich seine Jacke aus. Während sie ihn aus den Augenwinkeln dabei beobachtete, rätselte sie, wie alt genau er wohl war. Seine antiquierte Redeweise erinnerte sie an ihren Großvater, aber sie schätzte ihn nicht viel älter als fünfundvierzig, maximal fünfzig. Vielleicht alterte man aber auch schlichtweg schneller, wenn man einen Großteil seines Lebens in einem Archiv verbrachte.

»Die Ereignisse, die übrigens im 16. Jahrhundert schriftlich aufgezeichnet wurden, müssen sich, wie ich mittlerweile überzeugt bin, zu Beginn des 12. Jahrhunderts zugetragen haben«, begann er, nachdem er sich wieder gesetzt hatte. »Damals herrschten bürgerkriegsähnliche Zustände in der Provinz Munster, was in meinen Augen ein hinreichender Grund für das Mädchen war, nach Skellig Michael zu fliehen.«

»Und wer genau war dieses Mädchen?«

Er ging nicht darauf ein. »Manche Experten sind der Meinung, dass erst die normannische Invasion einige Jahrzehnte später den historischen Hintergrund bildet, aber ich finde, dass es dafür keinen Anhaltspunkt gibt. Gegen das 13. Jahrhundert wiederum spricht, dass damals keine Mönche mehr auf der Insel lebten. Ab dem 11. Jahrhundert verschlechterte sich das Wetter in Irland deutlich – in vielen Chroniken ist von Stürmen und langen Regenperioden die Rede, sogar von Schneefall, obwohl der hierzulande selten ist. Wann genau die Mönche Skellig Michael verlassen haben, um fortan im Kloster in Ballinskellig zu leben, ist natürlich auch eine alte Streitfrage. Die einen denken, dass es schon rund um 1200 passierte – andere wie ich verweisen auf zwei Quellen aus späterer Zeit, die einen Hinweis darauf liefern, dass damals noch Abgaben entrichtet wurden. Jedenfalls erwähnt Gerald von Wales, ein Chronist der Anglo-Normannen, der ausführlich von der Eroberung Irlands berichtet, das Kloster von Skellig Michael. Wie auch immer ...«

Er machte eine weit ausholende Bewegung, und Rebecca befürchtete schon, dass er sich in noch mehr Details verlieren würde. Hörte er sich eigentlich selber zu, wenn er sprach? Allerdings nahm er ja an, dass sie als Historikerin bestens mit Irlands Geschichte vertraut war – und nicht minder davon fasziniert wie er. Und da sie nicht eingestehen wollte, dass sie mittlerweile schon überfordert wäre, vor einer Gymnasialklasse zu stehen und mit ihr die deutsche Geschichte durchzugehen, schwieg sie.

»Selbstverständlich gibt es auch den Ansatz, wonach sich die Ereignisse, auf denen die Legende basiert, schon viel früher zugetragen haben, also im 9. oder 10. Jahrhundert. Ein Freund von mir stellte sogar die verwegene These auf, dass das Mädchen vor den Wikingern floh. Da diese aber auch Skellig Michael bedroht haben, wäre sie dort nicht in Sicherheit gewesen, sondern vom Regen in der Traufe gelandet.«

»Jedenfalls hat sich ein Mönch in dieses Mädchen, das sich – vor was auch immer – auf die Insel retten konnte, verliebt«, warf Rebecca ein, um endlich zum Kern vorzustoßen.

Flanagan sah sie etwas verwirrt an, als gelte es, erst eine Weile darüber nachzudenken, ob man das Wörtchen »verliebt« überhaupt im Kontext wissenschaftlicher Ausführungen benutzen durfte.

»Nun, in jedem Fall hat er ihr das Leben gerettet. Sie war schwerverletzt.«

Sheila Donovan war das Gott sei Dank nicht. Ehe Flanagan fortfahren konnte, öffnete sich die Tür des Behandlungszimmers. Mit einem dicken Verband um den Fuß und auf eine Krücke gestützt, aber immerhin auf ihren eigenen Beinen, trat Sheila zu ihnen.

»Ich fürchte, der Rest muss warten«, erklärte Rebecca und erhob sich, um sie zu stützen.

6

1116

Das Mädchen atmete noch, regte sich ansonsten aber nicht. Rónán atmete auch, viel schneller und aufgeregter als sie, aber bewegte sich genauso wenig. Wenn er lang genug hier sitzen würde und die dröhnenden Kopfschmerzen, die er seit dem Sturz verspürte, vergingen, würde sich der Anblick, der sich ihm bot, vielleicht als Trugbild entlarven und das Mädchen einfach verschwinden.

Es *durfte* nicht hier sein, also *konnte* es auch nicht hier sein. Doch auch wenn er sich noch so oft die Augen rieb - das Wesen vor ihm war aus Fleisch und Blut, keine Ausgeburt seiner Phantasie. Möglich war nur, dass es in Wahrheit gar kein Mädchen war, sondern ein Dämon in dessen Gestalt geschlüpft war, um ihn in Versuchung zu führen. Wobei er in diesem Moment ja keine Sünde beging. Er starrte das Mädchen einfach nur an, sog den Anblick seiner weißen Haut in sich auf, fühlte Sehnsucht in sich erwachen, die schmerzhafter als Kälte und Hunger war.

Diese übermächtige Sehnsucht machte ihn allerdings nicht blind für die Wunden am Leib des Mädchens und für das Blut, das unaufhörlich herausströmte. Und wenn auch dieses von Dämonen kam, die ihn dazu verlocken wollten, das Mädchen zu berühren? Aber er wusste noch nicht einmal, wo und wie er das tun sollte, um sie zu retten. In seinem einstigen Kloster hatte er nur dreimal im Jahr die Krankenstube betreten – immer vor einem großen Feiertag, wenn der Aderlass anstand, der alle Mönche, nur nicht die ganz alten und schwachen, stärken sollte. Zögernd beugte er sich über das Mädchen, riss ein Stück rauen Stoffs von seiner Kutte und presste ihn auf die Wunde, die am heftigsten blutete. Sie befand sich an der Schulter – weit genug vom Herzen entfernt, wie er erleichtert feststellte. Falls sie von einer Waffe stammte, so hatte deren Klinge das Mädchen nur gestreift, nicht durchbohrt. Wobei sie womöglich nicht von einer Waffe getroffen worden war, sondern von einem umfallenden Baum ... Bäume, wie es sie hier auf der Insel nicht gab ...

Woher sie wohl stammte? Und wie lange sie schon hier lag?

Nicht lange genug auf jeden Fall, dass die salzige Seeluft die helle Haut ihres Gesichts gerben konnte. Sie war so dünn, dass unter den Augen und an den Schläfen sachte die Adern durchschimmerten. Und wie dicht und lang ihre Wimpern wuchsen – einen Ton dunkler als das bronzefarbene Haar, das wie ein Fächer um ihren Kopf ausgebreitet lag. Es war blutverschmiert und etwas nass geworden, fühlte sich aber trotzdem weicher an als seine Haare. Das zumindest stellte er fest, nachdem der bereits dreimal darüber gestreichelt hatte, ohne recht zu wissen, was er tat. Er zuckte zurück. Was nutzte ihr das schöne Haar, wenn sie um ihr Leben rang? Und was nutzte sein lächerlicher Fetzen Stoff, der sich mittlerweile mit Blut vollgesogen hatte?

Kurz überlegte er, Bruder Cathal herbeizurufen, der der Heilkunde mächtig war. Auf Skellig Michael wuchsen zwar nicht viele Pflanzen, jedoch die eine oder andere, die Schmerzen lindern und Verletzungen heilen konnte. Erst kürzlich hatte Bruder Cathal einem Mönch einen Verband angelegt, nachdem diesem ein Stein auf den Fuß gefallen war. Doch woraus hatte der bestanden? Aus dem Flechtstrauchgras, das überall wuchs, oder aus Engelwurz, die sie nur im Klostergarten anbauten? Wobei Engelwurz keine

Krankheiten heilte. Wie die schwarzen Fenchelsamen konnte man ihn lediglich gegen den Hunger kauen. Um zu wissen, was er tun sollte, musste er Bruder Cathal schon fragen.

Er erhob sich, blickte sich um, zauderte aber noch, weil er nicht sicher war, was er Bruder Cathal sagen sollte. Würde er das Kloster verlassen, wenn er ihm von dem Mädchen erzählte? Und selbst wenn – würde er es überhaupt retten wollen oder es nicht vielmehr ins Meer werfen? Bevor er auf das Mädchen zu sprechen kam, müsste er vom Tod des Eremiten berichten, was ihre Gemeinschaft gewiss in helle Aufregung versetzen würde und die Mönche womöglich dazu veranlasste, sofort zum Südgipfel hochzusteigen, um dem Toten die letzte Ehre zu erweisen.

Als ob man für ein Stück verwesendes, stinkendes Fleisch noch etwas tun konnte ...

Das Mädchen roch und verweste noch nicht, aber aus der Wunde floss weiterhin Blut. Anstatt Hilfe zu holen, beugte Rónán sich wieder dicht über den zarten Körper, zog vorsichtig den dünnen Stoff von der größten Wunde und betrachtete diese eingehender. Der Stoff war dünner, als er je einen gesehen hatte, die Haut weicher, als er je eine berührt hatte. Wenn er wenigstens etwas Messwein hätte, um damit die Wunde auszuwaschen. Und mochten die Mönche noch so oft mahnen, dass man keinen Tropfen verschwenden dürfte – um dem Mädchen zu helfen, hätte er diese Sünde gerne auf sich genommen. Außerdem hatte Bruder Malachias einmal behauptet, dass der Abt – wenn es denn notwendig wäre – auch Meerwasser zu Messwein verwandeln könnte. *Lieber wäre mir, er würde aus dem ohnmächtigen Mädchen ein quicklebendiges machen ...*

Ohnmächtig war es allerdings nicht mehr, denn als er eben vorsichtig die Wunde berührte, schrie es gepeinigt auf. Und öffnete nicht nur den Mund, sondern auch die Augen.

Blau ... sie waren blau ... zumindest war er davon überzeugt, ehe es sie wieder zusammenkniff und zurücksank.

»Es ... es tut mir leid«, murmelte er, »ich wollte dir keine Schmerzen zufügen ... aber deine Wunde ... sie muss gereinigt werden.«

Er war fest überzeugt, dass die junge Frau ihr Bewusstsein erneut verloren hatte, doch als er schon überlegte, die Wunde wieder mit dem Stoff ihres Kleides zu bedecken, presste sie plötzlich etwas über die Lippen.

»Rote Miere ...«

Lieber Himmel, was meinte sie nur? Versuchte sie etwa, ihm ihren Namen zu sagen?

Er beugte sich tief über sie. »Ja?«

»Rote Miere ... sie wirkt ... entzündungshemmend ...«

Sie sprach also von einer Pflanze. Einer Pflanze, die heilen konnte. Aber leider hatte er keine Ahnung, wie diese Pflanze aussah. Als er danach fragte, blieb es lange still. Endlich öffnete sie wieder den Mund. »Beinwurz ... hilft auch ... er wächst hier ... Spitzwegerich ...«

Bruder Rónán schüttelte verzweifelt den Kopf. Auch diese Pflanzen kannte er nicht. Eigentlich wusste er nur, wie Sauerampfer aussah, dessen Blätter sie hier manchmal in Suppen rührten, oder die Gänsedistel, die man hinzumischte, damit sie den bitteren Geschmack vertrieb. Bruder Cathal gab ihnen außerdem regelmäßig Löffelkraut zu kauen – er meinte, dass das dazu verhelfe, alle Zähne zu behalten –, jenen, die an Husten litten, den Stängel des Hasenfußfarns und jenen, denen häufig die Glieder schmerzten, die Nebelpflanze.

»Ich würde dir so gerne helfen ...«

Ihre Lippen schienen vollends blutleer zu sein, aber sie

hatte dennoch die Kraft, ihre Hand zu heben. »Seegras …« Sie deutete auf einen Stein, der von einer grünlichen Schicht überzogen war.

Wollte sie, dass er etwas davon auf ihre Wunde presste? Oder sollte sie es schlucken, um davon gestärkt zu werden? Ehe er die Fragen stellen konnte, fiel ihre Hand kraftlos neben ihren Körper. Die Augen versanken förmlich in Höhlen, der Atem war so schwach, dass man ihn kaum noch hören konnte.

Rónán stürzte zum Felsen und kratzte die grünliche Schicht ab, dankbar, dass seine Fingernägel so lang waren. Er eilte zurück zu ihr, bedeckte die Wunde mit der schmierigen, grünen Substanz, lief zurück zum Felsen und kratzte noch mehr ab. Erst jetzt warf er einen Blick dahinter, sah das Meer … und das kleine Boot, das dort trieb. Es war kleiner als jenes, mit dem Bruder Ciaran Mícheal und ihn einst zur Insel gerudert hatte. Ein Wunder, dass sie es damit hierhergeschafft hatte … noch dazu mit ihren Verletzungen.

Er gab noch mehr Seegras auf die Wunde und stellte erleichtert fest, dass sie nicht mehr so stark blutete. Außerdem – wenn Gott sie wirklich sterben lassen wollte, hätte es auf dem gefahrvollen Weg hierher ein Dutzend Möglichkeiten gegeben.

Wenig später kletterte er noch einmal hoch zur Eremitage. Mittlerweile hatte er jedes Zeitgefühl verloren und war überzeugt, dass er die Sext versäumen würde – das Gebet um drei Uhr nachmittags, in dem man Adams Sünde und Christi Tod gedachte. Sei's drum, er hatte Wichtigeres zu tun. Hatte er sich vorhin auf jeden Schritt konzentriert, achtete er jetzt kaum auf den Weg. Er stürzte dennoch nicht – vielleicht, weil er sich nur um das Mädchen ängstigte, nicht um sich selbst. Was, wenn das Seegras nicht half? Was, wenn es alles nur schlimmer machte? Und was sollte er tun, falls sie überlebte?

Nun, da er nicht mehr ihr Gesicht vor sich hatte, stieg unweigerlich das seiner Schwester Nola vor seinem inneren Auge auf. Sie hatte sterben müssen, weil die vielen Sippen im Land sich ständig befehdeten. Zwar war alles besser geworden, als Murtagh O'Brien aus der Familie der Dál Cais an die Macht gekommen war und das Land vereint hatte, doch vor einigen Jahren war dieser schwer erkrankt. Anstatt durch Munster zu reiten und die Kleinkönige auf sich einzuschwören, verbrachte er seine Tage im Bett, und Teile seines Körpers stanken gerüchteweise wie die eines Verwesenden. Wahrscheinlich wurde längst offen um seine Nachfolge gestritten, doch es waren keineswegs alle mächtigen Männer des Landes davon überzeugt, dass diese sein Sohn antreten sollte. Und wer immer in Irland auf Widerspruch oder gar Widerstand stieß, suchte nur selten nach den richtigen Worten, um den anderen zu überzeugen, sondern zog lieber gleich das Schwert. Auf Skellig Michael hörte man das Klirren der Waffen nicht – doch auf dem Festland drüben war vielleicht ein Krieg ausgebrochen ... was wiederum hieß, dass er die Mönche warnen musste.

Als er allerdings die Eremitage erreichte und den Korb mit Essen an sich nahm, den er vorhin hier hatte stehen lassen, war er nicht einmal sicher, ob er ihnen vom Tod des Eremiten berichten sollte.

Wenn es wirklich Gott und nicht der Teufel war, der dem Mädchen auf die Insel verholfen hatte, so war es doch eine glückliche Fügung, dass der Eremit kurze Zeit zuvor gestorben war. So nämlich hatte er einen Vorwand, dann und wann das Kloster zu verlassen und das obendrein mit einem Korb Essen. Nicht dass sich darin genug befand, um satt zu werden ... jedoch ausreichend, um nicht zu verhungern.

Den Durst wiederum könnte das Mädchen stillen, wenn es vom Regenwasser nippte, das sich auf Blättern und Steinen gesammelt hatte. Vorausgesetzt natürlich, dass sie das Bewusstsein wiedererlangte ... und um zu zeigen, dass er dafür zu einem Opfer bereit war, überwand er seinen Ekel, packte den toten Eremiten an den Füßen, zog ihn aus der Wasserlake und drehte – nach altem Brauch – seinen Körper so, dass seine Füße Richtung Osten zeigten und sein Kopf Richtung Westen. Es war das Mindeste, was er für ihn tun konnte, obwohl es ihm nicht leichtfiel, und er erschauderte, weil der Körper so kalt war ... so viel kälter als der Leib der jungen Frau ...

Als er später wieder zu ihr zurückkehrte, war allerdings auch sie ziemlich kalt. Dass sie atmete, erkannte er nur daran, weil er ein Blättchen vor ihre Lippen hielt und dieses sanft erzitterte. Das Seegras auf der Wunde hatte sich nahezu schwarz verfärbt, aber zumindest sah er kein neues Blut. Nicht minder groß wie die Gefahr, zu viel vom Lebenssaft zu verlieren, war ohne Zweifel die zu erfrieren, wenn sie hier ohnmächtig lag, aber dagegen konnte er nicht mehr tun, als einige Steine aufzuschichten und um sie herum eine Art Mauer zu bauen. Danach blieb er stehen, betrachtete eine Weile die fast durchsichtige Haut und fragte sich, wie sie wohl hieß. Bald sah er ein, dass er dies vielleicht nie und schon gar nicht heute erfahren würde, und machte sich schweren Herzens auf den Rückweg.

Zumindest seine Angst, dass Bruder Mícheal erwacht war, ihm gefolgt war und ihn mit dem Mädchen beobachtet hatte, war unbegründet, denn der andere Mönch schlief tief und fest, als er den Grat in der Nähe von Christ's Saddle erreichte. Rónán freute sich, dass Mícheal seit langem endlich ein wenig Ruhe gefunden hatte und lächelte, als er ihn anstupste.

Sehr lange währte das Lächeln nicht, denn Mícheal klagte sich nicht nur der eigenen Schwäche an, sobald er erschrocken hochgefahren war – obendrein starrte er misstrauisch auf Rónáns Kutte.

»Was ... was ist geschehen?«

Rónán folgte seinem Blick. Er sah nicht nur die losen Fäden an jener Stelle, wo er vorhin ein Stück Stoff abgerissen hatte, sondern auch einen dunklen Fleck. Vielleicht stammte der vom faulen Wasser, in dem der Eremit gelegen war ... vielleicht aber auch vom Blut des Mädchens.

Während er noch um erklärende Worte rang, deutete Mícheal entsetzt auf sein Gesicht. »Und diese Wunden ...«

Rónán betastete seine Stirn. Er fühlte erst jetzt, dass er von seinem Sturz mehrere Kratzer und eine Beule abbekommen hatte und dass sein rechtes Auge etwas zugeschwollen war.

»Ich bin gestürzt ...«

»Mein Gott!«

Ehe Rónán sich versah, hatte Mícheal seine Kutte hochgeschoben, um seine Beine zu untersuchen, und tatsächlich waren auch diese voller Schrammen. Rónán schlug seine Hände weg.

»Nicht!«, sagte er, »es ist nicht so schlimm, wie es aussiehst.«

Mícheals Entsetzen wich Erleichterung. Allerdings folgte er Rónán nicht, als der entschlossen Richtung Christ's Saddle losstapfte.

»Hast du ihn gesehen?«, rief er Rónán nach.

»Den Eremiten?«

»Den auch ... aber ich meine ... man sagt doch ... man sagt doch, dass man dort oben auf der Südspitze Gott sehen könnte.«

Nein, ich habe Gott nicht gesehen, aber ein wunderschönes Mädchen ...

Rónán blieb stehen. »Wenn wir zurückkommen, musst du dem Abt sagen, dass du dem Eremiten ab jetzt immer das Essen bringen wirst.«

»Aber ich kann doch nicht ...«

Rónán drehte sich um, hastete auf den anderen zu und packte ihn an den Schultern. »Ich werde dich natürlich begleiten.«

»Aber warum willst du freiwillig ...«

Rónán sann über eine Ausrede nach, wollte aber nicht lügen. »Tu es einfach! Sonst erzähle ich, dass ich allein hochgestiegen bin, während du geschlafen hast.«

Eigentlich wollte er nicht so barsch zu Mícheal sein, und er bereute es prompt, als dieser nicht nur blass wurde, sondern zu zittern begann. Doch als er dann kleinlaut nickte, war Rónán einfach nur erleichtert, dass sein Plan aufgegangen war.

In den beiden Nächten, die folgten, machte Rónán Bruder Malachias – einem der ältesten Mönche der Gemeinschaft – Konkurrenz. Der schlief nämlich nur jede zweite Nacht, während er in der anderen kerzengerade in seiner Zelle stand. Rónán stand zwar nicht, schlief aber trotzdem kaum, hielten ihn doch die Gedanken an das Mädchen wach. Nun, da er nicht mehr in das schöne Gesicht schauen konnte, war er nicht länger sicher, ob er nicht doch von Dämonen heimgesucht wurde wie einst der heilige Antonius in der Wüste. Gleichwohl erzählte er niemandem davon, und auch nicht, dass der Eremit tot war.

Nach der zweiten Nacht wusste er, dass er eine dritte ohne Schlaf kaum überstehen würde. Darum packte er ein Bündel mit Essen und erklärte Bruder Mícheal, dass sie dem Eremiten erneut zu essen bringen müssten. Die Sehnsucht nach Schlaf oder die Furcht vor Rónáns Drohungen war größer als sein Misstrauen. Anstatt zu fragen, ob Rónán auch dem Abt Bescheid gesagt habe, folgte Mícheal ihm willig, und bald hatten sie nicht nur die Klostersiedlung, sondern auch den ersten Teil der glitschigen Treppe hinter sich gebracht.

Mícheal wartete an der gleichen Stelle wie das letzte Mal – und auch das Mädchen lag noch genauso da, wie er es zurückgelassen hatte, inmitten der von ihm aufgehäuften Steine und völlig reglos. Als er die junge Frau sah, wusste Rónán sofort wieder, dass sie ein Mensch und kein Dämon war. Aber genauso sicher war er, dass sie tot war. Dann fiel sein Blick allerdings auf den Korb mit Nahrung, den er vor drei Tagen hier abgestellt hatte und der inzwischen leer war. Außerdem erkannte er, dass sich das Mädchen mit einem Stück Leder zugedeckt hatte, das es auf Skellig Michael nicht gab, sah man von den Pergamentseiten der wenigen, kostbaren Bücher ab, die die Gemeinschaft besaß. Er trat näher, berührte das Leder, kam zum Schluss, dass es die Haut einer Robbe war, aber befühlte unvermittelt auch die weiche Haut der jungen Frau. Ja, er strich ihr übers Gesicht, und ob er es nun bewirkte oder nicht – das Mädchen schlug die Augen auf. Sie blieb steif liegen – entweder vom Schmerz bezwungen, zu erschöpft oder vor Furcht vor ihm erstarrt –, löste den Blick aber nicht von ihm.

»Wer ... wer bist du?«, fragte er.

Mehrmals setzte sie zu einer Antwort an, aber ehe sie etwas sagte, hatte sie den Korb entdeckt, den er mitgebracht hatte. Nun richtete sie sich doch auf – blitzschnell, wenn auch mit einem Ächzen –, riss ihm den Korb aus den Händen und stopfte sich seinen Inhalt nach und nach in den Mund. Es war vor allem Fisch, waren doch den beiden Mönchen, die für dessen Fang zuständig war, gestern ungewöhnlich viele Schellfische und Seebrassen ins Netz gegangen.

»Danke, hab Dank.«

Sie lebt noch, sie lebt noch ... sie ist so schön, so schön ...

»Wie ... wie heißt du?«

»Aislinn.«

Sie flüsterte den Namen nur, und als er ihn wiederholte, sprach auch er ihn ganz leise aus, vermeinte gar, die Silben würden in seinem Mund schmelzen. Ein Name wie dieser schien nicht auf diese Insel zu passen. Hier war doch alles spitz, hart, kalt und laut. Der Name hingegen schien so weich zu sein. Alles an ihr war weich. Und seine Knochen waren das mit einem Mal auch. Unmöglich konnte er sich länger aufrecht halten, sondern sank auf die Knie.

»Und du?«, fragte sie.

»Rónán.«

Als sie den Namen wiederholte, fühlte er sich plötzlich wie ein Verräter. Hatte er überhaupt noch das Recht, sich Rónán zu nennen? Rónán war doch der Name eines Mönchs ... und ein Mönch sollte vor Gott knien, nicht vor einem Mädchen. Nahezu panisch sprang er auf, lief davon, mit schmerzenden Knochen und schmerzender Brust und vor allem mit schmerzender Seele. Er stolperte mehrmals, schürfte sich seine Hände auf, aber das war ihm egal. So sollte es ja sein – diese Welt bereitete Schmerzen, und deswegen musste man diese Welt überwinden, genauso, wie es Jesus getan hatte. Sein grausamer Kreuzestod versprach das Ewige Leben, während dieses Mädchen mit dem sanften Namen und dem sanften Gesicht zwar lebte, aber letztlich doch sterblich war.

Er weckte Mícheal auf und kehrte mit ihm zum Kloster zurück, wo niemand bemerkt hatte, dass sie zwischendurch verschwunden waren.

In dieser Nacht schlief er tief und fest; da war nichts Weiches mehr an ihm, nein, er schien aus Stein zu bestehen. Zumindest fühlten sich seine Glieder ganz schwer an, als er erwachte. Nur sein Herz war leicht und flüsterte ihm gleich nach dem Erwachen Aislinns Namen zu. Er wiederholte ihn und vermeinte, dass seine Lippen süß schmeckten.

Dabei gab es auf dieser Insel keinen Honig ... es hatte ihn noch nie gegeben ... auch eine Frau hatte es auf dieser Insel nie gegeben, und doch war nun eine da ... und er kannte ihren Namen.

Diesmal würde er keine zwei schlaflosen Nächte vergehen lassen, bis er sie wiedersah. Diesmal nutzte er auch nicht den Eremiten als Vorwand, sich von der Gemeinschaft fortzustehlen, sondern einen Haufen Steine von Christ's Saddle, den er hoch zum Kloster schleppen wolle. Der Abt lobte den Eifer, freiwillig eine solch unliebsame Aufgabe zu übernehmen – die anderen Mönche nahmen seine Ankündigung gleichgültig hin. Dennoch fühlte er sich beobachtet, als er nach unten stieg, warf nach jedem Schritt einen Blick über die Schultern und ging erst dann schneller, als niemand mehr zu sehen war.

Diesmal lag Aislinn nicht hinter der Steinaufschüttung, sondern stand am äußersten Rand jenes Stücks Wiese, von dem es steil nach unten ging. Sie schien die schroffen Klippen nicht zu fürchten, sondern hob selbstvergessen etwas in die Luft und raunte Worte, die weich wie ihr Name waren, ihn aber dennoch misstrauisch stimmten – desgleichen wie die Pflanze, die sie in der Hand hielt und die solche dunkelroten Blütenblätter hatte, wie er sie noch nie auf Skellig Michael gesehen hatte.

Sie ist eine Zauberin ... schlimmer noch ... eine Druidin ...

Und Druidenzauber war nicht einfach nur verboten – er war eine Sünde, die nicht vergeben werden konnte und wenn man noch so lange dafür büßte. Wer solch einen Zauber sprach, erging es wie der Druidin Cainech, die ob des Wirkens eines Heiligen von der Erde verschluckte wurde, während ihre Schwestern zu Stein verwandelt worden waren.

Aber wurde man nicht auch zu Stein, wenn man lange genug auf dieser Insel lebte und schwieg?

Er schwieg nicht, sondern trat auf Aislinn zu und fragte: »Was tust du da?«

Sie lächelte, als sie sich zu ihm umdrehte. »Ich habe ein paar Pflanzen gesucht, aber nicht viel gefunden. Kamille wächst hier überreich und wird meiner Wunde helfen zu heilen, und ich habe Mastkraut entdeckt, das wiederum vor Elfen schützt.«

Himmel! Elfen! Hier gab es doch keine Elfen! Und wenn jemand Schutz brauchte, dann er vor ihr!

»Du glaubst an Elfen?«, fragte er.

Sie sah ihn an und lachte nun aus voller Kehle. »Warum starrst du mich so entsetzt an? Ja, ich glaube, dass der Himmel blau ist, die Sonne warm ist und die Brandung laut. Und genauso selbstverständlich glaube ich an Elfen.«

»Im Meer kann man ertrinken, die Sonne kann einen blind machen und auf einen Platz im Himmel kann man nur hoffen, wenn man jeglichem Aberglauben abschwört. Ich habe noch nie eine Elfe gesehen.«

»So streng wie du mich anstarrst, verstehe ich, warum sich die Elfen vor dir verstecken.«

Er wich zurück. »Bist du etwa deshalb vom Festland geflohen? Weil du ... weil du eine Heidin bist?«

Ihr Lächeln schwand. »Ich bin wie alle Mitglieder meiner Familie getauft. Ich fürchte, es sind nicht mehr viel von ihnen am Leben. Es ... es haben sich schreckliche Kämpfe zugetragen.«

Sie deutete hinter sich Richtung Festland, doch von der Küste war nichts zu sehen und schon gar nichts zu hören. Und selbst wenn die Welt dort in Flammen stünde – den Steinen hier auf der Insel wäre es egal.

»Kämpfe?«

»Der König von Muskerry wurde getötet, O'Ciarmhaic von Knockaney auch. In Ely bekriegen sich die O'Fogartys ... und dann gibt es noch namenlose andere, die um die Macht in Süd-Munster streiten. Leider denken sie alle, dass man diese Macht erlangt, wenn man den Tod bringt.«

»Und was denkst du?«

»Ich denke, dass wahre Macht bedeutet, dem Leben zu dienen – auch deswegen habe ich nach Pflanzen gesucht. Mastkraut schützt nicht nur vor Elfen, sondern erfüllt ebenso andere Zwecke. Man kann einen Tee daraus trinken, wenn das Wasserlassen schwerfällt, und man kann seine Blätter auf schlecht verheilende Wunden legen.«

Er deutete auf die wunderschöne Blüte in ihrer Hand. »Aber das ist kein Mastkraut.«

»Nein, das ist eine Anemone, die ich vom Stein gepflückt habe ...«

Wie kann denn etwas auf Stein erblühen?, dachte er erschaudernd.

Ihm jedenfalls wurde allein unter ihrem Blick heiß und kalt, und er fand seine Fassung auch nicht wieder, als sie ihm die Blume überreichte. »Danke für deine Hilfe ... ohne dich wäre ich wahrscheinlich tot ...«

»Deine Sippe ... deine Sippe ist also Machtkämpfen in Munster zum Opfer gefallen ... und du allein hast fliehen können ...« Je länger er sprach, desto schwerer wurde ihm die Zunge. Er vermeinte, nie wieder sprechen zu können ... vor allem nie wieder zu beten. Zu welchem Gott denn auch? Zu jenem, der sich im Großen, Schrecklichen, Beängstigenden, Lauten zeigte, im Stein und im Wind? Oder zu einem, der etwas so Kleines, Verletzliches, Schönes wie diese Anemone wachsen ließ und das an einem Ort wie diesem?

Nichts, was schön ist, kann tot sein ...

Vorsichtig streichelte er über die Blume, hatte kurz Angst, sie zu zerreißen, aber die Blütenblätter blieben heil, während er das Gefühl hatte, dass er am ganzen Körper verwundet war. Doch es war ein süßer Schmerz, den er fühlte, ein ganz anderer, als wenn sich ein spitzer Stein in seine Handinnenfläche bohrte. Er hob die Hand, berührte Aislinns Haar, strich eine Strähne zurück. Mit der Fingerkuppe fuhr er schließlich über ihre Wangen, ihr Kinn, ihre Lippen, aber selbst das genügte noch nicht, um die Sehnsucht zu stillen, die ihn ganz und gar aushöhlte. Er beugte sich vor und küsste sie überall dort, wo er sie berührt hatte. Als er ihre Lippen erreichte, schmeckte er wieder Honig – und das, obwohl es auf der Insel gar keinen gab und er sich eigentlich kaum an seinen köstlichen Geschmack erinnern konnte.

7

»Viele Menschen, die auf Valentia Island geboren wurden und hier ihr Leben verbringen, werden über hundert Jahre alt«, sagte Sheila, »und auch mich haut so leicht nichts um.«

Rebecca wandte ein, dass eine Muskelzerrung, wie sie sie erlitten hatte, einen gewiss nicht davon abhielt, hundert Jahre alt zu werden, jedoch eine schmerzhafte Angelegenheit war. Doch als sie ihr – nunmehr schon zum zweiten Mal – anbot, auf dem Rückweg einen Zwischenstopp bei einer Apotheke einzulegen, lehnte Sheila entschieden ab. »Es gibt keinen Schmerz, den nicht ein Gläschen Whiskey mindern könnte. Diesmal müssen allerdings Sie in den Keller gehen und eine Flasche holen.«

Rebecca nickte und fuhr wenig später am Bed and Breakfast vor. Während sie die Beifahrertür öffnete und Sheila aus dem Auto half, holte Joseph Flanagan die Krücken aus dem Kofferraum. Er war während der Autofahrt ungewohnt schweigsam gewesen, setzte nun aber, als sie Sheila ins Innere begleiteten, einmal mehr zu einem Vortrag an.

»Vorhin haben wir ja darüber gesprochen, wann und warum diese junge Frau, um welche die alte Legende kreist und die übrigens Aislinn genannt wurde, auf die Insel gekommen ist.«

Obwohl sich Rebecca nicht mehr auf den Linksverkehr konzentrieren musste, hörte sie nur mit halbem Ohr zu.

»Wollen Sie sich hinlegen?«, fragte sie Sheila.

»Ach wo! Ich setze mich einfach in den Salon.«

»Wie gesagt, es spricht vieles dafür, die Ereignisse im ersten Drittel des 12. Jahrhunderts anzusiedeln. Damals herrschten in Munster, wie die Provinz hier genannt wurde, bürgerkriegsähnliche Zustände – wie eigentlich überall in Irland. Das Land war in viele Provinzen geteilt, und diese Provinzen wiederum in viele sogenannte Klein- und Großkönigtümer. Die Menschen fühlten sich mehr ihrer Sippe verpflichtet als der übergeordneten Instanz – dem Hochkönig –, und diese Sippen befehdeten sich oft.«

Rebecca warf einen Seitenblick auf Sheila, die sich ächzend auf dem Sofa niederließ und auch dann, als sie längst bequem saß und den verletzten Fuß nicht mehr belastete, mehrere Seufzer ausstieß.

»Soll ich nicht doch zur Apotheke fahren?«, fragte Rebecca schnell.

Sheila schüttelte den Kopf, während Flanagan ungerührt fortfuhr: »Von 1086 bis 1118 war Murtagh O'Brien König von Munster – ein Modernisierer, Kirchenreformer und außerdem der Hochkönig –, doch als er 1114 schwer erkrankte, griff sein Bruder Diarmait nach der Königswürde. Der Riss ging nicht nur quer durch seine Familie – auch alle anderen Sippen in der Region mussten für den einen oder anderen Partei ergreifen – die O'Donagues, O'Callaghans, O'Driscolls, O'Flynns, O'Donnogáins ...«

O Gott, wenn er noch einen *Namen nennt, fahre ich zur Apotheke und kaufe* mir *Kopfschmerztabletten!,* dachte Rebecca.

»Nun«, unterbrach sie ihn entschlossen, »wir können uns jetzt doch auf die Kurzfassung der Geschichte beschränken. Dass sich ein Mönch in dieses Mädchens namens Aislinn verliebt hat.«

Wieder konnte er dieses Wort nicht so ganz einordnen. »Liebe erscheint mir eine Erfindung des 19. Jahrhunderts zu sein ... ich würde eher von einem gewissen körperlichen Verlangen sprechen, das naturgemäß wohl jeden Mann befallen würde, der – wie dieser Bruder Rónán – seit Jahren keine Frau gesehen hat und seine sexuellen Bedürfnisse ignoriert hat.«

Joseph Flanagan machte – so rot wie er wurde – nicht gerade den Eindruck, als würde er seine sexuellen Bedürfnisse regelmäßig befriedigen. Prompt wechselte er auch schon das Thema. »Im Süden von Munster gab es übrigens die mächtige Dynastie der Eóghanachta Uí Echach, die bis ins 10. Jahrhundert Munster dominiert hat, dann aber von den Dál Cais abgelöst wurde. Schon diese wollten erreichen, dass Süd-Munster unabhängig wurde, und der spätere Bürgerkrieg legte dann endgültig den Grundstein für die Teilung der Provinz in die Königreiche Ormond und Thomond, und ...«

»Ach herrje!«, rief Sheila, und die Seufzer, die sie nunmehr ausstieß, klangen noch gequälter. Kein Wunder, dachte Rebecca, um dann aber zu verstehen, dass Sheila etwas ganz anderes meinte als Flanagans Rede. »Ich werde sicher für ein paar Tage ausfallen! Das hat mir gerade noch gefehlt! Das ... das darf einfach nicht sein.«

»Ihre Angestellte schafft es doch sicher, ein paar Tage allein die Gäste mit Frühstück zu versorgen und die Zimmer zu machen.«

»Darum geht es doch gar nicht. Aber denken Sie an die Bootsfahrten nach Skellig Michael ... Sie haben meinen Sohn doch kennengelernt ... er ist sehr wortkarg ...«

Rebecca begriff. »Ich denke, die Touristen werden den Ausflug auch ohne Ihre Tasse Tee überleben«, sagte sie, fügte aber, als sie Sheilas gekränkten Blick bemerkte, rasch hinzu: »Obwohl das natürlich ein toller Service ist, den Sie da anbieten.«

»Es geht ja nicht nur um den Tee ...«, murmele Sheila, »die Gäste sollen sich trotz der stürmischen Fahrt wohl fühlen und natürlich alles Wissenswerte über die Insel erfahren ...

Unter den Bootsfahrern gibt es diese große Konkurrenz, mein Sohn kämpft um jeden Fahrgast, und da zählt eben jedes Detail.«

Ehe Rebecca einwenden konnte, dass sie nur für ein paar Tage, nicht für Wochen ausfiel, kam ihr Joseph Flanagan zuvor. Er schien zwar etwas Mühe zu haben, sich gedanklich vom 12. Jahrhundert zu lösen, verkündete aber schließlich entschlossen: »Ich könnte doch für Sie einspringen, in den nächsten Tagen die Fahrten begleiten und als Reiseführer zur Verfügung stehen! Ich kenne die Insel so gut wie kaum ein anderer.«

Sheila kniff misstrauisch die Augen zusammen. »Sie?«

Wahrscheinlich stellte sie sich gerade dasselbe vor wie Rebecca: wie Joseph Flanagan heißen Tee zubereitete und entweder sich selbst oder – was noch schlimmer war – einen Touristen verbrühte.

Flanagan schien sich darüber keine Sorgen zu machen. »Aber ja doch!«, rief er mit dem Brustton der Überzeugung, und ehe sie sich's versah, hatte er auch schon auf Rebecca gedeutet. »Und Sie begleiten mich natürlich! Als studierte Historikerin stellen Sie sicher eine Bereicherung für diesen Ausflug dar.«

Nun, zumindest das Teekochen werde ich schaffen, auch wenn ich von Irlands Geschichte keine Ahnung habe, dachte Rebecca. Doch dann sah sie die Erleichterung in Sheilas Miene. »Das wäre doch eine gute Idee ...«, setzte diese an. »Natürlich sollten Sie sich nicht dazu verpflichtet fühlen ... Sie machen ja Urlaub hier.«

Rebecca blickte etwas hilflos von ihr zu Flanagan und wieder zurück zu Sheila. *Nein, ich mache keinen Urlaub ... ich bin geflohen ... vor Nils ... vor mir selbst ... vor der Frage, was nun aus meinem Leben werden soll ... einer Frage, die umso drängender wird, je mehr Zeit ich allein verbringen muss.*

Wie verrückt, dass sie innerhalb kurzer Zeit schon zum zweiten Mal auf eine der einsamsten Inseln der Welt fahren musste, um dieses Alleinsein zu verdrängen!

»Morgen Vormittag können Joseph und ich Sie ja tatsächlich vertreten«, sagte sie, »und dann sehen wir weiter.«

Sheila lächelte dankbar. »Vielleicht bin ich übermorgen wieder auf den Beinen. Wie gesagt, viele Menschen von Valentia Island werden über hundert Jahre alt.« Wieder erklärte sich nicht, inwiefern sich die Langlebigkeit positiv auf den Heilungsprozess von Muskelzerrungen auswirkte.

Rebecca war aufgeregter, als sie erwartet hatte, obwohl es dafür eigentlich keinen Grund gab. Die Herausforderung, Tee zu kochen, würde sie relativ mühelos meistern, und ein paar Erklärungen zu Skellig Michael abzugeben, war ebenfalls keine große Sache – zumal nicht einmal feststand, ob Joseph Flanagan ihr überhaupt eigene Redezeit zugestehen würde.

Und doch – als die zwölf Passagiere nach und nach an Bord gingen, konnte sie nicht verhindern, dass sich ihr Magen verkrampfte, und die Diskussion, die James mit einer amerikanischen Touristin führte, machte die Sache nicht gerade besser. Letztere wollte nämlich unbedingt eine Rettungsweste anlegen und ließ sich von James' Hinweis, dass diese ausschließlich für den Notfall vorgesehen waren, nicht beschwichtigen.

»Glauben Sie mir, das Boot sinkt nicht!«, würgte er schließlich entschieden weitere Einwände ab.

Die Amerikanerin blickte ziemlich misstrauisch, und auch Rebecca hatte leise Zweifel an diesem Versprechen. Als das Boot abfuhr, stellte sie jedoch fest, dass ihr Magenzwicken nicht einfach nur unangenehm war, sondern ihr das Gefühl gab, hellwach und lebendig wie selten zu sein.

Joseph Flanagans erster Vortrag fiel etwas einschläfernd aus, als er über die Entstehung des Klosters, die verheerenden Wikingerüberfälle und schließlich die verschiedenen Thesen, warum die Mönche die Insel schließlich aufgegeben hatten, referierte.

»Bis 1578 blieb das Kloster übrigens in den Händen der Mönche von Ballinskelligs«, schloss er, »nach der Rebellion von Desmond wurden von Elizabeth I. aber mehrere Klöster aufgelöst. Der Earl von Desmond übernahm Skellig Michael, und die Insel verblieb vorerst in dessen Privatbesitz. Natürlich änderte das nichts daran, dass es eine beliebte Pilgerstätte war. Vor allem ab dem 16. Jahrhundert war es beliebt, eine Wallfahrt dorthin zu unternehmen – ein ziemlich mühseliges Unterfangen übrigens. Machte man sich mit dem Segelschiff auf, war man meist einen Tag lang unterwegs.«

Zunächst hatten alle zugehört, was weniger ehrlichem Interesse geschuldet war, als der Dankbarkeit, von der unruhigen Bootsfahrt abgelenkt zu werden. Nur die Amerikanerin beklagte weiterhin die mangelnden Sicherheitsvorkehrungen an Bord. Je länger Flanagan aber sprach, desto geringer wurde die Aufmerksamkeit. Die meisten Touristen machten nun Fotos von der Küste, und einer packte ein Butterbrot aus, was einen anderen dazu veranlasste, vom Dinner in *The Moorings* zu schwärmen. Ehe er auch noch das Dessert beschrieb, mischte sich Rebecca ein.

»Einen ganzen Tag segeln ... man stelle sich das mal vor«, schloss sie an Flanagans Vortrag an. »Nicht nur, dass die Fahrt deutlich beschwerlicher gewesen sein musste – hinzu kam die Unsicherheit, ob man überhaupt das Ziel erreichen würde, da man auf den launenhaften Wind angewiesen war.«

Mehrere Blicke trafen sie, war sie bis jetzt doch nur als die Frau wahrgenommen worden, die Tee ausschenkte.

Doch ehe sie sich's versah, erzählte sie schon von einem Pilger namens Sean, der keinen Seelenfrieden mehr fand, nachdem sein kleiner Sohn bei einem von ihm verursachten Unfall gestorben war. Sie schilderte die Albträume des Mannes, seine verzweifelte Suche nach Erlösung, und wie er beschloss, nach Skellig Michael zu pilgern, auf dass ihm von Gott vergeben werde. Sie beschrieb die stürmische Fahrt in allen Details, und ebenso, wie Sean mit schwerem Herzen die Treppen zu den Klosterruinen hochstieg und dabei – als Zeichen seines Willens, Buße zu tun – jede einzelne Stufe küsste. Als er schließlich den Friedhof der Mönche erreichte, sank er neben eines der verwitterten Kreuze, umarmte es instinktiv und vergoss bitterliche Tränen, glaubte er doch plötzlich nicht kalten, harten Stein zu halten, sondern seinen Jungen. Nun konnte er seiner Trauer endlich freien Lauf lassen.

Je länger sie sprach, desto größer wurde ihr Eifer. Die Worte kamen wie von selbst, als würde sie sich diese Geschichte nicht in diesem Moment ausdenken, sondern als hätte sie sie schon seit langem im Herzen getragen. Als sie nun doch einmal stockte, sah die Amerikanerin sie neugierig an und anstatt erneut auf Rettungswesten zu bestehen, fragte sie: »Und? Hat er seinen Frieden gefunden?«

Rebecca zögerte kurz, wusste sie bis jetzt doch selbst nicht, wie die Geschichte endete. Aber dann berichtete sie von der Geburt eines weiteren Kindes, das unversehrt das Erwachsenenalter erreicht hatte, wofür Sean wiederum jedes Jahr aufs Neue auf die Insel gepilgert war.

Die ergriffene Stille, die folgte, nutzte Joseph Flanagan, um sich einmal mehr einzuschalten: »Bis 1977 befand sich in der Nähe der Südspitze ein Stein in der Form eines Kreuzes. Es hieß, dass einem alle Sünden vergeben würden, wenn man ihn küsste. Warum er verschwand, weiß man bis heute nicht. Jedenfalls fanden die Wallfahrten vorzugsweise am Fest des Heiligen Michael statt. An diesem Tag wurden die Pilger von einem Priester begleitet, der eine große Messe feierte. Dies wurde nach und nach zur beliebten Gelegenheit, die jungen Frauen und Männer der Gegend zusammenzubringen, so dass aus dem religiösen Ereignis mehr oder weniger ein Heiratsmarkt wurde. Übrigens wurden manche Eheschließungen auf Skellig Michael selbst vorgenommen, doch es regten sich immer wieder Zweifel, ob diese Ehen auch gültig wären.«

Ein auf einer Boje schlafender Seelöwe lenkte die Touristen ab, doch rasch begann Rebecca wieder zu erzählen – diesmal von einem jungen Paar, das zwei verfeindeten Clans angehörte, dessen Liebe folglich verboten war, aber das einen Mönch überreden konnte, sie auf Skellig Michael zu trauen.

Bald hingen wieder alle an ihren Lippen, und sie spürte kein schmerzhaftes Ziehen im Magen mehr, nur das wohlige Gefühl, das einen überkommt, wenn man weiß, was man tut, und tut, was man liebt.

»Und haben die beiden Glück gefunden?«, frage eine ältere Frau aus Dublin. »Heißt es nicht, die Insel brächte Liebenden nur Pech, nachdem sich im Mittelalter ein Mönch in ein Mädchen verliebte?«

Flanagan holte tief Luft, aber Rebecca kam ihm zuvor. »Das Mädchen hieß Aislinn«, sagte sie, und bevor Flanagan sie unterbrechen konnte, begann sie, auch diese Geschichte auf ihre Weise zu erzählen. Schon schilderte sie den jungen Bruder Rónán, der sich, als er die Insel betrat, schrecklich zerrissen fühlte. Einerseits war er stolz, nun Teil dieser außergewöhnlichen Gemeinschaft zu sein, andererseits quälten ihn Ängste vor Einsamkeit und Sturm. Aber als er dann Aislinn entdeckte, die als einzige Überlebende eines

Massakers an ihrer Familie die Insel erreichte, veränderte sich seine Sicht auf die Welt.

»Hier sind wir«, unterbrach James sie, ehe sie fortfahren konnte.

Da erst fand Rebecca zurück ins Hier und Jetzt und bemerkte, dass sie die Insel tatsächlich schon erreicht hatten und keine Zeit mehr blieb, die erste Begegnung des Mönchs mit Aislinn auszuschmücken.

Alle konzentrierten sich nun aufs Aussteigen, doch nachdem Rebecca die Anweisung gegeben hatte, dass man spätestens um halb zwei zurück zum Boot kommen müsste, wandte sich die Amerikanerin an sie: »Aber Sie kommen doch mit zur Ruine? Sie müssen die Geschichte doch noch bis zum Ende erzählen.«

Sie warf Flanagan einen etwas unsicheren Blick zu, war sie doch überzeugt, dass er sich sein Recht auf Vorträge nicht streitig machen lassen wollte, doch zu ihrer Überraschung nickte er ihr aufmunternd zu. Schon auf dem Weg zu den Containern, in denen die Guides nächtigten, nahm sie den Faden wieder auf und erzählte von Aislinns Wunden und wie Rónán diese behandelt hatte. Hatte Aislinn wohl zunächst damit gerechnet, auf Skellig Michael den Tod zu finden, hatte in Wahrheit die große Liebe auf sie gewartet.

Als sie die Container erreichten, verstummte sie jedoch – nicht nur, weil ihnen die Guides entgegenkamen und Tipps für den Aufstieg gaben, sondern weil sie unter ihnen den bärtigen, riesenhaften Iain O'Neil entdeckte. Der Leuchtturmwärter stand breitbeinig vor der Absperrung, als gälte es, den Leuchtturm unter Einsatz seines Lebens zu bewachen. Als sein Blick Rebecca traf, sah sie rasch weg und hoffte, dass er sie nicht erkennen würde. Doch als sie sich schon hinter der Amerikanerin verstecken wollte, besann sie sich eines Besseren. Schließlich kam sie heute nicht als

Touristin. Mit selbstbewusst gestrafftem Rücken trat sie auf ihn zu.

»Ich vertrete Sheila Donovan«, erklärte sie, »sie hat sich den Fuß verletzt.«

Iain starrte sie an. »Sheila würde bestimmt keine Liebesgeschichten erzählen«, blaffte er sie an.

Ohne recht zu wissen, warum, war es ihr plötzlich peinlich, dass er ihrer Erzählung von Rónán und Aislinn offenbar gelauscht hatte. Doch ehe sie etwas sagen konnte, fuhr er jedoch schon fort: »An diesem Ort sind viele Menschen gestorben, und jene, die überlebten, hatten oft große Opfer zu bringen. Wer Skellig Michael betritt, sollte diese Menschen ernst nehmen und ihr Leben nicht mit einem rosa Zuckerguss überziehen.«

Rebecca kaute auf ihren Lippen. Vorhin hatte sie sich zwar selbst gefragt, ob ihre Geschichten nicht etwas zu kitschig waren, aber jetzt hätte sie sich gerne verteidigt und erklärt, dass sie das Leben der Menschen nicht mit Zuckerguss überziehen, sondern ihnen einen Namen, ein Gesicht, eine Geschichte geben wollte.

Doch schon wandte sich Iain ab und ging davon, während ihr klarwurde, dass sie gar nicht wusste, wie sie fortfahren sollte. Bis jetzt konnte sie das Ende, das Rónán und Aislinn genommen hatten, nur erahnen – weder Sheila noch Flanagan hatten ihr Genaueres erzählt.

8

1116

Rónán blickte zum wiederholten Mal über seine Schultern. Obwohl da niemand war, fühlte er sich beobachtet. Klang das Schreien der Vögel, die über ihm kreisten, nicht mahnend? Aber vielleicht bildete er sich das nur ein, weil sein schlechtes Gewissen ihn auf Schritt und Tritt verfolgte.

Anstatt sich noch einmal umzudrehen, konzentrierte er sich auf die Steinstufen vor ihm und erreichte wenig später die Bucht im Norden, wo er seinerzeit mit Bruder Mícheal und Bruder Ciaran an Land gegangen war und die zwei Boote der Gemeinschaft verwahrt wurden. Als er stehen blieb, zitterten ihm die Knie – und das nicht nur, weil es anstrengend war, die vielen Stufen nach unten zu nehmen. Wenn er den Strick, mit dem das Boot an einen Felsen gebunden war, erst einmal durchgeschnitten und es zum Wasser gezogen hätte, konnte er seine Entscheidung nicht mehr rückgängig machen. Eine Weile hielt er keuchend inne, gab sich ganz dem Schmerz hin, fühlte schließlich, wie sein Inneres immer leerer wurde. Erst dann begann er am Strick zu schneiden. Als er wenig später das Ergebnis betrachtete, war er nicht sicher, ob die Mönche tatsächlich glauben würden, dass der Wind das Boot losgerissen hatte, aber etwas anderes tun, als darauf hoffen, konnte er nicht. Und wer sonst sollte es gewesen sein, wenn er doch eigentlich beim Eremiten war und Mícheal ihn begleitete.

Erst als das Boot im Wasser schaukelte, geriet er wieder ins Zaudern. *Ich kann doch nicht … aber ich muss … es bleibt mir keine andere Wahl!*

Als er das Boot bestieg, drehte es sich gefährlich zur Seite und das Segel knatterte bedrohlich laut. Schon wurde es vom Wind gebläht und trieb geradewegs ins offene Meer. Rónán kämpfte eine Weile vergebens damit, erst das Gleichgewicht wiederzufinden, dann das Segel zu drehen. Doch schließlich saß er nicht nur sicher im Boot, ohne dass sich dieses mit Wasser gefüllt hatte, er fuhr auch in die richtige Richtung, nämlich an den schroffen Klippen von Skellig Michael entlang. Sobald er das Segel entsprechend ausgerichtet hatte, musste er nicht mehr viel tun, nur dann und wann mit dem hölzernen Ruder nachhelfen. Eigentlich hatte er sich am meisten davor gefürchtet, gegen einen der Felsen zu stoßen, die aus dem Meer ragten und gerüchteweise verzauberte Hexen waren, doch anstatt sich auszumalen, wie er kenterte und ertrank, waren seine Gedanken schon bei dem, was kommen würde, wenn er sein Ziel erst mal erreicht hatte – und das fühlte sich mindestens so quälend an wie das Ertrinken. Dennoch ruderte er unbeirrt weiter, und wenig später hatte er die Bucht auf der Südseite erreicht, wo Aislinn vor einigen Wochen mit dem Boot angelandet war.

Sie selbst hatte sich mittlerweile von ihren Verletzungen erholt. Ihr Boot aber war in solch desolatem Zustand, dass es mit viel Glück gerade noch über einen stillen See hätte fahren können, gewiss aber nicht übers schäumende Meer.

Rónán legte an, vertäute das Boot und stieg hoch zu der kleinen Steinanhäufung.

»Aislinn!« Trotz des Schmerzes, der sich in seiner Brust verbiss, war es immer noch schön, ihren Namen zu rufen.

»Hier bin ich!«

Sie saß auf jenem Stein, von dem er einst das Seegras gekratzt und das ihr vermutlich das Leben gerettet hatte. Direkt daneben wuchsen etliche Margeriten. Aislinn hatte sie gepflückt und einen Kranz daraus geflochten. Sie schenkte ihm ihr herzlichstes Lächeln, doch anstatt es zu erwidern, senkte er den Kopf.

Schon zog sie eine der Blüten aus dem Kranz, kitzelte ihn an der Wange, dass er doch noch lächeln musste, und ehe er sich's versah, küssten sie sich.

Wie konnte etwas, was so schön wie Margeriten war, so unangenehm riechen … wie konnte etwas, was sich so wundervoll anfühlte, so verboten sein …

Sie von sich stoßen konnte er gleichwohl nicht. Er kostete den Kuss vielmehr so lange aus, bis sie sich ihrerseits von ihm löste und sich abwandte, in Richtung des Bootes Sie sog scharf den Atem ein, und das blieb lange die einzige Reaktion. Dann griff sie unwillkürlich an den Kranz, zerrte ihn von ihrem Kopf und warf ihn mit einem Schwung ins Meer, wo er auf den Wellen tanzte.

Nicht lange, und er wird untergehen, dachte er traurig.

»Du willst, dass ich die Insel verlasse …«, murmelte sie.

»Du … du bist doch jetzt wieder stark genug, um zu rudern …«

»Und wenn ich es hierhergeschafft habe, schaffe ich es auch wieder zurück«, fügte sie leise hinzu. »Zumindest hoffst du das … genau wie du hoffst, dass ich auch auf dem Festland inmitten der Feinde meiner Familie überleben werde. Viel mehr als dafür beten tust du aber nicht dafür.« Sie drehte sich zu ihm um, starrte aber an ihm vorbei. »Deswegen hast du das letzte Mal, als du mich besucht hast, so eingehend mein Boot betrachtet. Da wusstest du schon, dass du mich wegschicken würdest.«

»Ich … ich schicke dich nicht weg … und ich gebe dich auch nicht einfach den Feinden deiner Familie preis. Aber einer meiner Mitbrüder ist erst jüngst ans Festland gefahren, um neuen Messwein zu holen, und er hat berichtet, dass Diarmait O'Brien seinen Bruder Murtagh abgelöst hat. Es wird wieder Frieden herrschen.«

»In Munster herrscht niemals Frieden, und das weißt du auch!« Sie klang zornig. Mit der sanften Röte auf ihren Wangen und den blitzenden Augen war sie wunderschön.

»Du kannst doch nicht ewig hierbleiben.«

»Aber du kannst mit mir kommen.«

Rónán zuckte zusammen. Nicht dass ihm dieser Gedanke nicht auch schon gekommen war. Seinetwegen lag er schließlich nächtelang wach. Doch dass sie ihn aussprach, erschien ihm wie ein Frevel. Nun waren es seine Wangen, die sich rot färbten, während er vergeblich nach Worten rang. Was sollte er auch sagen? Dass er Gott diene? Aber welcher Gott war das? Ein Gott, dessen Stimme laut wie der Sturm war? Oder ein Gott, der auch die schönen, kleinen Dinge liebte? Margeriten wie jene zum Beispiel, aus denen sie den Kranz geflochten hatte. Aber die Margeriten stanken und mittlerweile hatte das schwarze Wasser den Kranz verschluckt.

Er hatte keine Ahnung, was er ihr sagen sollte. Er hatte auch keine Ahnung, wie und wo er die Antwort auf all seine Fragen finden sollte. Am besten, er versuchte erneut, seinen Kopf ganz leer zu machen, um das Echo der Ewigkeit dort nachhallen zu hören.

»Leb wohl!«, sagte er.

Als sie die Hand hob, hatte er kurz Angst, sie würde ihn aus Enttäuschung schlagen, aber dann erkannte er, dass sie nur prüfen wollte, woher der Wind wehte. »Heute kann ich die Insel unmöglich verlassen, der Wind würde das Boot hinaus auf die offene See treiben ...«

Stimmt, der Wind hatte sich gedreht. Wenn wir gemeinsam das Boot bestiegen, dachte er, würden wir vielleicht nicht einfach nur aufs offene Meer getrieben, sondern geradewegs auf den abendroten Sonnenballen zu, um mit ihm zu verschmelzen, im Meer zu ertrinken und am nächsten Tag wieder mit ihm aufzuerstehen.

»Dann ... dann warte eben«, sagte er, »ich werde dir morgen noch etwas zu essen bringen ... damit du auch genügend Proviant hast.«

Er ging, ohne sich zu ihr umzudrehen. Schließlich würden sie sich ja noch einmal wiedersehen. Und falls sich der Wind erneut drehte und sie doch schon früher die Insel verließ, ersparten sie sich den schmerzhaften Abschied. Ihr Gesicht würde er ohnehin nie vergessen, auch nicht den Anblick der Margeriten.

Er machte sich an den Aufstieg und erreichte bald die Stelle, wo Bruder Mícheal schlief. Anders als sonst hörte er ihn nicht von weitem schnarchen, und anstatt auf den immer noch dicklichen Leib zu stoßen, traf er nur ein Stück plattgedrückter Wiese an.

»Mícheal?«

Niemand antwortete. War er zurück zum Kloster gegangen? Oder ihm gar gefolgt? Wenn er gesehen hatte, dass er in das Boot gestiegen war, würde er gewiss glauben, dass er die Insel verlassen hatte. Ob er es den Mönchen sogleich berichten würde, wusste er natürlich nicht – dennoch war der Drang, sofort zurück zu Aislinn zu eilen und mit ihr gemeinsam zu fliehen, übermächtig. Fiebrige Erregung erfasste ihn, doch ehe er dieser endgültig nachgab, rief jemand seinen Namen. Bruder Mícheal kam von jener Seite, aus der er ihn am allerwenigsten erwartet hätte – vom Südgipfel. Es war schwer vorstellbar, dass der dickliche Mönch dort hochgeklettert war, doch an seiner Kutte hingen tatsächlich etliche jener Ranken, die nur dort wuchsen. Noch deutlicher erkannte Rónán die Wahrheit, als er in Mícheals Miene blankes Entsetzen las.

»Bruder Mícheal, ich ...«

Der andere war zu schockiert, um ganz nüchtern zu fragen, warum er Rónán dort oben nicht begegnet war. Er konnte nur immer wieder hervorpressen: »Der Eremit ist tot ... der Eremit ist tot ... der Eremit ist tot.«

Mícheal schlotterte am ganzen Körper, und Rónán hatte Angst, dass er sich gleich übergeben würde. Und noch mehr Angst hatte er, dass Mícheal sich wundern würde, warum er ihm das bislang verschwiegen hatte. Fieberhaft suchte Rónán nach einer Ausrede ... und fand sie.

»Das ... das wusste ich nicht«, stammelte er. »Ich bin nie ganz hochgestiegen ... habe ihn niemals gesehen ... ich habe nur das Essen abgestellt, der Wind muss es davon geweht haben ...«

Ob der Wind auch den Gestank seiner Lüge fortwehte?

Mícheal schien ihn ohnehin nicht zu hören. »Der Eremit ist tot ... der Eremit ist tot ... der Eremit ist tot«, wiederholte er.

Nun packte auch Rónán das blanke Entsetzen. Wenn die Gemeinschaft vom Tod des Eremiten erfuhr, würde man einen neuen wählen und das dauerte gewiss lange Zeit, galt es doch, mehrere Tage inständig zu beten, auf dass Gott ihnen kundtat, wen er dieses Amtes würdig hielt.

Aislinn wird nicht auf mich warten ... sie wird irgendwann die Geduld verlieren und die Insel verlassen. Und ich ... ich habe die Gelegenheit verpasst, mit ihr zu gehen ... ich werde sie nie wiedersehen ...

Drei Tage waren vergangen, seit Bruder Mícheal den toten Eremiten entdeckt hatte, und noch nie hatte Rónán erlebt, dass so lange geschwiegen, so lange gewacht, so lange die Arbeit niedergelegt – und so viel gegessen wurde. Nachdem man den Toten ins Oratorium gebracht hatte, war dessen

Portal weit geöffnet worden. Rónán war überzeugt gewesen, dass das aufgrund des unermesslichen Gestanks geschah. Später aber erkannte er, dass der Abt, dessen Haut zu gefühllos war, um weder Schläge noch ein Streicheln zu fühlen, sich gewiss nicht an dem üblichen Geruch störte, jedoch einem alten Brauch folgte: Demnach durfte ein Leichnam nicht in einem geschlossenen Raum liegen, weil sonst die Seele nicht in den Himmel fände.

Was für ein Unsinn, dachte Rónán. Der Eremit hatte wochenlang tot auf dem Gipfel gelegen – entweder hat die Seele längst ihren Weg gefunden oder würde es niemals tun.

Viel dringlicher erschien ihm die Frage, ob es Aislinn mittlerweile sicher bis ans Festland geschafft hatte.

Dieser Gedanke zermürbte ihn und schnürte ihm die Kehle zu, so dass er kaum etwas von den überreichen Mahlzeiten zu sich nehmen konnte. Der Abt folgte nämlich auch einem weiteren Brauch, wonach man in der Nähe eines Toten viel essen müsste, um das Leben zu feiern.

Rónán gab Mícheal einen Großteil seiner Portionen ab, und als Mícheal ihn deswegen fragend anstarrte, rümpfte er die Nase, um ihm anzudeuten, dass ihm der Gestank des Leichnams den Appetit verdarb. Gottlob war Mícheal nicht misstrauisch und stellte auch weiterhin keine Fragen, warum er Rónán an besagtem Tag nicht auf dem Südgipfel angetroffen hatte.

Das Todesdatum des Eremiten wurde in ein dickes Pergamentregister eingetragen – da man es nicht genau kannte, wurde jener Tag gewählt, an dem man seinen Leichnam gefunden hatte –, und künftig würden jedes Jahr die Mönche an diesem Tag die Messe für ihn feiern. Außerdem wurde die Todesglocke geläutet, und sobald diese verklungen war, begann das Gebet, das in den folgenden drei Tagen niemals abreißen sollte. Danach brach der Abt endlich das Schweigen und verlangte von jedem einzelnen Mönch zu wissen, welchen Namen Gott ihm in den letzten Tagen eingegeben hatte.

Rónán hatte Angst, dass nur Aislinns Name herauskäme, wenn er den Mund auftäte, doch als er schließlich an die Reihe kam, sagte er einfach den Namen, den Mícheal zuvor genannt hatte. »Bruder Cellach.«

Bruder Cellach war einer der ältesten Brüder ihrer Gemeinschaft. Eigentlich, so hieß es, könnte kein Mensch so alt werden, aber ein frommer Mönch wie Cellach würde über den Gesetzen von Leben und Tod stehen. Er war auch von vielen anderen genannt worden, doch als der Abt ihn fragend ansah, schüttelte er den Kopf.

»Ich sehne mich zu sehr danach«, sage er, »nach Einsamkeit und Stille nämlich und dem großen Nichts. Gott als Eremit zu dienen, wäre mir mehr Freude als Prüfung, aber es heißt doch: ›Wende dich dem Feuer zu, von dem du am meisten fürchtest, dass es dich verbrennt.‹ Wir sollten unser Leben dem widmen, was uns am schwersten zu tun fällt.«

Dummer, dummer Mann, woher weißt du, dass Gott das Schwere liebt? Margeriten sind leicht ... Aislinn ist leicht ... was, wenn sie zu schwach ist, um das Boot zu steuern?

Man diskutierte über weitere Kandidaten, und am Ende verteilten sich die Stimmen gleichmäßig auf zwei Brüder. Der eine war Bruder Malachias, der manche Nächte nicht nur durchwachte, sondern in diesen hüfttief im kalten Wasser stand oder auf Nussschalen kniete. Letztere hatte er einst vom Festland mitgebracht und die meisten waren mittlerweile völlig verrottet – was ihn nicht davon abhielt, sie weiterhin für seine Bußübung zu nutzen. Wofür genau er büßte, wusste niemand, und das machte etliche Mönche misstrauisch. Sie sprachen sich deswegen für Bruder Búithe aus, von dem Rónán nicht mehr wusste, als dass ihm die

Haare fast gänzlich ausgefallen waren und seine Tonsur darum so aussah, als reichte sie von einem Ohr zum anderen – etwas, was seit der Synode von Whitby eigentlich verboten war, hatten doch einst auch die Druiden ihre Haare so getragen. Ansonsten war er einer der unauffälligsten Brüder, was bedeutete, dass man auf ihn am leichtesten verzichteten konnte.

»Ehe wir eine endgültige Entscheidung treffen«, verkündete der Abt, »werden wir eine Nacht lang schlafen. In den Träumen wird Gott uns den Auserwählten zeigen.«

Rónán wunderte sich, warum der Abt den Träumen diese Macht zubilligte, galt der Schlaf doch ansonsten als Moment der Schwäche, da man den Anfechtungen der Dämonen am schutzlosesten ausgeliefert war. Er selbst – das schwor er sich – würde auch nach drei durchwachten Nächten nicht schlafen, denn da selbst ein Bruder Malachias so erschöpft war, dass er auf seinen verdorbenen Nussschalen einnicken würde, war dies die beste Gelegenheit, die Mönchssiedlung zu verlassen und nach Aislinn zu sehen.

Noch hieß es natürlich ein wenig in der Zelle zu warten, die er mit Mícheal teilte. Mícheal schloss die Augen und schlief sofort ein. Rónán hielt die Augen krampfhaft offen – aber dann schlief auch er ein.

Später konnte er sich nur noch daran erinnern, dass er sich wieder und wieder gesagt hatte: Du musst wach bleiben, du musst wach bleiben! Als er mit pelziger Zunge, schwerem Kopf und geschwollenen Lidern hochfuhr, stellte er jedoch fest, dass ihm dies nicht gelungen war. Wie viel Zeit vergangen war, wusste er nicht.

Ein Fluch entfuhr ihm. Wie hatte er es nur zulassen können, dass sein müder Körper seinen wachen Geist besiegte?

Er lugte nach draußen, stellte fest, dass es stockfinster war, was bedeutete, dass es vielleicht noch nicht zu spät war.

In der Dunkelheit konnte er Bruder Mícheal nicht sehen, und er hörte auch nicht dessen Schnarchen, doch das war kein Wunder, wehte der Sturm doch in dieser Nacht lauter als sonst. Als Rónán nach draußen trat, war ihm, als würde ihm eine nasse, kalte Hand ins Gesicht schlagen. Spätestens jetzt war er hellwach, lauschte, vernahm bis auf das Heulen des Sturms jedoch kein anderes Geräusch.

Gottlob hatte der Wind auch sämtliche Wolkenballen verscheucht, so dass der dicke, runde Mond die Welt mit seinem silbrigen Licht erleuchtete. Rónán überlegte, zu jener Zelle zu gehen, wo der Proviant aufbewahrt wurde, hatte aber zu große Angst, dort etwas umzuwerfen und die anderen Brüder aufzuwecken. Wenn Aislinn bis jetzt nicht verhungert war, würde sie auch noch die nächsten Stunden überleben – zunächst musste er wissen, ob sie überhaupt noch auf Skellig Michael war und er sie ein letztes Mal sehen könnte.

Den ganzen Weg über war er sich nicht sicher, was er sich wünschen sollte. Wegen des heftigen Winds konnte er ohnehin nicht lange darüber nachdenken, musste er doch alle Kraft und Konzentration zusammennehmen, um nicht über die Stufen geweht zu werden. In der unteren Hälfte waren sie durch die Gischt so glitschig, dass er bei jedem Schritt damit rechnete, zu fallen und sich mindestens einen Knochen, wenn nicht gar das Genick zu brechen. Als er endlich die Steinanhäufung erreichte, schmeckte es in seinem Mund nicht mehr säuerlich, sondern salzig, weil er sich so fest auf die Lippen gebissen hatte, bis diese bluteten. Immerhin hatte der Sturm seine Kopfschmerzen vertrieben, und seine Augenlider waren nicht mehr so schwer – was nicht bedeutete, dass er seinen Augen traute. Denn das, was er sah, passte einfach nicht zusammen.

Da war keine Aislinn. Aber da war immer noch das Boot, das er ihr gebracht hatte. Und dieses Boot besaß zwar noch sein Segel. Doch als er sich darüber beugte, suchte er vergebens nach dem Ruder.

Wie war das möglich? Aislinn konnte die Insel doch nicht bloß mit dem Ruder verlassen haben?

»Aislinn?«, rief er gegen den Sturm an. »Aislinn?«

Die Wellen peitschten gegen den Felsen, etliche Spritzer trafen ihn, und seine Kutte fühlte sich nicht länger nur rau, sondern kalt und klamm an. Wenn er nicht aufpasste, würde er noch ins Meer gerissen werden.

»Aislinn?« Sie war gewiss nicht so dumm gewesen, sich in die Nähe der schwarzen Fluten gewagt zu haben. Stattdessen hatte sie sich wohl irgendwo ein Versteck vor den starken Böen gesucht – und das Ruder hatte sie mitgenommen, damit es vom Sturm nicht ins Wasser gerissen wurde.

So konnte es sein ... so musste es sein ... wo aber hatte sie sich versteckt? Und warum verstummte diese Stimme in seinem Kopf nicht, die ihm wieder und wieder sagte, dass sich etwas ganz anderes zugetragen hatte?

Anstatt nach Aislinn zu suchen, trat er ans Boot heran, tastete den Boden nach dem Ruder ab, fühlte feuchtes Leder, aber kein Holz. Der Sturm schien ihn zu verspotten, doch plötzlich verstummte sein Heulen ... nur kurz zwar, aber lang genug, um eine Stimme zu vernehmen.

»Suchst du etwa das hier?«

Es war nicht Aislinns Stimme.

Er drehte sich um, sah zuerst nur das Ruder, sah dann die Hand, die es hielt, sah schließlich den restlichen Leib, der zu der Hand gehörte.

Rónán traute seinen Augen genauso wenig wie vorhin. Jedem Mönch der Gemeinschaft hätte er zugetraut, ihm hierher gefolgt zu sein, nur nicht ihm ... Bruder Mícheal. Und nicht nur, dass dieser vor ihm stand ... sein Gesichtsausdruck war ihm völlig fremd. Nicht der vertraute jämmerliche Ausdruck stand in seinen Zügen, sondern ... Triumph.

»Was ... was tust du denn hier?«, rief Rónán. Die noch dringlichere Frage – wo Aislinn war –, kam ihm nicht mehr über die Lippen, denn da trat Mícheal schon auf ihn zu.

»Du hast dich getäuscht.«

»Getäuscht?«

»Du dachtest, du könntest dich auf meine Kosten beim Abt Liebkind machen.«

»Liebkind?«

Wenn Mícheal in fremder Sprache zu ihm geredet hätte – er hätte ihn nicht weniger verstanden.

Der andere jedoch nickte bekräftigend. »Du warst immer so freundlich zu mir, hast so viel Mitleid gezeigt. In Wahrheit aber warst du froh, dass ich mich als Schwächling erwiesen habe. So konntest du dich als umso stärker geben, umso mutiger, umso frommer ...«

»Mícheal, ich habe kein Ahnung ...«

»Deswegen hast du doch auch angeboten, mich zum Eremiten zu begleiten, nicht wahr? Du wolltest dich selbst hervortun, allen bekunden, dass der dicke Mícheal es allein nicht schafft. Wisse, dass Hochmut eine Todsünde ist ... eine genauso schlimme Todsünde wie die Wollust ...«

Zorn war auch eine Todsünde, aber Rónán konnte ihn nicht unterdrücken, als ihm aufging, worauf Mícheal anspielte. »Du ... du hast mich beobachtet ... du hast *uns* beobachtet ...«

Aislinn und mich.

Nein, laut aussprechen wollte er ihren Namen nicht, war er kurz doch überzeugt, er könnte sie beschützen, wenn er ihn nur lange genug verschwieg. Natürlich war das Unsinn. Mícheal hatte sie gesehen … er hatte … ja, was eigentlich? Hatte er ihr ein Leid zugefügt und war sie deswegen nicht hier? Oder war er zu den anderen Mönchen gerannt, um ihnen von ihr zu erzählen?

»Der Abt …«, stieß Rónán aus, biss sich wieder auf die Lippen, woraufhin er prompt noch mehr Blut schmeckte. »Hast du es dem Abt gesagt?«

Mícheal schritt auf ihn zu. Das Gesicht war im Mondlicht noch fahler als sonst. Schweiß glänzte auf seiner Stirn, aber ansonsten hatte er nicht viel gemein mit dem gequälten Mönch, der stets unter Hunger und Schlafmangel litt. »Nach allem, was du getan hast, wird man es dir nicht gestatten, auf Skellig Michael zu bleiben. Du hast es nicht verdient, hier zu leben.«

»Aber …«

»Wahrscheinlich wird man dir die Gnade gewähren, dich mit dem Boot zum Festland zu bringen – anstatt dich über die Klippen zu stoßen wie das Mädchen.«

Rónán hatte ihn eben packen wollen, die Frage wiederholen, ob der Abt von Aislinn wusste. Aber nun waren seine Hände wie taub und die Zunge wie gelähmt. Er musste ja auch nicht fragen, um die Antwort zu kennen. Ja, Mícheal hatte ihn verraten … hatte Aislinn verraten … lieber Himmel, was hatten die Mönche nur mit ihr gemacht?

Die Insel, diese zu Stein gewordene Torheit des Menschen, die vor Gott Weisheit wurde, bot so viele Möglichkeiten, jemanden verschwinden zu lassen. Ein unsanfter Stoß und man stürzte über die Treppen … über die Klippen … von einem der beiden Gipfel.

Jetzt hatte er doch wieder Kraft in den Händen, jetzt konnte er doch wieder seine Zunge bewegen. »Du verfluchter …«, schrie er und stürzte auf Mícheal zu.

Der war ganz kurz wieder der Alte. Sein Blick flackerte, er wich zurück, hob die Hände, um sein Gesicht zu schützen. Das dachte Rónán zumindest zunächst. Dann bemerkte er, dass Mícheal nicht nur die Hände, sondern das Ruder, das er die ganze Zeit über gehalten hatte, hob. Und dieses Ruder sauste mit ganzer Wucht auf Rónáns Kopf nieder. Er hörte das krachende Geräusch, als das Holz auf seine Knochen traf, spürte aber keinen Schmerz. Er spürte gar nichts mehr, kein einziges seiner Glieder. Wehrlos sackte er zusammen, ahnte zwar, dass er auf nacktem Stein aufprallte, aber spürte auch diesen nicht. Mícheals Gesicht war plötzlich ganz rot. War sein Blut auf ihn gespritzt? Aber auch der Mond war rot und so hoch konnte sein Blut nicht spritzen, er konnte ja noch nicht einmal den Mund öffnen und Gott im Himmel anklagen. Dann plötzlich wurde der Mond schwarz und mit ihm die restliche Welt. Er war blind, wenn auch nicht taub. Noch konnte er hören, wie der Wind stöhnte, wie er selbst stöhnte, konnte auch diesen Schrei hören. Aislinns Schrei? Der Schrei eines der Mönche? Oder nur Gottes Hohngelächter?

Ich bin nicht der Stein, spottete Gott, ich bin nicht der Wind, ich bin keine Margerite oder Anemone, ich bin das nackte, schwarze Nichts.

9

Als Rebecca zurück zum Bed and Breakfast kehrte, hatte es zu regnen begonnen. Auf dem Weg zur Haustür musste sie zahlreiche braune Pfützen umrunden.

Sie hoffte, dass Sheila im Salon auf sie wartete. Sie wollte ihr von Iain erzählen und hoffte, dass seine Worte an Macht verlieren würden, wenn sie gemeinsam darüber spotteten. Doch der Salon war leer, und das Einzige, was sie hörte, war das Geräusch eines Staubsaugers. Er kam aus dem ersten Stock, und als Rebecca hochstieg, sah sie nicht etwa das Zimmermädchen Muriel dort seine Arbeit tun – nein, es war Sheila selbst, die sich gerade eine der Ecken vorgenommen hatte, wo sich der Staub am hartnäckigsten sammelte. Ihre Krücken hatte sie an die Wand gelehnt.

»Sheila, sind Sie denn ...«

Die andere hörte sie nicht, so dass Rebecca kurzerhand den Stecker herauszog. Als Sheila herumfuhr, wirkte sie eher empört als schuldbewusst.

»Sie dürfen doch nicht ...«, setzte Rebecca an.

»Ach was, ich habe kaum mehr Schmerzen, und die Schwellung ist auch zurückgegangen.«

»Der Arzt hat erklärt, dass Sie Ihren Fuß nicht belasten dürfen.«

»Aber es macht mich verrückt, einfach nur rumzusitzen!«

Sheila machte Anstalten, zu Rebecca zu hinken und das Kabel des Staubsaugers wieder anzustecken, doch die kam ihr zuvor.

»Ich übernehme das!«, erklärte sie, und schon nahm sie Sheila den Staubsauger aus den Händen, steckte selbst das Kabel wieder ein und begann, den ersten Stock zu saugen.

Als sie fertig war, sah sie, dass Sheila verschwunden war, doch als sie ihr nach unten folgte, musste sie feststellen, dass diese den Nachmittagstee aufgesetzt und Gurkensandwiches vorbereitet hatte, anstatt den Fuß hochzulagern und sich auszuruhen. Rebecca runzelte die Stirn.

»Seien Sie nicht so streng mit mir!«, verteidigte sich Sheila, ehe sie etwas sagen konnte. »Ich bin es einfach nicht gewohnt, ruhig zu sitzen und andere für mich schuften zu lassen …«

»Na ja, so eine Schufterei ist es nun auch wieder nicht, ein wenig staubzusaugen. In Deutschland wohne ich in einem großen Haus, und mein Mann und meine Tochter waren mir im Haushalt nie eine große Hilfe.«

»Sie haben Ihre Familie bis jetzt noch nie erwähnt!«

Rebecca hatte nicht vor, dieses Thema zu vertiefen. »Und die Fahrt nach Skellig Michael war erst recht keine Schufterei, es hat wirklich Spaß gemacht. Ich springe gerne auch morgen wieder für Sie ein.«

Sheila deutete nach draußen. »Ich kann mir nicht vorstellen, dass morgen eine Fahrt möglich ist. Schauen Sie nur, wie es schüttet und stürmt. Und übermorgen – das können Sie mir glauben – wird mich nichts und niemand mehr hier festhalten.«

Rebecca hatte Mühe, ihre Enttäuschung zu verbergen. Plötzlich spielte es keine Rolle mehr, dass Iain ihrer Begeisterung einen Dämpfer versetzt hatte – es zählte nur noch, wie gut es sich angefühlt hatte, eine Aufgabe zu haben und etwas mit sich und seiner Zeit anfangen zu können.

»Und da ist noch etwas, worüber ich mit Ihnen reden muss«, fügte Sheila hinzu. »Ich möchte Sie natürlich nicht hinausschmeißen nach allem, was Sie für mich getan haben, aber ich habe Ihnen ja schon am Tag Ihrer Ankunft gesagt, dass das Zimmer nur für drei Nächte lang frei ist. Morgen kommen neue Gäste.«

Zugegeben, dieses Zimmer war Rebecca oft so eng erschienen, dass sie darin zu ersticken glaubte, doch jetzt hatte sie das Gefühl, es wäre ihre letzte Zuflucht – aus der sie gewaltsam vertrieben werden sollte.

»Aber ...«, setzte Rebecca an.

»Wie schon gesagt – ich vermiete noch ein Cottage. Wenn Sie dort einziehen wollen, müssen Sie mir das aber bis spätestens heute Abend sagen. Dann könnte ich dort noch saubermachen.«

»Notfalls schaffe ich das auch allein ...« Lieber würde sie einen Tag lang putzen, als einfach nur herumzusitzen.

»Aber ich müsste auch noch rechtzeitig einheizen«, sage Sheila. »Bei diesem nasskalten Wetter dauert es eine Weile, bis die Räume warm sind. Sie entscheiden sich bald, oder?«

Unverhohlene Neugierde stand in Sheilas Gesicht. Wahrscheinlich überlegte sie, warum Rebecca ohne ihre Familie verreist war.

»Ich sage Ihnen natürlich Bescheid«, sagte Rebecca und floh ins Zimmer, ohne sich zuvor mit Tee und Gurkensandwich gestärkt zu haben. Im ersten Stock stolperte sie fast über den Staubsauger, den sie dort hatte stehen lassen. Das fehlte mir ja noch, dass ich mir auch eine Zerrung zuziehe, dachte sie, war zugleich aber fast ein wenig enttäuscht, dass ihr das Schicksal die Entscheidung, was sie tun sollte, nicht aus der Hand nahm.

Am Ende musste sie doch nicht verhungern. Gerade als sie überlegte, was die größere Herausforderung war – den knurrenden Magen zu ertragen oder sich noch einmal hinaus in den Regen zu wagen, rief Joseph Flanagan an.

»Sie haben die Sache heute wirklich gut gemacht«, erklärte er, »ich finde, wir sollten unseren Bootstrip feiern.«

Sie wusste nicht, ob er auf ihren Tee oder ihre Geschichten anspielte, glaubte jedoch, dass er sie zum Abendessen einladen würde. Stattdessen schlug er vor, die frühesten Zeugnisse der Besiedelung von Valentia Island zu besichtigen, die sogenannten *fulachta fiadh* – Kochplätze für Wild, die man im Sumpf von Culloo und Imlagh gefunden hatte.

Das ist nun wirklich die optimale Gestaltung des restlichen Tages – mit Flanagan durch Regenpfützen zu stapfen, während er mit gälischen Begriffen um sich wirft.

»Haben Sie schon mal aus dem Fenster gesehen?«, fragte sie vorsichtig.

Er schwieg eine Weile irritiert und schien nicht zu merken, worauf sie hinauswollte.

»Wir können uns natürlich auch die *ceiliunachs* anschauen – das sind Begräbnisstätten für ungetaufte Kinder.«

Unwillkürlich stieg das Bild des Friedhofs von Skellig Michael vor ihr auf, und Rebecca unterdrückte ein Schaudern. »Es regnet ziemlich stark«, sagte sie nachdrücklich, »wäre es nicht besser, wenn wir uns zum Essen treffen?«

Wieder folgte langes Schweigen. Klar doch, mit der Aussicht auf leckeres Essen konnte man Joseph Flanagan offenbar nicht verführen. »Ich interessiere mich doch für die alte Legende von Rónán und Aislinn«, sagte sie schnell, »und ich weiß bei weitem noch nicht alles darüber.«

Dies war nun eindeutig ein schlagendes Argument – auch für ihn.

Sie trafen sich um halb sieben im »The Moorings« in Portmagee, wo Rebecca Fischsuppe und frischen Hummer bestellte. Die Suppe war so heiß, dass sie sich die Zunge verbrannte, aber mittlerweile war sie so hungrig, dass sie wohl auch noch köchelnde Speisen heruntergewürgt hätte. Nicht minder schnell verschlang sie den frischen Salat und das krosse Weißbrot und leerte das Glas Wein, der für irische Verhältnisse erstaunlich gut schmeckte. Flanagan hatte

Steak bestellt, doch es war – für seinen Geschmack – viel zu blutig serviert worden, so dass er es zurückgehen ließ. Ihm schien es nichts auszumachen, auf sein Essen zu warten. Den einzigen Hunger, den er kannte, verspürte wohl nur sein Intellekt, nicht sein Magen. Zudem nutzte er es aus, dass die Tischplatte vor ihm noch leer war, und zog prompt mehrere Bögen Papier aus seiner Aktentasche, die er danach akribisch nebeneinanderlegte.

Rebecca zog ihren Teller ein wenig zurück, damit seine Unterlagen keine Spritzer abbekamen, während sie den Hummer zerlegte. »Was ist das?«, fragte sie.

Die Antwort klang, als würde man versuchen, mit einem Frosch im Hals Chinesisch zu sprechen. Erst nach einer Weile ging Rebecca auf, dass er gerade einen Satz vorgelesen hatte.

»Das ist Altirisch«, erklärte er.

»Und das beherrschen Sie?«

»Bei weitem nicht so gut, wie ich es mir wünschen würde«, sagte er, um sofort einen weiteren Satz hinzuzufügen. Diesmal klang es so, als würde er eine Walnuss zerkauen – und zwar mit Schale.

»Das ist die Legende von Rónán und Aislinn«, stellte Rebecca fest.

»Natürlich handelt es sich nur um eine Kopie. Das Original befindet sich in der Nationalbibliothek in Dublin. Dort hat es mehr oder weniger vergessen von aller Welt in irgendeinem verstaubten Regal vor sich hinvegetiert, aber als ich Studien zur Geschichte Munsters im 12. Jahrhundert betrieb, fiel es mir quasi in die Hände.«

Eben wurde sein Steak gebracht, aber Flanagan setzte gerade an, den dritten gälischen Satz vorzulesen, und bemerkte es darum nicht. Etwas verzweifelt trat der Kellner von einem Fuß auf den anderen, weswegen Rebecca sich vorbeugte und die Kopien zur Seite schob. Ungewollt berührte sie dabei Flanagans Hände, woraufhin die prompt leicht zu zittern begannen, und er errötete.

Hat er eigentlich je etwas anderes in seinem Leben gemacht, als Studien zu betreiben?, fragte sie sich.

Der Steakteller fand nun Platz am Tisch, aber Flanagan machte keine Anstalten zu essen.

»Leider wurde dieses alte Manuskript nicht vollständig erhalten. Es besteht aus insgesamt fünf Pergamentrollen, aber es waren bloß vier auffindbar. Seit Jahren durchwühle ich sämtliche Archive Irlands auf der Suche nach der fünften.«

»Das heiß, man weiß gar nicht, wie die Geschichte von Rónán und Aislinn endete? Genau danach wollte ich Sie eigentlich fragen.«

Flanagan begann an seinem Steak zu säbeln, das – nunmehr völlig durchgebraten – ziemlich zäh anmutete. Er beschwerte sich jedoch nicht mehr, sondern kaute energisch. »Nun, man kann aus dem vorliegenden Text durchaus Schlüsse ziehen. Die Mönche haben scheinbar herausgefunden, dass sich das Mädchen auf der Insel aufhielt. Gut möglich, dass es getötet wurde, betrachtete man es wohl eher als bösen Dämon denn als Mensch. Und Rónán erscheint wohl das gleiche Schicksal ereilt zu haben. In der ursprünglichen Legende wird sein Ende zwar nirgendwo angedeutet, doch unabhängig von der verschriftlichten Version der Legende sind in dieser Region viele mündliche Überlieferungen im Umlauf, und diese berichten davon, dass Aislinn zusehen musste, wie ihr Liebster von einem anderen Mönch erschlagen wurde. Ehe sie ihm in den Tod folgte, hat sie einen Fluch über Skellig Michael ausgesprochen.«

»Dessen Folge es war, dass kein Liebespaar, das je die Insel betritt, sein Glück finden wird …«

»Ach, ich bin überzeugt, dass sich diese Interpretation des Fluchs erst im ausgehenden 20. Jahrhundert herumgesprochen hat. In früheren Zeiten hatten die Menschen mehr Angst davor, ihr Leben zu verlieren, als dass ihre Beziehung scheiterte. Es gab auf Skellig Michael immer wieder Unfälle – und diese wurden mit Aislinns Verwünschung in Verbindung gebracht.«

»Unfälle?«, fragte Rebecca und fühlte sich etwas unbehaglich. Sie war dankbar, sich mit dem Hummer beschäftigen zu können.

»Nun, dass es zu solchen kam, ist nicht weiter erstaunlich. Ab 1821 wurden auf der Insel ja die beiden Leuchttürme gebaut, und zu diesem Zweck musste viel gesprengt werden. Kein Wunder, dass angesichts der mangelnden Sicherheitsvorkehrungen immer wieder Tote zu beklagen waren. Leider wurden damals auch viele historische Gebäude und Wege für immer zerstört.« Er seufzte traurig, als wäre das mindestens so beklagenswert wie die Todesfälle. »Auch nach dem Ende der Bauarbeiten gab es immer wieder Unfälle. Einer der ersten Leuchtturmwärter – Hugh Redmond – verlor beide Söhne und seinen Neffen. Offenbar sind sie über die Klippen gestürzt.«

Rebecca musste wieder an die Kreuze auf dem alten Friedhof denken. »Und an alldem soll Aislinn schuld sein?«

»Ich würde wohl eher sagen, dass die Insel nun mal kein geeigneter Ort ist, um Jugendliche und Kinder großzuziehen. Übrigens verunglückten nicht nur sie, sondern auch mancher Leuchtturmwärter selbst. Ein gewisser Michael Wishart rutschte aus und fiel in die Tiefe, als er Gras schneiden wollte, um es seiner Kuh zu geben.«

»Auf Skellig Michael wurden im 19. Jahrhundert Kühe gehalten?«, fragte Rebecca ungläubig.

»Nun ja, nach diesem Ereignis ging man zu Ziegen über.«

»Und auf die hatte es Aislinns Geist auch abgesehen?«, fragte Rebecca.

»Eigentlich machte man Aislinn eher für die großen Schiffskatastrophen, die sich trotz der Leuchttürme ereignet haben, verantwortlich. 1955 rammte zum Beispiel ein französischer Frachter die Insel – auf der Nordseite, wohin das Licht des Leuchtturms nicht fällt. Und außerdem ...«

Rebecca hatte schon Angst, dass er nun akribisch alle Schiffsunglücke der letzten zwei Jahrhunderte auflisten würde. »Also ist Aislinn so etwas wie die irische Loreley!«, unterbrach sie ihn schnell.

»Loreley?«, fragte Flanagan verständnislos.

Ha! Der allwissende Historiker hatte keine Ahnung von deutscher Mythologie.

Rebecca hatte aufgegessen, schob ihren Teller zur Seite und begann, die Sage von Loreley zu erzählen – die blonde Maid, die auf einem Felsen über dem Rhein saß, ihre Haare kämmte und wunderschöne Lieder sang, womit sie die Schiffsmänner ins Verderben führte. Vage erinnerte sie sich dabei an den Artikel über die historischen Hintergründe der Legende, die sie einmal gelesen hatte. Demnach war die Stelle, wo Loreley vermeintlich gegessen hatte, die gefährlichste Stelle für die Rheinschifffahrt, ließen doch verschieden schnell fließende Wassermassen Strudel entstehen. Beweise, dass hier jemals eine Frau gelebt hatte, gab es nicht.

Im Mittelalter hatte sich der heilige Sankt Goar dort niedergelassen, um Schiffbrüchige zu retten und zu pflegen. Ehe sie sich's versah, hatte sie das Leben von Sankt Goar schon auszuschmücken begonnen.

Eigentlich hatte sie nur angefangen zu erzählen, um Flanagans Redelust etwas zu drosseln und damit er endlich sein Steak aufaß. Doch es machte ihr solchen Spaß, die Geschichte in sämtlichen Details auszuschmücken, dass sie gar nicht mehr aufhören konnte. Flanagan lauschte so konzentriert, dass er sogar zu kauen vergaß.

»Sie … Sie können das wirklich gut«, sagte er, nachdem sie geendet hatte, »ich meine, aus trockenen Fakten lebendige Geschichten zu machen. Das haben Sie heute auch auf Skellig Michael wunderbar bewiesen. Haben Sie nicht erwähnt, dass Sie früher historische Romane schreiben wollten? Sie sollten das wirklich tun!«

Plötzlich schob er seinen Teller beiseite und legte wieder seine Hand auf ihre – nur, dass es diesmal kein Zufall war. Seine Hand fühlte sich etwas schweißig an, und Rebecca war nicht sicher, warum sie nicht sofort zurückzuckte: Weil sie Mitleid mit diesem Mann hatte, der nicht den Eindruck machte, sonderlich viele Beziehungen gehabt zu haben – wenn überhaupt –, oder weil sie Angst vor der Entscheidung hatte, die sie heute Abend noch fällen musste. Sie hatte immer noch keine Ahnung, was sie tun sollte, aber als sich der Druck seiner Hand verstärkte, platzte es plötzlich aus ihr heraus: »Ich … ich bin verheiratet.«

Sofort nahm er seine Hand zurück, senkte den Blick und begann angestrengt, die Kopien zu ordnen. »Ich wollte Ihnen nicht zu nahetreten«, murmelte er und klang ein wenig so wie ein Kavalier des 19. Jahrhunderts, der eine Londoner Debütantin überrumpelt hatte, indem er ihr eine Rose zusteckte.

»Schon gut«, sagte sie schnell. »Ich hätte es schon früher erwähnen sollen …«

Genau wie die Tatsache, dass ich nicht Ihre Seelenverwandte, sondern lediglich eine begeisterte Historikerin bin, dachte sie. Aber das hätte wohl bedeutet, in den letzten beiden Tagen auf seine Gesellschaft zu verzichten und selbst entscheiden zu müssen, was sie mit ihrer Zeit anfing.

Nun, jetzt *musste* sie selbst eine Entscheidung treffen.

»Ich lade Sie natürlich ein«, sagte Flanagan und winkte nach der Kellnerin. »Morgen fahre ich übrigens wieder zurück nach Dublin. Auch wenn ich gerne noch bleiben würde – ich kann nun mal nicht so lange freimachen.«

»Wie schade«, entfuhr es ihr, und sie meinte es sogar ernst.

»Und Sie?«, fragte er. »Werden Sie noch bleiben?«

Sie starrte auf die Kopien, und der Gedanke an das Ende von Rónán und Aislinn machte sie traurig.

»Ich denke nicht«, sagte sie.

Flanagan bohrte nicht weiter, sondern vertiefte sich wieder ins Manuskript und las etliche jener völlig unverständlichen Sätze vor, die einen Knoten in seiner Zunge oder eine fortgeschrittene Bronchitis vermuten ließen.

Obwohl Rebecca mittlerweile fest entschlossen war, am nächsten Tag wie Flanagan nach Dublin aufzubrechen und von dort zurück nach Frankfurt zu fliegen, war sie erleichtert, dass sie Sheila im Bed and Breakfast nicht antraf und sie ihre Entscheidung nicht laut bekunden musste.

Ehe sie in ihrem Zimmer zu packen begann, fiel ihr Blick auf ihr Smartphone, das sie nicht ins Restaurant mitgenommen hatte.

Morgen bis du wieder zurück, oder?, fragte Nils in einer SMS. *Der Installateur kommt.*

Obwohl sie erst drei Tage zuvor nach Irland gereist war, hatte sie plötzlich das Gefühl, mehrere Monate hier verbracht zu haben. Das Leben in ihrem Einfamilienhaus im Taunus schien unendlich weit weg zu sein. Richtig ... der Installateur ... der Anschluss für die Waschmaschine tropfte, und wenn nicht bald etwas geschah, hatte Nils einmal nörgelnd festgestellt, stünde das Bad irgendwann unter Wasser. Natürlich hatte er nicht angeboten, sich selbst darum zu kümmern. Er kümmerte sich ja auch nicht um das Seitan-Gericht, das der Frau seines Chefs am Samstag serviert werden sollte. Rebecca überlegte schon, ob sie stattdessen nicht lieber ein Steak, das mindestens so blutig war wie jenes, das Flanagan hatte zurückgehen lassen, auftischen sollte. Doch während sich ihre Lippen noch zu einem spöttischen Lächeln verzogen, begann das Smartphone in ihrer Hand zu vibrieren. Ihre erste Regung war es, den Anruf einfach wegzudrücken, aber dann sah sie, dass es nicht Nils war, der anrief, sondern Charlotte.

»Eins sage ich dir«, fing diese grußlos zu reden an, sobald Rebecca den Anruf entgegengenommen hatte. »Noch einmal lüge ich nicht für dich.«

Wieder brauchte Rebecca eine Weile, um sich ins Gedächtnis zu rufen, dass Charlotte Nils gegenüber behauptet hatte, mit ihr ein paar Tage in einem Wellnesshotel zu verbringen.

»Wann kommt du denn wieder?«, fragte Charlotte ungeduldig. »Bis jetzt konnte ich es ja irgendwie vermeiden, Nils über den Weg zu laufen. Aber dieses Versteckspiel wird von Tag zu Tag schwieriger, vor allem mit Gustav und Ferdinand.«

Rebecca lag es schon auf den Lippen zu sagen, dass Charlottes Kleinkind-Alltag gewiss kaum Schnittpunkte mit Nils Banker-Leben hatte, aber etwas anderes stimmte sie noch ungehaltener.

»Ich habe dich nicht gezwungen, für mich zu lügen.«

Am andern Ende der Leitung blieb es eine Weile still.

»Entweder ist man schwanger oder nicht«, sagte Charlotte schließlich.

»Wer ist denn schwanger?«, entfuhr es Rebecca erstaunt.

»Natürlich niemand!«, rief Charlotte mit leicht genervtem Unterton. »Du bist ja mittlerweile zu alt dafür …«

»Na, vielen Dank auch.«

»... und für mich wäre es das Letzte, was ich gerade brauche. Gustav und Ferdinand sind schließlich noch nicht aus dem Gröbsten raus. Was ich aber eigentlich sagen wollte, ist, dass du Nils entweder verlässt oder bei ihm bleibst. Eins von beidem musst du durchziehen.«

»Und um mich zu entscheiden, habe ich gerade mal drei Tage Zeit?«, fragte Rebecca.

»Ich verstehe durchaus, dass es nicht leicht ist, aber du kannst nicht einfach davonlaufen ...«

Rebecca wollte schon einwenden, dass sie morgen zurückkehren würde, aber da fuhr Charlotte fort: »Irgendwas musst du doch endlich mal zu Ende bringen.«

»Wie bitte?«

»Ach, komm schon, Rebecca, wir wissen doch genau, was dein Problem ist.«

»Dass mein Mann mich betrügt und ich nicht weiß, was ich jetzt tun soll?«

»Nein«, sagte Charlotte streng. »Dass du zu halben Sachen neigst.«

»Halbe Sachen?«, rief Rebecca empört. »Wovon redest du? Hat unser Haus etwa kein Dach? Oder wächst die Thujenhecke nur auf einer Seite? Den Bau habe ich nahezu allein beaufsichtigt. Und der Garten fällt auch in meinen Zuständigkeitsbereich. Johanna ist wiederum ebenfalls ein ganzer Mensch geworden – kein halber.«

»Aber jetzt delegierst du ihre Erziehung ans Internat.«

Rebecca war so wütend, dass ihr fast die Stimme versagte. »Das mit dem Internat war ihre Entscheidung! Und du selbst hast mehrmals gesagt, dass sie alt genug wäre, diese Entscheidung allein zu treffen!«

»Ist ja schon gut. Ich spiele eher darauf an, dass es mit dem zweiten Kind nicht geklappt hat ...«

»Ach, und das willst du mir jetzt zum Vorwurf machen, obwohl du weißt, wie unglücklich ich darüber war, dass Johanna ein Einzelkind geblieben ist?«

»Natürlich weiß ich noch, wie fertig du warst, ich habe dich schließlich monatelang trösten müssen. Aber was hast du eigentlich genau für diesen Kinderwunsch getan? Ich weiß, du hast dir aus dem Internet mehrere Prospekte von Kinderwunschkliniken heruntergeladen. Aber hast du dir auch eine mal angesehen?«

»Ich finde bis heute, dass man solche Sachen dem Schicksal überlassen muss.«

»Und wie wär's, wenn du das Schicksal wenigstens einmal selbst in die Hand nimmst? Und nicht immer so tust, als läge nichts in deiner Macht? Das Referendariat hast du damals abgebrochen, weil du schwanger geworden bist – als wäre eine Naturgewalt über dich hereingebrochen, die die Ausübung eines Berufs unmöglich macht. Und jetzt lässt du deine Ehe vor die Hunde gehen, weil Nils eine Affäre hat, anstatt endlich deinen Arsch hochzukriegen und um ihn zu kämpfen! Aber du hast ja nicht einmal um Johanna gekämpft. Du warst regelrecht erleichtert, dass ich dir die passenden Argumente zugeschoben habe, damit du sie gehen lassen konntest. Ich würde es mir bei Gustav und Ferdinand nie so leichtmachen.«

Rebecca keuchte. Sie wollte entgegenhalten, dass sie nächtelang geweint hatte, ahnte aber, dass Charlotte das nicht gelten lassen, sondern vielmehr darauf bestehen würde, dass Rebecca ihr Unglück einfach tatenlos hinnahm.

»Wenn du mich fragst ...«, fuhr Charlotte fort.

»Ich frage dich aber nicht!«

»Wenn du mich fragst, schickst du deinen inneren Schweinehund jetzt ratzfatz ins Asyl. Es ist nicht Nils' Entscheidung oder die seiner Bürotussi, ob eure Ehe Bestand hat oder nicht. Du musst jetzt die Zähne zusammenbeißen, die Sache durchziehen.«

»Das klingt, als wäre die Ehe ein Marathon.«

»Das stimmt in gewisser Weise doch auch. Wobei – hast du nicht mal angefangen zu joggen und nach drei Wochen wieder aufgegeben? Und was ist aus der Mitgliedschaft im Fitnessstudio geworden?«

»Ich mache immerhin diesen Pilates-Kurs mit dir. Aber wenn du es so haben willst, dann gebe ich es gerne zu: Ich bin völlig unfähig und kriege rein gar nichts auf die Reihe ...«

»Das habe ich damit nicht sagen wollte. Ich wollte nur ein wenig an deinen Ehrgeiz appellieren.«

Und diesen Ehrgeiz sollte ich jetzt darauf richten, einen Waschmaschinenanschluss reparieren zu lassen, ein perfektes Seitan-Gericht aufzutischen und den Schrank mit frischen Hemden zu füllen? Ach ja, wahrscheinlich wäre es auch nicht verkehrt, ein paar Kilo abzunehmen, Reizwäsche anzulegen und Nils zu verführen, damit er die Lust an der »heimlichen« Geliebten verlor, wollte Rebecca entgegnen.

Doch Charlotte hatte ihre Entgegnung gar nicht abgewartet, sondern einfach aufgelegt. Wütend warf Rebecca das Smartphone aufs Bett. Sie trat ins Bad, sammelte ihre Sachen ein und warf sie in ihre Tasche. Genauso verfuhr sie mit dem Inhalt des Kleiderschranks. Das meiste hatte sie ohnehin nicht getragen.

Sie schloss die Tasche nicht einmal, als sie nach unten ging. Sheila hatte es sich mittlerweile im Salon gemütlich gemacht und sah fern.

»Sie ... Sie wollen jetzt schon aufbrechen? So spät?«

»Ich dachte, ich könnte gleich damit anfangen.«

»Womit anfangen?«

Rebecca atmete tief durch. War das, was sie gerade tat, eine Kurzschlussreaktion und deswegen völlig abwegig? Oder war es eine dieser spontanen Entscheidungen, die einem der Himmel eingab und die deswegen nur richtig sein konnten?

»Na ja, das Cottage zu putzen«, sagte sie, »dabei wird mir auch warm werden, und es macht mir dann nicht so viel aus, wenn es nicht geheizt ist.«

Sheila starrte sie verwundert an. »Das Cottage?«

»Sie haben doch gemeint, ich könnte es ab morgen haben. Wie lange ist es denn frei?«

»Wie lange wollen Sie denn bleiben?«, gab Sheila zurück.

Mindestens eine Woche, dachte Rebecca.

»Mindestens zwei Wochen«, sagte sie laut.

»So lange?«, fragte Sheila verblüfft.

»Ja«, sagte Rebecca entschlossen, obwohl sie eigentlich genauso verblüfft über sich selbst war. »Ich habe da eine Idee ... Ich will dem Rat einer Freundin folgen und endlich einmal etwas zu Ende bringen.«

ZWEITER TEIL

Ceit

10

Rebecca schlug die Augen auf. Ihr Blick fiel auf die dunklen Balken an der Decke, und obwohl sie wie immer nach dem Aufwachen nicht sofort ins Hier und Jetzt zurückfand, vermittelten ihr diese doch ein Gefühl von Geborgenheit. Sie richtete sich auf, schlug die Decke zurück und sog den süßlichen Geruch nach altem Holz ein, der in der Luft hing. Zugegeben, das Cottage, das Sheila vermietete, war ein wenig abgenutzt, die Küche schrie förmlich nach einer Renovierung – jedes Mal, wenn sie den Gasherd anmachte, hielt sie drei Sekunden den Atem an, bis sie sicher war, dass die laut surrende Gastherme nicht explodieren würde –, und der weiche, altrosafarbene Teppich im Bad konnte nicht über die vielen Sprünge auf den Fliesen hinwegtäuschen. Aber das Schlafzimmer, das man über eine schmale Treppe erreichte, war ein Traum, bot es doch nicht nur einen Blick auf die Holzbalken, sondern auch aufs Meer.

Tagsüber zweifelte Rebecca oft daran, ob die Entscheidung, in Irland zu bleiben, richtig war. Und immer wieder hatte sie mit der Einsamkeit und dem Gefühl grenzenloser Verlorenheit zu kämpfen. Doch wenn sie morgens ans Fenster trat, die Läden zurückschlug und auf den Atlantik blickte, befiel sie eine Ahnung von Glück.

Nicht dass sie diese Aussicht lange genoss – auch heute nicht. Sie wusste, je entschiedener sie den Tag strukturierte und je entschlossener sie ihr Vorhaben anpackte, desto besser würde sie sich fühlen. Sie schlüpfte rasch in ihre Kleidung und ging hinunter ins Wohnzimmer, dessen helle Eichendielen bei jedem Schritt knarrten. Gestern Abend hatte sie Feuer im offenen Kamin gemacht, doch davon war nur noch Asche übrig. Sobald sie sich aber einen heißen Kaffee gemacht hatte, ließ das Frösteln nach. Außerdem rührte sie sich eine fertige Porridgemischung an, die sie im Supermarkt von Portmagee gekauft hatte. Der Porridge schmeckte zwar nicht so gut wie frisch zubereiteter, aber der warme Brei schien nicht nur ihren Magen zu füllen, sondern auch ihre Seele zu streicheln.

Danach trat sie zu dem kleinen Tisch, den sie – als sie das Cottage vor einer guten Woche zum ersten Mal betreten hatte – kurzerhand zu einem Schreibtisch umfunktioniert hatte. Auf der Tischplatte lagen jede Menge Notizen, und ihr Anblick erinnerte sie wie immer an ihre Studentenzeit. Wie chaotisch war ihr Leben damals gewesen ... und wie sorglos. Das wehmütige Lächeln schwand, als sie einen der Zettel überflog. Sie hatte den Text gestern geschrieben und danach das Gefühl gehabt, endlich den roten Faden gefunden zu haben. Doch jetzt befielen sie wieder leise Zweifel. Eigentlich wusste sie immer noch nicht, welche Geschichte sie genau erzählen wollte, stocherte sie immer noch im heißen Brei herum ... wie jetzt im heißen Porridge...

Als sie fertig mit essen war, schlüpfte sie – anstatt sich an den Schreibtisch zu setzen, wie immer in den letzten Tagen – in ihre Jacke. Sie würde nicht weitermachen können, ehe sie Antworten auf ein paar grundlegende Fragen bekommen hatte.

Sie verließ das Cottage und stieg ins Auto. Als sie am Bed and Breakfast vorbeikam, das etwa einen Kilometer vom Cottage entfernt lag, winkte Sheila ihr vom Küchenfenster aus zu. Rebecca hielt den Wagen an. »Ich fahre ins Museum«, rief sie Sheila zu.

»Ein gute Idee! Ich habe Marnie bereits angekündigt, dass Sie vorbeikommen wollen. Sie kann Ihnen sicher weiterhelfen.«

Wenn ich nur genau wüsste, wobei, dachte Rebecca, aber wollte sich ihre Zweifel nicht anmerken lassen. Sie winkte Sheila zu und fuhr weiter.

Eigentlich hätte sie auch zu Fuß gehen können, zumal die Wolkendecke aufriss, sobald sie vor dem Skellig Experience Center vorfuhr. Allerdings hatte sie bislang schon zu viele schlechte Erfahrungen mit dem irischen Regen gemacht. Das Museum befand sich direkt neben der Brücke, die zum Festland führte, und war in den Hang hineingebaut worden. Die grauen Wände und das mit Grassoden bedeckte Dach ließen das Gebäude wie einen überdimensionalen Bunker aussehen. Im Inneren erwarteten die Besucher diverse Ausstellungsräume, wobei sich einer der Geschichte von Skellig Michael im Mittelalter widmete, ein anderer den Leuchttürmen und ein dritter der Vogelwelt. Außerdem befanden sich unter dem Dach ein Museumsshop, ein Filmtheater, wo alle zwanzig Minuten eine Dokumentation über die Insel lief, und eine Cafeteria.

Rebecca hatte das Museum schon mehrmals besucht, und die Frau hinter der Kasse nickte ihr zu wie einer alten Bekannten. »Sie sind mit Marnie verabredet, oder? Sie wird gleich hier sein.«

Rebecca deutete auf die groteske Kopfbedeckung der Frau – ein in grün und gelb gehaltenes Ungetüm aus Filz und Federn. Schon draußen hatte sie jede Menge Flaggen und Fahnen in der gleichen Farbe gesehen. »Ist heute etwa ein Feiertag?«

»So etwas Ähnliches«, sage die Frau grinsend. »Am Nachmittag findet das Endspiel der Fußballmeisterschaften statt. Kerry spielt gegen Dublin. Solange Sie auf Marnie warten, können Sie sich gerne noch einmal die Ausstellung ansehen. Nein, nein, Sie müssen das Ticket nicht bezahlen.«

Gleich im ersten Raum hatte man eine Mönchszelle von Skellig Michael nachgebaut, vor der ein Mönch aus Wachs stand. Ein etwa vierjähriges Mädchen fürchtete sich davor, während ihr deutlich älterer Bruder fachmännisch erklärte: »Das ist doch alles nur ein Schwindel, die Mönche haben nie und nimmer dort gelebt. Da ist ja nicht mal ein Bett drin.«

Rebecca verkniff sich ein Grinsen, aber als sie – nicht zum ersten Mal – den Text neben einer Abbildung der mittelalterlichen Klosteranlage las, war ihr nicht länger zum Lachen zumute.

»Machte die Monotonie die Mönche stumpf, müde und verrückt, weil sie nichts anderes sahen und hörten als die schreienden Vögel? Oder witterten sie in jeder winzigen Feder und jedem Flügelschlag Gottes Ewigkeit?«

Eine ähnliche Frage stellte sie sich selbst auch. Hatte sie den Verstand verloren, weil sie nicht nur nach Irland gefahren, sondern dort geblieben war? Oder war das die beste Entscheidung ihres Lebens?

»Mrs Magin?«

Rebecca fuhr herum. Sheilas Freundin Marnie war eine kleine, rundliche Frau mit wirren Locken, die die Hälfte ihres Gesichts verbargen, wobei die dunklen Augen deutlich durch die Mähne blitzten.

»Danke, dass Sie sich für mich Zeit nehmen«, sagte Rebecca, nachdem sie sich begrüßt hatten.

Marnie machte eine wegwerfende Bewegung. »Sheila hat mir erzählt, was Sie vorhaben. Alle Achtung kann ich da nur sagen.«

Rebecca zuckte verlegen die Schultern. »Respekt verdient man für eine Leistung, nicht für die Absicht.«

Sie bereute es ein wenig, Sheila überhaupt von ihren Plänen erzählt zu haben. Allerdings hatte sie die vielen Fragen, warum sie so lange auf Valentia Island bleiben wollte und mittlerweile noch mehrmals nach Skellig Michael gefahren war, irgendwie beantworten müssen – und zwar möglichst so, dass sie ihr Privatleben umschiffen konnte.

»Ach, ihr Deutschen seid immer so streng zu euch.« Marnie lachte. »Das Museum haben Sie schon gesehen, nicht wahr? Wollen wir uns in die Cafeteria setzen?«

Rebecca nickte und folgte ihr durch die Abteilung, die über die Geschichte der beiden Leuchttürme auf Skellig Michael informierte. An den langen, mit Plastiktischtüchern bedeckten Tischen der Cafeteria zu sitzen war nicht sonderlich gemütlich, aber man hatte von hier aus einen guten Blick auf den Hafen von Portmagee.

Rebecca hatte nach dem ungenießbaren Lammstew, das sie bei ihrem letzten Besuch bestellt hatte, geschworen, nie wieder hier zu essen, aber als Marnie wenig später Tee und Scones servierte, lehnte sie die kleine Stärkung nicht ab.

»Sie wollen also einen Roman schreiben – über Rónán und Aislinn.«

Rebecca zuckte wieder mit den Schultern. »Na ja«, meinte sie, »eigentlich bin ich mir nicht ganz sicher, ob diese Liebesgeschichte dazu taugt, einen ganzen Roman zu tragen. Letztlich ist sie relativ schnell erzählt. Aber unabhängig davon, ob es am Ende nur eine Novelle oder eine kurze Geschichte wird – ich finde es unbefriedigend, dass man nicht genau weiß, wie die Legende endet. Historiker wie Joseph Flanagan müssen sich an Fakten halten, aber der Phantasie sind ja keine Grenzen gesetzt.«

»Nun«, sagte Marnie, strich sich Erdbeermarmelade auf ihr Scone und machte einen herzhaften Biss. »Der Roman wird diesmal hoffentlich fertig.«

»Diesmal?«, fragte Rebecca verwirrt. »Oh, ich habe noch nie versucht, einen Roman zu schreiben. Früher habe ich davon geträumt, das schon, aber Sie wissen ja, wie das ist, mit dem Leben und den Träumen.«

Sie brach ab, musste sie doch plötzlich an Charlottes Worte denken, wonach sie nie etwas zu Ende brachte. Aber Marnie wollte ohnehin auf etwas anderes hinaus. »Das habe ich nicht gemeint. Aber Sie wissen doch, dass Sie nicht die Erste sind, die einen Roman über Rónán und Aislinn schreiben will?«

»Es gibt schon ein Buch über sie?«

»Meines Wissens wurde es nie vollendet. Im 19. Jahrhundert lebte eine gewisse Emma Rothburn etliche Wochen auf Valentia Island und sogar auf Skellig Michael, um einen Roman zu schreiben. Sie hat hier recherchiert.«

Rebecca war mit der irischen Literaturgeschichte nicht vertraut. »Emma Rothburn? Ich glaube, diesen Name habe ich noch nie gehört.«

»Wie gesagt, sie hat das Buch auch nicht fertigstellen können. Offenbar hat sie die alte Legende gekannt, womöglich sogar ihr Ende, aber ehe ...«

Sie brach ab. »Ich glaube, ich muss mal kurz aushelfen. Bitte entschuldigen Sie mich kurz.«

Gerade war eine Truppe holländischer Touristen eingetroffen, die den Museumsshop unsicher machten. Einer fuchtelte mit einem Laserschwert herum, während ein anderer ein T-Shirt mit Darth Vader aus dem Regal zog. Erst jetzt fiel Rebecca wieder ein, dass etliche Szenen für den letzten Star-Wars-Film auf Skellig Michael gedreht worden waren.

Emma Rothburn ...

Bis Marnie nicht nur ein Laserschwert, sondern auch irische Pfefferminzschokolade, einen Kugelschreiber mit keltischen Insignien und eine Teetasse mit Kleeblattmuster verkauft hatte, hatte Rebecca Emma Rothburns Namen in die Suchmaschine ihres Smartphones eingegeben. Sie fand nur eine Facebook-Nutzerin – keine Schriftstellerin des 19. Jahrhunderts.

»Ich habe nichts über sie gefunden«, rief sie Marnie entgegen, als die zu ihr zurückkehrte.

»Kein Wunder«, erwiderte Marnie, »Emma ist ja so jung gestorben.«

Trotz des warmen Tees, den sie eben getrunken hatte, rannen Rebecca plötzlich kalte Schauder über den Rücken. »Bevor sie den Roman fertigstellen konnte?«, entfuhr es ihr.

Marnie nickte. »Es ist übrigens auf Skellig Michael passiert.«

»Sie ist dort gestorben?«

»Vermutlich. Sie ist in einer stürmischen Nacht spurlos verschwunden, und da lässt sich schwerlich ein anderer Schluss ziehen, als dass sie ins Meer gestürzt und ertrunken ist.«

»So wie Aislinn im Meer ertrunken ist, nachdem die Mönche sie über die Klippen gestoßen haben ...«

»Viele behaupten, auch Emma Rothburn wäre Opfer des Fluchs geworden, weil Aislinn nicht gewollt habe, dass ihre Geschichte erzählt wird.«

Rebecca nahm einen weiteren Schluck Tee. Eigentlich hatte sie Marnie über das mittelalterliche Klosterleben ausfragen wollen, aber nun war ihre Neugierde geweckt. »Wenn schon im Internet nichts über sie zu finden ist – können Sie mir mehr über Emma Rothburn erzählen?«

Marnie nahm wieder einen großen Bissen Scone. »Nur wenn Sie mir versprechen, auch ein Scone zu probieren. Die bekommen übrigens keine Touristen zu essen – ich habe sie heute extra für das Fußballspiel gebacken.«

Na, was für ein Glück, dass sie keine gelb-grüne Zuckerglasur abbekommen haben.

Eine Weile später erhob sich Marnie, um einer weiteren Truppe Touristen zu erklären, dass heute wetterbedingt leider keine Schiffsfahrten rund um Skellig Michael stattfanden. Außerdem verkaufte sie ein Star-Wars-T-Shirt, das allerdings nicht Darth Vader zeigte, sondern eine andere Figur. Rebecca wusste nicht, wie sie hieß. Als sie ihre Notizen überflog, war sie auch nicht sicher, ob sie irgendetwas Brauchbares herausgefunden hatte. Ohne Zweifel war Marnie ein lebendiges Lexikon, was die Geschichte von Skellig Michael anbelangte. Sie hatte mit jeder Menge Namen und Jahresdaten um sich geworfen und ihr unter anderem berichtet, dass die Familien der Leuchtturmwärter bis zum Jahr 1900 auf der Insel gelebt haben. Erst danach waren acht Gebäude auf Valentia Island errichtet worden, um die Familien von Skellig Michael und vom Inishtearaght Leuchtturm zu beherbergen. Marnie hatte den Namen von Letzterem mühelos ausgesprochen, während Rebecca das Gefühl bekam, allein vom Lesen Augenschmerzen zu kriegen. Bis 1969 waren diese Häuser bewohnt gewesen – später hatten die Familien anderswo gelebt.

Das letzte Kind, das noch auf Skellig Michael geboren worden war, war ein gewisser James Martin King gewesen – der Sohn von Thomas King und Mary Murphy. Und die letzte Lehrerin, die bis 1889 auf der Insel ihren Dienst versehen hatte, war Joan Cahill-O'Sullivan. Von ihr hing sogar ein Foto im Museum.

Es war faszinierend, sich das Leben der Leuchtturmfamilien auszumalen. Sie mussten zwar nicht so spartanisch leben wie die Mönche im Mittelalter, waren doch die Leuchttürme durchaus wohnlich eingerichtet. Dennoch war die Insel schwerer als heute zu erreichen gewesen, und wenn man Kontakt mit dem Festland aufnehmen wollte, musste man mit Flaggensignalen vorliebnehmen. Ein Telefon oder gar der Helikopterservice waren noch Zukunftsmusik. Wie langweilig und schrecklich eintönig das Leben oft gewesen sein musste! Und wie groß die Herausforderung, die Kinder nicht nur zu unterrichten, sondern auch auf sie aufzupassen, damit es nicht zu einem der vielen Unfälle kam, die sich auf der Insel ereignet hatten.

Allerdings hatte Skellig Michaels letzte Lehrerin nichts mit Emma Rothburn zu tun gehabt. Diese war, wie Rebecca mittlerweile wusste, schon 1867 gestorben – mitten in der Arbeit zu ihrem Roman, von dem nicht einmal mehr Fragmente erhalten waren.

»Woher kannte sie eigentlich das Ende der Legende?«, fragte Rebecca, als Marnie zurück zum Tisch trat.

»Von der letzten Pergamentrolle, die später verschwunden ist.«

»Und es gibt keine anderen schriftlichen Aufzeichnungen, die Emma hinterlassen hat?«

»Nicht dass ich wüsste.«

»Sie haben vorhin ja erwähnt, dass der ältere Leuchtturm 1966 zerstört wurde – und mit ihm die Logbücher, die sich dort befunden haben. Wäre es möglich, dass sich unter diesen Quellen auch Emmas Hinterlassenschaft befunden hat?«

»Jetzt, wo Sie das sagen ...«

Rebecca schloss ihr Notizbuch. Emma Rothburn war eindeutig eine Sackgasse. Doch als Marnie sich schon abwandte, um Richtung Küche zu gehen, wo sich der Fernseher befand, sagte sie plötzlich: »Vielleicht finden Sie mehr heraus, wenn Sie sich mit Ceit MacKenna beschäftigen.«

»Ceit MacKenna?«

»In dem Jahr, in dem Emma auf Skellig Michael für ihren Roman recherchierte und dort starb, lebte Ceit auf der Insel.«

»War sie die Frau des damaligen Leuchtturmwärters?«

»Nein, seine Schwägerin – die Schwester seiner Frau Eliza. Wenn ich es recht im Kopf habe, hatte Ceit auch zwei Brüder, aber die sind beide jung gestorben. Der eine ist im Steinbruch von Valentia Island erschlagen worden – ausgerechnet von einem Stein, der als Grabstein dienen sollte. Der andere war Fischer und ist bei einem Bootsunfall ums Leben gekommen.«

»Was wahrscheinlich auch auf Aislinns Fluch zurückgeführt wurde.«

»Ich bin mir da nicht mal sicher. Solche Unfälle gehörten damals zur Tagesordnung. Jedenfalls ist Ceit nach Skellig Michael gezogen. Ihre Schwester Eliza konnte ihre Hilfe gewiss gut gebrauchen – sie hatte kleine Kinder.«

»Und Ceit MacKenna kannte Emma Rothburn?«

»Ich kann mir kaum vorstellen, dass sie sich in der Zeit, als Emma auf Skellig Michael lebte, nicht über den Weg gelaufen sind. Gut möglich, dass Ceit sie bei ihren Recherchen sogar unterstützt hat. Warten Sie mal, ich schaue in unserem Online-Archiv nach, ob ich irgendetwas finde. Die wichtigsten Quellen liegen alle in den *Archives of the Department of Irish Folklore*, aber manchmal findet man auch hier etwas Brauchbares. Bis zum Spiel habe ich noch zehn Minuten Zeit.«

11

1867

Ceit balancierte vorsichtig auf den schwarzen Steinen. Selbst wenn sie vermeintlich festen Halt fand, vergaß sie nie, wie glitschig sie waren. Schon beim nächsten Schritt könnte sie ausrutschen und knietief im kalten Wasser landen – wenn sie Glück hatte. Ohne Glück würde sie mit dem Kopf auf einen der spitzen Steine fallen, ohnmächtig werden und ertrinken.

Langsam, langsam, langsam, schalt sie sich bei jeder Bewegung. Sie musste sich ja auch nicht beeilen. Wenn es auf diesem Eiland etwas in Fülle gab, so war das Zeit. Zeit, um näher ans Wasser heranzutreten, sich hinzuhocken, das Netz in das Wasser zu halten und es auszuwaschen.

Leider gab es auch genügend Zeit, in Erinnerungen zu schwelgen – an jene Stunden, da sie die Netze nicht alleine gereinigt hatte, sondern sich die Fischersfrauen zu diesem Zweck am Strand von Glanleam getroffen hatten. Lieder waren gesungen worden, der neueste Tratsch ausgetauscht worden und die alte Cassie hatte allen die Zukunft vorhergesagt.

»Und was siehst du in meiner Zukunft?«, hatte Ceit gefragt.

»Ich muss gar nichts sehen, um zu wissen, was aus dir wird. Der Mensch ist, was er tut.«

Ceit hatte diese Worte damals weder verstanden noch ernst genommen. Niemand nahm die alte Cassie ernst. Jetzt aber ahnte sie, was sie gemeint haben könnte. Wer ständig Fische ausnahm, wurde irgendwann kalt wie diese, wer ständig im Steinbruch von Geokaun schuftete und Staub einatmete, fühlte sich selbst irgendwann so bedeutungslos wie der Staub, der an den Fußsohlen anderer klebte, und wer nur von Stein umgeben war, spitzem, schwarzem Stein, wurde so gefühllos wie dieser.

Wobei … wenn sie wirklich nichts mehr fühlen würde, würden ihr bei der Erinnerung doch keine Tränen in die Augen steigen. Wenn sie aber noch nicht zu Stein geworden war – was war sie stattdessen?

Ceit beugte sich über das Wasser, versuchte, in der schwarzen Oberfläche ihr Gesicht zu erkennen, nahm aber nicht viel mehr wahr als einen vagen Schatten. Vielleicht war das auch gut so. Ceit war niemals besonders hübsch gewesen: Die rötlichen Haaren wirkten strohig, die Augen farblos, das Gesicht war zu schmal für die großen Augen, und um ihren Mund hatten sich Kerben gebildet. Schon als man diese noch nicht hatte sehen können, war sie nie wie ihre Schwester Eliza für die vollen, runden Apfelbacken gerühmt worden – wobei auf dieser Insel noch jeder Apfel schrumpelte. Eliza hatte auf Skellig Michael längst ihre Schönheit eingebüßt. Sie hatte zwar keine so tiefen Kerben wie Ceit, aber ihr ganzes Gesicht war von einem dünnen Netz an Falten überzogen, und jede einzelne kündete von allen Tagen, an denen sie unglücklich aufgestanden und unglücklich wieder zu Bett gegangen war.

Beim Gedanken an das Elend ihrer Schwester wurde Ceits eigener Kummer bedeutungslos. Entschlossen wusch sie das Netz, rollte es zusammen und balancierte über die schwarzen Steine zurück zu der schmalen Straße, die zum unteren Leuchtturm führte – nunmehr der einzige der beiden, der noch in Betrieb war.

Sie kam nicht umhin, zum Turm hochzublicken, dessen Fenster jetzt bei Tag einem toten, blinden Auge glich, während in der Nacht stets ein Licht blinkte, um die Seeleute zu warnen.

Hütet euch vor dem schwarzen, spitzen Stein ... wenn ihr ihm zu nahe kommt, werden auch eure Herzen zu Stein werden ...

Was für ein Unsinn. Die Schiffer fürchteten nicht um ihre Herzen, sondern um ihr Leben. Stein zu werden war ihre geringste Sorge – sie wollten nur nicht ertrinken.

Ceit hatte den Leuchtturm fast erreicht. Wie immer hing in der Luft der Geruch nach Rapsöl, mit dem das Licht des Leuchtturms in Betrieb gehalten wurde. Nicht nur die Wände des Turms, sondern auch die des Hauptgebäudes waren aus Bruchstein errichtet und mit einem Verputz aus Schieferstein abgedichtet worden. Genauer betrachtet, waren es nicht ein, sondern zwei Gebäude, die sich – halb freistehend – an den Turm anschlossen. Eines war für den Leuchtturmwärter gedacht, das andere für seinen Gehilfen, wobei letzteres deutlich niedriger, nämlich nur eingeschossig war, während das Haus des Leuchtturmwärters mit zwei Stockwerken aufwarten konnte. Spitze Wetterdächer hatten sie beide, und unter jedem dieser Dächer befand sich jeweils ein Mansardenzimmer. Sean – der Gehilfe ihres Schwagers William Callaghan – ließ dort Fisch trocknen, während in dem von William Ceit schlief.

Vielleicht bin ich selbst auch längst ein kalter Fisch, der langsam vertrocknet.

Ceit nahm die drei Stufen, die zum Wohnhaus führten. Sie waren aus Granit gebaut worden, dem gleichen Material, aus dem auch Fenstersims und Türstock bestanden. Als sie die Tür aufstieß, gesellte sich zu dem intensiven Geruch des Öls noch ein anderer – der säuerliche nach Schweiß ... dem Schweiß einer Frau, die sich mit zu vielen Decken zudeckte, aber keine einzige zurückschlug und schon gar nicht aufstand.

Ceit betrachtete den Wohnraum. An der einen Wand standen Bücherregale, in dem sich Großteils ornithologische Literatur befand, hatte doch ein früherer Leuchtturmwärter viele Stunden mit der Erforschung der hiesigen Vogelwelt zugebracht. Vielleicht hatte er davon geträumt, selbst ein Vogel zu werden, die Flügel weit auszuspannen und davonzufliegen, während Ceit vermeinte, nicht einmal ihre Arme ordentlich heben zu können, als sie in den hinteren Teil des Raums trat.

»Ich habe das Netz gewaschen«, murmelte sie.

Wie erwartet kam von der Frau, die unter den vielen grauen Decken lag, keine Reaktion. Nur ihr Haarschopf lugte hervor. Elizas Locken waren so rot wie Ceits, nur etwas weicher und glänzender. In den letzten Wochen waren ihr allerdings etliche davon ausgegangen, und Ceit war beim Anblick der Strähnen, die auf dem Polster kleben blieben, nie sicher, ob sie Genugtuung empfinden sollte, Schadenfreude oder tiefe Trauer.

Ceit spannte zwischen den zwei Haken, die William kürzlich in die Wände gehämmert hatte, eine Wäscheleine. »Ich werde das Netz hier aufhängen. Draußen trocknet es zwar schneller, aber der Wind könnte es davonreißen.«

Vom Bett her kam weiterhin keine Reaktion, aber jemand erhob sich von der kleinen Bank hinter dem wurmstichigen Tisch.

»Warum hast du mich nicht mitgenommen, als du das Netz gewaschen hast?«, fragte Willie, Williams und Elizas knapp vierjähriger Sohn. In den Mundwinkeln klebten Brotkrümel, seine Hände waren verschmiert.

»Beim Wasser ist es zu gefährlich«, sagte Ceit streng.

»Aber ich möchte nach draußen.«

»Auf der ganzen Insel gibt es keinen Ort, der nicht gefährlich wäre.«

Willie stieß prompt ein lautes Gebrüll aus, von dem Ceit wusste, dass es vorüberging, wenn man es bloß lange genug missachtete. Leider fing auch der zweijährige Patrick, Willies jüngerer Bruder, zu weinen an, und dem war – wie Ceit ebenfalls aus Erfahrung wusste – nicht so leicht Abhilfe zu verschaffen. Und dabei hatte sie doch keine Zeit, den Kleinen auf ihren Schoß zu nehmen und zu trösten! Nicht nur, dass sie das Netz aufhängen musste – sie musste die Fische, die sie gestern zum Räuchern dorthin gelegt hatte, aus dem Schornstein holen, und weitere Fische, die William heute früh gefangen hatte, ausnehmen und in Salzlauge einlegen. Obwohl ihre Hände allein beim Gedanken daran brannten, blieb ihr keine andere Wahl. Sie bekamen nur alle sechs Wochen eine neue Proviantlieferung, und es war nie sicher, ob das Boot überhaupt die Insel erreichen würde. Wenn sie nicht selbst ihre Vorräte aufstockten, würden sie verhungern. Ceit warf Eliza einen hilfesuchenden Blick zu, aber es war nur weiterhin deren Haarschopf zu sehen. Entschlossen trat Ceit zum Bett, zog die Decke von Elizas bleichem Gesicht und schnaubte sie an: »Kümmere dich um Patrick! Lass ihn zu dir ins Bett!«

Natürlich wusste sie, dass Patrick sofort wild zu strampeln beginnen würde, wenn Eliza das auch nur versuchte. Und natürlich wusste sie, dass diese ihr nicht gehorchen, sondern die Decke sofort wieder höher ziehen würde.

»Verdammt noch mal, lass mich nicht die ganze Arbeit allein machen, sondern reiß dich endlich zusammen«, schrie Ceit.

Eliza ließ die Decke los und richtete sich sogar auf. Sie trug einen grauen, weiten Leinenkittel, unter dem ihr Körper noch schmaler wirkte. Sie besteht ja nur noch aus Haut und Knochen, dachte Ceit entsetzt. Die roten Apfelbacken waren längst eingefallen, nur die Augen waren noch von diesem durchdringenden Grün – der Farbe der Elfen. *Elfen sind doch gefährlich. Man kann ihnen nicht trauen ... sie legen es darauf an, die Menschen zu täuschen ...*

»Ich bin so müde«, murmelte Eliza. »Früher bin ich nie so müde gewesen ... Es war alles besser, als der zweite Leuchtturm noch in Betrieb war und eine weitere Familie auf der Insel lebte ...«

»Ach was«, fuhr Ceit ihr schroff über den Mund, »Die beiden Leuchtturmfamilien waren immer zerstritten. Dein Mann hat sich mit dem anderen Leuchtturmwärter sogar einmal geprügelt. Wenn du dich wirklich nur nach Gesellschaft sehnst, hätte es dir in dem Augenblick bessergehen müssen, als ich hier ankam.«

Eliza sah sie an, als hätte sie das gar nicht mitbekommen, obwohl Ceit in Wahrheit schon seit einem Monat auf Skellig Michael lebte. »Du warst immer stärker als ich, hast härter schuften können ...«

»Was blieb mir denn anderes übrig? Ich konnte mich nicht auf meine Schönheit verlassen und darauf, dass sich genügend Männer fanden, die meine Arbeit erledigten.«

Für Ceit hatte sich tatsächlich nie ein Mann interessiert. Schon eine ihrer Tanten hatte ihr gesagt, dass sie eher wie ein Junge als wie ein Mädchen aussehe. Wenn man sich auf Valentia Island zum Tanz traf, saß sie gemeinsam mit den alten Frauen am Rand und musste zusehen ... zusehen, wie sich ihre Schwester lustvoll drehte, immer schneller und schneller, wie ihre Augen funkelten, wie kleine Schweißtropfen von ihrer Stirn perlten, wie sie lachte. Manchmal hatte Ceit geglaubt, bei diesem Anblick zu ersticken. Manchmal hatte sie aber auch das Gefühl gehabt, kurz in Elizas Körper schlüpfen zu können und zu fühlen, was sie fühlte – die Lust am Tanzen, am Scherzen, am Spielen, am Leben …

Nun, heute kam sie gewiss nicht in die Versuchung, sich ein Leben in Elizas Haut vorzustellen, zumal sich diese wieder aufs Kissen fallen ließ. »Ich … ich kann einfach nicht aufstehen.«

»Dann bleib meinetwegen im Bett! Aber auch hier könntest du etwas Nützliches tun. Du strickst doch so gerne. Wenn der Winter kommt, brauchen die Jungs etwas Warmes zum Anziehen.«

Dass Eliza nicht sofort nein sagte, wertete Ceit als Zeichen der Hoffnung. Allerdings hatte sie keine Ahnung, wo sich Wolle und Stricknadeln befanden. Erst als sie sich abwandte, um danach zu suchen, fiel ihr auf, dass nicht nur Willies Geschrei, sondern auch Patricks Weinen verstummt war. Und tatsächlich – keiner der beiden Jungs war noch hier.

»Du lieber Himmel!«

Eliza entging der panische Unterton in der Stimme ihrer Schwägerin. Sie schloss wieder die Augen.

»Du lieber Himmel! Die Jungs! Patrick! Willie!«

Ceit bekam keine Antwort – nicht, solange sie in der Wohnstube nach ihnen rief, und auch nicht, als sie nach draußen stürmte.

»Patrick! Willie!«

Wo sollte sie sie nur zuerst suchen? Beim Wasser, wo sie das Netz ausgewaschen hatte? Oder bei den Ziegen, die noch die steilsten Hänge hochklettern konnten, ohne herabzustürzen? Ganz anders als zwei kleine Jungen …

»Patrick! William!«

Wo steckten die Ziegen überhaupt? Sie grasten jeden Tag woanders, und oft galt es, ihnen in schwindelerregende Höhe nachzuklettern, um sie zu melken. Obwohl die Tiere geschätzt wurden, weil sie genügsam waren und so gut wie alles fraßen – ihretwegen war schon manch Leuchtturmwärter in den Tod gestürzt, als er ihren halsbrecherischen Wegen folgte.

»Patrick! Willie!«

Endlich glaubte sie, ein Wimmern zu hören. Ceit war von ihrer Furcht so ausgehöhlt, dass sie kurz nicht sicher war, woher es kam, aber als sie ein paarmal tief durchatmete, stellte sie fest, dass die Jungs den Leuchtturm betreten haben mussten. Wenig später fand sie Patrick im untersten Stockwerk, wo etliche Kanister mit Brennöl gelagert wurden. Auf dem Boden lagen Taue, und in eines hatte sich der Junge verheddert und war gestürzt. Ceit zog ihn hoch und umarmte den kleinen, zitternden Körper. »Ist ja schon gut«, redete sie beruhigend auf ihn ein. Sie blickte hoch und hielt nach Willie Ausschau, fand ihn jedoch nirgendwo.

»Patrick, wo ist dein Bruder?«

»Willie ... hat mich gefesselt ... mit den Tauen ... wollte mich losschneiden ...«, stammelte Patrick.

Ceit überfiel eine schreckliche Ahnung. Mit Patrick auf dem Arm hastete sie zurück zum Wohnhaus. Willie stand am kleinen Tischchen neben dem Herd. Hier hatte sie gestern die Fische ausgenommen – mit jenem langen, spitzen Messer nämlich, das er nun in den Händen hielt.

Richtig, er hatte ihr gestern zugesehen, hatte mithelfen wollen. Ceit stellte Patrick auf den Boden ab. Anstatt sofort auf Willie zuzustürzen, um ihm das Messer zu entreißen, machte sie einen Satz auf das Bett zu, wo Eliza weiterhin reglos lag und sich nicht weiter um ihren Sohn kümmerte.

»Bist du zu irgendetwas nutze?«, schrie Ceit, schüttelte sie, versetzte ihr eine schallende Ohrfeige. »Wie kannst du hier einfach rumliegen und zuschauen, wie sich dein Sohn in Gefahr bringt!«

Ein Schrei ertönte, aber er kam nicht aus Elizas Mund. Es war Willie, der ihn ausstieß, weil er sich eben mit dem Messer geschnitten hatte. Und es war Ceits Schuld, dass Blut über sein Handgelenk perlte, weil es ihr wichtiger gewesen war, die Schwester zu maßregeln, als ihm sofort das Messer wegzunehmen.

Willie war rasch getröstet: Sobald sie ein Leinentuch auf die Wunde presste und kein neues Blut mehr kam, versiegten seine Tränen.

In der Nacht allerdings begann er zu fiebern, wenngleich Ceit nicht wusste, ob das mit seiner Verletzung zu tun hatte oder nicht. Sie holte Willie zu sich ins Bett, war erleichtert, ihn gleichmäßig atmen zu hören, aber besorgt, weil sein Körper glühte. Unmöglich konnte sie wieder einschlafen – viel zu übermächtig waren die Bilder in ihrem Kopf, Bilder von seiner Hand, die sich erst blau färbte, dann schwarz, schließlich abstarb. Und sie würde hilflos dabei zusehen müssen, weil sie eine Gefangene der Insel und der Wellengang wieder einmal zu hoch war, um mit dem Boot zum Festland zu fahren.

Sie wusste, dass sie die Sache nicht besser machte, wenn sie ständig seine Stirn befühlte, aber sie konnte nicht damit aufhören. Schließlich stand sie auf, um Tee zuzubereiten. Selbst wenn Willie zu tief schlief, um ihm diesen einzuträufeln – ihr selbst würde ein Schluck guttun. Sie stieg die schmale Treppe vom Mansardenzimmer hinunter, doch ehe sie den Wohnraum betrat, ging sie nach draußen, wo ein Topf stand, in dem sie das Regenwasser sammelten. Sie kochte fast ausschließlich damit, obwohl es sich mit der Gischt vermischte und alles darum leicht salzig schmeckte.

Solange Willies heißer Körper sich an ihren gepresst hatte, hatte sie geschwitzt, doch als sie nun ein kalter Windstoß traf, erschauderte sie. Und obwohl sie eigentlich nur den Topf hatte nehmen wollen, verharrte sie. Nicht allein der Wind brachte sie zum Beben. Ihr Körper hatte auf etwas reagiert, ehe ihr Verstand es erfassen konnte.

Da war ein ... Geräusch. Ein ungewöhnliches Geräusch. Ein fremdes Geräusch. Mit den vielen Stimmen des Windes und Meeres war sie vertraut – dem Rauschen, Heulen, Zetern, Klatschen. Wenn sie diese vernahm, glaubte sie längst nicht mehr, die Geister der Mönche miteinander tuscheln zu hören wie in ihren ersten Nächten auf Skellig Michael. Aber was sie eben gehört hatte, klang anders. Es klang wie ein ... Flüstern.

Das Licht des Leuchtturms schien den schwarzen Nachthimmel zu durchzucken wie ein Blitz, und was für gewöhnlich tröstlich war, wurde es auf Skellig Michael deswegen doch nie finster, erschien ihr jetzt wie eine Warnung.

Pass auf ... pass auf ... pass auf ...

Aber wenn eine Gefahr drohte, dann doch vom Fieber, das Willies Leib erfasst hatte! Und wenn sie zu lange in der Kälte stand und selbst erkrankte, würde ihm das nicht helfen!

Ceit nahm den Topf, erhob sich, verharrte wieder. Erneut hatte ein blinder Instinkt in ihr das Kommando ergriffen, aber diesmal verstand sie sofort, was sie zusammenzucken hatte lassen.

Dieses Geräusch ... es war tatsächlich eine Stimme ... die Stimme einer Frau. Und was da eben die Finsternis erhellt hatte, war nicht das Licht des Leuchtturms, sondern das einer Fackel.

Da! Da war es wieder! Ein Leuchten, kurz und grell, ehe es verlosch ... was eigentlich gegen eine Fackel sprach, die doch stetig brennen würde. Außerdem war das Leuchten vom Meer gekommen und dort würde jetzt kein Boot mehr unterwegs sein. Oder hatten ihre Sinne sie getäuscht und jemand stieg mit der Fackel in der Hand die Treppe zu den Klosterruinen hoch – jenem Teil der Insel, den sie bis jetzt noch nicht betreten hatte? Das könnte wiederum bedeuten, dass die Fackel nicht erloschen war, sondern der, der sie trug, nur hinter einer Abbiegung verschwunden war. Allerdings – wenn von dort die Stimme gekommen wäre, hätte sie sie doch unmöglich hören können, zumal das Rauschen der Brandung wieder anschwoll.

Nein, sie hatte sich geirrt ... nächtliche Irrlichter und Stimmen waren zwar unheimlich, aber nicht annähernd so beängstigend wie Willies Fieber.

Entschlossen wandte sie sich ab, kehrte zurück ins Innere des Wohnhauses und verriegelte die Tür hinter sich. Anstatt Tee zu machen, stieg sie noch einmal hoch, um Willies Stirn zu befühlen, und als sie wenig später den Wohnraum betrat, ging sie nicht zum Herd, sondern zu Williams und Elizas Bett. Die letzten glimmenden Funken des Herdfeuers überzogen den Raum mit einem fahlen Bronzeton. Elizas Gesicht wirkte nicht ganz so blass wie sonst, doch sie warf sich im Schlaf herum und murmelte unverständliche Worte. William dagegen schlief wie ein General. Noch im Schlaf schien er jede körperliche Regung unter Kontrolle halten zu wollen, weswegen er die Hände über der Brust verschränkt hatte und sie regelrecht umklammerte, als gelte es, sich selbst zu fesseln.

William würde keine Angst vor Fackeln und Frauenstimmen haben. Er hatte all jene Geschichten, wonach es auf Skellig Michael spukte, immer als Unsinn abgetan.

»William ...«

Sie musste drei Mal seinen Namen wiederholen, ehe er aufschreckte und kerzengerade in die Höhe fuhr. Der Ausdruck von Verwirrung in seinem Gesicht wich rasch dem von Ärger, der nicht nur ihr galt, sondern auch sich selbst, war er doch – für die wenigen Momente zwischen Schlaf und Erwachen – nicht Herr seiner Sinne gewesen. »Was ist denn los?«, schnaubte er Ceit an.

Er mochte sie nicht sonderlich. Wahrscheinlich war es ihm lästig, auf engem Raum mit ihr zu leben, doch sich darüber beschweren konnte er auch nicht, war sie doch eine unverzichtbare Hilfe für Eliza, seine unglückliche Frau.

Sein Blick ging zum Fenster, und als er erkannte, dass das Licht des Leuchtturms regelmäßig aufblitzte, knurrte er erbost: »Heute versieht Sean doch seinen Dienst.«

Er und sein Gehilfe mussten jeweils jede zweite Nacht das Licht überwachen, was bedeutete, dass er nur jede zweite Nacht ausreichend Schlaf bekam und darum jede Minute von diesem kostbar war.

»Willie ... Er ... er hat Fieber.«

»Fieber?«, fragte William gedehnt, als wäre das – wie die Melancholie seiner Frau – eine Krankheit, die man nur bekam, wenn man sie sich lange genug einredete.

»Und er hat sich doch heute in die Hand geschnitten. Was, wenn das Fieber von einer Entzündung rührt und sein Blut vergiftet ist? Wir müssen einen Arzt holen.«

William schien sich mit jedem Augenblick, da er im Bett saß und sie vor ihm stand, unbehaglicher zu fühlen. Und wenn er seinen Rücken noch so durchstreckte – in dieser Position war sie größer als er. Allerdings wollte er wohl auch keine unnötigen Geräusche machen und Eliza nicht wecken. Er redete sich immer noch ein, dass sie tagsüber das Bett schon verlassen würde, wenn sie nachts genug Schlaf bekäme. Ceit hatte diese Hoffnung längst aufgegeben, aber in dieser Stunde galten ihre Sorgen ohnehin nicht der Schwester, sondern dem Neffen.

»Wir müssen einen Arzt ...«, setzte sie wieder an.

»Bist du verrückt geworden? Diese Insel kann man schon tagsüber häufig nicht verlassen – erst recht nicht nachts.«

»Aber ich habe gehört, das man in Notzeiten Signale ans Festland senden kann, indem man ein Feuer macht ... dort oben ... auf einem der beiden Gipfel ... wo ... wo sich die Klosterruine befindet.«

Die Klosterruine, die sie nie betreten hatte. Nicht einfach nur aus Desinteresse, sondern weil ihr die Vorstellung unheimlich war, an Zellen vorbeizugehen, in denen seit Hunderten von Jahren nur noch Geister hausten ...

Beinahe war sie erleichtert, als William vehement den Kopf schüttelte. »Gib ihm etwas zu trinken, und halte ihn warm, mehr können wir im Moment nicht für ihn tun.«

Er ließ sich wieder aufs Kissen fallen und verschränkte die Hände über seine Brust. »Ich brauche meinen Schlaf«, sagte er nachdrücklich, als Ceit sich immer noch nicht rührte.

Du brauchst nicht deinen Schlaf, du brauchst eine Frau, die jegliche Sorge um die Kinder von dir fernhält, und wenn schon deine Ehefrau nicht dazu taugt, sollte es wenigstens deine Schwägerin, die du nur widerwillig unter deinem Dach duldest, schaffen.

Wortlos verließ Ceit den Raum und stieg hoch ins Mansardenzimmer. Willies Stirn glühte immer noch, aber sie war nicht heißer als zuvor. Und als sie später im ersten Dämmerlicht seine Wunde betrachtete, stellte sie fest, dass der Schnitt sich weder schwarz gefärbt hatte noch eiterte. Auch Patrick atmete ruhig. Er schlief auch seit einigen Wochen bei ihr im Mansardenzimmer, damit Elizas Nächte – so Williams Hoffnung – ruhig verliefen und sie endlich neue Kraft sammeln konnte.

Dabei braucht man doch keine Kraft, um den ganzen Tag im Bett zu liegen, dachte Ceit. Ich hingegen brauche Kraft ... viel Kraft.

Um die Kinder vor allen Gefahren der Insel zu bewahren und sich selbst davor, dass sich die Schwermut ihrer Schwester auf sie übertrug. Um die Wut, die sie häufig auf Eliza hatte, zu bezähmen und ihren überreizten Sinnen nicht zu erlauben, ihr etwas vorzugaukeln.

Eine Frauenstimme ... ein ominöses Leuchten ... mitten in der Nacht ... und das auf der einsamsten Insel der Welt ... also wirklich ...

Das Fieber sank, die Wunde heilte, doch Ceit schlief auch in den nächsten beiden Nächten schlecht und ertappte sich dabei, auf Stimmen zu lauschen und beim Blick aus der Fensterluke nach Lichtern Ausschau zu halten.

Weil ich Angst habe, sagte sie sich bei Tag.

Weil meine Sehnsucht nach Menschen so groß ist, sagte sie sich in der Nacht, dass sie nämlich – trotz der Kinder, Eliza, William und Sean – so einsam war, dass ihr selbst die Geister der Vergangenheit willkommen wären.

Aber anders als sie schienen die Geister zu schlafen. Da waren keine Stimmen mehr, kein Licht, und als sie schließlich jemand von der Einsamkeit erlöste, geschah das am helllichten Tag. In der Früh war der Nebel so tief gesunken, dass die Grenze von Meer und Himmel verschwommen war. Nun waren die grauen Schwaden etwas höher gestiegen und umsponnen die beiden Gipfel der Insel wie ein riesiges Spinnennetz, das der Sonne jegliche Kraft nahm und der Welt jegliche Farben. Überdies war das Meer glatt, so dass es mehr einem öligen Tümpel, ja gar einem Sumpf glich. Ceit hielt das nicht davon ab, auf einem der spitzen Steine zu knien, um diesmal nicht das Netz oder Wäsche zu waschen, sondern mit einer langen Stange, an deren Ende ein Haken befestigt war, Seegras von den Steinen zu kratzen und dieses in einem Korb zu sammeln.

Als sie noch auf Valentia Island im Haus ihres Bruders gelebt hatte, der später im Steinbruch von Geokaun den Tod fand, hatte sie das oft gemacht. Seegras war auf dem Festland begehrt, weil man die Felder damit düngen konnte. Hier gab es zwar keine Felder, aber dünne Suppen, die zwar noch salziger schmeckten, aber etwas nahrhafter wurden, wenn man das Seegras darunterrührte. Gerade der kleine Willie hatte eigentlich immer Hunger.

Während sie das Seegras abkratzte, ging ihr Blick immer mal wieder zu dem Fischerboot, das nicht weit von der Insel entfernt seine Kreise zog. Eben warfen die Fischer das Netz aus und schlugen wenig später mit den Rudern auf die Fische ein, die sich darin gefangen hatten. Prompt neigte sich das Boot bedrohlich, doch schon warf sich einer der Fischer auf die andere Seite, um zu verhindern, dass es kenterte. Früher war Ceit diese Prozedur immer etwas grausam erschienen – nun dachte sie, dass sie an diesem langen, öden, grauen Tag auch lieber etwas Lebendiges erbeutet hätte, als nur Seegras abzukratzen. Allerdings gelang es ihr ja noch nicht einmal, den Basstölpel mit seinem weißen Gefieder, dem gelben Kopf und den schwarzen Flügelspitzen zu vertreiben, der nun schon zum wiederholten Male aus ihrem Korb Seegras stibitzte.

»He!«, schrie sie empört. Sie wusste, dass Basstölpel ein sehr hohes Nest bauten und dafür alle Materialien nutzten, die sie kriegen konnten – oft auch alte Fischernetze, in denen sie sich nicht selten verhedderten und starben. Einmal hatte sie einen Vogel daraus befreit, während sie diesen hier am liebsten aufgespießt hätte. Sie erwischte ihn jedoch nicht, als sie – auf den rutschigen Steinen balancierend – mit der Stange in der Luft herumfuchtelte. Schon öffnete sie ihren Mund, um einen Fluch auszustoßen, doch heraus kam nur ein entsetzter Aufschrei – bemerkte sie doch, dass sie zwar nicht den Vogel, aber fast den Kopf eines Mannes getroffen hatte. Wenn sie sich die Zeit genommen hätte, ihn genauer zu betrachten, hätte sie sogleich bemerkt, dass er weder der Geist eines Mönchs war noch ein Fischer, den es nach Skellig Michael verschlagen hatte, weil sein Netz gerissen war oder sein Boot leckte. Da sie aber just in diesem Augenblick ausrutschte und verzweifelt um das Gleichgewicht kämpfte, kamen ihr nur diese beiden Möglichkeiten in den Sinn. Ehe sie endgültig ausglitt und ins Wasser fiel, trat der Mann beherzt vor, packte sie an der Hand und zog sie vom glitschigen Stein.

Sie ließ die Stange fallen und stieß versehentlich den Korb mit dem Seegras um, bemerkte das aber kaum, weil sie zu deutlich die warme Hand fühlte, die ihren Unterarm selbst dann noch umklammert hielt, als sie längst sicher auf dem Weg stand.

Die Hand war warm, was bedeutete, dass der Mann kein Geist war. Und sie war mitnichten schwielig, was wiederum bewies, dass er kein Fischer war. Er trug auch keine zerrissene Kutte oder einen ebenfalls zerrissenen Seemannskittel, sondern dunkle Hosen, ein weißes Hemd und einen Mantel aus jenem dunklen, etwas kratzigen Stoff, der vor Regen wie vor Feuer schützte und den sich nur Leute leisten konnten, die einer anderen Arbeit nachgingen, als Fische zu fangen und Kartoffeln anzubauen.

»Wer ... wer sind Sie?«

Eine Weile starrte er sie nur ratlos an, als wüsste er die Antwort selber nicht. »Doktor Síomon Canavagh«, stieß er schließlich hervor.

Endlich ließ er sie los, und sobald sie seine warme Hand nicht mehr spürte, war sie kurz überzeugt, ihre Sinne gaukelten ihr einmal mehr etwas vor. Er war ein Trugbild! Ein Mensch wie er konnte sich doch unmöglich in diese steinerne Einöde verirren! Doch dann fühlte sie – so dicht, wie sie vor ihm stand – seinen warmen Atem, und ihr ging auf, dass er nicht nur seinen Namen, sondern auch seinen Titel genannt hatte.

»Sie ... Sie sind Arzt?«

»So ist es. Ich habe erst vor kurzem auf Valentia Island meinen Dienst angetreten.«

»Aber Willies Wunde ist doch schon verheilt!«, brach es aus ihr hervor. »Und das Fieber ist auch gesunken!«

Síomon Canavagh sah sie fragend an, und erst jetzt ging ihr auf, welch unmöglichen Anblick sie wohl bot. Ihr Rock wies jede Menge grünlicher Flecken auf, und der Wind blies ihr das störrische Haar, das sie heute Morgen noch zusammengebunden hatte, ins Gesicht.

Dass ich ihn für einen Geist hielt, war dumm ... aber er hätte jedes Recht der Welt, mich für eine Meereshexe zu halten, die dann und wann den schwarzen Fluten entsteigt

So verwirrt, wie er war, schien er sie aber wohl eher für eine Verrückte zu halten. »Willie?«, fragte er verständnislos.

»Ach so«, murmelte sie, »... Sie kommen gar nicht wegen meines Neffen.«

»So ist es«, sagte er. »Ich habe mich einer Dame angeschlossen, die die Ruine des Klosters besichtigen will.«

Seine Haare – von einem dunklen Blond – waren weder so widerspenstig noch so lang wie ihre, doch der Wind wehte sie auch ihm ins Gesicht. Sie waren ungewöhnlich lockig für einen Mann und schienen ungewöhnlich weich zu sein für diese Insel.

»Eine Dame ...«, stammelte sie.

Richtig, William oder Eliza hatte erwähnt, dass immer mal Menschen die Insel besuchten, die sich für die Klosterruinen interessierten. Im letzten Jahr war sogar einmal ein Earl gekommen, ein gewisser Richard Windham, der gemeinsam mit seinem Fotografen auf die Südspitze geklettert war. Er habe wissenschaftliche Studien betrieben, hatte William erklärt, aber so geklungen, als hielte er diesen Earl Windham keineswegs für einen gebildeten und neugierigen, sondern vielmehr für einen wahnsinnigen oder lebensmüden Mann. »Wer klettert schon freiwillig auf die Südspitze, um sich eine alte Eremitage anzusehen, wenn er nicht muss?«, hatte er missbilligend gefragt.

William würde wahrscheinlich auch nicht verstehen, warum jemand den langen Weg vom Festland in Kauf und die Körperkraft von einigen Ruderern in Anspruch nahm, nur um alte Steine anzusehen. Ceit hingegen wurde es mit jedem Augenblick, da der fremde Doktor vor ihr stand und sie schweigend betrachtete, wärmer ums Herz.

»Falls Sie sich verlaufen haben, kann ich Ihnen gerne den Weg zum Kloster zeigen«, sagte sie. »Sie müssen die alte Treppe nehmen.«

»Das weiß ich schon«, sagte er und lächelte. Wann hatte sie das letzte Mal jemanden so lächeln gesehen, so unbekümmert, so freundlich? Hatte sie überhaupt jemals jemanden so lächeln gesehen? Und konnte sie es selbst? Jedenfalls verzogen sich nun auch ihre Lippen.

»Das brauchen Sie doch alles, oder?«, fragte er, und jetzt erst ging ihr auf, dass er ihr seit geraumer Zeit etwas erklärte, sie jedoch gar nicht zugehört hatte.

»Ich ... ich ...«, stammelte sie. Ihr Lächeln schwand, weil sie so verlegen war.

»Als ich erfuhr, dass auf Skellig Michael eine Leuchtturmfamilie lebte, dachte ich, ich könnte etwas Medizin vorbeibringen. Letztlich liegt auch diese Insel in meinem Verantwortungsbereich. Und da ich nicht regelmäßig hierherkommen kann und Sie womöglich einmal wegen schlechten Wetters hier festsitzen, rüste ich Sie mit allem Notwendigen aus.«

Er hob eine schwarze Tasche hoch, und wieder hörte sie nur die Hälfte dessen, was er sagte. »Ammoniumcarbonat ... pulverisierter Ingwer ... Pfefferminzöl ... Opium ...«

Sie vergaß zu fragen, wie man all das anwendete und wogegen es half. Sie war schon froh, dass ihre Hände nicht zitterten, als sie die schwarze Tasche entgegennahm.

»Und jetzt mache ich mich auf den Weg zur Klosterruine«, verkündete er und trat an ihr vorbei.

Ceit blieb kurz wie betäubt stehen, aber als ihr Blick auf den umgekippten Korb fiel, aus dem das Seegras quoll, wusste sie, dass sie nicht einfach hierbleiben und weiterhin die Steine abkratzen konnte.

»Warten Sie!«, rief sie. »Ich lebe ja schon eine Weile hier ... ich ... ich könnte Ihnen die Klosterruine zeigen ... Ihnen Dinge erklären, die Sie noch nicht wissen.«

Er hielt inne. »Tatsächlich?«

Gottlob würde er ihre geröteten Wangen wohl auf den Wind schieben, nicht auf ihre Lüge, die sie jetzt sogar noch einmal bekräftigte. »So ist es!«

»Emma Rothburn wird sich freuen.«

»Emma Rothburn?«

»Natürlich interessiere ich mich auch selbst für die Ruinen. So gut erhaltene, und das an einem so einsamen, schwer erreichbaren Ort, findet man nicht oft auf der Welt.«

»Emma Rothburn?«, wiederholte Ceit.

Einige Sekunden lang befürchtete sie, dass die Dame, die er vorhin erwähnt hatte, womöglich seine Verlobte oder gar seine Frau wäre, sie sich noch mehr für ihre Lüge schämen müsste – und erst recht für das Lächeln, die Sehnsucht und diesen sacht ziehenden Schmerz in der Magengegend.

Doch da erklärte er: »Ich habe sie selbst erst während der Bootsfahrt kennengelernt. Sie ist eine Schriftstellerin aus Dublin, die einen Roman über Skellig Michael schreiben will.«

Während Ceit mit Síomon Canavagh die steilen Stufen nach oben stieg, dachte sie fieberhaft darüber nach, was sie über die Ruinen des Klosters wusste. Viel war es nicht, und sie war sich auch nicht sicher, ob es stimmte. William hatte zumindest einmal behauptet, dass nur alte Mönche dort oben gelebt hätten, weil diese die steilen Stufen nicht mehr nach unten geschafft hätten und deswegen zu bleiben gezwungen waren. Die Jungen wären hingegen alle geflohen.

»Aber wohin hätten sie denn fliehen sollen?«, hatte Ceit gefragt. »Sie hätten ja schwerlich ans Festland schwimmen können.«

Eliza wiederum hatte in einer der seltenen Stunden, in denen sie sich nicht die Decke über den Kopf zog, sondern sich am Gespräch beteiligte, gemeint, dass die Mönche allesamt jung gewesen wären, aber nur einer das Versteck des Bootes gekannt hätte, so dass sie alle unfreiwillig hier gefangen waren.

»Na, auf dieser Insel gibt es nicht viele Verstecke für ein Boot«, hatte William eingewandt, woraufhin Eliza meinte, dass die jungen Mönche auch darum nicht fliehen konnten, weil sie stets gefastet hätten und darum so schwach wie Greise gewesen wären.

Du fastest nicht und bist auch schwach wie ein Greis, dachte Ceit jetzt, aber entschied, besser nicht an Eliza zu denken und schon gar nicht deren Behauptungen Glauben zu schenken.

Gottlob stellte Síomon Canavagh ohnehin keine Fragen nach Skellig Michael. Erst als sie Christ's Saddle erreichten – jene Ebene, die Nord- und Südspitze verband –, blieb er stehen und blickte ehrfurchtsvoll auf das Meer.

»Es ist gewiss eine Herausforderung, hier zu leben«, sagte er. »Aber dafür werden Sie immer wieder aufs Neue mit dieser Aussicht belohnt.«

Bis zu ihrer Begegnung heute hätte Ceit diese Worte als blanken Unsinn abgetan. Man belohnte sich für harte Arbeit mit einem neuen Kleid, das man sich in Cahersiveen machen ließ, oder mit knusprigem Brot, wenn frisches Mehl vom Festland eingetroffen war – doch nicht mit dem Blick aufs Meer! Aber wie sie da mit dem Doktor stand, erinnerte das Meer tatsächlich nicht bloß daran, wie einsam sie hier war, sondern verhieß eine Freiheit, von der sie gar nicht gewusst hatte, dass sie sich nach ihr gesehnt hatte.

Dieser magische Augenblick war allerdings bald vorbei, denn schon ertönte eine Stimme. »Ich bin hier oben!«

Die Frau stand am Ende der Treppe, die von Christ's Saddle hoch zum Kloster führte. Obwohl sie aus der Entfernung nicht viel von ihr erkennen konnte, kam Ceit schon jetzt zu dem Schluss, dass Emma Rothburn ganz anders war, als sie sich eine Schriftstellerin vorgestellt hatte. Sie war zwar noch nie einer begegnet, dennoch aber davon überzeugt, dass man eine solche nur werden konnte, wenn man ein Leben lang Bücher las, was wiederum bedeutete, dass eine Schriftstellerin uralt wäre.

Doch das Einzige, was an dieser Frau alt zu sein schien, war ihr schwarzes Kleid, dessen Stoff edel, aber abgetragen wirkte. Ansonsten war Emma Rothburn jung – jung und schön. Hastig kam sie ihnen die Hälfte der Treppe entgegengelaufen, obwohl Síomon mehrmals an die Worte des Bootsmanns erinnerte, wonach man jede einzelne Stufe mit Bedacht nehmen müsste.

Emma Rothburn drosselte ihr Tempo mitnichten. Als sie die beiden erreichte, drehte sie sich sogar einmal im Kreis.

»Es ist so beeindruckend!«

Ceit starrte sie unverhohlen neugierig an. Ja, sie war jung ... und schön ... und vor allem war sie lebendig ... so viel lebendiger als Eliza, der sie mit diesem kräftigen, rotbraunen Haar und den markanten Backen ein wenig ähnlich sah.

Auch das hätte also aus Eliza werden können, wenn sie nicht dazu verdammt gewesen wäre, auf der einsamen Insel zu leben. Allerdings befand sich auch Emma Rothburn nun hier, schien aber nichts von ihrer Lebendigkeit einzubüßen, im Gegenteil. Dieser Ort spornte ihre Begeisterungsfähigkeit vielmehr noch an.

Derart in Gedanken versunken, merkte Ceit kaum, dass Síomon sie vorstellte – zu ihrem Erstaunen kannte er ihren Namen, was bedeutete, dass er nach seiner Ankunft schon mit William gesprochen haben musste –, und er mit den Worten schloss, dass sie nun sicher mehr über die Ruinen erzählen könnte.

»Sie leben hier? Die ganze Zeit über?« Die Vorstellung schien Emma nicht zu beängstigen, sondern zu faszinieren, und als Ceit ihren Blick erwiderte, fühlte sie sich zum ersten Mal nicht als Gefangene von Skellig Michael, sondern als heimliche Besitzerin.

»Lassen Sie uns zum Kloster hochgehen«, sagte sie, als wäre sie jenen Weg schon ein Dutzend Mal gegangen, hätte bei jenem steinernen Tunnel schon ein Dutzend Mal den Kopf eingezogen, hätte vor den bienenwabenförmigen Zellen ein Dutzend Mal die Hand ausgestreckt, um den Stein zu berühren. Und obwohl sie den Ort in Wahrheit noch nie zuvor betreten hatte, war er ihr tatsächlich merkwürdig vertraut. Nur eines war anders als in ihren Vorstellungen. Sie hatte immer gedacht, dass der Wind hier oben noch lauter pfeifen müsste, doch stattdessen stand er nahezu still, als gelte es, voller Respekt vor dem Echo längst verstummter Gebete zu erstarren.

Auch Emma und Síomon schienen diesem Echo eine Weile ehrfürchtig zu lauschen. Allerdings war Emma eine

Frau, die weder lange still stehen noch lange schweigen konnte. Bald lief sie ... nein, tanzte sie regelrecht zu den Ruinen des Oratoriums.

»Wenn Sie hier leben«, wandte sie sich an Ceit, »kennen Sie doch bestimmt die Legende von Rónán und Aislinn?«

Ceit war erleichtert, dass Emma einen so großen Abstand zwischen sie beide gebracht hatte. So war etwas Zeit gewonnen, bis sie zu ihr aufschloss.

»Also«, fragte Emma nun dicht an ihrem Ohr, »haben Sie davon gehört?«

Obwohl Ceit fieberhaft nachdachte – die Namen sagten ihr nichts. Ehe sie aber ihr Unwissen eingestehen musste, zog Emma etwas aus ihrer Tasche.

»Sehen Sie diese alten Pergamentrollen? Darauf wurde die Legende der beiden einst niedergeschrieben. Aislinn war eine Frau, die schwerverletzt hierher geflohen ist, als in Munster wieder einmal Krieg herrschte. Und Bruder Rónán hat als Mönch hier gelebt, sie entdeckt und ihre Wunden gepflegt.«

Ceit konnte mehr schlecht als recht lesen. Von den Worten, die auf dem Pergament geschrieben standen, schaffte sie es, höchstens zwei zu entziffern, zumal nun der Wind aufzog und an der Rolle riss.

»Und über diese beiden werden Sie einen Roman schreiben?«, fragte sie.

Emma nickte, während Síomon zu ihnen trat. »Womöglich war Rónán in der Heilkunst bewandert«, sagte er.

»Oder Aislinn war es und hat ihm gesagt, was er zu tun hatte.«

»So oder so bin ich froh, dass ich – anders als meine Vorgänger – nicht nur auf die wenigen Kräuter angewiesen bin, die hier auf der Insel wachsen.« Er blickte sich etwas skeptisch um.

»Nun, die Druiden waren einst in der Heilkunst sehr bewandert. Sie kannten nicht nur sämtliche Pflanzen, sondern wussten auch, wann und wie man sie zu ernten hatte, damit sie ihre Heilkraft entfalteten. Manche musste man bei Mondschein pflücken.«

»Nun, wenn ein Arzt heutzutage behaupten würde, seine Medizin helfe nur bei Mondschein, wäre er ein denkbar schlechter«, warf Síomon skeptisch ein.

Emma lachte. »Sie sehen schon«, wandte sie sich an Ceit, »Dr. Canavagh ist ein Rationalist.« Ceit hatte keine Ahnung, was das war, aber Emma fuhr schon fort: »Wahrscheinlich glaubt er auch nicht daran, dass die Insel verflucht ist. Aber wie ist das bei Ihnen? Sie haben doch schon so viele Nächte hier verbracht! Haben Sie jemals einen Geist gesehen?«

Ceit musste frösteln, als sie an die nächtliche Begebenheit dachte, als sie das Leuchten und ein Flüstern zu hören geglaubt hatte. Dennoch versuchte sie, genauso spöttisch wie Síomon zu klingen, als sie fragte: »Die Insel soll verflucht sein?«

»Aber ja doch! Aislinn selbst hat diesen Fluch ausgesprochen, ehe sie gewaltsam zu Tode kam! Ich erzähle Ihnen gern, warum.«

Und ehe sie sich's versah, hatte sich Emma bei ihr untergehakt, führte sie zu einer der Zellen und begann unglaublich schnell, unglaublich viel zu erzählen. Obwohl die Geschichte traurig war, hatte sich Ceit selten so wohl gefühlt.

Selbst wenn auf der Insel einst der Teufel persönlich gewohnt hätte ... solange Emma sie nicht losließ und Síomon ihnen folgte und ihr wieder zulächelte, fühlte sie sich zum ersten Mal wie ein Zuhause an.

12

»Ich fürchte, das ist alles«, schloss Marnie.

Rebecca hörte ihre Worte kaum. Sie war zu sehr in den Anblick eines alten Fotos versunken, das Marnie auf dem Bildschirm angeklickt hatte. Ein Mann mit dunkler Kleidung, Seemannskappe und verdrossenem Gesichtsausdruck war darauf abgebildet. Oder interpretierte sie zu viel in seine Miene hinein, und er blickte einfach nur gleichgültig? Nun, nach allem, was Marnie ihr über William Callaghan und seine Familie erzählt hatte, konnte er kein sehr glücklicher Mensch gewesen sein.

»Ceit kam also nach Skellig Michael, um ihre depressive Schwester zu unterstützen«, murmelte sie. »Zumindest würde man ihre ›Krankheit‹ heute so bezeichnen. Damals brachte man ihr gewiss nur Unverständnis entgegen ...«

»Wobei auch damals schon jeder hätte nachvollziehen müssen, dass ein Leben auf Skellig Michael, noch dazu mit kleinen Kinder, nicht gerade Anlass zu täglichen Freudensprüngen bot.«

»Aber für wen war das Leben denn damals nicht hart? Gab es in Irland nicht damals immer wieder schreckliche Hungersnöte?«

Marnie blickte mehrmals auf die Uhr. Richtig, das Footballspiel. Dennoch wollte Rebecca sie noch nicht gehen lassen.

»Ceit hat also Emma Rothburn kennengelernt, als Emma für ihren Roman recherchierte.«

Obwohl keines der Fotos, die Marnie im Online-Archiv des Museum gefunden hatte, die Schriftstellerin zeigte, kam Rebecca plötzlich eine elegante Dame in den Sinn, die eigentlich nicht auf das felsige Eiland passte, doch deren zarte Erscheinung nicht über ihren festen Willen hinwegtäuschen konnte.

Na, an Phantasie fehlt es mir nicht …

»Ich habe keine Ahnung, inwiefern Ceit Emma eine Hilfe war. Natürlich gab es auch damals schon Interesse an den Klosterruinen, aber es fand noch keine systematische Erforschung statt. Teilweise ist man mit den Überresten sehr nachlässig umgegangen. Als die beiden Leuchttürme erbaut wurden, haben etliche Arbeiter in den Klosterzellen geschlafen. Nicht nur deswegen wurde viel zerstört – auch die Sprengarbeiten, die für den Bau der Leuchtturmstraße notwendig waren, haben großen Schaden angerichtet. Aber Emma kam ja erst etliche Jahrzehnte später auf die Insel, als nur mehr der untere Leuchtturm in Betrieb war.«

»Und sie hat die Insel nicht nur mehrmals besucht, sondern auch dort gewohnt?«

»Und sie ist dort gestorben … zumindest ist das zu vermuten, da sie eines Nachts spurlos verschwunden ist.«

»Gab es denn keine Nachforschungen?«

»Nun ja, es war ja nicht das erste und einzige Mal, dass ein Bewohner von Skellig Michael von den Klippen stürzte und im Meer ertrank. Ich nehme an, dass man deswegen nicht gerade eine Armada an Polizisten auf die Insel geschickt hat.«

»Zumal ja auch die Geschichte von Rónán und Aislinn im Umlauf war und man Unfälle auf diesen Fluch zurückführen konnte.«

Marnie nickte, sah aber wieder auf die Uhr.

Rebecca wusste, dass sie ihre Hilfsbereitschaft nicht noch mehr ausreizen konnte, fühlte sich aber seltsam unbefriedigt. Sie war nicht sicher, mit welchen Erwartungen sie hierhergekommen war – in jedem Fall hatte sie gehofft, neue Inspiration zu finden. Stattdessen schwirrten nun jede Menge Fragen in ihrem Kopf herum – Fragen, auf die sie wohl keine Antwort bekommen würde.

»Woher stammen eigentlich die Fotos im Archiv?«

Neben dem Foto von William Callaghan hatte sie auch eine Aufnahme seines Gehilfen Sean zu Gesicht bekommen. Von Ceit, Eliza und ihren beiden Söhnen existierte jedoch kein Bild.

»Ceit hat später hier mit ihrer Familie auf Valentia Island gelebt«, erklärte Marnie. »Die Fotos stammen aus ihrem Nachlass. Übrigens lebt einer ihrer Nachfahren noch. Vielleicht weiß er mehr, denn meines Wissens interessiert er sich sehr für die Geschichte von Skellig Michael und hat eine regelrechte Privatsammlung mit alten Quellen und Gegenständen angelegt. Ich fürchte nur, er ist etwas ... eigen.« Marnie zog vielsagend die Braue hoch.

»Und wer ist das?«, fragte Rebecca.

»Iain O'Neil.«

Rebeccas freudige Erregung wich Irritation. »Sie meinen aber doch nicht jenen Iain, der ...«

»Doch, ich meine den Leuchtturmwärter von Skellig Michael. Dort übernachtet er natürlich nur sporadisch. Ansonsten lebt er in einem Häuschen in Portmagee, ich kann Ihnen gerne die Adresse geben.«

Als Rebecca an den grimmigen Mann dache, dem sie nunmehr schon zweimal auf Skellig Michael begegnet war, hätte sie am liebsten den Kopf geschüttelt, aber da hatte Marnie ihr nicht nur die Adresse aufgeschrieben, sondern auch eine Wegbeschreibung gezeichnet.

»Sie können sich gerne noch im Museum umschauen, aber ich muss jetzt zum Spiel.«

Die Straßen von Portmagee waren wie leergefegt, während es gleichzeitig unmöglich war, einen Parkplatz zu finden. Rebecca vermutete, dass die Bars des Orts rappelvoll waren, weil sich viele Menschen gemeinsam mit anderen das Footballspiel anschauen wollten. Gut möglich, dass auch Iain unter ihnen war.

Obwohl sie wusste, dass es vernünftiger wäre, einen günstigeren Zeitpunkt abzuwarten, war sie am Ende zu neugierig und ungeduldig, um Marnies Wegbeschreibung nicht zu folgen. Außerdem wollte sie nicht allein im Cottage herumsitzen, um sich dort an einem Tag wie heute, an dem alle anderen gemeinsam der Leidenschaft für den Fußball frönten, noch einsamer zu fühlen.

Iain wohnte in einem grau gestrichenen Reihenhaus etwas außerhalb von Portmagee, das sich gegenüber jener winzigen Insel vor dem Hafen befand, auf dem stets ein paar Seehunde lagen. Heute war deren Heulen jedoch nicht zu hören, und unbewohnt wie die Insel wirkte auch das Haus. An dem daneben war ein Namensschild aus Emaille angebracht, auf dem ein paar Delphine aufgemalt waren, während über Iains Tür nur die Hausnummer prangte. Hätte sie nicht von Marnie erfahren, dass der Leuchtturmwärter von Skellig Michael hier lebte, wäre sie nie auf die Idee gekommen, ihn ausgerechnet hier zu finden. Im Garten wuchsen keine Blumen, im Carport stand kein Auto, vor den Fenstern gab es keine Läden und – soweit sie das ausmachen konnte – im Inneren auch keine Vorhänge.

Rebecca suchte vergebens nach einer Glocke und klopfte schließlich gegen die weißlackierte Tür. Hinterher tat ihr die Hand weh, doch sie hatte nicht das Gefühl, ein Geräusch verursacht zu haben, mit dem man ein Fußballspiel übertönen konnte. Als sie auf eines der Fenster zutrat und ihr Gesicht an das Glas presste, bemerkte sie allerdings kein

Flimmern eines Fernsehapparats. Ihr Blick fiel lediglich auf einen Tisch, dessen Platte bis auf den letzten Quadratmillimeter vollgestellt war – mit mehreren Tellern, auf denen sich noch die Reste eines Irish Breakfast befanden, etlichen Tassen, von denen mindestens eine noch halbvoll mit Kaffee war, und außerdem mit ein paar leeren Schachteln, in denen sich offenbar das Abendessen befunden hatte.

Rebeccas Kehle wurde eng – einerseits vor Ekel, als sie sich vorstellte, wie es dort riechen musste, andererseits vor Trostlosigkeit, die das Wohnzimmer dieses Mannes ausstrahlte. Richtig, Sheilas Bruder James hatte ja erwähnt, dass Iains Frau mit den Kindern schon seit langem in Dublin lebte. Und Männer, so behauptete wiederum Charlotte immerzu, könnten nicht allein leben, ohne komplett zu verwahrlosen.

War das die Wahrheit oder redete sich Charlotte das nur ein, um ihrem Leben als Hausfrau und Mutter mehr Bedeutung zu geben? Konnte Nils allein leben? Zumindest hatte sie ihn sehr verärgert, als sie ihm vor etwa zwei Wochen am Telefon erklärt hatte, dass sie verreist wäre – und zwar nicht nur in ein Wellnesshotel, sondern nach Irland – und dass sie nicht so schnell zurückkommen würde. »Bist du verrückt geworden?«, hatte er sie angeschnauzt. »Und hättest du mir nicht etwas früher Bescheid sagen können?« Und anstatt ihn mit seiner Affäre zu konfrontieren, hatte sie einfach aufgelegt und jede SMS von ihm ignoriert.

Am ersten Tag waren sie noch im Stundentakt gekommen, jetzt schrieb er höchstens einmal täglich, und mittlerweile sprach auch keine blanke Wut über ihren Alleingang aus seinen Worten, sondern Zynismus. *Na, meine Liebe, wann wirst du dich bequemen, heimzukehren? Oder mir wenigstens deinen genauen Aufenthaltsort verraten?*

Heimkehren ... tja. Erwartete sie denn noch ein Zuhause? Würde denn, wenn sie noch lange ohne Erklärungen wegblieb, Nils' Geliebte zu ihnen ziehen? Nils wäre nicht der erste Mann, der sich ohne Scheu eine andere Frau ins Ehebett holte.

Iain O'Neil hatte wohl schon lange nicht mehr in seinem Ehebett gelegen, denn als sie in den Raum starrte, erblickte sie nicht weit vom Tisch entfernt ein ausgezogenes Schlafsofa, auf dem mehrere Kissen und Decken lagen. Obwohl das Haus eigentlich groß genug war, eine ganze Familie zu beherbergen, schien er nur diesen einen Raum zu nutzen.

So sehr der Anblick sie auch verstörte – sie konnte sich einfach nicht davon losreißen. Seine Kinder schienen ihn nicht oft zu besuchen, war doch in der Unordnung weit und breit kein Spielzeug zu entdecken. Womöglich hatte er alle Spuren, die an seine Familie erinnerten, beseitigt, während sie in Johannas Zimmer alles so belassen hatte, wie es immer war. Schließlich wollte sie zu den Herbstferien heimkehren – wobei die letzte SMS von ihr nicht so geklungen hatte, als würde sie sich darauf freuen. Sie hatte nur geschwärmt, wie toll es in dem Internat sei.

Das Bild vor ihr verschwamm in Tränen.

Verdammt, verdammt, verdammt! Sie war doch hierhergekommen, um sich von ihrem Elend abzulenken, und jetzt wurde ihr eigenes Leben von Iains gespiegelt, ja mehr noch: aufs grässlichste verzerrt.

Sie löste sich vom Fenster und wollte zurück zum Auto gehen, als sie plötzlich eine Stimme hörte. »Wollen Sie zu Iain?«, rief ihr eine Frau aus dem Nachbarhaus zu. »Meines Wissen ist er nur kurz einkaufen gefahren.«

Es war die Nachbarin, die ihr das zurief. Klar, in einem so kleinen Ort kannte jeder jeden, und es blieb wenig verborgen. Die Nachbarin hatte den Kopf aus dem Fenster gestreckt, schloss es aber sogleich wieder, ehe Rebecca sich für die Auskunft bedanken konnte.

Etwas unschlüssig blieb sie stehen. Weder wollte sie von Iain dabei ertappt werden, wie sie ihr Gesicht ans Wohnzimmerfenster presste, noch wirklich aufgeben. Als sie zögerlich Richtung Auto trat, stutzte sie. Sie kam wieder an der weißlackierten Haustür vorbei, bemerkte jetzt aber, dass sie nur angelehnt war.

Nicht zum ersten Mal machte sie die Erfahrung, dass die Angst vor Einbrechern hierzulande nicht sehr ausgeprägt war. Sheilas Bed and Breakfast stand eigentlich immer offen. Und Iains Wohnzimmer beherbergte wohl auch keine Kostbarkeiten, die es sich zu stehlen lohnte.

Allein die Vorstellung, es zu betreten und den Geruch nach verdorbenen Lebensmitteln und einem ungemachten Bett einzuatmen, dessen Wäsche schon seit langem nicht mehr gewechselt worden war, sollte sie eigentlich sofort in die Flucht schlagen. Stattdessen erfasste sie ein eigentümlicher Sog, und ehe Rebecca wusste, was sie tat, trat sie schon in einen schmalen Flur, von dem etliche Türen wegführten. Die zum Wohnzimmer stand ebenso offen wie die zu einem anderen Raum.

Du kannst doch nicht einfach ein fremdes Haus betreten, sagte eine Stimme in ihr. Eine andere hingegen war lauter: Du kannst nicht wegfahren, ohne dich zu vergewissern, dass er nicht alle Räume so vergammeln lässt wie das Wohnzimmer, sondern sich in einem anderen ein perfekt eingerichtetes Kinderzimmer befindet, dass er folglich kein ganz und gar vereinsamter Mensch ist.

Dann hatte sie die offene Tür schon erreicht und lugte hinein.

Ein Kinderzimmer war das schon mal nicht, so viel stand fest. Allerdings traf sie hier auch nicht auf das Chaos vom

Wohnzimmer. Sie hatte eher das Gefühl, eine Art Museum zu betreten. An jeder Wand stand ein raumhohes Bücherregal, die bis zum letzten Brett mit Büchern vollgestellt waren. Dazwischen befanden sich etliche Tische, auf denen diverse Fundstücke aus vergangenen Zeiten lagen. Bei ihrem Anblick hätte Joseph Flanagan wahrscheinlich mehrere Luftsprünge vollführt. Da waren Kupferkannen, in denen einst Tee zubereitet worden war, Miniaturholzschiffe, die vielleicht ein Leuchtturmwärter während langer Winterabende gebaut hatte, und Spielkarten, deren gelbe Flecken ein Zeichen für ihren häufigen Gebrauch waren. All diese Gegenstände kündeten von der langen Geschichte des Leuchtturms. Auch ein altes Fernrohr befand sich unter den Gegenständen. Rebecca fragte sich unwillkürlich, wie oft ein Leuchtturmwärter von Skellig Michael damit in die Ferne geschaut und auf den Anblick eines Boots gehofft hatte, das Gesellschaft brachte.

Ein Buch in einem alten, roten, etwas brüchigen Ledereinband war aufgeschlagen. Rebecca überflog die Seite und stellte fest, dass es sich um Aufzeichnungen von den *Commissioners of Irish Lighthouses* handelte: In langen Listen waren diverse Arbeiten, die an diversen Leuchttürmen der Region verrichtet worden waren, eingetragen worden, ebenso der Name dessen, der sie ausgeführt hatte, das Datum und der dafür vorgesehene Lohn. Sie blickte wieder hoch und entdeckte, dass sich zwischen zwei Bücherregalen ein schmaler Spalt befand und an der freien Wand eine Unmenge Fotos hingen. Eines zeigte offenbar eine Gruppe Konstrukteure auf Skellig Michael. Zumindest ließen das die spitzen Steine im Hintergrund vermuten. Die Männer trugen Vollbärte, dunkle Kappen, schwarze Westen mit Goldknöpfen und Krawatten, was nicht gerade eine praktische, aber damals wohl übliche Arbeitskleidung war. In den

Händen hielten sie diverse Messgeräte, galt es doch offenbar, den Bau der Leuchttürme vorzubereiten.

Rebecca betrachtete das nächste Foto, stellte aber fest, dass es bloß die Kopie einer alten Rechnung war: Die Kosten für die beiden Leuchttürme wurden demnach mit 45.721,27 Pfund veranschlagt. Schon ging ihr Blick zu einer weitaus interessanteren Aufnahme, zeigte diese doch eine Frau. Wie alt sie war, ließ sich nicht erkennen, da das Foto zu stark belichtet war, um Genaueres zu erkennen. Der Haarknoten am Hinterkopf ließ sie streng wirken, aber wahrscheinlich hatten damals fast alle Frauen diese Frisur getragen. Und dass sie nicht lächelte und ihr Blick etwas leer wirkte, war für damalige Fotos ebenfalls nicht ungewöhnlich. Dennoch war Rebecca plötzlich sicher, dass diese Frau zutiefst unglücklich war.

Ehe sie sich's versah, nahm sie den Rahmen mit dem Foto von der Wand, drehte ihn um und las die Schriftzüge auf der Rückseite.

Ceit MacKenna, 1889

Das war sie also. Die Frau, derentwegen sie zu Iain gefahren war, die Schwägerin des Leuchtturmwärters William Callaghan, die eine Weile auf Skellig Michael gelebt hatte und hier Emma Rothburn kennengelernt hatte – jene Schriftstellerin wiederum, die den Tod fand, als sie gerade an einem Roman über Rónán und Aislinn schrieb. Das war 1867 geschehen – gut zwanzig Jahre bevor dieses Foto gemacht worden war. Hatte die Trauer in Ceits Blick etwas mit Emma zu tun? Oder interpretierte Rebecca diese Trauer nur in ihre Züge hinein, weil sie selbst so niedergeschlagen war?

Allerdings fühlte sie sich in diesem Augenblick gar nicht verzagt wie eben noch, vielmehr aufgeregt, als hätte sie bei einer Schnitzeljagd den wesentlichen Hinweis gefunden.

Ihre Hände begannen jäh zu zittern, und prompt entglitt ihr der Rahmen.

»Mist!«, entfuhr es ihr.

Sie bückte sich, sah, dass das Glas heil geblieben, der Rahmen jedoch aufgesprungen war. Als sie mit immer noch zitternden Fingern versuchte, das Malheur zu reparieren, indem sie die zwei Ecken wieder ineinandersteckte, stieß sie auf Widerstand. Zwischen dem Rahmen und dem Glas befand sich nicht nur das Foto, sondern ein Zettel. Er war mehrfach zusammengefaltet worden, und es dauerte eine Weile, ihn zu glätten. Obwohl Rebecca im grauen Licht kein Wort der verblassten Schrift lesen konnte, war sie plötzlich überzeugt, dass es sich um einen alten Brief handelte ... und dass Ceit MacKenna ihn geschrieben hatte.

Nur – wann genau? In dem Jahr, in dem das Foto gemacht worden war? Oder schon viel früher ... in der Zeit, als Emma Rothburn während einer stürmischen Nacht spurlos verschwunden war?

13

1867

Ceit fühlte sich beschwingt wie nie. Sie war auch vorher nicht faul gewesen, aber noch nie war ihr die alltägliche Arbeit so leicht von der Hand gegangen. Sie erwachte, noch bevor die Sonne das Himmelszelt erklomm, legte auf die Asche des Feuers vom Vortag frische Grassoden, die stets schnell aufflammten, und rührte Porridge an. Während er köchelte, melkte sie eine der Ziegen, die sie gestern eingefangen und in der Nähe des Leuchtturms angebunden hatte. Nicht einmal das Leeren des Plumpsklos war ihr eine Überwindung, und kaum kehrte sie zurück in die Wohnstube, nähte sie an den neuen Hosen für Patrick weiter, mit denen sie gestern angefangen hatte. Der grobe Stoff, aus dem eigentlich Getreidesäcke gemacht wurden, würde ihn wahrscheinlich kratzen, aber einen anderen hatten sie nun mal nicht. Und wenn sie darauf warten würde, bis Eliza ihm neue Kleidung gestrickt hatte, müsste der Junge, der so schnell wuchs, bald nackt herumlaufen.

Während dieser Gedanke ansonsten Bitterkeit hervorrief, rang er ihr heute nur ein müdes Lächeln ab, desgleichen wie der Anblick der noch schlafenden Schwester – oder der bereits wachen Schwester, die ihre Augen hartnäckig geschlossen hielt.

Sie erhob sich wieder, rührte den Porridge ein letztes Mal um und weckte die Jungs. Willie aß schon selbst aus der Schüssel, Patrick musste noch gefüttert werden. Wie immer ging etwas daneben, aber sie lachte nur, und als Willie seinen Porridge auf der Tischplatte verschmierte, brachte ihm das keinen finsteren Tadel, sondern nur nachsichtigen Spott ein. Er sah sie nahezu verwundert an.

»Isst du denn gar nichts, Tante Ceit?«

»Später ... jetzt muss ich Tee machen.«

Der Tee, den sie über dem Kohlenfeuer zubereitete, war so stark, dass er Tote erwecken konnte, doch genau so sollte er auch sein, um ihre Gäste nach der langen Bootsfahrt aufzuwärmen. Sie würden zwar erst zu Mittag eintreffen, aber solange die Kanne auf dem Herd stand, blieb sie warm, und allein ihr Anblick führte dazu, dass Ceit plötzlich ein Lied summte.

Zu ihrem Erstaunen stimmte Eliza nach einer Weile darin ein.

»Das hat uns Sammy beigebracht ...«, murmelte sie. Sie hatte sich mittlerweile aufgesetzt, und in ihren Augen glänzten Tränen.

Sammy war der Bruder, der bei Steinbrucharbeiten tödlich verunglückt war. Allein die Erwähnung seines Namens schnürte Ceit für gewöhnlich die Kehle zu. »Heute musst du auf die Jungs achten«, sagte sie nun aber mit erstaunlich fester Stimme.

»Kommt denn heute eine neue Lieferung?«

Ceit nickte und ließ die andere im Glauben, dass sie bloß die Aussicht auf frisches Mehl, Tee, Zucker, Salz und Kerzen so fröhlich stimmte. Eliza schien es ohnehin nicht weiter zu interessieren. Sie hörte zu summen auf, nahm zwar das Strickzeug zur Hand, schien aber blind für ihre Söhne zu sein.

»Hast du gehört? Du musst auf Willie und Patrick aufpassen?«

»Ja, ja«, murmelte Eliza abwesend.

Kurz fiel ein Schatten auf den Tag, aber Ceit war entschlossen, nicht in diesem Schatten zu verweilen. Patrick und Willie waren nicht ihre Söhne ... und wenn William frühmorgens aus dem Haus ging, um seiner Arbeit nachzugehen, sollte es ihr doch auch gestattet sein, zur Mittagsstunde den Tee in Blechtassen zu gießen und sich allein in Richtung Bootsanlegestelle zu begeben!

Es war heute das dritte Mal, dass Emma und Síomon auf die Insel kamen. Beim letzten Mal hatte sich Ceit noch bang gefragt, ob Síomon die Schriftstellerin wieder begleiten würde, wurde er doch gewiss auf Valentia Island gebraucht, doch er hatte erklärt, dass er die eine Lady nicht allein reisen lassen und die andere Lady nicht ohne Gesellschaft auf der Insel wissen wollte.

Ich bin doch keine Lady, hatte Ceit einwenden wollen, sich dann aber auf die Lippen gebissen. In der Gesellschaft von Emma schien sie eigentlich alles sein zu können, was sie wollte. Und wenn sie Skellig Michael durch die Augen der phantasiebegabten Schriftstellerin betrachtete, war auch die Insel kein Kerker mehr, sondern ein magisches Reich, und ihre schwermütige Schwester eine verwunschene Elfe, die nach einem Fluch das Sonnenlicht meiden musste, weil sie sonst von ihm getötet würde. Ceit selbst wiederum war nicht ihre Gefangene, sondern ihre Dienerin, die sie – wenn sie ihr nur lange genug den süßen Nektar seltener Blumen einträufelte – wieder in ein glückliches Wesen verwandeln könnte.

In Síomons Gesellschaft blühte sie selbst auf wie eine solche Blume. Wenn er sie anlächelte, wähnte sie sich so hübsch zu sein, wie einst Eliza gewesen war, und zugleich noch lebendiger.

Emma war begeistert über den Tee, den sie ihr und Síomon wenig später reichte. »Wie lieb du bist, uns damit zu empfangen!« Längst nutzte sie die vertrauliche Anrede, konnte man doch auf einer Insel wie dieser, wie Emma erklärt hatte, auf Förmlichkeiten verzichten.

Obwohl Ceit sie seit einigen Tagen nicht gesehen hatte, konnte sie sich an jedes Detail ihres Gesichts erinnern und vor allem an Emmas Stimme, die stets laut und fröhlich klang, obwohl alle anderen hier ihre Stimme senkten, als dürfte man an einem Ort, wo die Vergangenheit so mächtig und der Mensch so klein erschien, nur flüstern.

Aber auch Ceit flüsterte heute nicht. Ceit lachte. »Ihr könnt gerne noch mehr Tee haben!«

»Erst mal wollen wir zur Klosterruine gehen.«

Längst war Ceit der Weg dorthin vertraut. Sie wusste genau, welche Stufe schief war oder glitschig sein könnte, und hatte auf der Suche nach Details, auf die sie Emma aufmerksam machen könnte, auch stundenlang die Klosterruinen studiert. Nicht dass das nötig war. Emma schien sich den Ort längst selbst eingeprägt zu haben, denn heute blieb sie vor einer der Zellen stehen und verkündete, dass dies der Ort wäre, wo Rónán und Mícheal geschlafen hätten.

»Woher weißt du das?«

»Ich weiß es nicht, ich werde es in meinem Roman einfach so behaupten. So viel dichterische Freiheit nehme ich mir.«

»Und wer ist dieser Mícheal?«

»Er wird in der alten Legende erwähnt – er war jener Mönch, der Rónán und Aislinn verraten hat.«

Obwohl auch Ceit heißen Tee getrunken hatte, erschauderte sie unwillkürlich. Suchend sah sie sich nach Síomon um. Als er vorhin aus dem Boot gestiegen und sie begrüßt hatte, hatte er gelächelt wie immer, doch er war heute schweigsamer als bei den letzten Besuchen. Nicht nur, dass er ihnen mit einigem Abstand die Treppe nach oben gefolgt war – auch jetzt kam er nicht näher, sondern verharrte im einstigen Klostergarten und starrte auf einen großen Stein.

»Hast du etwas Interessantes entdeckt?«, rief Emma, und

ihre Stimme war noch lauter als sonst, fast ein wenig schrill.

Síomon starrte nachdenklich auf den Stein. »Ich habe mittlerweile einiges über Skellig Michael gelesen, so auch über die Vermutung, dass es einen unterirdischen Tunnel gab, in dem sich die Mönche einst vor den Wikingern versteckt haben. Allerdings ist dieser nie gefunden worden.«

Emma trat rasch zu ihm. »Als die beiden Leuchttürme errichtet wurden, ist doch so viel zerstört worden. Ich kann mir nicht vorstellen, dass ausgerechnet ein Tunnel, der gewiss nicht sehr stabil war, die Zeit überdauert hat.«

»Aber könnte dieser Tunnel nicht auch in deinem Roman vorkommen? Als Versteck von Aislinn und Rónán, nachdem Mícheal sie verraten hat?«

»Aber das Traurige ist ja, dass sie sich nicht verstecken konnten. Während Rónán von Mícheal mit einem Ruder niedergeschlagen wurde, ist Aislinn von den Mönchen in die Enge getrieben und von den Klippen gestürzt worden.«

Wieder erschauderte Ceit. Schon beim letzten Mal hatte Emma ihr vom Ausgang der alten Legende berichtet, doch erst jetzt schien ihr die ganze Tragweite der damaligen Ereignisse aufzugehen.

»Warum ... warum bist du eigentlich auf die Idee gekommen, ausgerechnet über eine so traurige Geschichte einen Roman zu schreiben?«

»Es ist nun mal die Geschichte einer großen Liebe.«

»Einer Liebe, die nicht sein darf ... und die ein schreckliches Ende nimmt.«

Emma sagte nichts, sondern verzog ihre Lippen zu einem rätselhaften Lächeln, das sie älter aussehen ließ. Mehr als einmal hatte Ceit sich schon gefragt, wann sie wohl geboren worden war, aber wann immer die Rede auf ihre Herkunft und ihr bisheriges Leben fiel, wurde Emma ungewohnt wortkarg. Zwar hatte sie erwähnt, dass sie aus Dublin stammte, jedoch kein einziges Wort über ihre Familie verloren.

»Wir erhoffen uns, dass die Liebe ewig dauert«, flüsterte Emma ungewohnt leise. »Aber ist es nicht die wahre Natur einer jeden großen Liebe, dass sie nicht gelebt werden kann? Ist sie nicht nur echt und tief, wenn sie vom Tod bedroht wird? Und welcher Ort könnte dies besser spiegeln als Skellig Michael? Er ist machtvoll, groß, stark ... und zugleich beängstigend, weil er allem Lebendigen feindlich ist. Dieser Ort ist vieles, nur nicht ... freundlich. Und ich denke, die große Liebe ist vieles – fordernd und großartig und berauschend und furchterregend –, nur nicht freundlich.«

Ceit zuckte mit den Schultern. Über die Liebe hatte sie nie nachgedacht. Man heiratete einen Mann, wenn man denn einen bekam, und wenn es einer war, der tüchtig, ehrlich und nicht zu grob war, hatte man Glück gehabt. Eliza natürlich wusste dieses Glück nicht zu schätzen, während sie, Ceit, es gar nicht erst hatte erleben dürfen. Sie hatte immer am Rand gestanden, während Eliza umschwärmt worden war.

»Hast du je einen Mann geliebt?«, fragte Emma.

Wieder zuckte Ceit mit den Schultern. »Es hat sich nie einer für mich interessiert ... alle hatten nur Augen für meine schöne Schwester.«

Als sie den Blick hob, merkte sie, dass Síomon sie betrachtete. Er lächelte diesmal nicht, sah sie nun etwas zweifelnd, ja geradezu vorwurfsvoll an, als hätte sie blanken Unsinn verkündet. Nun, mittlerweile hatte er ja Eliza kennengelernt, und wahrscheinlich fiel es ihm schwer, sich vorzustellen, dass sie je eine schöne Frau gewesen war. Schönheit war nun mal flüchtig ... und vielleicht war die Liebe noch schwerer festzuhalten.

Síomons Blick ging zu Emma. »Mir scheint, du willst ›Romeo und Julia von Skellig Michael‹ schreiben.«

Emma lachte und wieder klang es eine Spur zu laut. Ceit hatte noch nie von Romeo und Julia gehört, sondern konnte nur vermuten, dass es keine Iren waren. Gottlob vertieften die anderen das Thema nicht – stattdessen packte Emma Síomon jäh an der Hand.

»Wir sollten nicht länger diesen alten Stein betrachten, sondern lieber die Stelle suchen, wo Aislinn in den Tod gestürzt sein könnte.«

Síomon schien bleiben zu wollen, doch Emma ließ ihn nicht los, sondern zog ihn mit sich. Die beiden Blechtassen, die sie längst leer getrunken hatten, ließen sie einfach auf dem Stein stehen, und bei ihrem Anblick schmeckte Ceit kurz eine Bitterkeit, die Eliza in ihr beschwor. Das Leben war nicht gerecht. Am Ende war es immer sie, an der die Arbeit hängenblieb und die dabei zuschauen musste, wie die anderen lachten und schwatzen und lebten.

Dann jedoch winkte Emma sie zu sich und Síomon, und einmal mehr konnte Ceit für kurze Zeit vergessen, dass die beiden die Insel bald wieder verlassen würden, während sie immer noch ihre Gefangene war.

»Was denkst du, Ceit?«, rief Emma und wagte sich ganz dicht an den Abgrund heran. Auch wenn die Wiesen hier von Margeriten übersät waren – die weißen Blütenblätter konnten nicht darüber hinwegtäuschen, dass ein falscher Schritt den Tod bedeutete. »Hier könnte Aislinn gestorben sein.«

»Ich ... ich habe mir etwas überlegt ...«, stammelte Ceit.

»Ist dir ein passenderer Ort eingefallen?«

»Nun, wir könnten gemeinsam einen suchen ... in den nächsten Tagen ... oder gar Wochen ... Ich meine, wenn du wirklich einen Roman schreiben willst, ist es doch nicht genug, dann und wann hierherzukommen. Es wäre vielmehr angebracht, wenn du eine Weile hier leben würdest. Im ... im Leuchtturm wäre das durchaus möglich.«

Während sie die Idee aussprach, erschien sie ihr plötzlich völlig verrückt. William würde es nie erlauben ... und Emma würde niemals zustimmen. Und wenn sie noch so laut redete und noch lauter lachte, ja, wenn sie glaubte, dass es die Liebe nie ohne den Tod gab und Skellig Michael Schauplatz einer solchen Liebe war – in Wahrheit würde doch auch sie nicht freiwillig an einem solch einsamen, beängstigenden Ort leben wollen!

Doch Emmas Augen leuchteten. Sie trat vom Abgrund zurück, hastete zu Ceit und zog sie an sich.

»Das ist ja eine großartige Idee! Wie wunderbar!«

Heiß stieg es Ceit ins Gesicht, als Emma sich mehrmals mit ihr im Kreis drehte. Sie erwiderte Emmas strahlendes Lächeln, doch ihr entging es nicht, dass Síomon immer noch ungewöhnlich ernst blickte ... immer noch etwas zweifelnd ... und ja, weiterhin etwas vorwurfsvoll. Doch da sie sich das nicht erklären konnte, redete sie sich ein, dass sie seinen Gesichtsausdruck schlichtweg falsch deutete.

Ceit schreckte aus dem Schlaf hoch. Sie wusste nicht, ob es längst nach Mitternacht war und der Morgen nahte oder ob sie gerade erst eingeschlafen war. Sie wusste nur, dass kein schlechter Traum sie geweckt hatte, sondern Stimmen ... wütende Stimmen.

»Emma?«

Sie tastete neben sich, aber das Bett war leer. Die beiden Jungs, die auf der Schlafstatt gegenüber schliefen, atmeten tief und fest. Von Emma jedoch fehlte jede Spur.

Ceit hatte sich gestern mehrfach bei ihr entschuldigt, dass sie ihr kein eigenes Bett anbieten konnte, sondern nur die Hälfte von ihrem, und dass William so wütend reagiert hatte, als er erfahren hatte, dass Emma für einige Zeit auf

Skellig Michael bleiben würde. Doch Emma war einfach nur aufgeregt und beglückt gewesen. »Notfalls würde ich auf dem Boden schlafen, wenn ich nur eine Nacht auf Skellig Michael verbringen darf!«, hatte sie laut gerufen. »Ach, das ist alles ein großes Abenteuer.«

Doch jetzt war sie fort, während die Stimmen unten lauter wurden. Ceit erhob sich und warf sich ein Umhangtuch um die Schultern. William würde doch nicht wagen, Emma mitten in der Nacht aus dem Mansardenzimmer zu holen und vor die Tür zu setzen! Gewiss, hier auf der Insel gab es feste Regeln und zu diesen zählte die, wonach jeder Fremde nur mit der ausdrücklichen Zustimmung des Leuchtturmwärters hier nächtigen durfte. Doch niemals würde ein beherrschter Mann wie William ein solch grausames Exempel statuieren und den ungewollten Gast dem Wind und der Schwärze der Nacht ausliefern!

Als Ceit die Treppe nach unten stieg, wuchs ihr Erstaunen. Sie hörte nicht nur Williams Stimme, sondern auch Elizas.

»Aber das ist nicht möglich!«, rief diese.

»Ich schwöre dir, ich habe jemanden gesehen.«

Ceit trat in die Stube. Die Reste der Glut tauchten den Raum in ein rötliches Licht. William und Eliza wirkten dennoch leichenblass, und jetzt erkannt Ceit auch, dass ihre Stimmen gar nicht ärgerlich geklungen hatten, sondern ... panisch.

»Was ist denn passiert?«

William fuhr zu ihr herum, sein Haar stand wild nach allen Seiten ab. »Im Leuchtturm ...«, setzte er gehetzt an und verschluckte fast alle Silben, weil er so schnell sprach, »ich habe das Licht kontrolliert ... und plötzlich habe ich jemanden gesehen ... jemanden rufen gehört ...«

»Es muss Sean gewesen sein.«

William schüttelte den Kopf. »Ihn habe ich als Erstes gefragt, aber er hat geschlafen.«

Ceits Blick ging durch die Stube. Nicht dass Williams Worte sie nicht alarmierten. Nicht dass sie keine unangenehme Erinnerung an jene Nacht heraufbeschworen, als sie jenes Leuchten und diese Stimmen wahrgenommen hatte. Doch ihre Sorge galt einer anderen.

»Wo ist Emma?«

Nun wurde Williams Gesicht doch noch von Grimm verzerrt. »Ich habe ihr ausdrücklich erklärt, sie dürfe den Leuchtturm in der Nacht nicht verlassen, aber leider kannte sie kein Halten ...«

»Sie hat die Stimme auch gehört?«

»So ist es. Und sie ist sofort in die Richtung gelaufen, in der sie sie vermutet hat. Scheinbar hat sie auch das Licht gesehen ... ich denke, es stammt von einer Fackel.«

»Aber außerhalb des Leuchtturms kann man doch auf der Insel kein Feuer machen«, warf Eliza ein. Ceit musterte ihre Schwester nur flüchtig. Gewiss, sie war überrascht, dass Eliza einmal nicht lethargisch im Bett lag, sondern es verlassen hatte, doch es befremdete sie, dass sie nun seelenruhig auf der Bank sitzen blieb und auch William keine Anstalten machte, nach draußen zu gehen.

»Ihr habt Emma einfach gehen lassen? Warum seid ihr ihr nicht gefolgt?«

»Es ist doch nicht meine Aufgabe, auf deine Freundin aufzupassen. Wie leichtsinnig, sich im Finsteren im Freien aufzuhalten. Die Wege sind rutschig.«

Ceit wusste, dass er recht hatte, und insgeheim ärgerte sie sich selbst, dass Emma so gedankenlos war. Doch ehe sie etwas sagen konnte, ertönte von oben ein Weinen.

»Patrick ist wach ...«, stellte William gleichgültig fest, als wäre der Junge ein fremdes Kind, nicht sein eigenes.

»Und das bedeutet, dass auch Willie gleich erwachen wird«, sagte Ceit. »Warum stehst du rum? Geh hoch zu ihm, tröste ihn!«

William stierte sie an. »Das nicht meine Sache.«

»Stimmt«, Ceit wandte sich an Eliza. »Das ist die Sache ihrer Mutter. Geh zu deinen Kindern!«

Eliza versteifte sich, klammerte sich mit beiden Händen regelrecht an die Tischplatte. *Sie hat Angst … Angst vor dem Leben … und darum Angst vor den eigenen Kindern, weil in ihnen so viel Leben steckt.*

»Schau du nach ihnen«, murmelte Eliza.

»Nein«, erkläre Ceit eisig, »ich schaue nach Emma.«

Sie entzündete eine Petroleumlampe, deren Flämmchen genauso heftig zitterte wie sie selbst. Die Tür ließ sich kaum öffnen, weil der Wind so heftig war, und schon beim ersten Schritt prasselten dicke, schwere Tropfen auf sie. Es war kein Regen, wie sie zunächst vermutete, sondern die Gischt der Wellen, die gierig auf die Felsen peitschten, und bald war ihr Haar triefend nass. Das Weinen der Kinder hinter ihr schwoll an, aber als Ceit schon umkehren wollte, vernahm sie einen anderen Ton – hoch und klagend.

»Emma?«

Keine Antwort. Ceit selbst hätte am liebsten auch geschrien und widerstand diesem Drang nur mit Mühe. Auch wenn sie dem Schrei möglichst rasch folgen wollte – niemandem war geholfen, wenn sie stürzte, sich alle Knochen brach oder gar ins Meer fiel. Also atmete sie tief durch, setzte vorsichtig Schritt vor Schritt und hielt die Hand schützend vor das Flämmchen der Öllampe, obwohl das bedeutete, dass sie kaum mehr sah als die eigene Hand. Nein, auf die Augen konnte sie sich nicht verlassen, sie konnte nur lauschen. Allerdings vernahm sie keinen Schrei mehr, sondern einen anderen Ton. War es etwa das Meckern der Ziege?

»Emma?«

Ihr Ruf verhallte wieder ungehört – zumindest dachte sie das, ehe plötzlich eine schwache Stimme erklang.

»Ceit …«

Die Stimme klang fremd. Emma war jung, stark, fröhlich, doch die, die ihren Namen rief, war eine alte Frau. Als Ceit sie erreichte, schien sie nicht einmal aufrecht stehen zu können, sondern klammerte sich gekrümmt an sie.

»Ceit …« Die Hand, die sie festhielt, war blau vor Kälte.

»Emma, um Himmels willen! Was ist passiert?«

»Ich habe *sie* gesehen.«

»Wen?«

»Nun, Aislinn … es muss Aislinn gewesen sein …«

Die Stimme klang immer noch fremd. Als Emma gesagt hatte, die Liebe wäre nur groß, wenn sie vom Tod bedroht wäre, hatte sie sehr selbstsicher geklungen. Nun, da sie in die Fratze dieses Todes gestarrt hatte, schlotterte sie am ganzen Leib. Ceit hob die Lampe, um ihr ins Gesicht zu leuchten, doch in diesem Augenblick erlosch dass Flämmchen. Emmas Griff wurde schmerzhaft fest.

»Lieber Himmel!«, stieß Ceit aus. Das Licht des Leuchtturms durchzuckte immer wieder die Nacht, doch dazwischen stand Schwärze, nackte, kalte, tote Schwärze. Und die Finsternis war nicht eben leichter zu ertragen, als Emma raunend fortfuhr: »Es muss Aislinn gewesen sein … sie stand auf der Treppe … nein, sie saß da … ihr weißes Kleid … es hat im Dunkeln geleuchtet …«

»Ein Kleid kann nicht leuchten.«

»Nun, das Mondlicht ist darauf gefallen …«

»Heute stehen zu viele Wolken vor dem Mond. Es nicht möglich, dass …«

»Es ist auch nicht möglich, dass ich Aislinn gesehen habe, und dennoch war es so!«, fiel Emma ihr scharf ins Wort. »Glaub mir doch!«

Schwärze, ein Lichtsignal, wieder Schwärze.

Wenn die Öllampe noch gebrannt hätte, hätte sie vielleicht die nötige Willenskraft aufgebracht. So aber brachte Ceit es nicht über sich, in die Richtung zu gehen, aus der Emma gekommen war.

Sie zog Emma zurück zum Leuchtturm. Wieder setzte sie ganz vorsichtig Schritt vor Schritt, wieder betete sie, nicht auszurutschen.

William erwartete sie auf der Türschwelle.

»Kommt schnell herein!«

Ceit wappnete sich gegen seine Vorhaltungen, doch offenbar genügte ein Blick in Emmas blasses Gesicht, dass er verstummte.

Die Kinder weinten immer noch, Eliza klammerte sich immer noch an der Tischplatte fest, Emma zitterte und sagte wieder und wieder: »Ich habe sie gesehen ... ich habe Aislinn gesehen ... sie war so schmal, so dünn ... ihre Haare, sie waren beinahe grün ... wie die Haare von jemandem, der zu lange im Wasser trieb ...«

Aber das Wasser ist doch schwarz wie die Nacht, warum sollten die Haare sich grün färben?

Ceit sagte nichts, sondern beeilte sich, Teewasser aufzusetzen. Erst danach ging sie nach oben und holte hintereinander die beiden Jungs in die Stube. Sie drückte Willie in Elizas Arme und Patrick in Williams. William tröstete seinen kleinen Sohn unbeholfen, Eliza ließ den Tisch nicht los. Wenn Willie sich nicht an ihr festgeklammert hätte, wäre er auf den Boden gefallen. *Sie ist ja auch nur ein Geist ... wenn wirklich Aislinn auf dieser Insel spukt, wohnt mehr Leben in ihr als in meiner Schwester.*

»Jetzt trinken wir Tee«, sagte sie und versuchte, so viel Zuversicht wie möglich in ihre Stimme zu legen.

Während sie den Tee in die Tassen goss, verriegelte William die Tür.

»Wer ist eigentlich Aislinn?«, fragte er, als er in die Stube zurückkehrte.

Ceit verbrannte sich die Lippen. Emma umklammerte ihre Tasse nur, ohne einen Schluck zu nehmen. »Das ist eine lange Geschichte ...«

»Erzähle sie ruhig«, murmelte Ceit, »wir haben noch eine lange Nacht vor uns.«

Sie war sich sicher, dass keiner von ihnen ein Auge zutun könnte.

14

Rebecca las wieder und wieder Ceits Brief. Oder zumindest versuchte sie es. Eigentlich war nur jedes dritte Wort zu entziffern, und bei etlichen war sie nicht sicher, ob sie es nicht falsch interpretierte. War da wirklich von Skellig Michael die Rede? Von der alten Legende von Aislinn und Rónán? Stand da gar das Wort »Pergament«?

Trotz aller gebotenen Skepsis konnte sie nicht verhindern, dass sich ihre Gedanken verselbständigten.

Ceit schien die alte Legende zu kennen, hatte sie vielleicht sogar selbst gelesen. War es möglich, dass damals auch noch die fehlende fünfte Pergamentrolle vorhanden war, auf der die Geschichte zu Ende erzählt wurde?

Das Licht wurde irgendwann zu trübe, um noch mehr Wörter zu entziffern. Auch als sie die Fotografie betrachtete, schienen die Konturen der Frau zu verschwimmen. Jetzt war sich Rebecca nicht mehr sicher, dass sie traurig blickte. Vielleicht war sie schlichtweg müde oder überdrüssig. Wobei der Brief eher den Eindruck vermittelte, als hätte sie ihn in einem Zustand großer Eile, gar extrem gehetzt geschrieben. Sie konnte sich des Eindrucks nicht erwehren, Ceit hätte sich eine Last von der Seele geschrieben, und lang aufgestaute Gefühle hätten sich Bahn gebrochen …

Jetzt gehst du aber wirklich zu weit, sagte sich Rebecca streng. Eigentlich sollte sie auch weniger Gedanken an den Inhalt des Briefs verschwenden als vielmehr daran, was sie damit machen sollte. Die korrekte Vorgehensweise war ohne Zweifel, ihn zusammenzufalten, in den Bilderrahmen zu stecken und diesen wieder aufzuhängen. Allerdings war die Versuchung sehr groß, ihn an sich zu nehmen, zumal Iain womöglich gar nicht wusste, dass er sich hinter der Fotografie befand.

Die Entscheidung wurde ihr abgenommen, denn plötzlich erklang das Quietschen einer Tür und Schritte.

Iain kam nach Hause! Und sie stand da wie der sprichwörtliche Dieb in der Nacht mit dem Fotorahmen in der einen und dem Brief in der anderen Hand!

Sie musste alle Willenskraft zusammennehmen, um beides nicht fallen zu lassen. Die nächste Regung konnte sie sich aber nicht verbieten: Sie steckte den Brief einfach in die Tasche ihrer Jacke. Prompt bereute sie die voreilige Tat, aber da näherten sich schon die Schritte, und eine Stimme rief: »Ist da jemand?«

Wenn es die Möglichkeit gegeben hätte, sich in diesem Raum zu verstecken – Rebecca hätte es getan und sich dann heimlich hinausgeschlichen. Doch so blieb ihr gar nichts anderes übrig, als ihm entgegenzutreten. Vielleicht ließen sich die Auswirkungen seines Wutanfalls etwas minimieren, wenn er gar nicht erst sah, dass sie die Fotografie von der Wand genommen und den Rahmen ruiniert hatte.

»Entschuldigen Sie ...«, setzte sie an, sobald sie den Gang betrat.

Angesichts dessen, wie er sie bei ihrer ersten Begegnung auf Skellig Michael behandelt hatte, wappnete sie sich für ein Geschrei in der Lautstärke eines mittleren Orkans. Zu ihrem Erstaunen erstarrte der riesige Mann aber nur, wurde etwas blass – zumindest ließen das die wenigen Fleckchen Haut, die nicht von Bart oder Haaren bedeckt waren, vermuten – und fragte heiser: »Was tun Sie hier?«

»Ich ... ich ...« Da jede Ausrede, die ihr in den Sinn kam, einfach nur idiotisch klang, entschied sie sich, bei der Wahrheit zu bleiben. »Marnie hat mir Ihre Adresse gegeben. Ich habe da ein paar Fragen über Skellig Michael. Ich will einen Roman schreiben.«

Sie war nicht sicher, ob das Schweigen, das nun folgte, von Wut oder Verlegenheit zeugte.

»Einen Roman?«, fragte er immer noch heiser.

Rebecca wusste nicht, wohin mit den Händen, und steckte sie schließlich in ihre Jacke. Dass sie Ceits Brief darin fühlte, gab ihr Mut.

»Marnie hat mir von Ceit MacKenna erzählt ... und dass sie Emma Rothburn bei ihren Recherchen unterstützt hat ... ich dachte, wenn ich mehr über sie erfahre ... ich meine ... so viele Geheimnisse liegen noch im Dunkeln ...«

Himmel, was stotterte sie herum! Und wie drückte sie sich bloß aus! Dunkle Geheimnisse! Als Nächstes würde sie noch die sprichwörtliche Leiche im Keller zitieren. Wobei es im Gang hier eher so roch, als verweste eine Leiche im Wohnzimmer. Dabei waren es doch nur Bohnen in Tomatensauce.

So oder so wich sie unwillkürlich noch weiter vor ihm zurück, hatte nun die Tür erreicht, umklammerte die Klinke.

»Und es ist besser, wenn die meisten Geheimnisse auch im Dunkeln bleiben«, knurrte er.

Plötzlich wandte er sich ab und zog sich langsam seine Jacke aus. Dabei wirkte er bedrückt, als laste etwas auf seinen Schultern.

»Ich kann Ihnen nichts sagen«, fügte er hinzu, »und ich *will* Ihnen auch nichts sagen ...«

Obwohl alles in ihr nach Flucht drängte, überwog die Neugierde. »Aber Sie wüssten mehr ... über Ceit ... über Emma ... über ...«

Über Rónán und Aislinn, wollte sie hinzufügen, aber da schien der ganze Mann anzufangen zu zittern.

»Ich will ihre Namen nicht hören! Verschonen Sie mich mit diesen Weibern! Sie ... sie sind doch an allem schuld!«

Neugierde hin oder her – dies war der Moment, das Haus schleunigst zu verlassen. Wenn er sich schon so ärgerte, bloß weil diese Namen fielen, wollte sie sich gar nicht erst ausmalen, wie er reagierte, wenn er herausfand, dass sie den Brief genommen hatte. Sie umklammerte ihn fest, als sie nach draußen stürmte. Ein eiskalter Windstoß traf sie, der Himmel hatte sich längst verdunkelt.

Rasch schlug sie den Kragen ihrer Jacke vors Gesicht, aber das schützte sie kaum. Zum Auto fand sie dennoch, und gerade, als sie einsteigen wollte, entdeckte sie in der Ecke des Gartens den ersten Beweis, dass in diesem Haus tatsächlich einmal eine Familie gelebt hatte – nicht bloß ein sich von Dosen ernährender Junggeselle, der ein Privatmuseum errichtet hatte: Ein altes Bobbycar stand dort, wenngleich die Schriftzeichen verblasst waren, die Augen fehlten, das einstmals rot glänzende Plastik einen fahlen Ockerton angenommen hatte und die Hupe eingedrückt war.

Rebecca hatte vorhin geglaubt, dass nichts Iains Einsamkeit deutlicher symbolisieren konnte als die vergammelten Reste seines vorgestrigen Frühstücks. Doch das vernachlässigte Bobbycar sprach eine noch deutlichere Sprache. *Wie viel dieser Mensch verloren hat ... er ist ja noch einsamer, noch unglücklicher als ich ...*

Nun fielen ihr auch seine Worte wieder ein, und sie konnte sie besser verstehen. *Sie sind an allem schuld.*

Doch was um Himmels willen hatten Emma und Ceit damit zu tun, dass dieses Bobbycar langsam in der Ecke eines ungepflegten Gartens verrottete, anstatt von einem vor Lachen kreischenden Kind benutzt zu werden?

Bis zur Brücke fuhr Rebecca wie in Trance. Erst dort riss sie sich wieder zusammen und sagte sich, dass es in einem Land mit Linksverkehr keine gute Idee war, ihren Gedanken freien Lauf zu lassen. Gut nur, dass kaum jemand in Portmagee unterwegs war.

Anstatt weiter bis zu ihrem Cottage zu fahren, parkte sie schon vor Sheilas Bed and Breakfast. Unmöglich konnte sie jetzt in ein einsames Haus zurückkehren. Sheila würde ihr vielleicht helfen, Ceit MacKennas Brief zu entziffern. Ob sie eine große Unterstützung dabei war, wusste Rebecca natürlich nicht. Am leichtesten würde es wohl Joseph Flanagan gelingen, der darin geübt war, alte Quellen zu studieren, aber der war ja leider nach Dublin zurückgekehrt. Ob sie ihn anrufen und von ihrem Fund berichten sollte? Besser wohl, sie überprüfte erst, dass in dem Brief wirklich von der alten Legende die Rede war.

Noch ehe sie aus dem Auto aussteigen konnte, kam Sheila ihr schon entgegengelaufen.

»Rebecca!«, rief sie aufgeregt. »Ich habe schon zweimal angerufen.«

Rebecca trat ihr entgegen. Sie überlegte, wohin sie ihr Smartphone gesteckt hatte, nachdem sie das Museum verlassen hatte.

»Was ist denn so dringend?«, fragte sie.

Da Rebecca von der Begegnung mit Iain aufgewühlt war, dachte sie kurz, dass es etwas mit ihm zu tun hatte. Vielleicht hatte Sheila schon von Marnie erfahren, dass sie zu ihm fahren wollte. Aber warum sollte sie sie dann zweimal angerufen haben?

»Sie ... Sie haben Besuch ...«, sagte Sheila wichtig.

Immer noch war Rebecca so in der Geschichte von Skellig Michael gefangen, dass sie mit Marnie rechnete, der womöglich noch etwas eingefallen war, oder mit Joseph

Flanagan, der eigens von Dublin hierhergereist war, weil er dort etwas Wesentliches herausgefunden hatte. Doch dann erkannte sie den Mann, der auf der Schwelle des Bed and Breakfast verharrte, und alle Rätsel rund um Rónán und Aislinn, Ceit und Emma wurden bedeutungslos.

15

1867

Ceit hatte Kartoffelkuchen zubereitet. Erst hatte sie dafür Kartoffeln kleingeschnitten, dann die Zwiebeln, schließlich alles in viel Butter gebraten, mit Milch und Eiern vermischt und im Ofen gebacken. Das letzte Mal, als sie dieses Gericht zubereitet hatte, hatten nicht nur ihre beiden Brüder, sondern sogar noch ihre Mutter gelebt. Das war an Weihnachten gewesen, das nicht nur mit Kartoffelkuchen, sondern auch mit Hasenbraten, gekochtem Schinken und Black and White Pudding gefeiert wurde.

Heute war nicht Weihnachten, sondern ein ganz gewöhnlicher Tag im Frühherbst. Die Wolken hingen bedrohlich tief und schienen von den spitzen Gipfeln aufgeritzt zu werden, so dass Nebel und Dunst heruntersanken. Aber für Ceit war es einer der schönsten Tage des Jahres, und der köstliche Geruch, der durch die Wohnstube zog, machte sie stolz und glücklich. Eliza würde vom Kartoffelkuchen gewiss nicht mehr essen als von den anderen Speisen, die Ceit vor sie stellte. William wiederum würde es ebenso gleichgültig herunterschlingen wie alles andere. Doch die beiden, so hatte sich Ceit geschworen, würden ohnehin nichts von dem Kartoffelkuchen bekommen – noch nicht einmal die Jungs, denen sie einmal mehr befahl, das Haus nicht zu verlassen, und deren Quengeln, das daraufhin unweigerlich einsetzte, sie geflissentlich überhörte. Sie schlug den Topf in ein Tuch ein und machte sich auf den Weg zum oberen Leuchtturm, der seit einigen Jahren leer stand und den nun Emma bewohnte.

Emma selbst war auf diese Idee gekommen, als sie wieder einmal die Insel erforscht hatte. »Die Wohnräume dort sind doch noch komplett eingerichtet.«

»Aber sie sind schrecklich verstaubt!«

»Nun, Staub kann man wegfegen. Du willst doch sicher wieder dein Bett für dich allein haben, nicht wahr?«

Ceit hatte sich nie an der nächtlichen Gesellschaft der Jungs gestört und erst recht nicht an der von Emma, aber sie sah ein, dass diese wohl gerne mehr Ruhe zum Arbeiten hatte und dass sie darauf verzichten konnte, in Williams Nähe zu leben, der ihr mit jeder Geste und jedem Blick beschied, wie sehr sie ihn störte.

»Aber hast du denn keine Angst, hier ganz allein zu wohnen?«, hatte Ceit trotzdem gefragt.

Seit jener Nacht, als Emma dem vermeintlichen Geist von Aislinn begegnet war, hatte sie bei Anbruch der Dunkelheit den Leuchtturm nicht mehr verlassen. Zwei Tage lang war die Schriftstellerin sehr verstört gewesen und hatte ständig über die Spukerscheinung gesprochen. Doch während Ceit es immer noch gruselte, wenn sie nur daran dachte, hatte Emma mittlerweile die unliebsamen Erinnerungen verdrängt.

»Wer weiß – wenn ich einen Roman schreibe und ihre Geschichte erzähle, ist Aislinns Geist endlich erlöst. Und ich werde ihn umso schneller schreiben, wenn ich nicht abgelenkt bin. Du natürlich störst mich nicht! Du kannst mich jederzeit besuchen kommen, ich freue mich darüber.«

Emma freute sich auch stets über das Essen, das Ceit ihr brachte. Sie bedankte sich jedes Mal überschwänglich dafür und aß immer mit gutem Appetit, wenn auch nicht alles auf einmal. Meist ließ sie einen Rest für den Abend übrig, und erst am nächsten Morgen war der Teller leer und sie nahm das neue Gericht entgegen, um auch dann wieder zu bekunden, wie köstlich es war.

Ceit freute sich über das Lob, kannte sie dergleichen doch nicht. Als sie Emma an diesem Tag den Kartoffelkuchen brachte, umarmte sie diese und drehte sich mehrmals mit ihr im Kreis.

Ceit blickte auf den Tisch, auf dem mehrere beschriebene Seiten lagen. »Du bist gut vorangekommen, wie ich sehe?«

Sie löste sich von Emma und beugte sich über die Seiten. Den Text auf den alten Pergamentseiten, die Emma ihr einmal unter die Nase gehalten hatte, hatte sie unmöglich entziffern können, doch bei Emmas handschriftlichem Text sah das schon anders aus. Ehe sie jedoch auch nur einen Satz lesen konnte, schob Emma die Seiten zusammen und drehte sie um.

»Man darf es erst lesen, wenn es fertig ist. Jetzt essen wir zusammen.«

Ceit hob abwehrend die Hände, doch da hatte Emma sie schon an den Tisch gezogen und selbst zwei Zinnteller dorthin gestellt. »Diesen riesigen Kartoffelkuchen schaffe ich niemals allein.«

Wie immer schaffte es Emma, die ganze Zeit zu reden, ohne etwas zu sagen. Längst hatte Ceit es aufgegeben, mehr über sie zu erfahren und wie ihr Entschluss gereift war, einen Roman über Rónán und Aislinn zu schreiben. Emma umschiffte alles Persönliche wie ein kundiger Bootsmann die Klippen von Skellig Michael. So sprach sie fast immer nur über die Vergangenheit anderer Menschen, vorzugsweise jener, die im Mittelalter gelebt hatten – nie über ihre eigene.

»Hast du ... hast du in der Nacht wieder einmal etwas Ungewöhnliches gehört oder gesehen?«, fragte Ceit.

Emma hatte gerade einen neuen Bissen zum Mund geführt. Als sie den Kopf schüttelte, wirkte sie nicht ängstlich, eher abwesend. »Und du?«

»Nein«, sagte Ceit. »Ich glaube, William auch nicht. Er hat Eliza und mir verboten, über das zu sprechen, was geschehen ist.«

Als ob Eliza viel redete ... Mit wem denn überhaupt?

Emma grinste. »Er hält mich gewiss für eine Lügnerin, die sich das alles bloß ausgedacht hat, oder für ein hysterisches Weibsbild, das man lieber in eine Irrenanstalt stecken sollte, als in einem Leuchtturm wohnen zu lassen.«

»Sag das nicht! Er hat es selbst ordentlich mit der Angst zu tun bekommen! In den Tagen danach hat er allen Fischern, die hier vorbeikamen, davon erzählt. Manch einer meidet seitdem Skellig Michael – und mittlerweile sind wohl auch schon auf Valentia Island Geschichten im Umlauf, wonach Skellig Michael verflucht wäre.«

Sie verschwieg, dass William längst bereute, die Gerüchte angeheizt zu haben, indem er sich das Unbehagen von der Seele geredet hatte. Wäre Emma nicht hier, hätte auch Ceit damit gehadert, bekamen sie deswegen doch weniger Besuch als sonst.

»Nun«, sagte Emma und schob den Teller beiseite, obwohl sie ihn noch nicht ganz leer gegessen hatte. »Ich denke, Síomon wird die Insel nicht meiden. Heute wollte er doch wieder kommen, nicht wahr?«

Richtig, heute war Mittwoch. Letzte Woche hatte er für diesen Tag nicht nur sein Kommen in Aussicht gestellt, sondern Emma überdies neues Papier versprochen.

»Er wird bald eintreffen. Wollen wir ihm nicht entgegengehen?«, fragte Ceit voller Eifer.

Emma mache keine Anstalten aufzustehen, räumte nicht einmal das Geschirr ab. Stattdessen zog sie ihre Zettel an sich und griff nach der Feder. »Ach, ich muss noch etwas zu Ende bringen, was ich vorhin begonnen habe.«

Ceit nickte, ließ die Teller noch stehen, aber brachte den schmutzigen Topf nach draußen, um ihn dort in einem kleinen Wasserbassin zu waschen. Unwillkürlich begann sie ein Lied zu summen. Emma schien heute mit den Gedanken woanders gewesen zu sein, aber die Aussicht, Zeit mit Síomon zu verbringen, ließ ihr Herz höher schlagen.

Wenig später musste Ceit alles daran setzen, sich ihre Enttäuschung nicht anmerken zu lassen. Sie war zum Bootsanlegesteg geeilt, wo tatsächlich eben mehrere Boote anlegten, doch von Síomon war weit und breit nichts zu sehen. William unterhielt sich bloß mit einem bärtigen Fischer, der einen Eimer mit Steinen in seinen Händen hielt. Zumindest hielt Ceit den Inhalt im ersten Augenblick für Steine. Erst dann erkannte sie, dass es Muscheln waren, die der Fischer – roh und mit Schale – in den Mund steckte und zerbiss. Falls William den gleichen Ekel wie sie verspürte, zeigte er es jedenfalls nicht. Er diskutierte mit dem Mann über Strömungen und Stürme und über einen Fischer, der kürzlich nicht zurück nach Hause gekehrt war, wobei der Bärtige behauptete, dass er nicht gekentert und ertrunken wäre, sondern sich Schmugglern angeschlossen habe. Es wäre immer ein gutes Geschäft, sich in Form von Whiskey bezahlen zu lassen.

Wahrscheinlich hätte auch der Mann einen Schluck Whiskey gebraucht, da er trocken zu husten begann, aber als Ceit schon glaubte, er würde ersticken, zog er ein paar Mitbringsel heraus – darunter Taue und frisches Wachs – und überreichte sie William.

Über den Fluch war kein Wort gefallen, was bedeutete, dass die Geschichte vielleicht schon wieder vergessen worden war. Schließlich, so hieß es, bliese der Wind hierzulande zu kräftig, als dass Worte lange Bestand hatten. Was allerdings hielt Síomon davon ab, zur Insel zu kommen? Hatte er es vielleicht doch mit der Angst bekommen? Doch selbst wenn, er würde diese doch immer hinter seiner Sorge zurückstellen ... die Sorge um Emma ... und auch um sie ... Gerüchte alleine würden ihn doch nicht fernhalten ... höchstens ein Notfall auf Valentia Island, vielleicht hatte es im Steinbruch wieder einmal einen Unfall gegeben und ...

»Der Doktor ist schon zum Kloster hochgestiegen, Mädchen!«, traf sie da plötzlich die Stimme des bärtigen Mannes. Ihr Herz machte einen freudigen Sprung, obwohl sie nicht sicher war, die Worte wegen der vielen Muscheln in seinem Mund richtig verstanden zu haben.

»Zum Kloster?«

»Sobald wir ankamen, ja.«

Ceit stürmte die Treppen nach oben. Warum war Síomon zum Kloster hochgestiegen, ohne nach ihr oder Emma zu sehen und vorzuschlagen, dass sie zusammen zu den Ruinen aufbrachen? Waren sie bis jetzt nicht ein verschworenes Grüppchen gewesen?

Als sie bei Christ's Saddle ankam, schmerzte ihre Brust zu sehr, um sich noch Gedanken zu machen. Und als sie den Nordgipfel erklomm, glaubte sie, eine vernünftige Erklärung gefunden zu haben. Síomon wollte wohl einfach kurz das genießen, wozu Emma und sie tausendfach Gelegenheit hatten – die Klosterruinen nämlich einmal ganz allein und in Stille zu betrachten.

Allerdings traf sie ihn weder bei einer der bienenwabenförmigen Zellen noch auf dem Friedhof der Mönche oder den Ruinen des Oratoriums an. Stattdessen stand er im ehemaligen Klostergarten vor jenem unscheinbaren, von

Gras überwucherten Stein, der schon das letzte Mal seine Aufmerksamkeit auf sich gezogen hatte. Er betrachtete ihn erst von allen Seiten, als gelte es, eine längst verwitterte Inschrift zu lesen, trat schließlich vor, packte ihn mit beiden Händen und versuchte, ihn zur Seite zu schieben. Doch der Stein rührte sich keinen Deut.

»Soll ich dir helfen?«, rief Ceit ihm zu. Als er hochblickte, verzogen sich seine Lippen nicht zum üblichen Lächeln, sondern es huschte ein Schatten über sein Gesicht, den sie nicht recht deuten konnte. Stand da Misstrauen in seiner Miene? Oder schlechtes Gewissen, weil er sich ertappt fühlte? Aber bei was könnte sie ihn ertappt haben?

»Was ... was machst du denn mit dem Stein?«, fragte sie neugierig.

Nun erschien doch wieder ein Lächeln auf seinen Lippen, aber es erreichte seine Augen nicht. »Ach vielleicht erinnerst du dich, dass ich diesen Tunnel erwähnt habe. Vorhin dachte ich, dass er womöglich hinter dem Stein beginnt. Aber wenn es so wäre, würde der sich wohl leichter verrücken lassen.«

»Soll ich dir denn nun helfen?«

Er hob abwehrend die Hände. »Das fehlte ja noch, dass ich dich schuften ließe, obwohl du ohnehin so viel zu tun hast.«

Nun, Steine zu verrücken gehörte bislang tatsächlich nicht zu ihren Aufgaben – eher inmitten von Steinen zu überleben und selbst nicht zu Stein zu werden. Síomon und Emma hatten ihr eigentlich dabei geholfen, weil sie die Insel mit Leben erfüllt hatten und ihr Herz mit der Gewissheit, nicht der einsamste Mensch auf Erden zu sein. Nun aber spürte sie eine Wand zwischen Síomon und sich, welche zwar unsichtbar, aber schwer zu überwinden war.

»Emma lebt jetzt im zweiten Leuchtturm«, berichtete sie.

»Hat sie denn gar keine Angst vor Geistern?«, gab er zurück. Irrte sie sich oder klang er wirklich spöttisch, gar herablassend?

»Also hast du auch gehört, was sie in ihrer ersten Nacht auf Skellig Michael erlebt hat ... Bei Tageslicht besehen klingt das alles etwas lächerlich, aber ich war dabei ...«

»Hast du den Geist auch gesehen?« Diesmal klang er einfach nur neugierig.

»Mir genügte schon ein Blick in Emmas Miene, um mich schrecklich zu gruseln. Doch sie hat sich längst wieder beruhigt. Gewiss freut sie sich, dich zu sehen. Ich könnte Tee machen und ...«

Síomon nickte, aber sein Blick schweifte ab, blieb kurz an dem Stein hängen, ging dann über die Klosteranlage, als schien er vergebens nach etwas Ausschau zu halten.

»Geh schon vor, ich komme gleich nach.«

Auch wenn seine Worte sie verstörten und die Mauer zwischen ihr und ihm noch zu wachsen schien, fiel Ceit nichts anderes ein, als zu nicken und sich wieder an den Abstieg zu machen. Sie hatte die ersten Stufen noch nicht erreicht, als sie einen lauten Schrei vernahm. Auch Síomon zuckte zusammen.

»Helft mir! So helft mir doch!«

Der Schrei klang so, als kämpfte jemand um sein Leben, und als Ceit die Stufen nach unten nahm, kamen ihre grässliche Bilder in den Sinn: Wie Emma ins Wasser gefallen war und dort verzweifelt strampelte, während die kalten, schwarzen Fluten immer höher stiegen. Oder wie Emma über eine Klippe gestürzt war und sich gerade noch an einem Grasbüschel festhalten konnte ... das nun zu reißen drohte.

Beinahe wäre sie selbst in die Tiefe gefallen, weil sie so schnell lief, doch schließlich kam sie unversehrt am breiten Weg an und sah, dass Emma nicht um ihr Leben kämpfte, sondern um etwas ganz anderes.

»Helft mir doch!« Wenn auch nicht Emmas Leben bedroht war, so war es doch ihr Werk, und bei einer Schriftstellerin war das wahrscheinlich dasselbe. »O bitte! Helft mir ... ich habe mich nach draußen gesetzt, um ein wenig im Freien zu arbeiten. Das war eine denkbar schlechte Idee. Ein Windstoß genügte, um ...« Sie brach ab, musste aber ohnehin nicht mehr sagen. Ein Windstoß hatte die Seiten ihres Manuskriptes erfasst und in alle Himmelsrichtungen geweht. Ein paar lagen noch auf dem Weg, und Emma bückte sich, um sie aufzuheben, andere waren schon auf dem spitzen, dunkelbraunen Felsen gelandet, und dort würde ein sanfter Lufthauch genügen, sie ins Wasser segeln zu lassen. Vielleicht waren einige sogar schon untergegangen. Wieder andere hatten sich im Wurzelwerk verfangen, das auf den steilen Felsen hinter dem alten Leuchtturm wucherte.

»Es kann doch nicht alles verloren sein ... die ganze Arbeit ...«

Emma presste jene Manuskriptseiten, die sie gerade noch hatte ergattern können, wie ein Kind an sich. Während Síomon bloß bedauernd mit den Schultern zuckte, gab sich Ceit einen Ruck. »Natürlich nicht!«, rief sie. »Wir werden die Blätter wieder einsammeln.«

Und dann tat sie das, wovor sie den kleinen Willie und seinen Bruder immer gewarnt hatte – sie raffte ihren Rock und begann zu klettern, erst hinunter zum Meer, später hinauf Richtung Südspitze. Dass sie bei weitem nicht so trittsicher wie die Ziegen war, die nicht weit von ihr entfernt grasten, nun den Kopf hoben und ein Meckern ausstießen, das wie Hohngelächter klang, konnte sie nicht davon abhalten.

Ihr hab keinen Grund, über mich zu lachen. Ich falle nicht.

Und das tat sie tatsächlich nicht. Manchmal rutschte sie aus und landete entweder auf den Knien oder dem Gesäß, und mindestens dreimal trug ihr das eine blutige Schramme ein. Ganz zu schweigen, dass ihr ein dorniger Zweig ins Gesicht schlug und ebenfalls Spuren hinterließ. Doch es gelang ihr, fast alle Blätter zu erhaschen und zurück zu Emma zu bringen. Der Schweiß brach ihr aus, aber sie hörte nicht auf. Sie war nicht einmal sicher, wie viel Zeit vergangen war, als sie das letzte Blatt sah, das sich besonders hoch in einem gelben Blumenstrauch verfangen hatte. Der Anblick der Blütenblätter ließ sie kurz vergessen, wie hart, spitz und zerklüftet hier alles war, doch als sie nach den nächsten drei Schritten den Halt verlor und in die Tiefe rutschte, wurde sie schmerzlich daran erinnert. Nun schrammte sie sich auch beide Ellbogen blutig, ohne dass ihr Sturz gebremst wurde, doch als sie sich schon dagegen wappnete, gegen den nächsten Stein zu krachen, umfingen sie plötzlich zwei starke Arme.

»Lass mich dir helfen.«

Síomon hatte sie aufgefangen. War sie während ihrer verbissenen Suche nahezu blind für ihn gewesen, waren jetzt alle Sinne von ihm erfüllt. Sie versank in seinen Augen, atmete jäh im gleichen Rhythmus wie er, spürte seine Arme, die sich um ihre Taille legten.

»Wo … wo ist Emma?«, fragte sie atemlos.

»Sie sortiert die Blätter, die du schon gefunden hast. Viele sind nicht mehr verloren – sie kann sie neu schreiben. Lass dieses hier liegen.«

Ceit löste sich von ihm. Es fiel ihr zwar nicht leicht, aber ihre Sturheit war größer als ihre Sehnsucht … Sehnsucht danach, seine Berührung noch länger auszukosten und sich an ihm zu wärmen. Wieder kletterte sie in Richtung der gelben Blumen, wieder hörte sie die Ziegen spöttisch meckern, wieder war sie von Trotz erfüllt. Und dann hatte sie schon die Blumen erreicht, griff danach, fühlte die Blütenblätter und riss etliche aus, griff wieder danach und fühlte endlich Papier.

»Ich hab es!«, rief sie triumphierend und begann zu rutschen, doch diesmal hatte sie keine Angst, in die Tiefe zu fallen, diesmal wusste sie ja, dass sie wieder in Síomons Armen landen würde.

Das Papier war schmutzig und zerknittert, und sie war sich nicht sicher, ob man die Wörter überhaupt noch lesen konnte, aber in diesem Augenblick, da sie erneut seine Umarmung genoss, war ihr das auch nicht länger wichtig. Emmas Leben konnte doch unmöglich von diesen Wörtern abhängen. Zu leben bedeutete doch nicht, Wörter zu schreiben, Wörter zu machen oder nach den richtigen zu suchen ... so wie vorhin, als sie Síomon alleine vor diesem Stein vorgefunden hatte. Nein, es war egal, warum er ihn zur Seite hatte schieben wollen. Nicht egal war, dass er sie wieder hielt, sie wieder seinen Atem spürte, und dann Worte doch wieder Macht erlangten – jene nämlich, die über seine Lippen kamen.

»Nicht weit von hier muss Rónán Aislinn begegnet sein ...«

Das Bild einer jungen Frau stieg vor ihr auf. Ob sie schön war – so schön wie Emma oder einst Eliza –, wusste sie nicht, nur dass sie stark war und hungrig aufs Leben, kein bleicher Geist mit grünem Haar und schwarzen Augen, nein, ein kraftstrotzendes Wesen, das sich weder vom Tod besiegen noch vom Stein verhärten ließ. Diese junge Frau war Aislinn, die in Rónáns Armen lag, oder vielmehr war es sie selbst, die in Síomons Armen lag. Aislinn küsste Rónán, und sie küsste Síomon, und in dem Augenblick, als sich ihre Lippen trafen, war es für Ceit nicht wichtig, ob sie eine Zukunft mit einem Arzt hatte, über den sie kaum etwas wusste. Nur seine weichen, warmen Lippen zählten und dass sie eine Sprache beherrschten, die auf jedes Wort verzichten konnte.

Nach einer Weile löste sich Ceit von ihm, um Atem zu schöpfen, und ihr entging nicht, dass Síomon glühend rot angelaufen war. Ob das vom anstrengenden Klettern, von Verlegenheit oder von Liebe zeugte, wusste sie nicht. Sie fühlte wieder das zerknitterte Blatt in ihren Händen.

»Ich … ich muss es Emma bringen«, sagte sie, und jene unsichtbare Mauer, die zwischen ihnen beiden und der restlichen Welt gestanden war, erhob sich wieder.

Sie kletterte nach unten, strich, als sie den Weg erreichte, nicht nur das Kleid glatt, sondern auch das Stück Papier. Sie überflog es nur flüchtig, so dass sie nicht verstand, worum es ging. Es fiel ihr nur auf, dass kein einziges Mal der Name von Aislinn oder Rónán hier geschrieben stand. Doch dann rief jemand ihren Namen, und schon kam Emma auf sie zugelaufen, den Stapel Papiere immer noch an die Brust gepresst. Sie riss erst die fehlende Seite an sich, dann Ceit selbst.

»Oh, ich danke dir, dass du mir geholfen hast! Ich habe schon befürchtet, dass alles verloren ist.«

»Nun«, schaltete sich Síomon ein, dessen Wangen wieder eine normale Farbe angenommen hatten und der so nachdenklich wie vorhin wirkte, als sie ihn an dem Stein angetroffen hatte. »Es ist wohl keine gute Idee, hier im Freien zu arbeiten.«

Emma nickte, ließ Ceit los und hielt mit beiden Händen ihr Manuskript. »Du hast recht, was ist mir da bloß eingefallen! Wie konnte ich bloß alles aufs Spiel setzen – so kurz bevor ich fertig bin.«

Ceit betrachtete Emmas Stapel mit neuen Augen. Bis jetzt war sie einfach nur erleichtert gewesen, dass sie beinahe jeden Zettel wieder zurückgebracht hatte, doch erst jetzt ging ihr auf, wie viele es waren.

»Du ... du bist schon fertig mit deinem Roman? Dabei lebst du doch erst seit einer Woche auf der Insel!«

Emma lachte glockenhell auf. »Ich habe schon zuvor mit dem Schreiben begonnen ... hier auf der Insel werde ich mein Werk fertigstellen ... ich denke, dass es sich nur mehr um ein paar Tage handelt.«

Ceit hatte das Gefühl, als würde ein Todesurteil über sie gefällt werden.

Emma würde Skellig Michael verlassen ... sie würde alleine zurückbleiben ... und auch Síomon würde nicht mehr kommen.

Nachdem Síomon das Boot bestiegen hatte, das ihn zurück zum Festland bringen würde, und Emma sich in den oberen Leuchtturm zurückgezogen hatte, um das Manuskript zu ordnen, ging Ceit mit hängendem Kopf auf ihr Heim zu. Schon aus der Ferne vernahm sie lautes Weinen, und während Emmas Hilferuf sie vorhin mit Panik, Aufregung, aber auch Tatkraft erfüllt hatte, stimmte dieses Weinen sie einfach nur überdrüssig.

»Was ist denn passiert?«, fragte sie, als sie die Wohnstube betrat.

Eliza lag wie immer im Bett, während der kleine Willie sich in eine Ecke verkrochen hatte und sich die Ohren zuhielt. Patrick stand hingegen mit blutigem Kinn vor William, der seinerseits versuchte, den kleinen Sohn zu beruhigen – scheinbar schon seit geraumer Zeit, denn aus der Sorge war

Ungeduld geworden. »Nun reiß dich zusammen und hör endlich auf!«, fuhr er ihn an, packte ihn an den Schultern und schüttelte ihn.

»Lass ihn sofort los!«, befahl Ceit, doch ihre Stimme war müde. Anstatt zwischen William und Patrick zu treten, verharrte sie auf der Türschwelle. William drehte sich um und schien nahezu erleichtert, seinen Zorn auf jemanden richten zu können, der nicht so unschuldig und verletzlich wie ein Kleinkind war. »Er hat gesehen, wie du hochgeklettert bist, und wollte es dir nachmachen.«

Ceit wich seinem Blick aus, trat aber auf Patrick zu und wischte ihm das Blut ab. Gewiss würde eine ordentliche Schramme zurückbleiben, aber sie würde verheilen. Auch sein Weinen schien bereits leiser zu werden, zumindest vernahm sie es nicht mehr so deutlich, weil wieder und wieder Emmas Worte in ihr echoten. *Hier auf der Insel werde ich ihn fertigstellen ... ich denke, dass es sich nurmehr um ein paar Tage handelt.*

»Warum war Patrick überhaupt im Freien?«, fragte sie. »Ich habe doch gesagt, dass er im Haus bleiben soll.«

»Zwei kleine Jungs kann man nicht ständig einsperren. Es ist deine Aufgabe, auf sie aufzupassen – nicht, das Papier für diese verrückte Lady einzusammeln. Ich habe von Anfang an gesagt, dass sie hier nichts zu suchen hat.«

»Und was habe ich hier zu suchen? Glück, Geselligkeit, Anerkennung werde ich ja wohl nicht finden. Ich tue dir einen Gefallen, nicht du mir.«

Er stieß einen Ton aus, der wie Gelächter klang. Vielleicht war es aber auch nur ein trockener Husten. »Was willst du denn sonst mit deinem Leben anfangen? Du hast schließlich keine eigene Familie.«

Er sagte es, als wäre es ihre eigene Schuld, als hätte sie sich ausgesucht, immer in Elizas Schatten zu stehen. Wäre sie nicht so müde gewesen, wäre sie wohl auf ihn losgegangen. So dachte sie nur trotzig, dass er sie nicht zwingen konnte zu bleiben.

»Tante Ceit«, hörte sie den kleinen Willie da plötzlich sagen. »Kann ich warme Milch haben?«

»Ich auch, ich auch!«, rief Patrick und schien sein blutendes Kinn vergessen zu haben.

Ceit erhob sich seufzend. Nein, William konnte sie nicht zwingen, hierzubleiben. Aber die beiden Jungs taten es. Sie und auch Eliza, die eben nach ihrer Stricknadel griff und wieder zu stricken begann, als ginge sie das alles nichts an.

Als Ceit später nach draußen trat, um die Ziege zu melken, hoffte sie, dass sie sie ohne neuerliche mühsame Kletterpartie würde einfangen können. Gottlob fand sie die Ziege in der Nähe des Leuchtturms, doch ehe sie sie erreichte, stellte sich ihr William in den Weg. Seine Wut war verraucht, er wirkte eher unsicher.

»Da ist noch etwas«, murmelte er.

»Was?«

»Eliza ... ich ... ich glaube, sie ist wieder guter Hoffnung ...«

Ein drittes Kind.

»Vielleicht ... vielleicht geht es ihr dann endlich besser«, sagte er und seufzte.

Die Ziege graste seelenruhig und mache keine Anstalten, vor ihr wegzulaufen. William hingegen ging hastig davon.

Eliza wird es nicht bessergehen. Die Melancholie ist doch erst nach der Geburt der Jungs gekommen.

Ihre Kerkerhaft hier würde andauern. Sie war die Gefangene ihrer Schwester und deren zwei Kinder, und bald wären es drei.

16

Rebecca fuhr vor das Cottage, machte aber keine Anstalten auszusteigen. Nils starrte sie an.

»Worauf wartest du?«

Ja, worauf eigentlich? Darauf, dass sich endlich der Schock legte, weil plötzlich hier in Irland ihr Mann aufgetaucht war? Oder darauf, dass sich das Unbehagen darüber legte, dass er sich vorhin vor Sheilas Pension einfach zu ihr ins Auto gesetzt hatte? Jetzt ging er wohl mit der gleichen Selbstverständlichkeit davon aus, dass er ihr ins Cottage folgen würde, wo sie ihm endlich alles erklärte, sich für ihr plötzliches Verschwinden entschuldigte und ihre Sachen packte, um reumütig mit ihm nach Hause zurückzukehren.

Aber war das Haus im Taunus noch ihr Zuhause? In diesem Augenblick schien es viel eher das Cottage zu sein ...

Plötzlich wusste sie, dass sie ihn dort nicht haben wollte ... nicht diesen Mann, der sie halb genervt, halb überdrüssig anstarrte, der nicht ihr Ehemann, der Vater ihrer Tochter zu sein schien, sondern ein Fremder ... mehr noch: ein Eindringling.

»Du haust nie wieder einfach so ab«, sagte er eben streng. »Charlotte meinte, dass du in einem Bed and Breakfast auf Valentia Island wohnen würdest. Dieses hier ist das vierte, das ich abgeklappert habe.«

Jedes Wort klang gereizt, so wie immer bei ihm, wenn etwas nicht planmäßig lief.

Rebecca starrte auf das Lenkrad. »Ich habe dich nicht darum gebeten, mir nachzureisen. Im ... im Gegenteil«, murmelte sie und fügte in Gedanken dazu: *Eigentlich möchte ich, dass du gehst.*

Das sagte sie allerdings nicht laut, zumal auch der Rest genügte, dass Nils sie empört anfuhr: »Bist du irre? Was hätte ich denn machen sollen? Du bist einfach abgehauen – ohne jede Ankündigung, ohne jede Erklärung!«

»Ein paar Tage lang ist dir das nicht mal aufgefallen.«

»Weil Charlotte mir in deinem Auftrag was vorgelogen hat!«

»Nein, das hat sie von sich aus getan – und ohne meine Zustimmung.«

Er ging nicht darauf ein. »Und was ist mit Johanna?«

»Was soll mit Johanna sein? Sie hat meine Telefonnummer – die Internatsleitung übrigens auch, und es ist nicht so, dass ich hier in einem riesigen Funkloch festsitze. Dass sie im Internat ist, ist dir ja schon aufgefallen, oder? Ich meine, ganz sicher bin ich mir nicht, für die Kindererziehung war ja immer ich allein zuständig. Nun, sie ist dort sehr glücklich, wie sie mehrmals bekräftigt hat.«

Er betrachtete sie kopfschüttelnd. Wahrscheinlich war nicht nur er ihr fremd, sondern auch sie ihm. Sie konnte sich nicht erinnern, wann sie das letzte Mal so lange mit ihm geredet hatte.

Nils senkte seine Stimme kaum. »Unterstell mir bloß nicht, dass ich mich nicht für Johanna interessiere! Ich habe sie von Anfang an dabei unterstützt, aufs Internat zu gehen, während du wie eine Glucke geklammert hast. Und jetzt plötzlich beschwerst du dich, dass du für Kind und Haushalt zuständig warst und ich die Eisen aus dem Feuer holen musste?«

Als ob du jemals Eisen aus dem Feuer holen würdest … du kannst noch nicht einmal einen Grill bedienen …

Rebecca seufzte. »Ich beschwere mich nicht … ich stelle nur fest …«

»Ach, komm mir jetzt nicht mit diesem Emanzengeschwafel. Hast du etwa mit Charlotte irgendein Psycho-Seminar besucht?«

»Mit Charlotte hat das rein gar nichts zu tun. Ich ... ich bin ganz allein zu dieser Erkenntnis gekommen.«

»Zu welcher Erkenntnis denn?«

»Dass ich ... dass ich gar nicht mehr weiß, wer ich bin, was ich kann, was ich möchte.«

Sein Blick begann zu flackern. Er wandte sich ab und machte Anstalten, die Autotür zu öffnen. »Können wir das drinnen weiter besprechen? Mir ist eiskalt.«

Auch Rebecca fröstelte, doch ihr Gesicht wurde glühend heiß, als sie bekräftigte. »Ja, ich weiß nicht, wer ich bin und was ich will ... und von daher kann ich sogar nachvollziehen, dass du die Gesellschaft einer anderen Frau der meinen vorziehst.«

Sie kaute auf ihren Lippen. Wie sie sich ausdrückte. Fast so gestelzt wie Joseph Flanagan es sagen würde. Gesellschaft einer anderen Frau ...

Zumindest jetzt erkannte Nils die Wahrheit. Er zog seine Hand von der Autotür zurück.

»Du ... du weißt also von Juliana«, stellte er fest. Er klang nicht mehr wütend, auch nicht beleidigt, eher ein wenig bockig ... so wie Johanna als kleines Kind geklungen hatte, wenn man ihr das Lieblingsspielzeug wegnehmen wollte, einen kleinen Hasen mit blauen Ohren, den sie Juan Carlos getauft hatten.

Rebecca atmete tief durch. Juliana also. Obwohl es an den Tatsachen grundsätzlich nichts änderte, versetzte es ihr doch einen Stich, den Namen der heimlichen Geliebten nun zu kennen. Aus dem grauen Schatten wurde plötzlich ein konkreter Mensch. Ein Mensch, der ihre Ehe bedrohte. Oder gar der Mensch, der ihre Ehe zerstörte. Wenn sie allerdings wirklich kaputt war, dann hatten Nils und sie das ganz alleine hingekriegt.

»Und dieser Gedanke kommt dir erst jetzt?«, frage sie leise. »Du hast von Charlotte erfahren, dass ich einfach so nach Irland gereist bin, und hast keinen Zusammenhang zu der Tatsache hergestellt, dass du mich seit Wochen oder gar Monaten betrügst? Der Flug nach Dublin dauert doch fast zwei Stunden. Und in diesen zwei Stunden hast du kein einziges Mal über meine Beweggründe nachgedacht?«

Erst jetzt hob er seinen Blick. Er presste die Lippen zusammen.

»Ich verstehe«, sage sie mit rauer Stimme.

Er entgegnete: »Meines Erachtens macht es mehr Sinn, ein vernünftiges Gespräch zu führen, wie es erwachsene Leute in so einem Fall tun. Dass wir das nicht hinbekommen haben, ist nicht meine Schuld. Du bist einfach abgehauen.«

»Ich verstehe. Ist es eigentlich auch vernünftig und erwachsen, seine Ehefrau zu betrügen?«

»Hör zu, es tut mir leid, dass du es zufällig herausgefunden hast ...«

»Ach so. *Das* tut dir leid – dass ich es weiß ... nicht, dass du es getan hast.«

»Jetzt verdreh mir doch nicht die Worte im Mund!«

»Da gibt's nicht viel zu verdrehen. Selbst wenn du nichts sagen würdest, würde ich es dir ansehen. Du bist mir nicht nachgefahren, um um mich zu kämpfen. Du bist hier, weil dir die sauberen Hemden ausgegangen sind und weil irgendwer für deinen Chef ein Seitan-Gericht kochen muss.«

»Jetzt wirf nicht schon wieder mit diesen Klischees um dich. Das klingt ja wie aus einem billigen Roman.«

»Und einen billigen Roman will ich nicht mal schreiben,

geschweige denn einen leben. Ich ... ich will ein richtig gutes, spannendes, fesselndes Buch schreiben.«

»Du willst ein Buch schreiben, du?«

Wenn er jetzt lacht, ist es aus, durchfuhr es sie.

Er lachte nicht, sondern zuckte mit den Schultern. Dennoch hätte sie ihn am liebsten aus dem Auto geworfen.

»Ich bin Historikerin«, sagte sie leise.

Er lachte immer noch nicht, seufzte nur halb entnervt, halb nachsichtig.

Eine Weile saßen sie schweigend da. In ihrem Kopf kreisten so viele Gedanken, so viele Vorwürfe, die sie ihm gerne gemacht hätte ... Aber als sie den Mund öffnete, sagte sie bloß: »Sheila hat sicher noch ein Zimmer für dich frei. Ich kann dich zum Bed and Breakfast zurückbringen und sie fragen.«

»Was ... was soll denn das?«

Sie hielt seinem Blick stand und fühlte sich erstmals seit ihrem Wiedersehen nicht verunsichert. Auch die Vorstellung, das Cottage ganz allein zu betreten, flößte ihr nicht die übliche Angst ein.

»Ich ... ich will jetzt allein sein«, erklärte sie und meinte es ernst. »Wir können morgen Vormittag reden.«

Und ehe er etwas sagen konnte, startete sie das Auto und legte den Rückwärtsgang ein.

Als sie später allein ins Cottage zurückkehrte, machte sie kein Licht an. Zu groß war die Angst, sofort wieder die alte Rebecca zu werden, wenn sie sich erst im Spiegel, der im Flur hing, betrachtete und jene Frau erkannte, die es nie über sich gebracht hätte, Nils die Tür zu weisen. Im schwindenden Licht des Tages konnte sie aber ihren Triumph auskosten – nicht den Triumph über ihn, sondern den über sich selbst. Wobei es, genau genommen, weniger Triumph war, als vielmehr Erleichterung.

Ich weiß es also doch, was ich will ... zumindest für einen Abend ... diesen Roman schreiben ... allein in Irland leben ... alle Geheimnisse von damals entschlüsseln.

Richtig: die Geheimnisse. Da waren ja noch Iains Andeutungen über Ceit und Emma ... und der Brief.

Rebecca tastete nun doch nach dem Lichtschalter. Sie zog Ceits Brief aus dem Anorak, hielt ihn unter die Lampe und versuchte wieder, ihn zu entziffern. Nun, da ihr nicht mehr die Angst im Nacken saß, dass Iain jederzeit nach Hause kommen und sie dabei ertappen könnte, gelang ihr das deutlich besser. Doch das bedeutete nicht, dass sie am Ende nicht doch mehr neue Fragen hatte als Antworten. Ein Wort wurde in dem Brief nämlich immer wieder genannt.

Schuld.

Ich bin schuld, und diese Schuld wird mich den Rest meines Lebens verfolgen, hatte Ceit in dem wirren Brief geschrieben.

Sie sind doch an allem schuld, hatte wiederum Iain gesagt.

Was zum Teufel war damit gemeint?

Was war damals nur geschehen?

Aus dem Druck auf den Schläfen begann ein leichter Kopfschmerz zu werden. Sie war eindeutig zu müde, um mehr herauszufinden – nahm es sich für morgen aber fest vor.

Nein, sie würde nicht, wie angekündigt, Nils treffen und mit ihm reden. Sie hatte andere Pläne.

17

1867

Zum ersten Mal konnte Ceit erahnen, was in Eliza vorging und warum es für sie um so viel verführerischer war, im Bett liegen zu bleiben, als tatkräftig ihr Tagewerk anzupacken. Wann immer Ceit die Augen aufschlug, hatte sie das Gefühl, in jene Nebelsuppe zu starren, die so oft über der Insel festhing, grau und erstickend. Fast immer fuhr sie sich als Erstes mit den Fingern an die Lippen, als wollte sie prüfen, ob die Erinnerung an Síomons Kuss noch da war. Aber selbst wenn diese frisch und lebendig sein mochte – sie, Ceit, war es nicht. Sie hatte sich längst eingestehen müssen, dass sie Síomon geküsst hatte, nicht er sie. Ja, er hatte es einfach über sich ergehen lassen, vollkommen überrumpelt, denn wenn es anders gewesen wäre, hätte er beim Abschied ihren Blick gesucht oder wäre in den nächsten Tagen zurückgekehrt. Aber er kam nicht, während Emma, der sie später das Essen brachte, bereits ihre Sachen packte.

»Und du bist wirklich schon fertig?«, fragte Ceit und betrachtete den Stapel Papier.

»Noch nicht ganz«, gab Emma zu, »aber den Rest werde ich später zu Ende schreiben.« Obwohl sie sie anlächelte, verweilte ihr Blick nicht lange auf ihr. Warum auch. In Gedanken schien sie längst woanders zu sein, denn so faszinierend Skellig Michael für sie auch war – der Ort schien zugleich nur eine Zwischenstation auf jener langen Reise zu sein, an deren Ende der große Ruhm als Schriftstellerin stand. Wenn man jederzeit gehen konnte, war es ein Leichtes, diesen Ort inspirierend zu finden. Wer hingegen bleiben musste, konnte irgendwann nicht anders, als ihn zu hassen.

»Ich werde dich vermissen«, sagte Ceit mit gepresster Stimme. Wieder huschte Emmas Blick zu ihr, wieder verweilte er nicht.

»Aber du hast doch die Kinder!«, rief sie überrascht, und da erst ging es Ceit zum ersten Mal auf, dass nicht nur sie Emma beneidete, sondern auch diese sie ... um die Jungs, um eine Familie, ein Zuhause.

»Aber es sind doch nicht meine Kinder«, hielt Ceit ihr entgegen.

»Du stehst ihnen doch näher als ihre Mutter, oder?« Es war das erste Mal, dass sie über Eliza sprachen.

»Irgendjemand muss sich um sie kümmern, wenn Eliza es nicht tut«, sagte Ceit und konnte sich des schlechten Gewissens nicht erwehren. Sich kümmern hatte in den letzten Wochen vor allem bedeutet, sie im Haus einzusperren und – falls sie es doch verließen und sich irgendwo verletzten – ihre Wunden zu versorgen.

»Aber du liebst sie«, sagte Emma, und nun war sie es, die unendlich traurig klang. Ceit starrte sie verwirrt an. Sie hatte eigentlich nie darüber nachgedacht, ob sie Patrick und Willie liebte. Und erst recht nicht, ob Emma jemanden liebte. Liebe gäbe es nie ohne den Tod, hatte diese gesagt, aber das galt wohl nur für die Liebe zu einem Mann, nicht für die zu Kindern, die doch das Leben selbst waren.

Plötzlich trat Emma vor und umarmte sie, und in diesem kurzen Augenblick glaubte Ceit zu fühlen, was in Emma vor sich ging: dass Ceit es besser getroffen hatte, ja, dass Emma nicht gehen *durfte*, während sie bleiben *musste*, sondern vielmehr, dass sie selber bleiben *durfte*, während Emma gehen *musste*.

Emma wollte schon am nächsten Tag aufbrechen, doch William prophezeite am Vorabend, dass das wohl nicht möglich wäre. Er deutete auf die Gipfel der Insel, über denen sich Wolken ballten – mächtigen, grauen Gestalten gleich, die miteinander im Kampf zu liegen schienen. »Die *Madra Gaoithe*«, murmelte er, und aus seiner Stimme klang Furcht.

Ceit hatte schon öfter die Fischer von der *Madra Gaoithe* murmeln gehört und gesehen, dass sie sich dabei bekreuzigten, war das doch eine Wolkenformation, die stets heftigen Stürmen vorausging. Als sie Emma später davon berichtete, zuckte diese aber nur die Schultern.

»Falls der Sturm in der Nacht kommt und du Angst hast, kannst du gerne wieder bei mir schlafen«, sagte Ceit.

Emma lächelte rätselhaft. »Ich habe die Begegnung mit einem Geist überstanden ... ich denke, ich werde auch mit einem Sturm fertig.«

Wird ein Geist im Sturm mächtiger? Oder wird er von ihm mitgerissen?, fragte sich Ceit unwillkürlich. Nun, wenn es so wäre, wäre Aislinn längst nicht mehr hier, so heftig wie der Wind oft wehte ...

»Auf jeden Fall werde ich die Fensterläden gut schließen«, versicherte Emma.

Ceit selbst schloss später auch im Mansardenzimmer die Fensterläden, obwohl sich kurz vor Einbruch der Dunkelheit die Wolkenballen in dünne Fransen aufgelöst hatten. Der Himmel war von einem blassen Violett, das Meer glatt, der Wind säuselte nur. Nein, da kündigte sich kein Sturm an – nur die Jungs schienen unruhiger als sonst. Sie zankten und kratzten sich, bis Ceit ihnen androhte, dass sie neben der Ziege schlafen müssten, wenn sie nicht sofort aufhörten.

Patrick begann zu weinen, Willie erstarrte.

»In der Nacht«, murmelte er, »verwandelt sich die Ziege immer in eine Frau. Man erkennt sie nur an den Hörnern, die sie niemals ablegt.«

»Wer hat dir das erzählt?«

»Nun, Mummy ...«

Himmel, seit Wochen missachtete Eliza ihre Kinder, und dann redete sie ihnen solch dumme Geschichten ein!

»Wenn du der Ziege nicht zu nahe kommst, kann sie nicht mit ihren Hörnern zustoßen – egal, ob sie Tier- oder Menschengestalt besitzt.«

»Dann darfst du mich nicht neben ihr anbinden.«

»Das habe ich doch nicht ernst gemeint«, murmelte Ceit, beugte sich vor und gab ihm einen Kuss.

Nicht nur die Kinder schliefen später ein als sonst, auch sie fand lange keine Ruhe. Sie lauschte nach draußen, wappnete sich stets gegen ein Brausen und Heulen, nickte schließlich ein, um nur wenig später schweißnass hochzufahren. Sie konnte sich nicht mehr genau an ihren Traum erinnern, nur, dass eine Ziege darin vorgekommen war ... oder eher eine Frau ... wobei die keine Hörner gehabt, sondern nur wie eine Ziege gemeckert hatte. Vielleicht war es auch keine Frau gewesen, sondern ein Mann ... Síomon, der sie zurückstieß ... der schimpfte: Lass mich in Ruhe, ich will keine Frau wie dich, du bist doch nur eine Fischertochter und obendrein hässlich ...

Aber alle schönen Frauen werden irgendwann hässlich, hatte sie einwenden wollen. Eliza ist auch nicht mehr schön ... und Emma wird es eines Tages auch nicht mehr sein, nur einsam.

Ceit rieb sich die Schläfen, ängstigte sich vor den eigenen Gedanken, ängstigte sich noch mehr vor neuen Träumen. Nein, sie konnte nicht einfach weiterschlafen, zumal jäh ein verstörendes Geräusch erklang. Es war nicht der Sturm, der an den Fensterbalken rüttelte, da meckerte auch keine Ziege ... und doch ... da draußen war jemand, und dieser Jemand lachte, lachte laut und schrill. Vielleicht war es auch kein Lachen, sondern ein Schreien ... von einem Menschen ... von einem verzauberten Tier ... oder einem ... Geist?

Ceit war nicht sicher, welche von all diesen Möglichkeiten ihr am meisten Angst machte. Sie wusste nur, dass sie keinen Schlaf finden würde, wenn sie nicht draußen nachsah.

Sie zog ihre Schuhe an, legte sich ein Tuch um die Schultern und entzündete in der Wohnstube die Petroleumlampe. Nur zu gut konnte sie sich daran erinnern, wie das Flämmchen erloschen war, als sie damals nach Emma gesucht hatte, weswegen sie es heute mit der Hand abschirmte, ehe sie nach draußen trat. Dort vernahm sie weder Gelächter noch Geschrei, nur einen knappen Befehl.

»Beeil dich!«

Himmel, wem gehörte die Stimme? Emma ... oder dem Geist? Und an wen richtete sie sich? Etwa an sie? Sollte sie sich beeilen, um etwas Schreckliches zu verhindern?

Zumindest wurde sie das Gefühl nicht los, dass eine Bedrohung in der Luft lag, selbst wenn es nahezu windstill war, sie die Hand von der Lampe ziehen konnte und nun etwas deutlicher den Weg vor sich sah. Ansonsten war da niemand, auch nicht, als sie den Leuchtturm hinter sich ließ und die Stelle erreichte, wo die alte Treppe zum Kloster hochführte.

»Bist du dort?«, rief sie nach oben, nicht sicher, ob sie Emma oder Aislinn meinte.

Aber warum sollte Emma mitten in der Nacht den alten Leuchtturm verlassen? Und warum sollte der Geist plötzlich sagen: »Na also, wusste ich's doch, dass mein Onkel uns nicht im Stich lässt!«

Ceit verharrte. Wem die weibliche Stimme gehörte, hatte sie nicht mit Sicherheit sagen können. Die des Mannes, der diesen Satz aussprach, war ihr auf jeden Fall fremd. So klang weder Williams Stimme noch die seines Gehilfen Sean. Und so sprach auch nicht der bärtige Fischer, der rohe Muscheln zerkaute ... wobei der ohnehin nie mitten in der Nacht die Insel ansteuern würde.

Ceit blieb stehen und starrte angestrengt Richtung Kloster. Dann aber erkannte sie, dass die Stimmen nicht von dort kamen, sondern von der Bootsanlegestelle. Sie beschleunigte ihren Schritt, bog um die letzte Kurve und sah den Mann und die Frau, die dort warteten. Sie sah auch ein Boot, das sich eben der Insel näherte.

Ceit erstarrte. Das Schultertuch verrutschte, und kalte Luft traf ihre nackte Haut, aber sie kümmerte sich nicht darum. Was sollte sie nur tun? William alarmieren? Aber wenn diese beiden dort mitten in der Nacht die Insel verlassen wollten, gab es doch keinen Grund, sie aufzuhalten?

Es waren nun keine Stimmen mehr zu vernehmen, nur hektische Schritte, als die beiden auf das Boot zutraten ... und plötzlich ertönte ... ein Schrei!

Ceit begann zu rennen, woraufhin das Flämmchen der Petroleumlampe wild flackerte, doch sie brauchte das Licht nicht, um mehr zu erkennen. Denn dort vorne wurde eben eine Fackel hochgehalten. Außerdem fiel Mondlicht auf die Stelle ... auch auf die Frau ... und auf zwei Männer.

Einer hatte Emma begleitet, ein anderer stieg aus dem Boot, das eben anlegte. Und da war sogar noch ein dritter, der gerudert hatte. Sein Gesicht konnte sie nicht erkennen, umso deutlicher aber das von jenem, der nun auf Emma und ihren Begleiter zutrat.

Es war Síomon.

Ceit blieb stehen. Sie hatte ihr Umhangtuch nun endgültig verloren und fror erbärmlich, aber sie spürte die Kälte kaum.

»Síomon«, murmelte sie, »Síomon …«

Er hielt die Fackel in der Hand, ließ sie nun aber sinken – im gleichen Augenblick, da sich die Wolke vor den Mond schob. Die Schwärze schien sie fast zu verschlucken, denn das armselige Flämmchen ihrer Lampe wand sich und zuckte. Als die Wolken endlich am Mond vorbeigezogen waren, hatte Emma Síomon bereits erreicht, umarmt und ihre Lippen auf seine gepresst. Die beiden küssten sich!

Eine Lüge, durchfuhr es Ceit, alles ist eine Lüge.

Was immer dort vorne wirklich vor sich ging – Emma hatte gelogen, weil sie nicht an dieser alten Legende interessiert gewesen war, sondern an diesem Mann. Und Síomon hatte gelogen, als er behauptete, er sorge sich als Inselarzt um die Bewohner von Skellig Michael. Und sie hatte sich selbst belogen, als sie Emma für ihre Freundin gehalten hatte, Síomon für ihren Liebsten und sich nicht länger für den einsamsten Menschen der Welt.

Sie wusste nicht, welche Lüge am schwersten wog. Sie wusste nicht, wer dieser andere Mann war, der hinter Emma stand. Sie wusste nur, dass sie in diesem Augenblick, da Emma und Síomon einander küssten, dasselbe fühlte wie einst Aislinn, als diese von den Mönchen in die Enge gedrängt und über die Klippen gestoßen wurde. *Auf mich wartet kein Glück. Auf mich warten nur schwarzes, kaltes Wasser und spitzer Stein.*

18

»Sie haben doch einen Fotoapparat dabei, oder?«, fragte die Touristin und hob selbst eine Kamera hoch, die mit allen technischen Finessen ausgestattet schien. »Ich meine, wir haben ja so ein Glück mit dem Wetter.«

Rebecca blickte hoch und registrierte erst jetzt den strahlend blauen Himmel. Außerdem war es ungewöhnlich windstill – eine Kombination, die man hierzulande nur selten vorfand. Vorhin hatte sie gar nicht darauf geachtet, hatte sie doch nur wissen wollen, ob eine Fahrt nach Skellig Michael überhaupt möglich war. »Ja, das ist toll«, murmelte sie.

»Wollen Sie eine Scheibe Ingwer kauen? Gegen Reiseübelkeit?«, fragte die Frau. Rebecca musterte sie genauer, konnte aber nicht einschätzen, ob sie bloß hilfsbereit oder geschwätzig war.

Das Letzte, was sie nach einer durchwachten Nacht brauchte, in der sie entweder über Emma und Ceit oder über ihre Ehe nachgedacht hatte, war stundenlanger Smalltalk.

»Nein, danke«, murmelte sie und schlug den Kragen ihrer Jacke hoch. Sie sehnte sich nach einem warmen Tee, doch auf dem Boot, auf dem sie heute den Trip gebucht hatte, wurde der nicht angeboten. Sie hatte nicht mit James und Sheila fahren wollen, da Letztere sich gestern bereits darüber gewundert hatte, dass Rebecca ihren Ehemann im Bed and Breakfast untergebracht hatte, und bestimmt nachfragen würde, warum sie jetzt allein nach Skellig Michael fuhr, anstatt sich mit ihm zum Frühstück zu treffen.

Rebecca wusste selbst nicht, ob das die mutigste oder feigste Entscheidung war, die sie je getroffen hatte. Mutig war es, sich von Nils nicht vorschreiben zu lassen, was sie zu tun hatte. Feige, dass sie vor ihrem eigenen Ehemann regelrecht davonlief.

Als nach einer guten halben Stunde Little Skellig in Sicht kam, verlangsamte das Boot die Fahrt etwas.

Beim Anlegen auf Skellig Michael fürchtete Rebecca schon, dass sie die Touristin mit der Kamera nicht würde abschütteln können, aber die war damit beschäftigt, ein Dutzend Aufnahmen von der Bootsanlegestelle zu machen. Rebecca hingegen gehörte zu den Ersten, die bei den Containern ankamen, wo sie von den Guides empfangen wurden.

Die Yoga-Quinoa-Frau wurde Gott sei Dank sofort von einer Dame abgelenkt, die wissen wollte, ob sie sich mit einem oder zwei Wanderstöcken an den Aufstieg machen sollte. Der Guide wiederum, der ansonsten immer das Gorilla-T-Shirt trug, heute aber eins mit einem Pferdekopf angezogen hatte, kümmerte sich um einen Gast, dessen Wasserflasche ausgelaufen war. »Ich bringe Ihnen gern frisches«, sagte er, ging in Richtung Container und ließ die Absperrung davor offen.

Rebecca trat dorthin und tat so, als würde sie den Ausblick genießen und die frische, salzige Meeresluft einatmen. Nur wenige Minuten später war ihre Chance gekommen: Als die Yoga-Quinoa-Frau gerade ihren Vortrag über die Gefahren des Aufstiegs begann und sich alle auf sie konzentrierten, ging Rebecca rasch an der Absperrung vorbei, passierte die Container und fing an, sobald sie den letzten hinter sich gelassen hatte, zu laufen.

Bei jedem Schritt rechnete sie damit, dass jemand sie aufhalten würde, doch bald war sie hinter einer Kurve verschwunden, wo sie niemand mehr sehen konnte. Nur ein kleines Stück trennte sie nun noch vom unteren Leuchtturm.

»Wenn es auf der Insel noch alte Quellen gibt, die bisher niemand aufgespürt hat, dann dort«, hatte Marnie ihr gesagt, als sie heute am frühen Morgen mit ihr telefoniert hatte.

Sie war insgesamt etwas kurz angebunden gewesen, was an der frühen Tageszeit liegen mochte – vielleicht aber auch an der Tatsache, dass die Mannschaft von Kerry trotz farbenfroher Unterstützung der Bevölkerung das Spiel gegen Dublin verloren hatte. Als Rebecca ihr erklärte, von Iain nichts über Ceit und Emma erfahren zu haben, hatte sie ihr immerhin diesen Ratschlag gegeben.

Schuldig ... schuldig ..., fragte sich Rebecca jetzt, woran bist du bloß schuldig geworden, Ceit MacKenna? An Emmas Tod? Oder hat es vielmehr etwas mit Síomon Canavagh zu tun? Diesen Namen hatte sie gestern Abend auch noch im Brief entziffert. Sie war nicht sicher, wer er war, und schon gar nicht, in welcher Beziehung er zu Emma oder zu Ceit gestanden hatte, nur, dass er bei den damaligen Ereignissen eine Rolle gespielt hatte. Zumindest ließ darauf ein ominöser Satz von Ceit schließen: *Síomon kennt die Wahrheit, doch mit ihm kann ich nicht darüber sprechen. Es tut einfach zu weh.*

Waren Emma und Síomon ein Paar gewesen? Oder Ceit und Síomon? Hatte Ceit Emma vielleicht aus Eifersucht getötet?

Das waren aber eindeutig zu viele Vermutungen, die auf eindeutig zu wenigen Fakten beruhten.

Fest entschlossen, mehr Fakten zu finden, ging Rebecca auf den unteren Leuchtturm zu.

Eine halbe Stunde später war sie kurz davor aufzugeben. Sie hatte den Leuchtturm mittlerweile dreimal umrundet, es bei jeder Tür, jedem Fenster versucht. Keine Chance. Alles war abgeschlossen, sie konnte nicht einmal ins Innere schauen.

Was hast du dir eigentlich dabei gedacht, fragte sie sich mutlos und setzte sich auf einen Stein. Iain mochte vielleicht so nachlässig sein, die Tür seines privaten Heims offen stehen zu lassen – beim Leuchtturm auf Skellig Michael ging er sicher wachsamer vor. Und selbst wenn sie Einlass fände – wer konnte schon sagen, ob sich hier die Antwort auf alle offenen Fragen finden würde?

Sie stützte ihr Kinn auf die Hand, gestand sich ein, dass sie in blinden Aktionismus verfallen war und – nach der Begegnung mit Nils – einfach dem Fluchtreflex nachgegeben hatte. Und nun war Endstation ... sie konnte nichts anderes tun, als die Zeit abzusitzen und sich vorstellen, wie Nils immer wütender wurde und ihr immer weniger das Recht auf die gleiche Wut zugestehen würde, weil er sie betrogen hatte. Eine Affäre gegen mehrmaliges Abhauen ohne Erklärung. Waren sie jetzt quitt? Und war das die Basis für eine gemeinsame Zukunft?

Ihre Gedanken kreisten wieder schneller, sie konnte nicht mehr ruhig sitzen. Sie stand auf, ließ den Leuchtturm hinter sich, ging aber nicht in Richtung der Container, sondern noch weiter von ihnen fort. Erst als sie unmittelbar davor stand, wurde ihr klar, dass sie noch eine Chance hatte, die Zeit bis zur Rückfahrt zu nutzen. Der untere Leuchtturm mochte verschlossen sein – bei der Ruine von dem zweiten, der schon Mitte des 19. Jahrhunderts aufgegeben worden war, war das gar nicht möglich, weil es keine Türen und Fenster mehr gab, nur klaffende Löcher, die sie riesigen Augen gleich anstarrten. Die Ruine schien nicht einfach nur langsam zu verfallen, sondern vielmehr zu verrotten, als wäre sie nicht aus Stein, sondern aus Holz errichtet worden ... oder vielmehr aus Eisen. Ja, die rötlichen Flecken, die die untere Hälfte bedeckten, sahen aus wie Rost.

Rebecca trat auf den schmalen Spalt zu, der einst die Tür gewesen war, und lugte dahinter. Der Geruch nach nassem Stein und fauligen Algen wehte sie an. Wenn sie sich recht erinnerte, hatte sie im Skellig Experience Center einen Plan des oberen Leuchtturms gesehen. Demnach hatte sich ganz unten eine Art Stauraum befunden, darüber ein Schlafzimmer, eine Etage höher eine Küche und darüber der sogenannte »Service Room«, von dem aus die Laterne im obersten Stockwerk in Betrieb gehalten worden war.

Sie verharrte eine Weile, beugte sich etwas weiter vor, setzte aber keinen Schritt in die Ruine. Nein, an diesem Ort hier war alles tot ... selbst die Geister der Vergangenheit waren verstummt.

Als sie zurücktrat, sah sie nicht weit von den Ruinen entfernt ein weiteres Gebäude, das regelrecht in die Felswand hineingebaut worden war. Die steinernen Wände waren auch von einer rötlichen Schicht überzogen, aber anders als die Ruine des Leuchtturms hatte dieses Häuschen noch ein Gitterfenster und eine grünliche Eisentür. *No admittance by order of Secretary Commissioners of Irish Lights, Dublin* stand auf einem schwarzen Schild.

Rebecca schaute durch das Fenster, hatte aber keine Chance, etwas zu erkennen. Das Fenster war entweder beschlagen oder aus einem undurchsichtigen Material hergestellt worden. Versuchsweise zog sie an der Tür, und obwohl sie keine großen Hoffnungen hatte, löste sich diese mit einem lauten Quietschen und das so plötzlich, dass ihr fast die Eisentür ins Gesicht fiel. Das Schloss war offenbar durchaus versperrt gewesen, jedoch so durchgerostet, dass es aufgesprungen war.

Ein Aufschrei entfuhr ihr – vor Schreck, aber auch vor Triumph.

Obwohl die Wahrscheinlichkeit, in diesem Raum etwas zu finden, das mehr über Ceit und Emma Rothburn verriet, bei nahezu null lag, hatte sie dennoch das Gefühl, wieder eine Station weitergekommen zu sein.

Als sie den Raum betrat, fiel die Tür hinter ihr ins Schloss, und da sie nichts fand, womit sie sie offen halten konnte, musste sie sich mit dem diffusen, gräulichen Licht begnügen, das durchs Fenster drang. Das Wenige, was es beleuchtete, war nicht sonderlich interessant: ein paar Seile, ein alter, von Schimmel überzogener Rettungsring, irgendwelche Leitungsrohre, die wie das Schloss völlig verrostet waren, und ein Berg Kabel.

Sie trat in die Mitte des Raums, und obwohl er hoch genug war, um aufrecht zu stehen, zog sie unwillkürlich den Kopf ein. Sie tastete nach ihrem Smartphone. Irgendwann hatte Nils die App »Flashlight« geladen, dank deren man – falls man mal im Finstern unterwegs war – die unmittelbare Umgebung beleuchten konnte. Anstelle ihres Smartphones zog sie jedoch Ceits Brief aus ihrer Jackentasche, den sie gestern wieder eingesteckt hatte. Schon segelte er auf den Boden und ihr entfuhr ein »Verdammt!«

Derart feucht, wie die Wände waren, befanden sich womöglich auch am Boden etliche Pfützen. Was, wenn sie ihre einzige Quelle ruiniert hatte? Sie bückte sich, hob den Brief auf. Das Papier fühlte sich nicht nass an, aber dennoch fremd. Das war doch kein Brief, den sie da in den Händen hielt! Sie hob das Stück Papier in Richtung Fenster, und erkannte, dass es nicht Ceits Schreiben war, sondern ein ... Foto. Es musste auf der Rückseite des Briefs geklebt haben, ohne dass sie es bemerkt hatte. Und als sie gestern den Brief aus der Jackentasche gezogen hatte, hatte es sich gelöst und war dort geblieben – bis jetzt.

Sie hob das Foto dicht ans Fenster heran. Eigentlich war sie davon überzeugt, dass es eine weitere Aufnahme von Ceit sein würde, doch zu ihrer Überraschung zeigte dieses Foto keine etwas niedergeschlagen blickende Frau in den Dreißigern, sondern ein knapp einjähriges Kind. Es saß auf einem breiten Stuhl, lachte, so dass man die ersten vier Zähnchen sehen konnte, und trug ein gestreiftes Kleid und kinnlange Locken. Ihrem Gefühl nach war es ein Mädchen, doch wenn sie es recht im Kopf hatte, hatte man im 19. Jahrhundert auch kleine Knaben schon mal in Kleider gesteckt.

Sie drehte die Aufnahme um, in der Hoffnung, auf der Rückseite einen Namen oder ein Datum lesen zu können. Tatsächlich stand da etwas, allerdings in so verblichener Schrift, dass sie es nicht entziffern konnte.

Sie wandte sich zum Ausgang. Wer war dieses Kind? Einer von Elizas Söhnen? Oder vielleicht Ceits Kind?

Sie erreichte die Tür und drückte dagegen. Nichts. Sie suchte nach der Klinke, um daran zu ziehen. Wieder nichts. Erst trat sie mit dem Fuß gegen die Tür, dann mit dem Knie, schließlich warf sie sich mit der Schulter dagegen. Das Knirschen, das ertönte, schien eher von ihren schmerzenden Knochen zu stammen als von der Eisentür.

Verdammt, es würde doch niemand heimlich den Riegel vorgeschoben haben?

Aber möglicherweise war das gar nicht notwendig, sondern die Tür hatte einen Schließmechanismus, der es nur erlaubte, sie von außen zu öffnen. Noch mehrmals trat sie gegen die Tür, rüttelte auch am Gitter vor dem Fenster. Vergebens. Der Schweiß brach ihr aus, obwohl die Luft so kühl war.

Verdammt, verdammt, verdammt!

Ihre letzte Hoffnung war ihr Smartphone. Doch als sie es mit zitternden Händen einschaltete, bestätigte sich ihre schlimmste Befürchtung: Sie saß in einem Funkloch fest.

Rebecca steckte es wieder in die Tasche, begann zu schreien, leise erst, dann immer lauter und panischer. Ihre Kehle schmerzte bald ebenso wie die Hände, die nun wieder das Gitter umklammerten.

Aber niemand hörte sie. Sie war alleine hier ... ganz allein.

Oder vielleicht doch nicht. Vielleicht beobachtete sie Aislinns Geist ... der von Ceit MacKenna oder von Emma Rothburn ... oder der des Kindes auf diesem Foto, das bei den damaligen Ereignissen vielleicht irgendeine Rolle gespielt hatte. Wenn sie herausfinden würde, wer dieses Kind war, würde sie womöglich auch wissen, weshalb Ceit sich so schuldig gefühlt hatte.

Dritter Teil

Emma

19

1865 – 1866

Die Hebamme hatte riesige Hände, und Emma kam es vor, dass sie ihren Leib nicht einfach nur abtastete, sondern ihn regelrecht aufriss. Obwohl ihre Fingernägel kurz geschnitten waren, schienen sich spitze Krallen in sie zu bohren und alles zu zerfetzen, was noch heil war. Viel war es nicht, nachdem sie jetzt schon seit Stunden auf dem Meer der Schmerzen trieb.

»Reiß dich zusammen«, blaffte die Hebamme sie an. »Ja, es tut weh, wenn ein Kind den Körper verlässt. Aber gib doch zu: Einer Frau tut es auch weh, wenn es den Weg hinein nimmt. Ich frage mich, wer so dumm ist, das freiwillig zuzulassen?«

Mürrisch schüttelte die Hebamme den Kopf. Sie sah nicht aus, als hätte sie jemals geliebt oder gar Lust empfunden, und während eine neue Wehe Emma schüttelte, war sie sich auch nicht sicher, ob sie es jemals getan hatte. Die Erinnerung an Leos Gesicht ... an seine Küsse ... seine zärtlichen Berührungen schwanden im grauen Nebel. Wieder schrie sie auf.

»Nun, hab dich nicht so«, schimpfte die Hebamme, aber ihre Tiraden klangen müder als zuvor. Im Morgengrauen war sie aus dem Bett geholt worden, jetzt neigte sich der Tag, und es sah nicht so aus, als würde sie bald Schlaf bekommen.

Als die Wehe überstanden war, warf Emma Francis einen hilfesuchenden Blick zu. Ihre treue Dienerin war mit nach Wexford gekommen, und anfangs hatte sie noch über ihr

Gesicht gestreichelt und ihr den kalten Schweiß abgewischt. Doch die Hebamme hatte sie rasch vom Bett verscheucht und ihr einen Stuhl in der Ecke zugewiesen, wo sie jetzt immer noch dasaß und ebenso mitleidig wie verzagt wirkte.

»Francis ...«, hauchte Emma tonlos.

»Himmel, warum geht es bloß nicht voran?«, fragte die Hebamme. Emma befürchtete schon, dass die riesigen Hände wieder in ihrem Leib stochern würden. Stattdessen erhob sich das wuchtige Weib vom Bett und ging durch das Zimmer. Sie verdeckte einen Spiegel mit einem Tuch, entkorkte eine Flasche mit Duftwasser, die sich in Emmas Gepäck befunden hatte, zog schließlich ein Bündel modrig riechender Kräuter aus ihrer Tasche und begann, sie Emma um den Oberschenkel zu binden.

»Was ... was tun Sie da?«

»Das sind Vogelbeere und Geißblatt. Beides hilft dem Kind auf die Welt ... und hält die Elfen fern ...«

Richtig, schon vorhin, als sie einen Nagel unter dem Bett versteckte, hatte sie von Elfen gesprochen. Elfen hassten Eisen und würden einem Nagel und folglich auch ihr und dem Kind nicht zu nahe kommen. Im verdeckten Spiegel wiederum könnte sich nun kein Dämon mehr reflektieren und an Macht gewinnen. Und in der Flasche mit dem Duftwasser konnte er sich nicht verstecken.

Als ob die größte Gefahr von Elfen und von Dämonen rührte! Nein, von dieser zuckenden Schlange in ihrem Leib ging sie aus. Sie wand sich, zischte, biss wieder und wieder zu.

»Francis ...«, hauchte Emma erneut. »Francis ... tu doch etwas ...«

»Ach, Mäuschen«, Francis hatte sie seit Ewigkeiten nicht mehr so angesprochen, und dass sie es tat, war ein Zeichen, dass sie vor Sorge verging. »Ach, Mäuschen, du weißt doch ... wir dürfen keinen Arzt benachrichtigen ... das würde sich doch herumsprechen ... und es darf doch keiner wissen, dass ... dass ...«

Dass ich ein Kind gebäre. Nein, dass ich einen ... Bastard auf die Welt bringe.

Aber dieser Bastard schien keineswegs auf die Welt kommen zu wollen, und sie ... sie war kein Mäuschen, obwohl Francis sie so nannte. Ein Fisch schien sie zu sein, wie ihn die Männer hier zuhauf fingen und den die Frauen später ausnahmen, indem sie ihn mit dem Messer aufschlitzten und alle Innereien herauspressten. Und nun presste die Hebamme alles aus ihr heraus ... jedes Organ, das sie am Leben hielt, sämtliche Erinnerungen, den Lebensmut, die Kraft, die Liebe ... und irgendwann auch das Kind.

Es war doch das Kind, das so fiepte, oder? Eigentlich klang es nicht wie ein Kind, sondern wie ein Mäuschen.

»Mäuschen«, sagte Francis prompt, wenn auch nicht zu dem Kind, sondern zu ihr. Endlich stand sie wieder am Bett, strich ihr über die Stirne. »Mäuschen, es ist geschafft ... du hast das Kind geboren ...«

Nein, sie hatte es nicht geboren. Die Hebamme hatte es aus ihrem Leib gezogen ... hatte es ihr entrissen.

»Ist es ein Mädchen oder ein Junge?«, presste Emma über ihre aufgesprungenen Lippen. Das Fiepen wurde lauter, glich nunmehr dem Miauen einer Katze. Sie selber war tot und leer, aber das Kind schien voller Leben zu sein! Oh, sie wollte dieses Leben auch spüren, wollte das Kind halten, wollte in ihren Erinnerungen schwelgen!

Die Hebamme hüllte das Kleine in weiße Tücher. »Ein Mädchen«, sagte sie abfällig. »Was bedeutet, dass es auch irgendwann unter Schmerzen empfangen, unter Schmerzen gebären und unter Schmerzen sterben wird.«

Emma schüttelte den Kopf. Das Leben war doch mehr

als eine Abfolge von Schmerzen – sonst würde das Kind nicht so fordernd schreien, sonst würde sie nicht fühlen, wie etwas Warmes, Starkes sie durchströmte. Sie hatte doch nicht alles Blut verloren, doch nicht alle Liebe.

»Ich ... ich will sie sehen.«

Die Hebamme hielt das Kind in ihren Armen und blickte etwas zweifelnd auf sie herab. Ehe sie ihr das Kind reichen konnte, schob Francis sie sachte zurück und nahm das Kind an sich.

»Besser ... besser du siehst es gar nicht erst«, murmelte sie, und ehe Emma etwas sagen konnte, hastete sie zur Tür und verließ eilig den Raum.

»Francis ...«, schrie Emma ihr nach, aber ihrer Stimme fehlte ebenso die Kraft wie ihrem Körper. Als sie sich aufrichten wollte, sank sie wieder auf das Kissen.

Die Hebamme beugte sich über sie. Die Hände schienen nicht mehr so riesig zu sein, die Nägel nicht mehr so spitz. »Die Nachgeburt kommt gleich, aber hab keine Angst, das tut kaum mehr weh.«

Doch als Emma hörte, wie das Miauen ihrer kleinen Tochter in der Ferne immer leiser und leiser wurde und schließlich gar nicht mehr zu hören war, wusste sie erst, wie sich wahre Schmerzen anfühlten.

Das Menü fiel wie immer üppig aus. Es gab Taube in Weißwein, Kaninchen in Sherry, Rinderbraten in Portwein. Nur der Lachs war in keiner Sauce serviert worden, sondern mit einer durchsichtigen Schicht Aspik bedeckt. Noch hatte Emma keinen Bissen genommen, starrte nur auf das Aspik und dachte, dass ihr eigenes Leben unter einer ähnlichen gallertartigen Masse – durchsichtig, aber schwer – erstickte. Schon während der Schwangerschaft hatte sie sich so gefühlt, und erst recht in den drei Monaten, die seit der Geburt ihrer Tochter vergangen waren. Längst war sie mit schmaler Taille wieder zurück nach Dublin gekehrt – wenn auch nicht in ihr altes Leben. Sie roch nichts von den Speisen, sie fühlte weder die Wärme, die vom prasselnden Feuer im Kamin ausging, noch die der Kerzen, die in silbernen Kandelabern auf dem Tisch standen, sie spürte nicht, wie weich das damastene Tuch war, das sie auf ihrem Schoß ausgebreitet hatte. Nur die Stimme ihres Vaters Richard konnte sie nicht überhören. Sie schwoll immer an, wenn er sich in Rage redete.

»Dieses Pack hat Tausende Farmer rekrutiert!«, ereiferte er sich. »Was wiederum nur möglich war, weil es von Amerika aus unterstützt wird. Ganze Horden von Bürgerkriegsveteranen kommen nach Irland, um hier für Unruhe zu sorgen.«

Eine der Kerzen flackerte, und auch Emmas Mutter Rose duckte sich unwillkürlich. »Bitte, Richard«, sagte sie schwach, »verdirb uns doch nicht den Appetit.«

Welchen Appetit?, fragte sich Emma. War ihrer Mutter etwa entgangen, dass ihr Teller noch voll war und sie keinen einzigen Bissen zu sich genommen hatten? Oder kam ihr das ganz recht, weil es bedeutete, dass Emma noch dünner werden und niemand vermuten würde, dass dieser schmale, zarte Körper kürzlich ein Kind ausgetragen hatte?

Vor einigen Tagen erst hatte Rose sorgenvoll gesagt, dass ganz Dublin über ihren langen Aufenthalt in Wexford getuschelt habe ...

»Nicht ich verderbe euch den Appetit«, tobte Richard Rothburn, »sondern dieses Dreckspack! Diese Fenian-Brüder! Aber seid gewiss: Wir werden ihrer Herr werden. Schließlich haben wir schon letztes Jahr ihren Aufstand niedergeschlagen, diesen schrecklichen Stephens verhaftet. Wenn er uns bloß nicht wieder entkommen wäre ... oh, der

Spuk wäre längst vorbei. Ich bin sicher, dass ihm nicht nur etliche Amerikaner zur Flucht verholfen haben, sondern auch Engländer. Es gibt nicht wenige Einheiten der dortigen Armee, die mit diesen Lümmeln sympathisieren. Aber wenn wir erst mal gnadenlos durchgreifen, dann ...«

»Bitte, Richard!«, flehte Rose Rothburn wieder. »Das interessiert Emma nicht.«

Zum ersten Mal löste sich Emma Blick vom Lachs im Aspik, und sie hob den Kopf. Als Richards und ihr Blick sich trafen, verzog er irritiert die Miene, als wäre sie eine Fliege, die von seinem Marmeladentöpfchen naschen wollte.

Rose bemerkte indes, dass Emmas Teller noch voll war. »Bist du denn gar nicht hungrig?«

Als ob Rose selbst Hunger hätte! Für gewöhnlich zerkleinerte sie das Essen auf ihrem Teller akribisch, ließ ihn aber abservieren, ehe sie ihn bis zur Hälfte leer gegessen hatte.

»Mir ist übel«, presste Emma hervor und das stimmte tatsächlich. Noch schlimmer waren die Kopfschmerzen – und regelrecht unerträglich das Gefühl, an ihrem engen Kragen zu ersticken.

»Dir fehlt doch nichts?«, murmelte Rose hilflos.

»Was sollte ihr denn fehlen?«, knurrte der Vater und begann wieder zu brüllen, gottlob nicht, weil sie es wagte, sich schlecht zu fühlen, sondern weil diese verfluchten Fenians für Irlands Unabhängigkeit kämpften. Während Rose Rothburn ihr Essen zerkleinerte und Emma wieder auf den Lachs starrte, wurde sie taub für seine Worte.

Was mir fehlt, ist mein Kind ... mein Kind, das ich nur gehört, kaum gesehen und erst recht nicht berührt habe ... und Leo fehlt mir ebenso ...

Ihn hatte sie oft berührt und gehalten, ihm hatte sie so gerne zugehört, wenn er Gedichte rezitierte, aus Zeitungsartikeln vorlas, die er selbst verfasst hatte, oder wenn er von seinem Traum sprach, irgendwann einen Roman zu schreiben.

Das Aspik, das den Lachs bedeckte, schien zu schmelzen, weil ihr Tränen in die Augen stiegen. Verstohlen wischte sie sie ab, konnte aber nicht verhindern, dass ihr Blick nun auf die Platte mit den geräucherten Forellen fiel, die sie aus toten Augen anstarrten. Anstatt weiter zu weinen, würgte sie.

Rose ließ Gabel und Messer sinken. »Emma!«, flüsterte sie ihr zu. »Nun, reiß dich zusammen.«

Sie gab dem Diener das Zeichen, ihren Teller abzuräumen, was dieser prompt tat. Die Platte mit den Forellen blieb hingegen auf dem Tisch stehen, und die Augen des Vaters – nicht minder kalt wie diese – richteten sich erneut auf sie.

Emma würgte wieder. Natürlich erbrach sie sich nicht, wie denn auch, sie hatte ja nichts im Magen, doch mit dem mittlerweile dritten Würgen brachte sie erstaunlich deutliche Worte hervor: »Ich will sie sehen.«

Der Vater zuckte zusammen. Ganz kurz schlossen sich seine Augen, öffneten sich wieder. Er war ja doch nicht so kalt wie ein Fisch.

»Wen willst du sehen?«, fragte er gedehnt. »Willst du deine Großmutter wieder einmal in Drogheda besuchen?«

Selbstverständlich wusste er, dass sie nicht ihre Großmutter meinte. Aber etwas zu wissen und etwas zu sagen, war in diesem Haus zweierlei.

»Ich will sie sehen«, wiederholte Emma. »Ich ... ich will meine Tochter sehen.«

»Du hast keine Tochter.«

»Bitte, Emma ...«, flehte Rose.

Emma erhob sich langsam. Das damastene Tuch rutschte von ihrem Schoß. Sie trat darauf, fühlte nun doch, wie weich es war. Alles hier war weich ... edel ... teuer ... glänzend. Das Haus der Rothburn war schließlich ein gediegener Ort. Aber es war ein Ort ohne Alexandra ... ihre kleine Tochter, die ihren Namen von ihren Pflegeeltern erhalten hatte, nicht von ihr.

»Alexandra«, sprach sie diesen Namen jetzt laut aus, »sie heißt Alexandra. Sie ist gesund und kräftig, und sie schreit sehr laut.«

Sie selbst schrie nicht, sondern flüsterte nur, doch das reichte ihrem Vater, seine Serviette vom Schoß zu ziehen und wütend auf den Tisch zu schleudern.

»Du hast keine Tochter!«, brüllte er.

»Ich will, dass sie bei mir lebt ... nicht bei Pflegeeltern ... und erst recht nicht irgendwann bei Nonnen. Das ist doch dein Plan, oder? Du willst sie eines Tages in ein Kloster stecken. Und am liebsten wäre dir, ich träte auch in einen Orden ein. Das würde alles vereinfachen.«

»Nein, am einfachsten ist es, wenn du nie wieder über dieses unselige Thema sprichst und eine gute Partie machst.«

Eine gute Partie ...

Damit war kein Mann wie Leo gemeint. Journalisten wie ihn bezeichnete ihr Vater grundsätzlich als Tintenkleckser. Er hatte ihn nicht so gehasst wie einen Fenian-Bruder – aber nicht minder verachtet. Nein, wen er sich für sie wünschte, war ein Abkömmling einer reichen irischen Familie, am besten katholisch wie er, obwohl zur Oberschicht nur wenige Katholiken zählten.

»Iss doch noch etwas«, sagte die Mutter leise und stach mit der Gabel auf das Stück Fleisch auf ihrem Teller ein. *Warum tut sie das nur? Das Kaninchen, die Taube oder das Rind sind doch schon tot ... sie muss es nicht noch erstechen ... und auch ich ersticke von ganz allein.*

Emma beugte sich vor, holte aus und fegte mit Schwung die Platte mit den Forellen vom Tisch. Das Klirren, das ertönte, war der schönste Laut seit langem. Was immer sonst in ihre Ohren gedrungen war, hatte geschmerzt und wurde überdies vom Echo von Alexandras erstem Schrei übertönt. Kurz war sie nun davon erlöst.

Der Diener trat erschrocken näher, doch ihr Vater erhob sich und hielt ihn davon ab, die Platte aufzuheben. »Du machst das selbst!«, brüllte er in Emmas Richtung.

Sie blieb steif stehen. Eine Forelle war auf ihren Rücken gerollt, so dass nur ihr weißer Bauch zu sehen war.

»Warum soll ich es aufheben?«, rief sie. »Ich könnte dabei doch schmutzig werden. Und du willst doch, dass ich eine feine Lady bin. Oder ist dir vielleicht mittlerweile aufgegangen, dass das Leben niemals sauber ist, auch nicht das von reichen Leuten? Und dass es unter unserem Dach noch viel mehr stinkt als in den dreckigsten Gassen von Dublin?«

»Du hast doch keine Ahnung von Armut.«

»Ihr seid arm. Euch fehlt unendlich vieles. Mitgefühl, Sehnsucht, Phantasie.«

»Himmel, Emma, nun hör doch schon auf!«, rief ihre Mutter kläglich. Längst hatte sie ihre eigene Serviette vors Gesicht gedrückt und verdeckte nicht nur ihren Mund, sondern auch ihre Augen, als würde etwas, was sie nicht sah, auch nicht geschehen. Schließlich hatte sie auch Emma nicht angeschaut, solange ihre Tochter schwanger gewesen war, und konnte sich darum einreden, dass Emma ihre Ehre nicht verloren hatte.

Ihr Vater hingegen trat drohend auf Emma zu. »Lass sie doch weiterreden«, sagte er. »Ich will gerne hören, was sie uns zu sagen hat. Warum auch nicht? Sie ist schließlich unsere Tochter, nicht unsere Gefangene. Eine Tochter, der wir immer alles gegeben haben, die beste Erziehung, die teuerste Kleidung. Eine Tochter, die wir zu nichts gezwungen haben.«

Seine Stimme triefte vor Hohn.

»Ihr habt mir mein Kind weggenommen«, sagte Emma.

»Nein«, sagte ihr Vater, »wir haben es dir nicht weggenommen. Wir haben dafür gesorgt, dass es bei einer Familie aufwächst und es ihm dort an nichts fehlt. Wir haben ein Problem aus der Welt geschafft, das du in deinem Leichtsinn selbst verschuldet hast. Und anstatt uns für unsere Großzügigkeit zu danken, machst du uns auch noch Vorwürfe. Aber wie ich schon sagte: Du bist keine Gefangene. Du kannst gehen, du kannst dein Kind zu dir holen. Aber dann musst du für dieses Kind auch selber sorgen.«

»Richard, du kannst doch nicht …« Rose schluchzte hemmungslos, und Emma war plötzlich sicher, dass sie selbst geweint hätte, wären die Tränen der Mutter nicht so überreich geflossen. So hingegen konnte sie mit gestrafftem Rücken dem Vater trotzen und laut und deutlich sagen: »Das werde ich auch.«

Ihre Mutter ließ entsetzt die Serviette sinken, aber ehe sie etwas sagen konnte, war Emma schon aus dem Esszimmer gerannt. Als sie einen letzten Blick über ihre Schultern warf, fiel dieser auf die Forellen, und wieder stieg ein Würgen in ihr auf.

Emma musterte das Tischchen in ihrem kleinen Ankleidezimmer. Diverse Kämme und Haarbürsten lagen dort, ein Rosenparfüm, einige Haarspangen und mehrere Tiegel mit Puder und Rouge. Würde sie irgendetwas davon künftig brauchen können? Rouge ganz sicher nicht, denn mit roten Wangen allein ließ sich Elend nicht leichter ertragen, und von den Haarspangen nahm sie nur jene mit dem Kleeblatt mit, die Leo am besten gefallen hatte, hatte er doch behauptet, dass sie so grün wie ihre Augen wäre.

Dabei waren ihre Augen gar nicht grün ... was bedeutete, dass Leo entweder gelogen hatte oder blind gewesen war. Sie wiederum war wohl nicht einfach nur blind, sondern regelrecht verrückt, als sie nun ihre Tasche packte.

Ein Räuspern ließ sie zusammenzucken. Francis betrat den Raum, einen warmen Wintermantel in ihren Händen.

»Danke«, murmelte sie, sah Francis aber nicht in die Augen. Sie konnte sich auch so denken, was in ihnen stand – ein wenig Mitleid, viel Entsetzen, aber auch Ärger.

Schon damals, als sie sich in Leo verliebt hatte, hatte Francis ihr geraten, den eigenen Gefühlen gegenüber etwas misstrauischer zu sein, würden diese sie ansonsten unweigerlich auf den falschen Weg drängen. Jetzt wiederum schlug sie in Francis' Augen nicht einfach nur den falschen Weg ein. Nein, vor ihr ragte eine Wand auf, kalt und hart, und anstatt nach der Tür zu suchen oder umzukehren, schlug sie sich die Stirne daran blutig. Aber Emma konnte nicht anders.

»Ich werde nicht mit dir kommen«, erklärte Francis.

»Ich weiß«, sagte Emma und legte sich den Mantel um die Schultern. »Und ich weiß auch, wer die Pflegeltern sind, bei denen Alexandra lebt. Es ... es sind deine Tochter und ihr Mann, nicht wahr?«

Francis nickte. »Sie hat es dort gut ... du kannst sie ihnen nicht einfach wieder wegnehmen.«

»Ich weiß«, sagte Emma noch mal, um gleich darauf trotzig einzuschränken, »zumindest nicht, solange ich kein Geld verdiene.«

»Und wie willst du Geld verdienen?«, fragte Francis und ihre Stimme klang ungewohnt scharf. »Du ... du hast doch nichts gelernt!«

Nichts außer zu träumen ... und auch das hatte ihr erst Leo beigebracht.

Wobei er mit ihr nicht nur über die Farbe ihrer Augen und seine geheimen Sehnsüchte gesprochen hatte, sondern auch über die vielen Gesichter Dublins. Sie, die sie in der noblen Nordseite am Fitzwilliam Square aufgewachsen war, wo sich georgianische Residenzen an Luxusgeschäfte reihten, hatte bislang nur eines davon gekannt. Die anderen waren wohl eher Fratzen als Gesichter. Die armen Leute lebten in winzigen Häusern, die ihren verrotzten Kindern kaum Platz boten, zumal auch Ratten hier Unterschlupf fanden. Die Fuhrwerke, die die Straßen verstopften, fuhren sowohl die Ratten als auch die Kinder tot, aber es kamen immer wieder neue nach, genauso wie jede Ecke von Bettlern bevölkert wurde, obwohl mindestens einer von ihnen morgens nicht mehr aufwachte, weil er im Schlaf erfroren oder verhungert war.

»Wenn ich ihr ein Zuhause bieten kann, werde ich dir schreiben«, sagte Emma, »und dann musst du Alexandra zu mir bringen.«

»Du kannst froh ein, wenn du für dich allein ein Dach über dem Kopf findest.«

»Mir fällt schon was ein.«

»Emma!« Als sie sich an Francis vorbeidrängen wollte, packte diese sie am Arm. »Du hast doch keine Ahnung, wie ...«

»Oh, ich weiß, dass in Dublin Arm und Reich so nahe beieinander wohnen wie nirgendwo sonst. Die einen können sich Seidenstrümpfe kaufen, die anderen nicht einmal eine Kartoffel.«

»Aber weißt du auch, wie es sich anfühlt, zu verhungern?«

»Ich weiß, wie es sich anfühlt, langsam zu ersticken.«

Francis kniff die Augen zusammen. »Ich ... ich habe die große Hungersnot damals erlebt. Gewiss, meine Familie hatte immer genug zu essen. Aber ich wurde Zeugin, wie Menschen auf offener Straße zusammenbrachen und dort einfach liegen blieben. Wie Hunde sie auffraßen, und Hunde, nachdem sie sich an Menschenfleisch gewöhnt hatten, die Toten sogar aus ihren Gräbern buddelten.«

»Ich habe keine Angst vor Hunden.«

»Oh, die Wölfe in Menschengestalt sind ohne Zweifel noch gefährlicher. Ach, Emma, versprich mir eines: Lass dich von deinem Stolz nicht umbringen! Wenn du es nicht schaffst, kommst du zurück oder du suchst zumindest Hilfe – zum Beispiel bei den *Sisters of Mercy* in der Baggot Street.«

»Die kümmern sich doch nur um die Schulbildung armer Menschen – und lesen und schreiben kann ich bereits.«

Und vielleicht war es das, was sie retten würde.

Ehe sie ins Schlafzimmer treten konnte, um weitere Sachen einzupacken, ließ sie die Stimme ihres Vaters innehalten. »Ein Kleid nimmst du mit und einen Mantel, sonst nichts. Erst recht keinen Schmuck.«

Er brüllte nicht mehr wie vorhin im Speisesaal. Sein Kopf war noch nicht mal rot. Vielmehr sprach er mit jenem stakkatomäßigen, gleichgültigen Tonfall, mit dem er sich sonst an die Dienstboten richtete. Beharrlich wich er ihrem Blick aus.

Emma schlüpfte in den Mantel, ging an ihm vorbei, verharrte dann aber im Gang.

»Ich will keinen Schmuck«, erklärte sie, »aber ich würde gerne noch ein Buch mitnehmen ...«

Sie wartete seine Zustimmung nicht ab, sondern ging in Richtung Bibliothek. Weder ihr Vater noch Francis hielten sie auf; in weiter Ferne hörte sie die Mutter weinen. Emma selbst schloss die Augen, sobald sie in den holzgetäfelten Raum trat und den süßlichen Geruch alter Bücher einatmete. Die Erinnerung an Leo wurde übermächtig.

»Eines Tages werde ich einen Roman schreiben«, hatte er hier verkündet, »die Zeitungsartikel verfasse ich nur zum Geldverdienen ...«

Leider waren ihm diese Artikel zum Verhängnis geworden. Als ihr Vater herausgefunden hatte, dass der Mann, den er als Hauslehrer seines jüngeren Sohns angestellt hatte, nebenbei als »Tintenkleckser« arbeitete, hatte er ihn sofort entlassen. Doch zu diesem Zeitpunkt hatten sie sich schon so oft heimlich in der Bibliothek getroffen, dass Emma alles von Leos Träumen wusste ... und rettungslos in ihn verliebt war.

Sie ging zum Globus, drehte ihn. Hier hatte Leo ihr von fremden Ländern erzählt. Hier hatte er sie zum ersten Mal geküsst. Im Bücherregal dahinter standen nicht nur in Leder gebundene Bücher, sondern lagen etliche Pergamentrollen, die sie gemeinsam mit Leo entziffert hatte. Ihr Großvater, den sie nie kennengelernt hatte, war offenbar ein begeisterter Historiker gewesen und hatte sich sein Leben lang mit einer mittelalterlichen Legende befasst. Sie handelte von einem Mönch und einem Mädchen – Aislinn und Rónán – und deren verbotener Liebe.

Liebe ist niemals verboten, hatte sie damals gedacht.

Sie dachte es auch jetzt noch, sah zugleich aber ein, dass diese Liebe ihren Preis hatte ... dass dieser sehr hoch war ... und dass es ungerecht war, dass sie ihn allein zahlen sollte. Leo selbst hatte der Liebe schließlich keinen seiner Träume opfern müssen. Während sie Dublin verlassen hatte, sobald ihre Schwangerschaft aufgeflogen war, um in Wexford heimlich ihr Kind auf die Welt zu bringen, war er in den Westen aufgebrochen und hatte ein Schiff bestiegen, das ihn nach Amerika bringen sollte.

Anders als in Irland darf man dort schreiben, was man will, hatte er ihr erklärt.

Vielleicht durfte man dort auch lieben, wen man wollte, was bedeutete, dass er womöglich längst eine andere Frau getroffen hatte und nicht länger an sie und das Versprechen dachte, sie irgendwann nachzuholen.

Tränen stiegen ihr in die Augen und fielen auf das alte Pergament, als Emma die Rollen an sich nahm. Obwohl sie keine Ahnung hatte, was sie mit ihnen anfangen sollte, steckte sie sie in die Innentasche ihres Mantels. Satt machen würden sie sie gewiss nicht – aber solange sie sie bei sich trug, konnte sie sich einreden, dass Liebe etwas Großes, Starkes, Unbezwingbares war, nicht die größte Torheit ihres Lebens.

20

»Ist da jemand?«

Rebecca fuhr hoch. Als Erstes nahm sie nur Finsternis wahr, dann den säuerlichen Geschmack im Mund und die Schmerzen im Nacken. Vorhin hatte sie ihr Kinn aufs Knie gestützt, doch während sie geschlafen hatte, war ihr Kopf seitlich weggerutscht. Sie rieb sich die verspannten Muskeln und sprang auf. Finger und Zehen begannen prompt zu kribbeln, ihre Sinne fanden nach und nach zurück ins Hier und Jetzt. Ihre wirren Träume waren trotzdem noch übermächtig ... Nils hatte darin eine Rolle gespielt, wie er zornig fragte: Wo bleibst du denn? ... Und da war eine fremde Frau gewesen, die verzweifelt fragte: Wo ist mein Kind?

Richtig ... das Kind auf dem Foto ... Wo war es nur? Als sie vorhin, vom Schreien und Klopfen entkräftet, eingenickt war, hatte sie es noch in der Hand gehalten.

»Hallo, ist da jemand?«, ertönte wieder diese Stimme.

Jäh war ihr das Foto egal. Sie stürzte zur Tür. »Hier bin ich, hier!«, schrie sie, was heftig in ihrer Kehle schmerzte, weil sie sich vorhin schon heiser geschrien hatte. »Die Tür ist einfach zugefallen, und ...«

Sie brach ab, als sich die Tür öffnete. Obwohl das Licht längst grau geworden war, blendete es sie. Leider konnte sie auch so deutlich erkennen, wer vor ihr stand. Es war Iain, der Leuchtturmwärter.

Obwohl sie den Raum so schnell wie möglich verlassen wollte, wich sie instinktiv zurück, während er tief Luft holte. »Warten Sie!«, rief sie, ehe er losbrüllen konnte. »Ich weiß, es ist unverzeihlich ... erst dringe ich in Ihr Haus ein ... dann auch noch hier ... aber wer, wenn nicht Sie, könnte mich verstehen? Ich interessiere mich für die Geschichte von Skellig Michael ... und ich habe ein Foto gefunden ... das Foto eines Kindes ... ich bin mir nicht sicher, ob es Ceits Kind ist oder vielleicht das von Emma Rothburn, aber ...«

Verzweifelt sah sie sich um, aber weit und breit lag da nirgendwo ein Foto. Sie müsste wohl das Flashlight einschalten, um alles gründlich zu durchsuchen, doch Iain machte nicht den Eindruck, als würde er ihr so viel Zeit gönnen. Immerhin brüllte er nicht, sondern sagte nur heiser: »Kommen Sie schon raus!«

Dann wandte er sich ab und ging hastig davon.

»Wissen Sie ... Wissen Sie, wie spät es ist?«, rief sie ihm nach.

Er blieb stehen und seine breiten Schultern erzitterten, als er wieder Luft holte. »Viel zu spät, als dass die Boote noch hätten auf Sie warten können!«, antwortete er. »Sie haben längst abgelegt. Alle übrigens mit Verspätung, weil man ewig auf Sie gewartet hat. Ich habe schließlich versprochen, die Suche in die Hand zu nehmen. Sie hätten es eigentlich verdient, die ganze Nacht hier eingesperrt zu bleiben!«

Rebecca kaute verlegen auf ihrer Unterlippe. »Wie ich schon sagte ... es ist doch nur, weil ich mich für Skellig Michael interessiere ... Als ich Ceits Brief gelesen habe ...«

Sie brach ab, ging ihr doch auf, dass sie ihn überhaupt erst auf die Idee brachte, dass sie etwas aus seinem Haus hatte mitgehen lassen.

Doch zum Glück ging er nicht darauf ein. »Folgen Sie mir!«, befahl er stattdessen barsch, und der Boden schien förmlich zu vibrieren, weil er bei jedem Schritt heftig aufstampfte. Rebecca hastete ihm nach, achtete aber darauf, stets etwas Distanz zu halten. Sobald der untere Leuchtturm vor ihnen aufragte, blieb er stehen.

»Bringen Sie mich mit dem Boot zurück?«, fragte sie verlegen.

Er sagte nichts, kramte in der Tasche, zog schließlich einen Schlüssel hervor und ging auf den Haupteingang zu. Anstatt aufzuschließen, verharrte er jedoch und deutete in die Ferne.

»Sehen Sie das?«

Rebecca folge seinem Blick, sah aber nur das endlose Meer und kreischende Möwen.

»Die Vögel fliegen tief«, schnaubte er, »und das ist ein Zeichen, dass ein Sturm aufzieht. Nein, ich fahre Sie nicht mit dem Boot zum Festland zurück, dafür ist es nämlich zu spät. Wir müssen bis morgen warten – und auch dann kommen wir nur mit viel Glück von der Insel weg.« Er steckte den Schlüssel ins Schloss. »Die Container der Guides sind zu klein für zusätzliche Gäste«, fügte er hinzu, und sein Bart verschluckte fast jedes Wort, »was bedeutet, dass Sie die Nacht im Leuchtturm verbringen müssen – mit mir.«

So, wie er es sagte, klang es wie die schlimmste Strafe, die man sich vorstellen konnte. In der Tat war es Rebecca ziemlich mulmig zumute, als ein kalter Windstoß sie erfasste und der Himmel jäh finsterer wurde – so finster wie Iains Blick. Doch als sie ihm in den Leuchtturm folgte und begriff, dass sie wirklich eine Nacht auf Skellig Michael verbringen würde – vor wenigen Tagen noch ihr größter Albtraum – erfasste sie eine fiebrige Erregung. Selbst wenn Iain sie mit eisigem Schweigen bestrafen würde – wenn es eine Möglichkeit gab, mehr über Ceit, Emma Rothburn und das Kind herauszufinden, dann hier und heute.

21

1867

Emma betrachtete das Foto. Francis hatte es ihr schon vor einigen Wochen geschickt, und sie hatte es seitdem jeden Tag mehrmals angesehen, doch noch immer konnte sie keine Ähnlichkeiten entdecken – weder mit sich noch mit Leo, als hätten sie, die sie ihrer Verantwortung als Eltern nicht gerecht wurden, es nicht verdient, im Gesicht der Tochter ihre eigenen Züge wiederzuerkennen.

Aber ich komme meiner Verantwortung ja nach ... zumindest versuche ich es ... es ist doch nicht meine Schuld, dass es so schwierig ist.

Emma steckte das Foto ein, als die Kutsche mit einem Ruck anhielt. Der Kutscher machte keine Anstalten, die Tür zu öffnen und ihr herauszuhelfen, wie sie es von früheren Zeiten gewohnt war. Als die anderen Fahrgäste ihr wütende Blicke zuwarfen, öffnete sie sie selbst und wagte den Sprung. Prompt landete sie in einer Pfütze, Schlamm spritzte hoch und beschmutzte den Saum ihres inzwischen fadenscheinigen Kleides noch mehr. Mittlerweile war ihr das egal. Als sie den Blick hob und der Postkutsche nachsah, die von vier Pferden – nein, eigentlich eher lahmen Gäulen – gezogen wurde, hatte sie keine Tränen mehr. Sie war einfach nur müde von der langen Reise, war doch die Kutschfahrt einer mehrstündigen Reise mit der Eisenbahn gefolgt.

Immer wieder hatte sie in dem miefigen Abteil versucht, etwas zu schlafen, doch das stete Rütteln hatte sie immer wieder geweckt. Schließlich hatte sie durch das Fenster gestarrt und Irlands Landschaft an sich vorbeiziehen lassen, die nicht nur wegen des grauen Himmels so trostlos wirkte, sondern weil weder heimelige Cottages noch prächtige Herrenhäuser zu sehen waren – nur Steinzäune und armselige Baracken, unter deren löchrigen Dächern Menschen und Schweine wohnten und vor deren heruntergekommenen Fassaden sich Ferkel wie Kinder gleichermaßen suhlten. Noch erschütternder war der Anblick des Heeres von Arbeitern, die mit hängenden Schultern die Straßen entlanggingen. Sie zogen von einer Farm zur nächsten, und wenn sie Glück hatten, fanden sie für einen Tag Arbeit. Besiegelt wurde diese Abmachung mit dem Holzstab, den sie um die Brust trugen: Er konnte geteilt werden, und eine Hälfte behielt der Arbeiter, während die andere der Farmer an sich nahm.

Als Emma in Reenard ausgestiegen war, hatte ihr die salzige Meeresbrise kurz neue Lebenskräfte verliehen. Diese hatte sie auch bitter nötig, denn in Cahersiveen hatte bereits die letzte Fähre abgelegt, die regelmäßig nach Valentia Island übersetzte, so dass sie ein kleines Boot mit nur zwei Ruderern hatte anheuern müssen. Der Bootsmann stank aus dem Mund, und noch scheußlicher rochen die Makrelen, die er während der Fahrt über einem kleinen Gaskocher zubereitete. Emma biss sich auf die Lippen, bis sie blutig waren, um die Übelkeit zu bezwingen. Am Ende hatte sie die Bootsfahrt überlebt, die Kutschfahrt auch, und nach einem längeren Fußmarsch, der sie über einen schmalen, von dichtem Gebüsch begrenzten Weg führte, erreichte sie ihr Ziel. Längst hatte sich Dämmerung über das Land gesenkt, so dass von den Hortensien und Fuchsien, die so überreich in dem hiesigen Garten wuchsen, nurmehr graue Schatten zu sehen waren. Immerhin rochen sie durchdringend, und ihr Duft vertrieb den säuerlichen Geschmack aus ihrem Mund.

Riesige Bäume, die in der nahenden Dunkelheit noch bedrohlicher schienen, säumten die Allee. Auch diese war so schmal, dass sich an ihrem Ende eher ein Irrgarten vermuten ließ, kein großes Herrenhaus. Doch schon nach wenigen Schritten wurde Emma von einem rötlichen Lichtschein eingehüllt, der wohl vom großen Speisesaal der Familie FitzGerald kam. Als Kind hatte sie hier oft diniert und sich dabei schrecklich gelangweilt. Meist war sie noch vor dem Dessert mit den Söhnen des Hauses in den Park geflohen, wo sie in der Nähe des Hundefriedhofs Verstecken gespielt hatten. Alle Hunde der Knights of Kerry – dies war der Titel, den die FitzGeralds seit Jahrzehnten trugen – waren dort begraben worden, und obwohl es hieß, dass es dort spukte und die toten Hunde in manchen Nächten zum Leben erwachten, mit den Zähnen fletschten und ihre gelblichen Augen aus den Höhlen quollen, hatte sich Emma nie vor ihnen gefürchtet. Wann immer sie die kleinen Grabsteine erblickt hatte, hatte sie vielmehr weinen müssen.

Jetzt weinte sie nicht, sehnte sich nur danach, im Speisesaal Platz nehmen zu dürfen und dort bewirtet zu werden.

Nicht dass ihre Hoffnung groß war, man würde ihr das gestatten. Als sie das Ende des Kieselsteinwegs erreichte, der auf das Hauptportal zuführte, stellte sich heraus, dass sie nicht einmal durch dieses schreiten durfte.

»Dienstboten benutzen den Hintereingang!«, blaffte sie ein Mann an, von dem sie im trüben Licht nicht viel mehr erkennen konnte, als dass seine Livree goldene Knöpfe hatte. Wahrscheinlich bildete er sich darauf ebenso viel ein wie auf sein Amt als Butler – in seinen Augen dem eines Königs gleichend, der das Recht hatte, Tagelöhner in den Kerker zu sperren.

Nun, zumindest sie sperrte er nicht ein – er sah ihr nur

finster nach, als sie verzweifelt davonstolperte und endlich den Hintereingang erreichte.

Sie klopfte dreimal gegen die Tür und wappnete sich vor einem weiteren livrierten, goldbeknöpften Unmenschen, doch schließlich öffnete ihr eine ältere Frau mit dünnem grauen Haar, das unter einem weißen Kopftuch hervorlugte.

»Ja?«, fragte diese knapp.

Emma erkannte die Frau sofort. Es war die Köchin, die immer mit den Kindern geschimpft hatte, wenn sie etwas aus der Küche stibitzten, und die schlimme Gruselgeschichten erzählt hatte – und das nicht etwa von Hunden, die von den Toten auferstanden, sondern von den Elfen, die im Wald von Glanleam ihr Unwesen trieben, kleine Kinder entführten und in ihr Reich unter der Erde verschleppten, wohin nie auch nur ein Sonnenstrahl fiel.

»Ich ... ich bin's«, murmelte Emma.

Der Blick der Frau blieb hart. »Wir stellen gerade niemanden ein«, sagte sie knapp und wollte die Türe schon wieder schließen, doch Emma stellte ihren Fuß auf die Schwelle, was ihr zwar einerseits einen empörten Blick eintrug, ihr andererseits aber genügend Zeit gab, um zu sagen: »Ich bin Emma Rothburn, die Tochter von Richard Rothburn. Früher waren wir oft Gast auf Glanleam – mein Vater kennt Peter FitzGerald, den Knight of Kerry, gut.«

Der Blick der Köchin war nicht mehr ganz so feindselig, blieb aber immer noch misstrauisch.

»Ich bin keine Betrügerin«, fuhr Emma hastig fort, »sonst wüsste ich schließlich nicht, dass Peter FitzGerald gerne mit den berühmten Besuchern prahlt, die schon auf Glanleam geweilt haben – Lady Chatterton zum Beispiel, Doctor Harvey, Admiral Ommaney, Lord Tennyson. Letzterer hat erklärt, dass man auf Valentia Island die höchsten Wellen von ganz Irland sehen könnte.«

Die Köchin hielt den Türgriff immer noch fest umklammert, schlug die Tür aber immerhin nicht zu, obwohl Emma nun ihren Fuß zurückzog. Allerdings machte sie auch keine Anstalten, ihr Einlass zu gewähren.

»In welchem Zimmer haben Sie geschlafen?«

Emma atmete tief durch. »Alle Schlafzimmer wurden nach einer Pflanze benannt«, sagte sie. »Es gibt das Azaleenzimmer, das Fuchsienzimmer, das Krokuszimmer, das Efeuzimmer und ...«

»Schon gut, schon gut«, die Köchin hob abwehrend die Hände. »Ich glaube Ihnen ja. Aber das ändert nichts daran, dass wir niemanden einstellen.«

Emma sank das Herz. Tatsächlich war sie hierhergekommen, um Arbeit zu finden, und dass die Köchin das sofort erkannt hatte, obwohl sie nun wusste, wer sie war, bewies entweder, welch verkommenen Anblick sie mittlerweile bot oder dass sich ihre unrühmliche Vergangenheit bis hierher herumgesprochen hatte. Und wenn man auch auf Valentia Island wusste, dass sich Richard Rothburns Tochter mit einem Schmierfinken eingelassen, einen Bastard geboren hatte und von ihrem Vater des Hauses verwiesen worden war, würde sie hier dieselben Blicke abbekommen wie in jedem Haus in Dublin, in dem sie sich vorgestellt und sich als Hausmädchen angeboten hatte – mitleidige, befremdete, herablassende und vor allem abweisende.

Immerhin, die Köchin begnügte sich nicht mit einem stummen Blick. »Nun, Sie können ein wenig zu essen haben ... Kartoffeln ... und ein Glas Buttermilch.«

Emma knurrte in der Tat der Magen, denn sie hatte seit den frühen Morgenstunden nichts mehr zu sich genommen. Das Geld, das sie in den letzten Monaten in einer Spinnfabrik verdient hatte, war fast ganz in Zugticket und Kutschfahrt geflossen. Allerdings war sie mittlerweile daran gewöhnt zu hungern. »Wissen Sie, wo ich anderswo Arbeit finden könnte? Ich … ich bin bereit, alles zu tun.«

Nun, *fast* alles. In der Spinnfabrik zu schuften, hatte sie nicht lange ertragen. Diese engen, stickigen, dunklen Räume, die schrecklichen Aufseher, die die Frauen schikanierten …

»Auf Valentia Island gibt es nicht viele Herrenhäuser, die Personal benötigen«, sagte die Köchin gedehnt. »Zwar hat es in den letzten Jahren viele Männer in die Städte gezogen, so dass nun Frauen ihre Arbeit tun – aber ich rede von schwerer Farmarbeit. Ich bin nicht sicher, ob Sie dazu taugen. Wenn Sie ein Dach über den Kopf brauchen, können Sie sich natürlich an Referend Tomas Maginn wenden. Er ist der Gemeindepriester der Insel und wird allseits für seine Barmherzigkeit gerühmt.«

»Aber ich brauche mehr als nur ein Dach über den Kopf!«, platzte es aus Emma heraus. »Ich muss Geld verdienen!«

Geld, das nicht nur das eigene Überleben sichern sollte, sondern das ihrer Tochter. Der Tochter, die ihr überhaupt nicht ähnlich sah … die sie gar nicht vermisste … die sich mit jedem Tag, der verging, mehr an Francis' Tochter als ihre Mutter gewöhnte. Wenn sie noch viel länger wartete, würde es ihr das Herz brechen, sie von dort wegzuholen!

Emmas Lippen begannen, bedrohlich zu zittern, und das bewog die Köchin, noch einmal gründlich nachzudenken. »Sie können doch lesen und schreiben, oder?«, fragte sie. »Dann versuchen Sie es doch mal bei der Telegraphenstation. Vielleicht wird dort jemand gesucht.«

An jenem Tag war es zu spät, Richtung Chapeltown aufzubrechen, aber die Köchin beschrieb ihr den Weg nach Knightstown, der zweiten großen Ortschaft von Valentia

Island, und verwies sie an ihre Cousine, die dort ein Hotel führen würde. Das Hotel würde denselben Namen wie die Cousine tragen, nämlich »Mrs Young's«, und sie könnte sich nicht vorstellen, dass im Moment alle Zimmer besetzt wären.

In der Tat fand Emma dort wenig später Unterschlupf. Daran, dass von ihrem verbleibenden Geld nach dieser Nacht fast nichts mehr übrig sein würde, konnte sie vor lauter Müdigkeit nicht denken. Sie hörte auch kaum zu, als Mrs Young – ebenso groß wie dürr – damit prahlte, dass ihr Hotel schon einen königlichen Besucher beherbergt hatte, nämlich Prinz Albert.

»Der Mann der Königin?«, fragte Emma und brachte kaum die Lippen auf, so erschöpft war sie.

»Nein, ihr Sohn.«

Emma bekam natürlich nicht dieses Zimmer, sondern eine kleinere Kammer, aber auch diese hatte einen flauschigen Teppich und ein weiches Bett. Sie schlief mitsamt der Kleidung ein, kaum dass sie auf das Kissen gesunken war. Als sie mit verquollenen Lidern erwachte, kündete das graue Licht, das durch die Vorhänge drang, bereits von der Morgendämmerung. Emma erhob sich, rieb sich die Schläfen und zog den Vorhang beiseite. Schon zeitig am Morgen herrschte im Hafen von Knightstown rege Geschäftigkeit, wurden doch die großen Schiefersteinblöcke hierher transportiert, die man aus dem Steinbruch von Geokaun schlug. Mit einer laut kreischenden Säge wurden sie in kleine Quadrate geschnitten und mit riesigen Kränen auf die Fähre verladen.

Der Lärm schmerzte in den Ohren, aber sie würde hier ohnehin nicht bleiben, war für die Arbeit dort draußen doch männliche Körperkraft gefordert. Nein, sie musste sich sofort auf den Weg zur Telegraphenstation machen, obwohl sie sich, als sie auf sich herabblickte, zweifelnd fragte, welchen Eindruck sie dort mit ihrem schlammbesudelten, völlig zerknitterten Kleid machen würde.

Sie suchte in ihrer Tasche nach einem Stück Stoff, um es zu befeuchten und das Kleid damit abzureiben, aber sie fand nichts, was nicht schon vor Dreck starrte. Einmal mehr stieß sie auf das Foto von Alexandra, verkniff sich aber die Tränen und hielt, als sie weitersuchte, plötzlich mehrere Pergamentrollen in der Hand.

Richtig, die alte Legende, die sie aus der Bibliothek ihres Vaters mitgenommen hatte und die jetzt so gar nicht nützlich für sie war.

Sie stopfte sie wieder in die Tasche und ging hinunter, um sich von Mrs Young eine Bürste zu leihen, mit der sie sowohl ihr Haar als auch ihr Kleid bearbeitete. Zu ihrer Erleichterung tischte Mrs Young ihr noch ein reichliches Frühstück auf und gab ihr den Rat, mit einem der Fuhrwerke mitzufahren, die den Schieferstein hierher transportierten und später leer zurückkehrten. Vom Steinbruch wäre es nicht mehr weit bis zur Telegraphenstation.

Als Emma das Hotel verließ, war der Lärm wieder ohrenbetäubend. Diesmal kam er nicht nur von den kreischenden Sägen, sondern von einem Haufen Kinder, die in einer unverständlichen Sprache miteinander stritten – offenbar der Nachwuchs der Walisischen Aufseher –, und von einer Menschentraube, die sich um einen Zeitungsjungen gebildet hatte und aufgeregt diskutierte.

»Peter FitzGerald hat die Pächter zusammengerufen«, erklärte einer. »Er hat gedroht, jeden zu entlassen, der etwas mit dem Aufstand zu tun hat.«

»Und er hat an Queen Victoria ein Telegramm geschickt«, fügte ein anderer hinzu, »und darin ausdrücklich erklärt, dass es auf Valentia Island keine Fenians gibt.«

Emmas Gedanken lahmten noch, doch es erwachten Erinnerungen an den letzten Abend, den sie in ihrem Zuhause verbracht hatte, und wie ihr Vater damals gegen die Fenian-Bruderschaft gewettert hatte.

»Na ja«, erklärte einer, »genau genommen ist das eine Lüge. Jeder weiß, dass irgendjemand auch hier eine Einheit ausgebildet hat.«

»Damit hat es aber spätestens jetzt ein Ende«, mischte sich ein Vierter ein. »Die Unruhen in Dublin wurden niedergeschlagen, und fast alle Anführer sind dort, wo sie hingehören – nämlich im Gefängnis.«

»Stimmt es eigentlich, dass sich die Fenians nach den *fiana* nennen, den legendären Kriegerbanden des heidnischen Irlands?«

»Nun ja, von denen heißt es, dass sie so stark wie Tiere waren ... während unsere Fenians so dumm wie Tiere sind, weil sie so schmählich gescheitert sind.«

»Und das ist auch gut so. Schließlich hat Peter FitzGerald gedroht, die Telegraphenstation zu schließen, wenn er auf der Insel auch nur einen der Aufständischen erwischt.«

Dieses Stichwort holte Emma zurück ins Hier und Jetzt. Richtig, die Telegraphenstation ... vielleicht ihre letzte Chance, Geld zu verdienen ... und das war im Moment so viel wichtiger als der gescheiterte Fenian-Aufstand.

Das Glück war ihr weiterhin hold. Nicht nur, dass sich heute die Sonne hinter den Wolken hervorwagte und sie tatsächlich Platz auf einem Fuhrwerk fand –, überdies fühlte sie sich mit vollem Magen nicht mehr ganz so verzagt und hoffnungslos. Der Kutscher erzählte ihr etwas, aber sie verstand ihn nicht. Während in Knightstown Englisch gesprochen wurde – von den Walisischen Aufsehern mal abgesehen –, war auf der südlichen Seite der Insel, woher er zu stammen schien, das Gälische weitverbreitet. Selbst der Geruch, der in der Luft lag, schien sich zu verändern, sobald sie über den Hügel fuhren, der sich hinter Knightstown erhob. Keine Wolke aus Ölgestank und Steinstaub schien über ihnen zu hängen, sondern der süßliche Rauch von verbranntem Torf, mit dem hier die Hütten beheizt wurden. Sie machten allesamt einen ärmlichen Eindruck, und Emma sank bei ihrem Anblick das Herz. Doch nachdem sie vom Fuhrwerk gestiegen und die letzte Strecke hinter sich gebracht hatte, erkannte sie, dass die Telegraphenstation ein stabiles Gebäude aus Stein war und die Wohnhäuser daneben, in denen die Bediensteten schliefen, sehr gepflegt wirkten.

Hier roch es nicht mehr nach Torf, nur nach salziger Meeresluft, war doch die Telegraphenstation nahe an den Klippen errichtet worden. Als Emma das Donnern der Wellen vernahm und in die schaumgekrönte Weite blickte, konnte sie gleich freier atmen, und obwohl ein Ozean sie von ihm trennte, fühlte sie sich Leo im fernen Amerika nah wie nie zuvor. Wenn sie nur wüsste, was aus ihm geworden war und wo er lebte – dann könnte sie ihm ein Telegramm senden! Allerdings hatte sie kein Geld mehr, und schließlich war sie hierhergekommen, um welches zu verdienen, nicht, um ihren Sehnsüchten nachzuhängen.

Sie gab sich einen Ruck, klopfte an der Haustür und fragte nach einem gewissen James Graves, der – wie sie von Mrs Young erfahren hatte – der Aufseher der Telegraphenstation war, hier mit seiner Familie lebte und etliche Hausmädchen angestellt hatte.

Die junge Frau, die ihr öffnete, stellte sich als Bridget Roche vor. Offensichtlich arbeitete sie als Küchenmagd, denn eine Möhrenschale war an ihrer weißen, gestärkten Schürze kleben geblieben. Ihr Haar war von einem ähnlichen Rot wie die Schale und ihr Lächeln freundlich, doch als Emma nach einer Stelle fragte, runzelte sie die Stirn. »Ich fürchte, hier wird gerade niemand gebraucht, aber Sie können Mr Graves natürlich gerne persönlich fragen.«

Emma versuchte, sich nicht anmerken zu lassen, wie sehr ihr diese Neuigkeit zusetzte. Was hatte sie sich auch dabei gedacht ... warum sollte man hier ausgerechnet auf eine wie sie warten, die sich wahrscheinlich die Finger blutig schnitt, wenn sie Möhren schälte?

Trotzdem reckte sie stolz ihr Kinn, als sie wenig später den Instrumentenraum betrat. Keiner der zwei Männer, die hier ihren Dienst versahen, beachtete sie. Einer beobachtete eine sich schnell bewegende Nadel und verkündete laut ihre Botschaft. Der Zweite schrieb in ungeheurem Tempo mit. Nach allem, was Emma gehört hatte, war die Station vierundzwanzig Stunden und dreihundertfünfundsechzig Tage im Jahr besetzt, wobei es wahrscheinlich nicht immer so betriebsam zuging wie heute. Nahezu ununterbrochen kamen neue Nachrichten an, und Blatt um Blatt füllte sich, bis ein hoher Stapel entstanden war. Während Emma am Anfang kaum zuhörte, drang schließlich auch zu ihr durch, dass in den Telegrammen ausschließlich vom gescheiterten Fenian-Aufstand die Rede war. Einer ihrer Anführer, ein gewisser Kelly, sollte offenbar nach seiner Festnahme nach Manchester gebracht werden, war aber von anderen Rebellen befreit worden. Bei dieser Aktion war ein Polizist getötet und drei der Fenians wieder gefangen genommen worden. Ob auch dieser Kelly darunter war, wusste man nicht.

»Man wird sie aufhängen und das zu Recht!«, erklärte ein mürrisch blickender Mann – offenbar Mr Graves –, der eben den Raum betrat.

Ihr Vater hätte ihm von ganzem Herzen zugestimmt, doch einer der Angestellten widersprach. »Es trifft doch immer die Falschen! Die Fenians wollen nur die Unabhängigkeit von Großbritannien erreichen, und was ist daran so schlecht? Was bringt es uns, zum Königreich zu gehören? Während der großen Hungersnot hat sich niemand um uns geschert, im Gegenteil. Dort drüben wären sie doch glücklich gewesen, wenn wir hier alle verhungert wären – dann hätten sie ein Problem weniger gehabt.«

Die Mundwinkel des mürrischen Mannes zuckten. »Für die Abspaltung von Großbritannien kann man auch mit Reden im Parlament kämpfen – nicht mit Waffen auf der Straße. Diese Burschen sind nichts als Unruhestifter.«

Wieder hätte ihr Vater vollumfänglich zugestimmt, während der andere nichts mehr entgegnen konnte, weil sich die Nadel einmal mehr rasend schnell zu bewegen begann. Emma räusperte sich, und als Mr Graves zu ihr herumfuhr, berührte sein Ellbogen den Stapel Papier. Prompt segelten etliche Blätter zu Boden, und Emma nutzte die Gelegenheit, um sich nützlich zu machen. Sie bückte sich und hob alle auf, wobei sie nicht umhin kam, das oberste Blatt zu überfliegen. Doch anstatt Worte des Dankes zu hören, blaffte Mr Graves sie an: »Legen Sie das sofort wieder zurück!«

Mit rotem Gesicht richtete sie sich auf und legte den Stapel mit zitternden Händen auf den Tisch. »Ich wollte doch nur ...«

»Was haben Sie überhaupt hier verloren?«, rief Mr Graves. »Unbefugte dürfen die Telegraphenstation nicht betreten.«

»Ich wollte doch nur ...«, setzte Emma wieder an, doch ihre Kehle war so eng, dass sie nicht fortfahren konnte.

»Sie wollte nach Arbeit fragen«, schaltete sich Bridget ein, die auf der Türschwelle verharrt war.

Mr Graves schnaubte nur, was Antwort genug war. »Verschwinden Sie einfach!«, rief er Emma verdrossen zu.

Es bedurfte all ihrer Willenskraft, um weiterhin das Kinn hochzuhalten. Erst, als sie wieder im Freien stand, begannen ihr die Knie zu zittern.

»Versuchen Sie es doch bei der Meteorologischen Station!«, rief Bridget ihr nach.

»Das werde ich tun«, sagte Emma, stolperte fast, als sie davonging, hielt sich aber aufrecht. So sehr ihr die rüde Abfuhr auch zusetzte – sie hatte keine Zeit, Trübsal zu blasen. Bevor sie sich endgültig geschlagen gab, wollte sie etwas anderes versuchen. Und nein, ihr Ziel war nicht die meteorologische Station. Das Telegramm, das sie vorhin überflogen hatte, als sie die Blätter eingesammelt hatte, hatte sie auf eine Idee gebracht.

Es dauerte fast den halben Tag, bis sie die Siedlung endlich fand. Und selbst als sie schließlich vor einem halben Dutzend Häuser in der Nähe von Chapeltown stand, vor denen gerade Kälber mit Wurzeln gefüttert wurden, Kühe mit Kohl und Hafer und Schweine mit Löwenzahn, war sie nicht sicher, ob sie richtig war. Die Frau, die die Tiere fütterte, starrte sie bloß mit einem dümmlichen Lächeln an, und als Emma mehrfach ihre Frage wiederholte, wurde das Lächeln breiter, ohne dass sie eine Antwort bekam.

Emma blickte sich um. Hühner und Puten gackerten um die Wette, ein Bursche bedeckte eben ein paar Kartoffelbeete mit alten Fischernetzen, damit der Torf vom Regen nicht weggespült werden konnte, und schüttete dann Stroh auf das Mangoldbeet.

»Ich suche Colin O'Driscoll!«, rief Emma laut in seine Richtung.

Der Bursche blickte nur kurz hoch, sagte aber auch nichts.

Himmel, waren hier etwa alle taub oder schwachsinnig?

Doch ehe sie die Geduld verlor, meldete sich eine weitere

Frau zu Wort. Bis jetzt hatte sie nicht bemerkt, dass diese vor einer der Hütten hockte und in einer Rührtrommel Butter schlug.

»Er wohnt dort«, sagte sie knapp und deutete hinter sich.

Emma dankte mit einem Nicken und ging auf die Haustür zu. Obwohl sie endlich am Ziel war, geriet sie ins Zaudern. Ihr Plan schien ihr plötzlich so verrückt wie das junge Mädchen, das die Schweine fütterte und nun selbst zu grunzen begann. Wahrscheinlich hätte sie kehrtgemacht, wenn die Frau mit der Buttertrommel und der Bursche mit den Fischernetzen sie nicht so neugierig angestarrt hätten. Und natürlich auch, wenn sie eine andere Idee gehabt hätte, um zu Geld zu kommen. So aber blieb ihr gar nichts anderes übrig, als tatsächlich das Haus zu betreten.

Durch das Dach, das mit Stroh gedeckt war, troff offenbar häufig der Regen, denn obwohl es nur ein winziges Loch an der Decke gab, durch das der Rauch abzog, war der Boden feucht. Ein Fenster war nicht vorhanden – man konnte nur den oberen Teil der Tür öffnen und nach draußen sehen, ohne zugleich einen unliebsamen Gast einzulassen. Ihr verwehrte man den Zutritt allerdings nicht. Der Mann, der an einem schiefen Tisch und auf einem noch schieferen Stuhl in der Nähe der Feuerstelle saß, über der rußgeschwärzte Kochutensilien hingen, musterte sie nur schweigend.

»Colin O'Driscoll?«, fragte sie forsch.

Sein Blick blieb grimmig, doch er verzog die Lippen kurz zu einem freudlosen Lächeln, ehe er weiter aß. Auf dem Teller vor ihm befanden sich Kartoffeln und Kohl, und obwohl beides grau wirkte, zog sich Emmas Magen schmerzhaft zusammen. Das Frühstück war schließlich eine Weile her, und eine Mahlzeit allein genügte nicht, die kargen Wochen davor wettzumachen.

»Mit wem habe ich das Vergnügen?«, fragte er.

»Oh«, sagte sie und straffte den Rücken, »ich denke, es wird kein Vergnügen sein, mit mir zu verhandeln, denn es wird dich am Ende einiges kosten.«

»Und worüber verhandeln wir? Welche Ware hast du denn anzubieten? Häkeldeckchen?«

Emma umklammerte die Tasche mit ihren Habseligkeiten, die sie in der rechten Hand hielt.

»Was ich zu bieten habe, befindet sich nicht hier drinnen«, erklärte sie und hob die Tasche, »sondern hier ...« Mit der anderen Hand tippte sie auf ihre Stirn.

O'Driscoll wischte sich mit seinem Ärmel den Mund ab, konnte damit aber nicht alle Kartoffelreste aus seinem Bart entfernen. Er sah anders aus, als Emma es erwartet hatte – kleiner, dicklicher.

Und so ein Mann wollte Rebellen anführen? Kein Wunder, dass der Fenian-Aufstand gescheitert war ...

»So, so«, murmelte er, »und was geht nun in diesem hübschen Köpfchen vor?« Sie war nicht sicher, ob seine Stimme vor Spott oder Verachtung triefte.

»Nun, dein Kopf wird jedenfalls blau anlaufen, wenn du am Galgen hängst.«

O'Driscoll hob sich so abrupt, dass der schiefe Stuhl fast umfiel. Durch den Luftzug stoben etliche Funken aus der Glut des Herdfeuers. Bis sie wieder zu Asche zerfallen waren, hatte er seine Fassung wiedergefunden, aber seine Stimme klang dennoch gepresst, als er fragte: »Wovon redest du?«

»Siehst du, das ist es, worüber wir verhandeln müssen. Nenne mir einen Preis dafür, dass ich dir alles sage, was ich weiß ... über dich und folglich auch über andere Bürger von Valentia Island, die sich den Fenians angeschlossen haben.«

Wieder folgte eine abrupte Bewegung. Diesmal machte

er einen Satz auf sie zu und packte sie am Arm. »Warum soll ich dafür einen Preis bezahlen? Ich kann es doch einfach aus deinem hübschen Köpfchen quetschen!«, rief er.

»Und woher willst du dann wissen, ob ich die Wahrheit sage oder lüge?«

»Vielleicht ist es ja auch eine Lüge, dass meine Identität aufgeflogen ist. Denn das ist es doch, was du mir sagen willst, oder?«

»Nun, ich könnte dir auch sagen, was in einem Telegramm steht, das wohl eben die hiesige Polizeibehörde erreicht. Nicht nur dein Name nämlich, sondern auch der von einer Reihe anderer Männer. Und ich kann mir vorstellen, dass du jene Männer, die du nachts im Mondschein auf einem der Hügel trainiert hast, damit sie dereinst für Irlands Freiheit und Unabhängigkeit kämpfen, beschützen willst, oder?«

Bevor sein Griff richtig schmerzhaft wurde, ließ er sie los. Sie konnte nicht anders, als erleichtert zu seufzen, doch er schien es gar nicht zu hören. In Gedanken versunken, trat er zu einem Regal und zog ein kleines holzgeschnitztes Kästchen hervor, das dort neben der gälischen Bibel aufbewahrt wurde.

»Wie viel willst du?«

Wieder seufzte Emma laut. Sie hatte nicht damit gerechnet, dass es so einfach war. Jetzt musste sie nur noch den richtigen Preis nennen – keinen zu hohen, aber auch keinen zu niedrigen, zumal sie sich nicht sicher war, wie viel Geld sich überhaupt in diesem Haus befand. Sie ärgerte sich, dass sie noch nicht darüber nachgedacht hatte, doch auch wenn sie eine konkrete Summe im Sinn gehabt hätte – ehe sie diese nennen konnte, ertönte ein verzweifelter Schrei. Es klang so, als würde ein Schwein quieken oder die Schwachsinnige, doch wer im nächsten Augenblick ins Haus stürmte, war ein fremdes Mädchen. Sie trug etwas bessere Kleidung und hatte offensichtlich etwas mehr Verstand, denn nachdem sie noch eine Weile närrisch schrie, brachte sie schließlich klare Worte hervor: »Sie kommen! Sie kommen, um dich zu holen!«

Wieder schrie sie, schluchzte, stürzte auf Colin O'Driscoll zu, um ihn zu umarmen. »Du musst sofort verschwinden.«

Eigentlich wusste Emma schon in diesem Augenblick, dass sie verloren hatte. Sie hatte viel zu lange nach O'Driscoll gesucht, und in der Zwischenzeit hatte das Telegramm längst seinen Bestimmungsort erreicht, und die Polizei war auf dem Weg zu ihm. Dennoch konnte sie nicht aufgeben, stürzte wie das Mädchen auf O'Driscoll zu, packte ihn am Arm. »Das Geld! Dann sage ich dir die Namen der anderen, nach denen sie suchen.«

Das Mädchen funkelte sie zornig an, wohl weniger wegen ihrer Forderung, sondern weil sie es wagte, einen Mann zu umarmen, der scheinbar nicht nur ihr Komplize, sondern ihr Geliebter war. O'Driscoll machte sich indessen unwirsch von ihnen beiden los und öffnete das Holzkästchen – allerdings nicht, um Geldscheine hervorzuziehen, sondern eine Pistole.

Emma zuckte zusammen. Ihr Vater hatte sich häufig darüber erregt, dass die Fenians unerlaubt Waffen besaßen, doch es war etwas anderes, davon zu hören, als von einer bedroht zu werden.

»Was scheren mich die anderen! Meine eigene Haut will ich retten!«

Er hob die Pistole, wenn auch nicht, um auf Emma zu schießen, sondern sie nur zur Seite zu stoßen. Prompt fiel sie auf den Boden und ihr Kleid sog sich mit Feuchtigkeit voll.

Verdammt, verdammt, verdammt …

Bis sie sich wieder aufgerichtet hatte, hatte O'Driscoll längst das Haus verlassen. Nur das junge Mädchen verharrte noch auf der Schwelle. »Wenn du mehr weißt ... sprich mit Arthur O'Connor ... der ist ein Verwandter von John James O'Connor ... du musst ihn warnen.«

Schon folgte sie O'Driscoll und die Tür fiel mit einem lauten Krachen ins Schloss. Emma versuchte, sich den Dreck vom Kleid zu wischen, aber es gelang ihr nicht.

John James O'Connor – sie hatte diesen Namen schon einmal gehört. Es war ein berühmter Emigrant aus Irland, der in Amerika sein Glück gemacht hatte. Leo hatte ihr von ihm erzählt ... und auch, dass er zu einem Colonel aufgestiegen war und die Fenians in Amerika anführte.

Arthur O'Connor ... Arthur O'Connor ... nein, dieser Name war ihr fremd.

Der Schock über den missglückten Erpressungsversuch saß ihr in allen Knochen. Sie konnte keinen vernünftigen Gedanken fassen, ehe sie sich etwas beruhigt und gestärkt hatte. Wie betäubt setzte sie sich auf den schiefen Stuhl an den schiefen Tisch und begann, die Reste von Kohl und Kartoffeln in sich hineinzuschaufeln. Sie hatte den Teller gerade geleert, als die Tür aufgestoßen wurde und sechs Polizisten ins Haus stürmten – mit dunkelgrünen Uniformen, breiten schwarzen Gürteln, einer kurzen Muskete und einem Bajonett.

Hätte sie heute nicht schon in den Lauf einer Pistole gestarrt, hätte sie dieser Anblick wohl zutiefst entsetzt. So blickte sie den Deputy Chief Constable seelenruhig an.

»Guten Abend«, murmelte sie.

»Wo ist Colin O'Driscoll?«, fuhr er sie an und packte sie am Arm. »Er ist einer der Fenians!«

Sie zuckte nicht mit den Wimpern. »Ich habe den Namen noch nie gehört!«, sagte sie nachdrücklich. »Ich komme aus Dublin, doch die Kutsche, die mich nach Knightstown bringen sollte, konnte wegen eines Radbruchs die Fahrt nicht fortsetzen. Gottlob habe ich hier Unterschlupf gefunden. Eine Dame, deren Namen ich nicht kenne, von der ich hingegen weiß, dass sie überaus gastfreundlich ist, hat mir nicht nur gestattet, hier auf eine neue Kutsche zu warten, sondern hat mich auch über alle Maßen anständig bewirtet.«

Und als der Constable zurückwich, sie losließ und ein »Entschuldigung, Ma'am« in seinen Uniformkragen nuschelte, wusste sie plötzlich, dass sie zwar nicht zur Erpresserin taugte, umso mehr aber zur Hochstaplerin.

22

Obwohl Iain im Wohnraum des Leuchtturms die Ölheizung angemacht hatte und es bald angenehm warm war, fröstelte Rebecca. Nicht nur dass sie sich so lange in dem Lagerraum aufgehalten hatte – das eisige Schweigen machte die Situation nicht leichter. Mehrfach räusperte sich Rebecca, doch Iain überhörte das geflissentlich, und als sie eine Entschuldigung hervorpresste, warf er ihr nur einen finsteren Blick zu. Eben trat er zur Küchenzeile und öffnete eine Dose.

Lass es bitte Ravioli sein, keine weißen Bohnen, betete Rebecca, der mittlerweile der Magen knurrte. Leider hatte sie Pech. Es schien tatsächlich Irish Breakfast zum Abendessen zu geben. Nun, im Zweifel würde sie alles hinunterwürgen, als gar nichts zu essen, wobei sie nicht einmal sicher war, ob er ihr überhaupt etwas anbieten würde.

»Kann ich helfen?«, fragte sie.

Wieder traf sie nur ein finsterer Blick, und sie entschied, besser nichts mehr zu sagen. Nicht dass er sich ihretwegen mit dem Dosenöffner in den Finger schnitt und noch wütender wurde.

Unauffällig blickte sie sich um. Von Marnie hatte sie erfahren, dass dieser Leuchtturm 1964 modernisiert worden war, aber nach einem halben Jahrhundert war die Ausstattung rettungslos veraltet.

Der Wohnraum war zumindest ziemlich groß, weswegen sie genügend Platz zwischen sich und Iain bringen konnte. Offenbar waren mehrere Zimmer zu einem zusammengelegt worden, indem man die Innenwände eingerissen hatte. Gleich daneben, so vermutete sie, befanden sich der Maschinenraum, und wahrscheinlich auch ein Lagerraum für den Brennstoff, wobei die alten Paraffin-Dampfbrenner längst durch moderne elektrische Lampen ersetzt worden waren. Deren Licht war ziemlich grell – allerdings nur, wenn man darunterstand.

Auf dem Holzboden lag ein Teppich, der wohl irgendwann einmal rot gewesen war. Vor dem technischen Equipment, das an der hinteren Wand aufgebaut worden war – darunter ein Radiotelefon für die Marinekommunikation –, warf er riesige Falten. Neben dem Equipment stand ein brauner Schreibtisch mit etlichen Schubladen, die alle nicht richtig schlossen, weil sie offenbar vollgestopft waren, und an der Wand dahinter hingen eine alte Flagge, mit der man früher offenbar Signale abgegeben hatte, und – an einem Kleiderhaken – ein alter, blauer Mantel. Wenn der so roch wie er aussah ... wobei es im Moment nur nach Tomatensauce, in der die Bohnen schwammen, und nach Toastbrot, das Iain in den Toaster gesteckt hatte, duftete.

Bohnen mit Toastbrot, was für ein Festmahl.

Rebecca trat in jene Ecke des Zimmers, die ihr am wohnlichsten erschien. Hier befand sich nicht nur eine Schlafcouch, sondern auch ein kleiner Tisch und zwei Sessel, einer davon ein Ohrensessel. Eigentlich war das Tischchen gerade mal groß genug, um hier Tee zu trinken, aber mittlerweile war Rebecca so hungrig, dass sie das Abendessen auch im Stehen hinuntergeschlungen hätte.

Als der Toast aus dem Toaster sprang, wobei ein Stück auf dem Boden landete und Iain sich danach bückte, wagte sie es wieder, den Mund aufzumachen. »Sie haben sicher schon oft hier geschlafen.«

Nicht dass sie eine Antwort erhoffte. Doch als sie schon Joseph Flanagan erwähnen wollte und dass dieser für eine Nacht hier morden würde, erklärte er unvermittelt: »Lediglich wenn es Probleme mit dem Leuchtturm gibt. Ansonsten bin ich nur tagsüber hier – das war auch heute so geplant.«

»Es tut mir wirklich leid, dass ...«

»Ich bin nur wegen des Sturms geblieben, nicht Ihretwegen«, fiel er ihr barsch ins Wort.

Klar, ein Raubein wie er beugte sich nur dem Meer.

Er begann, einen Teller mit Bohnen zu füllen, und es sah nicht so aus, als würde eine zweite Portion übrig bleiben. Nun, wenigstens schien es genügend Toastbrot zu geben. Rebecca setzte sich auf einen Stuhl und sah, dass auch das Teetischchen eine Lade hatte, diese aber nicht ganz geschlossen war. Als sie sich vorbeugte, traf sie wieder seine zornige Stimme: »Lassen Sie das alles so stehen!«

Sie zuckte zusammen. »Ich wollte doch nur ...«, setzte sie an.

»Nehmen Sie sich etwas zu essen. Später können Sie im Mansardenzimmer schlafen. Es ist dort eiskalt, aber es sind genügend Decken da.«

Er ließ es offen, ob man den Raum grundsätzlich nicht beheizen konnte oder er es schlichtweg nicht für nötig hielt. Rebecca trat zur Küchenzeile, sah, dass noch ein paar Bohnen da waren, und füllte einen ziemlich klebrig anmutenden Teller damit. Besser, sie dachte nicht darüber nach, wann das Geschirr das letzte Mal mit heißem Wasser gewaschen worden war. Als sie sich umdrehte, sah sie, dass Iain es sich schon auf dem Ohrensessel bequem gemacht hatte, der nicht weit vom Teetischchen entfernt stand. Der Teller mit den Bohnen stand auf einem Oberschenkel, der mit dem Toastbrot auf dem anderen. Er schien weder Saucenflecken noch Krümel zu fürchten.

Na, Mahlzeit, dachte sie, konzentrierte sich dann aber auf ihr eigenes Essen.

Teufel oder Beelzebub, ging es Rebecca durch den Kopf, als sie später im Bett lag, dem Heulen des Sturms lauschte und dem Platschen der dicken Regentropfen. Das Fenster stammte wohl nicht aus dem Jahr 1965, dafür war es zu gut isoliert, aber das änderte nichts daran, dass sie schrecklich fror.

Teufel oder Beelzebub.

Sie könnte hier unter den drei Rosshaardecken liegen bleiben, von denen eine vergammelter war als die andere und die alle so rochen, als wären sie – wenn überhaupt – mit Meerwasser gewaschen worden. Oder sie könnte endlich aufhören, sich Vorwürfe dafür zu machen, dass sie nach Skellig Michael gefahren war, und vielmehr die letzte Gelegenheit nutzen, mehr über die Vergangenheit zu erfahren.

Schließlich gab weniger die Neugierde als die Sehnsucht nach etwas Wärme den Ausschlag. Sie stand auf, schlich nach unten, musste dort aber erkennen, dass es Wärme nur zum Preis von zum Schneiden dicker Luft gab, hatte Iain doch weder gelüftet noch das Geschirr abgewaschen. Sowohl die Teller als auch die Pfanne, in der er die Bohnen warm gemacht hatte, standen in der Spüle.

Rebecca verharrte kurz, lauschte, vernahm ein Schnarchen. Sollte sie sich erst das Teetischchen oder den Schreibtisch vornehmen? Egal, Hauptsache, ihre nackten Füße froren nicht am Boden fest, der dort, wo er nicht vom verblichenen Teppich bedeckt war, eisig kalt war.

Sie schaltete die Flashlight-Funktion ihres Smartphones ein und versuchte, ohne Geräusche den Teetisch zu erreichen. Erst jetzt nahm sie flüchtig wahr, dass Iain nicht auf der Schlafcouch lag, sondern in dem Ohrensessel. Schon richtete sie den Lichtstrahl auf die Schublade, öffnete sie – und biss sich vor Schreck auf die Unterlippe, weil sie so laut quietschte. Sie verharrte, nahm aber weiterhin nur das Heulen des Sturms und das Klatschen der Wellen gegen den Felsen wahr. Dann leuchtete sie in die Schublade hinein.

Na großartig. Ein altes schwarzes Kabel und ein Häkeldeckchen, das mit Tee- und Kaffeeflecken übersät war. Erstaunlich, dass Iain es in die Lade gesteckt hatte. Angesichts seiner Hygienestandards konnte man eigentlich erwarten, dass er es auf dem Tischchen hätte liegen lassen.

So oder so ... Fehlanzeige!

Langsam wollte sie sich nun zum Schreibtisch vortasten und prompt geschah, was geschehen musste: Sie stolperte über eine der Falten, die der Teppich warf, und als sie sich an etwas festhalten wollte, um einen Sturz zu vermeiden, fiel einer der Stühle mit lautem Krachen um.

Eigentlich hätte sie es Iain gar nicht zugetraut, so schnell aus dem Ohrensessel aufzuspringen. Doch trotz seines massigen Körpers gelang es ihm tatsächlich, und dann hatte er schon den Lichtschalter erreicht und es wurde schlagartig hell.

Na los, schrei schon, bringen wir es hinter uns.

Rebecca versuchte gar nicht erst, sich zu entschuldigen, doch zu ihrem Erstaunen verzogen sich Iains Lippen lediglich zu einem rätselhaften Lächeln.

»Sie geben wohl nie auf.«

Weiterhin verzichtete sie auf eine Entschuldigung und beschloss vielmehr, diesen Moment zu nutzen.

»Marnie hat mir erzählt, dass Ceit MacKenna Ihre Urgroßmutter war«, setzte sie an. »Deswegen interessieren Sie sich so für ihre Geschichte und haben alles gesammelt, nicht wahr? Warum lassen Sie mich Ihnen nicht dabei helfen, die Erinnerungen am Leben zu halten? Ich ... ich ...«

Ich bin Schriftstellerin, wollte sie sagen, aber kam sich wie eine Betrügerin vor.

Und genau das war es auch, was er prompt sagte: »Sie sind eine Betrügerin.«

Als sie sich jedoch rechtfertigen wollte, wiederholte er den Satz und diesmal verstand sie ihn richtig, weil er ihn etwas deutlicher aussprach. »Sie war eine Betrügerin.«

»Ceit MacKenna?«

»Nein, ich rede von meiner leiblichen Ururgroßmutter.«

Rebeccas Herz begann aufgeregt zu klopfen. »Meinen Sie etwa Emma Rothburn – die Schriftstellerin?«, fragte sie.

»Von wegen!«, stieß er aus, klang grimmig. »Sie war keine Schriftstellerin, sondern – wie ich schon sagte – eine Betrügerin.«

Wahrscheinlich würde er auch sie dafür halten, wenn sie ihr Romanprojekt erwähnte – und vielleicht würde er damit auch recht haben. Gut möglich, dass ihr Vorhaben nur ein Vorwand war, um die Konfrontation mit Nils hinauszuzögern. Noch dringender als die Frage, warum sie sich selbst betrog, schien aber die, warum Emma die ganze Welt an der Nase herumgeführt hatte.

»Was hatte sie denn davon, dass sie sich als Schriftstellerin ausgab?«

23

1867

Es war bereits finster geworden, als Emma sich schließlich zu Arthur O'Connor durchgefragt hatte. In jeder Siedlung, zu der sie kam, traf sie auf Spuren der Armut und des Zerfalls, und als sie die letzten armseligen Häuser erreichte, hatte sie das Gefühl, im Kreis gegangen und zum Anfang ihrer Suche zurückgekehrt zu sein. Ihr Mut sank. Was trieb sie denn überhaupt noch hier? O'Driscoll hatte sie mit einer Pistole bedroht und war geflohen. Arthur O'Connor – sein Onkel, wie sie mittlerweile erfahren hatte, selber kein Fenian, aber ein tatkräftiger Unterstützer von diesen, vor allem in finanzieller Hinsicht – wurde wohl längst von der Polizei befragt. Und selbst wenn nicht: Er würde sie nicht dafür bezahlen, dass sie seinen Neffen zu warnen versucht hatte, zumal letztlich die junge Frau – Colin O'Driscolls Verlobte namens Úna – dafür gesorgt hatte, dass er der Polizei durch die Lappen ging. Und es war keineswegs erwiesen, dass er die übrigen Personen, die im Telegramm erwähnt wurden, schützen wollte.

Allerdings gab es keine andere Hoffnung, an die sie sich klammern konnte, keine anderen Namen, zu denen sie sich durchfragen konnte, und so war sie von Dorf zu Dorf gegangen, hatte mit Menschen geredet, die ihre Rüben- und Kartoffelfelder gerade mit Seegras düngten, Flachs anbauten oder Fischernetze auswuschen, bis sie schließlich ein paar Häuser in unmittelbarer Nähe des einstigen Cholerahospitals erreichte. Dieses, so wusste sie von ihrem letzten Besuch auf Valentia Island, als sie noch eine Tochter aus gutem Hause gewesen war und im Azaleenzimmer von Glanleam geschlafen hatte, wurde Ballyhearny House genannt und stand schon seit Jahren leer. Womöglich konnte sie dort Unterschlupf für eine Nacht finden, falls sie von Arthur O'Connor abgewiesen wurde.

Zunächst aber klopfte sie an die Tür des Hauses, das ihr ein junger Mann gezeigt hatte. Niemand bat sie herein, weswegen sie unaufgefordert die Tür öffnete – und zurückwich. Das Haus war nicht viel größer als das, in dem sie O'Driscoll gefunden hatte, jedoch randvoll mit Menschen, die es mit ihrer Wärme und lauten Stimmen, aber auch mit dem Gestank nach Schweiß und Bierdunst füllten. Eine dicke, dunkle Wolke schien sie einzuhüllen, doch als sie flüchten wollte, brachte sie eine Stimme zum Innehalten.

»Nicht so laut, Peter! Wer weiß, wer alles ums Haus schleicht und uns belauscht. Es fehlte noch, dass einer der Pfaffen auf uns aufmerksam wird!«

»Die Pfaffen, die ich kenne, sorgen für die Armen.«

»Ach was, sie spielen gerne die guten Hirten, die sich um ihrer Lämmer sorgen, aber wenn es um die Fenian-Brüder geht, werden sie zu Wölfen und zeigen uns ihre Zähne und Krallen.«

»Was wiederum bedeutet«, warf jener ein, der vorhin dazu gemahnt hatte, die Stimme zu senken, »dass wir uns hier nicht mehr treffen dürfen, um kein Misstrauen zu erregen. Aber bevor wir unsere Versammlung auflösen, sollten wir eine Entscheidung treffen, was mit Colin geschieht.«

Stille senkte sich über den Raum, und Emma wagte kaum zu atmen aus Angst, dass sie damit die Aufmerksamkeit auf sich ziehen könnte. Wahrscheinlich hatte sie nur darum noch keiner entdeckt, weil der Raum von zwei schwachen Öllampen beleuchtet wurde, die kalte Nachtluft nicht gegen die zum Schneiden dicke Luft ankam und alle auf den Boden starrten.

»Nun, kommt schon«, sagte ein Mann, von dem Emma mittlerweile überzeugt war, dass er der Eigentümer des Hauses und somit Arthur O'Connor war – nicht nur O'Driscolls Onkel, sondern auch Bruder des berühmten amerikanischen Fenian-Führers. »Es ist doch nicht für lange ... nur für ein paar Tage ... vielleicht für ein paar Wochen ... bis ich ihm die Überfahrt nach Amerika ermöglichen kann.«

Immer noch ertönte keine Antwort. Jeder scharrte mit den Füßen.

»Lieber Himmel!«, fluchte O'Connor. »Wenn Colin in die Hände der Polizei fällt, hängt ihr alle mit drin.«

»Nein«, sagte einer heiser, »nicht wir, sondern vor allem du. Dich würde er als Erstes verraten.«

»Und deswegen kann ich ihn nicht verstecken! Einer von euch muss es tun!«

Wieder antwortete ihm nur Schweigen.

»Herrgott!«, polterte Arthur O'Connor und vergaß, die Stimme zu senken. »Mag sein, dass ich als Einziger bis zum Hals drinstecke, ihr hingegen nur bis zur Hüfte. Allein aus dem Morast befreien könnt ihr euch aber trotzdem nicht. Also müssen wir gemeinsam ...«

Er brach ab, weil er sich verschluckt hatte, und als er endlich wieder genug Luft bekam, um fortzufahren, räusperte sich Emma so laut, dass alle zu ihr herumfuhren.

»Ich«, sagte sie bestimmt, »ich könnte Colin O'Driscoll verstecken.«

Wahrscheinlich war es gut, dass ihre Worte einen regelrechten Tumult auslösten. Wenn das verlegene Schweigen angedauert hätte, wäre ihr wohl aufgegangen, dass sie gar nicht wusste, was sie da versprach, und einmal mehr viel zu voreilig gehandelt hatte. Doch als man sie wütend anschrie, was sie hier verloren hätte und dass sie gewiss eine Verräterin sei, da erwachte jenes kalte, nüchterne Wesen in ihr, das schon bislang dafür gesorgt hatte, dass sie nicht verhungerte, erfror oder restlos verzweifelte. Dieses Wesen wollte einfach nur überleben – und warf alles in die Waagschale, was es zu bieten hatte. Viel war es nicht – ganz sicher keine Körperkraft, nur Einfallsreichtum, Durchtriebenheit und die Tatsache, dass sie eine junge Frau aus gutem Hause war und sich wie eine solche benehmen konnte. Und dann war da dieses alte Manuskript, das sie bei sich trug.

»Ja«, beharrte sie, als das Geschrei endlich abebbte. »Ich könnte Colin O'Driscoll verstecken ... oder zumindest dafür sorgen, dass in den nächsten Wochen niemand auf sein Versteck aufmerksam wird. Und falls ihr wissen wollt, ob ihr mir trauen könnt: Nun, vorhin hat mich die Polizei eine Stunde lang verhört, weil sie mich in Colin O'Driscolls Haus vorgefunden hat, doch ich habe nicht verraten, dass ich ihn hier gesehen habe und er eben noch seelenruhig sein Mahl verspeist hat.«

»Das stimmt!«, rief ein kleiner rothaariger Bengel, der bis jetzt am Boden gekauert war. »Úna hat das auch gesagt.«

Arthur O'Connor musterte sie skeptisch. Das Misstrauen stand ihm deutlich ins Gesicht geschrieben, doch zugleich entging Emma nicht, wie müde er wirkte. Seine Kleidung war etwas vornehmer als die der anderen Männer, und zumindest Teile davon sahen wie eine Uniform aus, was vermuten ließ, dass er wie sein Bruder John James O'Connor im amerikanischen Bürgerkrieg gekämpft hatte. Gut möglich natürlich, dass er bloß dessen alte Kleidung bekommen hatte ... ebenso wie den Auftrag, die Fenians von Valentia Island zu unterstützen.

»Warum hast du Colin nicht verraten?«

Emma lag schon eine Lüge auf den Lippen, doch dann

entschied sie, die Wahrheit zu sagen. Wenn sie für Lügen Geld bekommen wollte, dann durfte sie nicht auch die anlügen, von denen sie sich diese Bezahlung erhoffte. Anstatt zu erklären, wie inbrünstig sie an die Ziele der Fenians glaubte, sagte sie schlicht: »Weil die Polizei mich nicht für die Wahrheit bezahlt hätte. Weil ihr mich aber dafür bezahlen werdet, dass ich O'Driscoll verstecke.«

Kalt und nüchtern begann sie, ihren Plan darzulegen.

»Skellig Michael«, murmelte Arthur O'Connor, sobald sie ihre Ausführungen beendet hatte. »Das ist gar keine so schlechte Idee. Keiner schert sich darum, was auf der Insel passiert ... was bedeutete, dass sie ein gutes Versteck für jemandem ist, der eine Weile auf falsche Papiere und einen Passagierschein warten muss.«

»Wie will er denn auf Skellig Michael überleben?«, rief einer. »Das Eiland besteht ja nur aus Steinen.«

»Nun, die Leuchtturmfamilie überlebt doch auch.«

»Aber wenn sie mitbekäme, dass er sich dort aufhält, würden sie ihn sofort verraten.«

»Aber das muss doch nicht sein!«, schaltete sich Emma ein. »Auf der Insel haben jahrhundertelang Mönche gelebt. O'Driscoll könnte in einer ihrer Behausungen schlafen – sie liegen weit genug vom Leuchtturm entfernt. Und ich könnte ihn regelmäßig mit dem Nötigsten versorgen.«

Arthur O'Connor nickte bedächtig, und ehe Einwände von anderer Seite laut wurden, fuhr Emma rasch fort: »Und da ich mich als Schriftstellerin ausgeben werde, die einen Roman über die Insel schreibt, wird es nicht weiter auffallen, wenn ich wieder und wieder dort auftauche.«

»Als Schriftstellerin ...«, wiederholte O'Connor.

»Genau«, sagte sie und zog eine der Pergamentrollen hervor, »und das ist der Beweis, dass ich mich seit Jahren mit der Vergangenheit des Eilands beschäftige.«

Erstmals wurde ihr nicht mit Geschrei geantwortet. Einer der Männer grinste sogar. »An Phantasie scheint's dem Mädel ja nicht zu fehlen.«

Emma fühlte sich plötzlich uralt. Wenn man ihr nicht bald einen Stuhl anbieten würde, würde sie noch ohnmächtig werden.

Doch Arthur O'Connor fragte lediglich: »Und was willst du für dieses Possenspiel haben?«

Stolz reckte Emma das Kinn. »Ich will auch nach Amerika«, erklärte sie, »ich brauche ein wenig Geld für einen Neuanfang dort. Und ihr müsst mir eine weitere Fahrkarte für meine kleine Tochter besorgen.«

Von nun an war sie eine Marionette, die an den Schicksalsfäden hing – nur, weil sie bestimmt hatte, in welchem Stück sie spielte, hieß das nicht, dass sie selbst entscheiden konnte, wie es verlief.

Es glückte tatsächlich, Colin O'Driscoll in der nächsten Nacht nach Skellig Michael zu bringen. »Nur in der Dunkelheit könnt ihr sicher sein, dass euch niemand sieht«, sagte Arthur O'Connor und ließ unausgesprochen, dass es dann auch deutlich gefährlicher sein würde, an Land zu gehen.

»Im Finstern finden wir aber nicht zu den Klosterruinen«, warf Emma ein, »wir werden Licht brauchen ... und auf dieses Licht könnte man aufmerksam werden.«

O'Connor blickte sie missmutig an. Obwohl er sich auf den Handel mit ihr eingelassen hatte, schien er immer noch nicht ganz davon überzeugt zu sein, ihr trauen zu können. »Du wirst dafür bezahlt, solche Probleme zu lösen«, knurrte er.

»Nun ja«, sagte Emma, »ich kann mir eigentlich nicht vorstellen, dass die Leuchtturmfamilie mitten in der Nacht ihr Haus verlässt. Falls doch jemand auf uns aufmerksam wird, spiele ich eben ein Gespenst.«

Eigentlich sagte sie es nur im Scherz, doch O'Connor nickte nachdenklich, und sie selbst spann den Gedanken weiter, als sie im Boot saßen.

Der Bootsfahrer war ein schweigsamer Mann, der stets ein rasselndes Geräusch von sich gab, wenn er den Atem einsog. Zunächst klang es in Emmas Ohren bedrohlich, doch dann konzentrierte sie sich darauf, sich festzuhalten und der Übelkeit, die mit jeder hohen Welle zunahm, Herr zu werden. Es gelang ihr deutlich besser als O'Driscoll, der sich über die Reling beugte, sobald sie die Meerenge zwischen dem Festland und Valentia Island hinter sich gelassen hatten.

»Ich hätte meine Pistole mitnehmen sollen«, murmelte er.

Emma konnte sich nur zu gut daran erinnern, wie er diese Waffe auf sie gerichtet hatte, und war froh, dass Arthur O'Connor sie an sich genommen hatte.

»Denkst du, die Seekrankheit lässt nach, wenn du eine Waffe bei dir trägst?«, fragte sie spöttisch, »Oder willst du auf die Fische schießen?«

Er stierte sie nur finster an, ehe er erneut zu würgen begann.

Als sie anlegten, weigerte sich der Bootsmann zwar, das Boot zu verlassen, aber O'Driscoll und sie erreichten unbehelligt die Klosterruinen. War zunächst geplant gewesen, dass der Flüchtige sich in einer der leeren Zellen versteckte, fand Emma bald ein besseres Versteck: einen kleinen Tunnel, dessen Eingang sich im einstigen Klostergarten befand und von einem schweren Stein verstellt wurde. Entweder war das ein Fluchtweg aus den Zeiten der Wikingerüberfälle, oder die Bauarbeiter, die später die beiden Leuchttürme errichtet hatten, hatten den Tunnel gegraben, um ihre Vorräte zu lagern.

»Du bleibst hier und rührst dich nicht vom Fleck. In drei Tagen sehe ich wieder nach dir …«

Emma war mittlerweile schweißgebadet. Auch tagsüber wäre es eine anstrengende Angelegenheit gewesen, die steile Treppe hochzusteigen und den Stein beiseitezuschieben. Sie aber hielt obendrein die Fackel in der Hand, und nicht minder schwer lastete die Angst auf ihr, dass man sie entdecken würde.

O'Driscoll hockte sich in den Tunnel und hielt den Beutel mit seinem Proviant hoch.

»Hoffentlich reicht das für drei Tage«, murmelte er. »Und hoffentlich ist das Meer ruhig genug, dass du in drei Tagen wiederkommst.«

»Ein paar Tage lang zu hungern hat noch niemanden umgebracht.«

Erst als sie wieder nach unten ging, wagte sie, in Richtung Leuchtturm zu schauen. Sie nahm nur das Licht wahr, das alle zehn Sekunden dreimal aufleuchtete. Mittlerweile wusste sie, dass jeder der zweiundachtzig Leuchttürme Irlands einem anderen Rhythmus folgte, so dass man die Leuchttürme nicht verwechseln konnte.

So viele Arten von Licht gibt es ... und nur eine Art von Finsternis ...

Diese schien sie regelrecht zu verschlucken, als sie zum Bootssteg zurückkehrte und kurz hatte sie Angst, dass das Boot ohne sie abgelegt hatte, doch dann vernahm sie den rasselnden Atem des Bootsmannes.

Drei Tage später kehrte sie bei Tageslicht zurück. Bis dahin hatte Arthur O'Connor dafür gesorgt, dass in ganz Valentia Island über die berühmte Schriftstellerin gesprochen wurde, die hier weilte und einen Roman über Skellig Michael schreiben würde.

Auch Emma hatte ihren Plan weiter gesponnen und berichtete O'Connor davon, als sie eine neue Essensration für O'Driscoll entgegennahm: »Der Roman erzählt die Geschichte von Rónán und Aislinn, und ich dachte, ich dichte sie etwas um. Ich werde behaupten, dass Aislinn am Ende von den Mönchen getötet wurde und dass sie die ganze Insel kurz vor ihrem Tod verflucht hat. Falls den Menschen etwas Ungewöhnliches auffällt, werden sie glauben, dass sie es mit einem Geist zu tun haben.«

Arthur schien gar nicht richtig zugehört zu haben. »Wir haben ein Problem«, murmelte er.

Emma runzelte die Stirn. »Hat jemand gesehen, dass ich O'Driscoll auf die Insel gebracht habe?«

»Nein, aber unser Bootsmann hat einen weiteren Auftrag bekommen, jemanden zur Insel zu bringen.«

»Wen?«

»Unseren neuen Inselarzt. Dr. Síomon Cavanagh. Eigentlich ist er nicht für die Insel zuständig, sondern nur für die Kabelstation, aber er hat sich im einstigen Cholerakrankenhaus eingerichtet und behandelt dort jeden, der seine Hilfe sucht.«

»Und da hat er zwischendurch Zeit, nach Skellig Michael zu fahren?«

»Anscheinend ...«

»Nun ja, vielleicht will er die Gegend besser kennenlernen.«

»Eigentlich stammt er von hier. Er war nur jahrelang fort, weil er in Dublin studiert hat. Und ... und er ist der Bruder des Lieutnant Constable ...«

Emma durchfuhr ein eisiger Schreck. Sie konnte sich nur zu gut daran erinnern, wie dieser sie verhört hatte. Es hatte eine Weile gedauert, ihm glauben zu machen, dass sie in O'Driscolls Haus lediglich eine Mahlzeit erbeten und diese bekommen hatte.

»Sie meinen, der Constable hat Verdacht geschöpft? Und er schickt seinen Bruder zur Insel, um zu schnüffeln?«

»Genau das sollst du herausfinden!«

»Aber wie kann ich ...«

»Himmel, Mädchen, du hast uns deine Hilfe angetragen – wir haben nie darum gebeten! Ob du ihm schöne Augen machst oder nicht, ist mir egal. Sorg dafür, dass O'Driscoll neue Vorräte bekommt, finde heraus, ob Dr. Canavagh irgendetwas weiß, und horch dich mal um, ob die Leuchtturmfamilie misstrauisch geworden ist.«

Schöne Augen machen, pah. Sie hatte keine schönen Augen. Viel zu deutlich stand der Hunger nach Leben und nach Liebe darin. Nein, die kalten, schrägen Augen einer Katze hatte sie, die verzweifelt aufs Mauseloch starrt und hofft, endlich satt zu werden.

»Ich habe schon eine Idee«, murmelte sie. »Ich werde das gleiche Boot wie der Doktor nehmen. Und wenn er tatsächlich ein verantwortungsvoller Arzt ist, kann ich ihm sicher einreden, dass er nach der Leuchtturmfamilie sieht. In der Zwischenzeit bringe ich O'Driscoll die Vorräte, und später wird der Doktor der Erste sein, dem ich vom traurigen Ende der alten Legende erzähle.«

»Er ist Arzt! Ich kann mir nicht vorstellen, dass er an Gespenster glaubt.«

»Nun, die Leuchtturmfamilie vielleicht schon. Wer genau ist das überhaupt? William Callaghan, seine Frau und seine Kinder, nicht wahr?«

»Und seine Schwägerin Ceit MacKenna. Soweit ich weiß, hat sie den Haushalt übernommen. Sie ist noch sehr jung.«

»Jung und vielleicht auch leichtgläubig.«

»Ihre Schwester Eliza jedenfalls ist schwachsinnig.«

»Schwachsinnig?«

Er winkte ab. »Das ist doch nicht so wichtig. Mir ist auch egal, wem du von diesem Fluch erzählst. Hauptsache, niemand wird auf O'Driscoll aufmerksam. Falls alles gutgeht, fährst du mit ihm nach Amerika. Falls nicht, sorge ich dafür, dass du dir eine Gefängniszelle mit ihm teilst.«

24

»Deswegen haben Sie sie als Betrügerin bezeichnet«, sagte Rebecca. »Nicht nur, weil Emma sich als Schriftstellerin ausgegeben hat, obwohl sie keine war. Sondern weil sie die Geschichte von diesem Fluch in die Welt gesetzt hat.«

Rebecca war verwundert, wie enttäuscht sie klang, obwohl sie doch nie daran geglaubt hatte. Dennoch erschien ihr jene Liebe von Rónán und Aislinn plötzlich nicht mehr als so »groß«. Sie warf keinen Schatten über Jahrhunderte, sondern wäre vergessen worden, wenn Emma nicht daran erinnert hätte. Allerdings hatte sie das wiederum getan, weil sie offenbar selbst die große Liebe gefunden ... und wieder verloren hatte. Ihr Herz hatte einem gewissen Leo gehört, einem Journalisten, der von einem eigenen Roman und von Freiheit träumte und der zumindest letztere errang. Seine Geliebte und sein Kind hatte er allerdings zurückgelassen, was möglicherweise bewies, dass diese Liebe reichlich einseitig gewesen war. Für ihn war es vielleicht nur eine Schwärmerei gewesen, während Emmas Gefühle ihre Existenz bedrohten.

So oder so – eine Betrügerin war Emma Rothburn in Rebeccas Augen nicht, klang dieses Wort doch nach Böswilligkeit, während letztlich nur die Verzweiflung sie zu all den Lügen getrieben hatte. Und selbst wenn sie in Wahrheit keine Schriftstellerin war, so hatte sie doch über eine gehörige Portion Phantasie verfügt, um überhaupt erst auf die Idee zu kommen, die alte Legende für ihre Zwecke zu nutzen.

»Woher hatte Emma eigentlich das Manuskript?«

Iain zuckte die Schultern. Während er ihr alles erzählt

hatte, was er über Emma wusste, hatte er sich abgewandt und war zum Fenster getreten. Etliche Worte waren vom Heulen des Windes verschluckt worden.

»Offenbar stammt es aus der Bibliothek ihres Vaters«, murmelte er.

»Und lag dort sicherlich noch vollständig vor«, sagte Rebecca leise. »Mitsamt der letzten fehlenden Pergamentrolle.«

»Einmal hat sie sogar behauptet, Aislinns Geist selbst gesehen zu haben«, murmelte er. »Ceit MacKenna hat ihr ja angeboten, im Leuchtturm zu wohnen, und von dort ist Emma eines Nachts hoch zum Kloster gegangen, um O'Driscoll etwas zu essen zu bringen. Als sie zurückkam, hat sie festgestellt, dass Ceit ihr Fehlen bemerkt hat – und sich prompt völlig verängstigt gegeben.«

»Und damit hat sie Ceit und der restlichen Familie wohl einen gehörigen Schrecken eingejagt, so dass die Familie in den nächsten Nächten im Leuchtturm blieb. Die Ereignisse haben sich natürlich bis zum Festland herumgesprochen, weswegen sich in den nächsten Wochen die Fischer von der Insel fernhielten. Und falls jemand des Nachts ein auffälliges Licht bemerkt hätte, hätte er es eher mit den Spukgeschichten in Verbindung gebracht, nicht mit dem gescheiterten Fenian-Aufstand.«

Iain nickte. »So ist es.«

»Aber was hat es mit diesem Dr. Síomon Canavagh auf sich? Hat er die Insel wirklich nur besucht, um für seinen Bruder zu spionieren?«

»Scheinbar hat Emma auch ihm vormachen können, eine Schriftstellerin zu sein.«

»Aber hat Síomon an die Geschichte vom Geist geglaubt?«

Iain zuckte die Schultern. »Das weiß ich nicht. Auf jeden

Fall hat sich Emma schließlich im höheren, leerstehenden Leuchtturm einquartiert – sie brauchte ja vermeintlich viel Ruhe, um ungestört arbeiten zu können –, und sie hat auch O'Driscoll dorthin geholt. Er wohnte im Lagerraum, und Emma hat ihm einen Teil des Essens abgegeben, das Ceit ihr täglich brachte. So ersparte sie sich die mühseligen Fahrten zum Festland und wieder zurück.«

Rebecca hatte sich in den Ohrensessel gesetzt und rieb sich die eiskalten Zehen. »Wissen Sie eigentlich, wie die Legende endet? Und wo sich die fehlende fünfte Pergamentrolle befindet, die Emma wahrscheinlich hat verschwinden lassen, damit ihre Lügen nicht auffliegen?«

Iain wandte sich ihr wieder zu. So bereitwillig er ihr alles erzählt hatte – jetzt war seine Miene wieder verschlossen. »Wir sollten schlafen«, sagte er abweisend und gähnte.

Rebecca war nicht sicher, was diesen jähen Stimmungswechsel verursacht hatte – ob sich das Zeitfenster, in dem er sich wie ein Mensch benahm, grundlos geschlossen oder sie etwas Falsches gesagt hatte. Sie beschloss, nicht auf der mittelalterlichen Legende herumzureiten, konnte aber dennoch nicht so schnell lockerlassen.

»Sie haben doch gesagt, dass Emma ihre Ururgroßmutter wäre und nicht Ceit, wie Marnie behauptet hat. Bedeutet das etwa, dass Ceit Emmas Tochter später zu sich genommen hat?«

Er starrte an ihr vorbei.

»Und Sie haben auch gesagt, die beiden seien an allem schuld. Ich verstehe nicht, was diese alte Geschichte mit Ihrem Leben zu tun hat. Und welche Rolle spielt nun Síomon Canavagh? Hat er vielleicht doch mehr geahnt, als er sich anmerken ließ? War seine Freundlichkeit Ceit gegenüber nur gespielt und er hat sie genauso ausgenutzt wie Emma?«

Iain ging wortlos zum Schlafsofa und ließ sich mit einem Ächzen darauf fallen. Sobald er auf dem Rücken lag und die Hände über der Brust verschränkt hatte, begann er zu schnarchen. Rebecca hätte schwören können, dass er nicht wirklich eingeschlafen war, sondern nur so tat, damit sie ihn nicht weiter befragen konnte.

Zwischen 1.20 Uhr und 3.23 Uhr schlief auch sie. Zumindest warf sie um 1.20 Uhr einen letzten Blick auf das Smartphone, ehe sie sich unter den drei Rosshaardecken verkroch. Trotz des penetranten Geruchs, der von den Decken ausging, schlief sie tief und fest ein. Doch schon nach zwei Stunden ertönte ein ohrenbetäubender Knall und ließ sie hochfahren. Er war so laut, als wäre mindestens einer der beiden Gipfel der Insel abgebrochen und ins Meer gedonnert. Und die Rosshaardecken erschienen ihr plötzlich tatsächlich so klamm und schwer, als hätte ein Teil des Gesteins sie unter sich begraben.

Rebecca blieb bewegungslos liegen und hielt die Luft an, doch während ansonsten alles wie erstarrt war, begann ihr Herz hektisch zu pochen. Nach etlichen Minuten schlug sie die Decken von sich. Ihre Hände waren eiskalt, während ihr im Nacken der Schweiß stand. Sie erschauderte, als sie aufstand, doch die Kälte konnte sie nicht wieder zurück ins Bett treiben. Viel quälender war die Einsamkeit und das Gefühl, dem draußen tobenden Unwetter ganz allein ausgesetzt zu sein. Zum zweiten Mal in dieser Nachte nahm sie die Treppe nach unten und betrat den Wohnraum.

»Haben Sie … haben Sie das auch gehört?«

Zu ihrer Überraschung war der Wohnraum erleuchtet und die Schlafstatt leer. Iain stand an der Spüle und zog etwas unter dem schmutzigen Geschirr hervor, das sich bei genauer Betrachtung als Lappen erwies. Er sah so aus, als hätten schon die Mönche des Mittelalters ihre Krüge damit ausgewaschen. Etwas ungelenk versuchte Iain, einen Berg schwarzer Krumen wegzuwischen, und was ihre überreizten Sinne zunächst für Ameisen hielten, stellte sich als Tee heraus, den er in ein Sieb hatte schütten wollen, aber großteils auf der Arbeitsfläche verstreut hatte. Er begnügte sich, die Hälfte davon zu beseitigen, ehe er den Lappen wieder in die Spüle warf, wo sich immer noch das schmutzige Geschirr stapelte, und den Wasserkocher einschaltete.

»Dieser Lärm ... ist irgendetwas zu Schaden gegangen?«, fragte sie.

Seine Augen waren verquollen, was bewies, dass auch er aus dem Tiefschlaf hochgeschreckt war. Sein spöttisches Grinsen hingegen zeigte, dass ihm der Knall nicht annähernd so zugesetzt hatte wie ihr. Er deutete Richtung Fenster, gegen das nicht nur Regentropfen zu trommeln schienen, sondern faustdicke Hagelkörner. In Wahrheit war es wohl die Gischt.

»Wenn Sie davor schon Angst haben, würden Sie im Winter hier sterben«, sagte er leicht verächtlich.

Rebecca hatte nicht die Absicht, im Winter jemals einen Fuß auf Skellig Michael zu setzen. Sie war sich nicht einmal sicher, ob sie es nach dieser Nacht jemals wieder tun würde.

»Machen Sie mir auch eine Tasse?«, fragte sie.

Während es im Wasserkocher zu brodeln begann, setzte sie sich in den Ohrensessel und zog ihre Füße hoch, um sie unter ihrem Pulli zu verstecken. Bald breitete sich der Geruch nach Tee aus, der sie ein wenig belebte

Als Iain ihr eine Tasse reichte, die etliche Sprünge aufwies und deren Muster aus blauen Ankern mittlerweile verblasst war, erklärte er unwillkürlich: »Sie hat es hier gehasst.« Und anstatt ihrem Blick auszuweichen und sich wieder abzuwenden, setzte er sich ihr gegenüber auf den Stuhl, der unter seinem Gewicht knirschte. Obwohl der Tee noch brennend heiß war, trank er einen Schluck. »So sehr gehasst ...«, wiederholte er.

»Ihre Frau?«, fragte sie.

Obwohl er nichts sagte, noch nicht mal nickte, wusste sie, dass sie richtig lag.

»Mein Mann hat auch nie begeistert reagiert, wenn ich vorgeschlagen habe, mal Urlaub in Irland zu machen«, murmelte sie. »Jetzt musste er mir notgedrungen folgen, aber ich denke, wenn ich ihn mit nach Skellig Michael genommen hätte, wären wir geschiedene Leute ...«

Vielleicht sind wir das auch so, dachte sie. Vielleicht würde ihr Nils nicht verzeihen, dass sie einfach verschwunden war. Und sie würde ihm nicht verzeihen, dass er sie betrogen hatte.

»Für mich war das hier nie ... Urlaub«, murmelte er. »Für mich ist das hier mein Leben.«

»Und deswegen ist Ihre Beziehung gescheitert«, stellte sie fest.

Er nickte. »Manche haben behauptet, der Fluch von Skellig Michael hätte wieder mal zugeschlagen. Was für ein Unsinn! Es gab diesen Fluch ja nie ... und meine Frau ... ich denke, sie ist einfach nicht fürs Landleben geschaffen. Sie ist in Dublin aufgewachsen, und es hat ihr zwar immer gut auf Valentia Island gefallen – aber nur, wenn sie wusste, dass sie nach ein paar Tagen wieder heimfahren konnte. Solange sie noch berufstätig war, führten wir eine Fernbeziehung. Aber als dann die Kinder kamen ...« Er brach ab.

»Sie war der Meinung, dass Sie zu viel Zeit auf Skellig Michael verbrachten statt bei Ihrer Familie«, schloss Rebecca aus seinem Schweigen.

Er nickte. »Sie war sogar der Meinung, dass ich von Skellig Michael regelrecht besessen wäre.«

»Und … sind Sie es?«

Er gab keine Antwort, wirkte nur plötzlich unendlich verloren, wie er da mit hängenden Schultern saß und seine Hände sich regelrecht an der Teetasse festklammerten. Er schien Rebecca überhaupt nicht mehr grimmig, nur tieftraurig.

»Auch wenn Sie nicht besessen sind … woher kommt dieses Interesse an der Insel?«

Immer noch gab er keine Antwort.

Schweigend nippte sie am Tee, der endlich die richtige Temperatur hatte – etwas, was man von ihren Füßen nicht sagen konnte. »Eigentlich ist es doch wunderbar, wenn man seine Aufgaben mit Leidenschaft erfüllt«, sagte sie leise. »Ich habe den Eindruck, dass ich mein Leben seit langer Zeit auf kleinster Flamme vor sich hinköcheln lasse.«

Iain hob den Blick, und das Lächeln, zu dem sich seine Lippen verzogen, ließ ihn beinahe sympathisch erscheinen

»Meine Freundin denkt, dass ich auch zur Einsamkeit verdammt bin, wenn ich nicht zu meinem Mann zurückkehre. Ob ich ihn liebe oder nicht, hält sie für ziemlich irrelevant. Sie versteht einfach nicht, warum ich mein bequemes Leben aufgeben sollte.«

»Und was wollen Sie?«

»Um ehrlich zu sein, weiß ich das nicht genau«, gab sie zu. »Ich denke nur, dass eine Beziehung auf mehr gründen sollte als auf Angst vor Einsamkeit. Und ich denke auch, dass die Liebe uns dazu bringen soll, ehrlich zu uns zu sein, nicht zu lügen …«

»So wie Emma gelogen hat.«

»Das ist etwas anderes. Sie hat sich ja nicht vorgemacht, Leo oder ihre Tochter zu lieben. Diese Gefühle waren echt … und auch tief. Sonst hätte sie nicht so viel für die beiden auf sich genommen.«

Wieder folgte ein langes Schweigen. Das Heulen des Sturms klang nicht mehr ganz so feindselig wie zuvor.

»So habe ich es noch nie gesehen«, sagte Iain plötzlich. »Ich habe mich immer darüber geärgert, dass Emma nur ihr eigenes Interesse im Sinn hatte … und dass sie damit so viel Unglück über andere Menschen gebracht hat … in gewisser Weise auch über mich.«

»Was zum Teufel hat Emma denn mit Ihrem Leben zu tun?«

Iain seufzte und stand auf. Er wirkte selbst im Stehen kleiner als sonst. Als sie schon damit rechnete, dass er sie zurück ins Bett schicken würde, sagte er: »Wenn Sie das wirklich hören wollen, sollte ich uns lieber noch eine Tasse Tee machen.«

25

1867

Als Emma Ceit nachblickte, lag ihr der Kartoffelkuchen plötzlich wie Blei im Magen. Er hatte köstlich geschmeckt wie alles, was Ceit zubereitete. Sie schaffte es, noch aus den einfachsten Zutaten schmackhafte Gerichte zu zaubern – genauso wie sie es schaffte, dass nach dem Waschen die Bettwäsche nicht steif und salzig war, sondern nach Blumen roch, wusch sie sie doch in einem Sud aus Kamillenblüten. Ja, selbst den schlimmsten Gestank konnte sie vertreiben – nur den nach Emmas Lügen bemerkte sie nicht. Und Ceit konnte aus jedem Kleid noch den hartnäckigsten Fleck entfernen – nur den auf Emmas Seele sah sie nicht.

Sie hielt Emma tatsächlich für eine Schriftstellerin, und wann immer sie hier war und neugierige Fragen nach dem Werk stellte, war auch Emma selbst kurz davon überzeugt, dass sie wirklich hierhergekommen war, um einen Roman zu schreiben – wenn auch keinen über Aislinn und Rónán, sondern über Leo und sie.

Wenn Ceit aber wieder ging, musste sie stets aufs Neue erkennen, dass sie sie an der Nase herumführte und dass das, was sie Tag für Tag aufschrieb, keine herzergreifenden Erinnerungen an eine große Liebe waren, nur ein klägliches Lamentieren, weil sie von ihrem Liebsten im Stich gelassen worden war.

Ach, eigentlich wollte sie nichts mehr schreiben, wollte erst recht nichts lesen und wollte vor allem nicht lügen ...

»Ist sie weg?«

Emma zuckte zusammen, als sie die Stimme hörte. Unwillkürlich presste sie ihr Manuskript an sich, als müsste sie es beschützen.

»Du darfst die Stube nur betreten, wenn ich dich hole«, blaffte Emma Colin O'Driscoll an. Seine Haut war blass, seine Augen waren blutunterlaufen, die Mundwinkel zuckten. Er ertrug das Warten kaum noch, und obwohl es ihr ähnlich erging, ärgerte sie sich über ihn.

Was beschwerte er sich auch! Von den üppigen Portionen, die Ceit brachte, bekam er doch immer den größten Teil ab! Und seit sie den alten Leuchtturm bezogen und ihn zu sich geholt hatte, musste er nicht länger in dem Tunnel hocken, wo er kaum vor Wind und Regen geschützt gewesen war. Anstatt aber dankbar zu sein, beschwerte er sich über die winzige Kammer, die sie ihm zugewiesen hatte.

»Ceit kann jederzeit zurückkommen«, schimpfte Emma, »gut möglich auch, dass William Callaghan unangekündigt hier auftaucht.«

O'Driscoll schnaubte nur, setzte sich an den Tisch und begann, die Reste des Kartoffelkuchens in sich hineinzuschaufeln. Als Emma ihm dabei zusah, schmeckte es in ihrem Mund plötzlich säuerlich.

»Was machst du noch hier? Marsch, zurück in dein Versteck!«, schrie sie ihn an.

»Und was machst *du* noch hier?«, gab er ungerührt zurück. »Willst du nicht lieber hoch zu den Ruinen?«

Emma sah ihn fragend an.

»Vorhin hast du mit diesem Fischweib doch darüber gesprochen, dass der Arzt heute wiederkommt. Ich bin immer noch überzeugt, dass er für seinen Bruder spioniert und ...«

»Ceit ist kein Fischweib!«

»Sie stinkt nach Fisch!«

»Nein, du stinkst nach Fisch! Du hast kein Recht, sie zu beleidigen!«

»Himmel, das Fischweib ist mir völlig egal. Mir geht's um den Doktor. Was ist, wenn er auf mein Versteck stößt? Vielleicht ... vielleicht habe ich dort etwas zurückgelassen.«

»Was denn?«

»Ich suche schon seit geraumer Zeit meine Schnupftabakdose ...« Er kratzte sich am Kopf und wirkte mit einem Mal verlegen.

»Ich habe dir doch gesagt, wir müssen vorsichtig sein.«

»Und deswegen darfst du ihn nicht allein da oben herumschnüffeln lassen.«

Ungerührt nahm er den nächsten Bissen. Ein Stück glasiger Zwiebel blieb an seinem rechten Mundwinkel kleben.

Emma ertrug den Anblick nicht länger und stürzte nach draußen. Erst dort bemerkte sie, dass sie ihr Manuskript immer noch in den Händen hielt.

Wie eine Mutter ihr Kind ...

Dabei hatte es doch keinen Wert. Ihre Liebe zu Leo hatte schließlich auch keinen Wert. Hatte sie zuvor ernsthaft geglaubt, sie könnte sie wieder neu beleben, wenn sie ihre Geschichte auf Papier bannte, musste sie nun einsehen, dass in ihrem Herzen vor allem Wut und Verbitterung wohnten. Und hatte sie damit gerechnet, dass sie sich auf eine Zukunft mit ihm freuen würde, fragte sie sich nun, ob sie beide überhaupt eine Zukunft hätten – selbst wenn sie ihn wirklich in Amerika treffen sollte. Schwarz auf weiß festgehalten, konnte sie sich der Wahrheit gegenüber nicht mehr blind stellen. Und die Wahrheit war, dass er mehr versprochen als gehalten hatte, dass er sich lieber selbst beim Träumen zugehört hatte als ihr beim Reden, dass er den eigenen Hunger nach Leben in ihrem Gesicht gespiegelt gesehen hatte, nicht aber, dass in diesem auch Angst stand. Mit dieser Angst hatte er sie ebenso allein gelassen wie mit ihrer Tochter ... oder vielmehr mit der Sehnsucht nach ihr.

Einfach wegwerfen konnte sie das Manuskript allerdings auch nicht, weil das Ceit misstrauisch gemacht hätte, und wenn sie es zurück auf den Tisch legen würde, bedeutete dies, O'Driscoll noch länger beim Essen zusehen zu müssen.

Also stieg sie mit dem Manuskript in den Armen hoch zur Klosterruine – und war dort sehr froh, dass sie es mitgenommen hatte.

Síomon stand nämlich genau vor jenem Stein, hinter dem O'Driscolls Versteck verborgen lag. Und das Manuskript bot ihr eine einmalige Chance, ihn davon abzulenken. Außerdem war es ein diebisches Vergnügen, das, was sie sich vorhin schon ausgemalt hatte, wirklich umzusetzen – die Seiten nämlich einfach in die Luft zu schleudern und zuzusehen, wie sie vom Wind in alle Himmelsrichtungen verweht wurden.

Du hast mich längst vergessen, Leo, das weiß ich mittlerweile. Aber ich kann dich auch vergessen. Nicht unsere Tochter, aber dich!

Als sie den Mund öffnete, wäre ihr fast ein lautes Lachen entfahren, aber sie hatte sich so weit unter Kontrolle, dass sie einmal mehr ein begnadetes Schauspiel abgab.

»Helft mir, so helft mir doch!«

Sie schrie, als stünde ihr Leben auf dem Spiel, und erreichte, was sie wollte. Síomon hatte nicht länger Augen für den Stein, sondern kam mit Ceit herbeigeeilt, um das Manuskript wieder einzusammeln.

Später im Leuchtturm war es eiskalt. Ceit hatte ihr Leben riskiert, um die Manuskriptseiten einzusammeln, Síomon hatte ihr selbstlos geholfen, und nun stand sie da mit ihrer zu Papier gewordenen Lüge.

»Sind sie weg?«

Emma fuhr herum, O'Driscoll saß auf der Bank.

»Himmel, du musst in deinem Versteck bleiben. Wie oft soll ich dir das noch sagen?«

»Hat das Fischweib etwas zum Abendessen gebracht?« Nahezu anklagend deutete er auf den leeren Blechnapf.

»Das Fischweib hat meinen Roman gerettet.«

»Du hast doch gar keinen Roman geschrieben.«

Nein, nur die Geschichte meines Lebens ... für die hätte Ceit nicht ihr eigenes Leben in Gefahr bringen müssen ...

»Der Doktor ist doch nicht misstrauisch geworden, oder?«

Emma zuckte mit den Schultern. Als sie und Ceit Síomon vorhin zum Bootssteg begleitet hatten, waren beide sehr schweigsam und in Gedanken versunken gewesen. Sie hatte es darauf geschoben, dass die Rettungsaktion ziemlich anstrengend gewesen war, doch nun regten sich leise Zweifel. Und wenn Síomon vorhin doch etwas bei den Klosterruinen entdeckt hatte? Wenn er schnurstracks zu seinem Bruder ging und ihm alles erzählte? Und wenn er mit Ceit über seinen Verdacht gesprochen hatte? Doch Ceit hätte sie in diesem Fall sicher danach gefragt. Stattdessen hatte sie sich beeilt, zum unteren Leuchtturm zurückzukehren, weil sich ihr kleiner Neffe offenbar verletzt hatte.

Nein, Ceit machte ihr nichts vor ... sie war es, die sie ständig belog. Und Síomon hätte nicht geholfen, die Manuskriptseiten einzusammeln, wenn er wirklich für seinen Bruder spionierte.

»Nun sag schon!«, rief O'Driscoll ungeduldig.

Emma ging wütend auf ihn los. »Ich bin hier, um dafür zu sorgen, dass du nicht verhungerst – mit dir sprechen muss ich nicht. Du hast genug Kartoffelkuchen bekommen, jetzt verschwinde aus der Wohnstube. Der Bootsmann, der Síomon heute hierhergebracht hat, hat mir vorhin heimlich eine Nachricht von Arthur zugespielt. In einer Woche werden wir hier abgeholt – dann ist endlich alles vorbei.«

Dann muss ich nie wieder lügen, muss mich nie wieder schäbig fühlen, kann ein neues Leben beginnen …

Nachdem sich O'Driscoll zurückgezogen hatte, war ihr immer noch kalt. Sie begann ihren Text zu ordnen, die Seiten glattzustreichen. Nicht dass sie dieses Manuskript jemals brauchen würde, und nicht dass sie es jemals wieder zu lesen gedachte. Aber sie schien es Síomon und Ceit schuldig zu sein, den Schein aufrechtzuerhalten und dem, was sie unter großem Einsatz gerettet hatten, die gebührende Aufmerksamkeit zu schenken.

Wolken brauten sich am Himmel zusammen. Eine Woche war vergangen, seit Ceit und Síomon ihr Manuskript gerettet hatten, und mittlerweile hatte Emma es genauso wie die Pergamentrollen und ihre anderen Habseligkeiten in ihre Tasche gepackt. Bis zuletzt war sie nicht sicher gewesen, ob sie es überhaupt mit nach Amerika nehmen würde, hatte dann aber entschieden, nichts von sich hier zurückzulassen. Die Insel sollte allein von den Mühen künden, die einst die Mönche auf sich genommen hatten, um ein gottgefälliges Leben zu führen, und von den Opfern der Leuchtturmfamilien, die – um der Sicherheit anderer willen – hier ausharrten. Das Werk einer Hochstaplerin hatte hier nichts verloren.

Hoffentlich, dachte sie, als sie hoch zum dunklen Himmel starrte, hoffentlich wird man die Geschichte vom Fluch bald vergessen.

»Hoffentlich«, sagte sie laut zu O'Driscoll, »kann das Boot überhaupt anlegen.«

Und hoffentlich muss ich dich nach dieser Nacht nicht wiedersehen.

Die Chancen dafür standen gut. Schließlich würde Emma ein anderes Schiff nach Amerika nehmen, musste sie doch zuerst ihre Tochter zu sich holen.

O'Driscoll trat zu ihr ans Fenster und betrachtete ebenfalls den Himmel. »Mein Onkel lässt mich nicht im Stich«, erklärte er.

»Das habe ich auch nicht gesagt. Aber dein Onkel hat keine Befehlsgewalt über das Meer und schon gar nicht über den Wind. Ceit hat vorhin gesagt, dass ihr Schwager die *Madra Gaoithe* gesehen hätte, das ist eine bestimmte Wolkenformation, die stets heftigen Stürmen vorausgeht. Sie rechnet nicht damit, dass ich morgen früh hier fortkomme – und erst recht würde sie die Hände über dem Kopf zusammenschlagen, wenn sie wüsste, dass ich meine Abreise schon für die Nacht plane.«

Ob es nun aber ein ferner Befehl von Arthur O'Connor war, das hartnäckige Kreischen der Vögel oder der eigene feste Wille – wiewohl die Wolkentürme immer höher wuchsen und sich der Himmel pechschwarz wie Tinte färbte, war das Meer kaum aufgewühlt, und die Wellen klatschten nur müde gegen den Stein.

»Der Sturm scheint auszubleiben – ich denke, wir sollten beim Bootsanlegesteg warten«, entschied sie, als sie sicher war, dass die Sonne nicht einfach nur von Wolken verborgen wurde, sondern endgültig untergegangen war.

Am meisten hatte sie sich vor dem Augenblick gefürchtet, wenn sie am unteren Leuchtturm vorbeilaufen müssten. Als sie aber tatsächlich wie zwei Diebe durch die Nacht huschten, fühlte sie weniger Angst davor, entdeckt zu werden, als vielmehr Beklommenheit und vagen ... Schmerz.

Nicht nur, dass sie sich von Ceit nicht mehr verabschieden und ihr für alles danken konnte – nein, sie musste auch damit fertig werden, dass Ceit sich ihr Leben lang fragen würde, was mit ihr, Emma Rothburn, geschehen war und warum sie mitten in der Nacht einfach verschwunden war. Sie würde gewiss auf Valentia Island nach ihr fragen, doch dort würde keiner von ihrem Verbleib wissen, und irgendwann würde Ceit herausfinden, dass es gar keine Schriftstellerin namens Emma Rothburn gab.

In Wahrheit bin ich der Geist … nicht Aislinn … nichts an mir hat Gewicht, um Spuren zu hinterlassen …

Bald hatten sie den Leuchtturm hinter sich gelassen, während O'Driscoll offenbar der Meinung war, dass es keinen Grund zur Eile gäbe.

»Beeil dich!«, rief sie ihm zu.

Er beschleunigte seine Schritte kaum, doch auch so näherten sie sich schnell dem Bootssteg.

»Na also!«, rief O'Driscoll befriedigt. »Wusst ich's doch, dass mein Onkel uns nicht im Stich lässt.«

Emma hob den Blick und sah in der Schwärze der Nacht ein Licht aufblitzen: Tatsächlich näherte sich ein Boot dem Steg. Erleichterung und Wehmut durchfluteten sie zugleich. Ihr Blick ging unvermittelt zurück, aber von hier aus waren weder der Leuchtturm noch die Klosterruinen zu sehen.

Was sie hingegen deutlich erkennen konnte, war das Gesicht des Bootsfahrers und dass dieser nicht allein gekommen war. Dicht neben ihm saß ein zweiter Mann und ruderte gegen die Strömung an.

Dass er an einem Tag wie heute Hilfe mitbrachte, fand sie nicht weiter verwunderlich – umso mehr aber, dass der Bootsführer nicht derjenige war, der sie bislang auf die Insel gebracht hatte, sondern ein Fremder.

Sie verharrte. »Ich … ich kenne den Bootsmann nicht«, murmelte sie. Ehe sie in den Schatten der Felswände zurückweichen konnte, die hier so steil aufragten, packte O'Driscoll sie am Arm.

»Na und?«, schnaubte er. »Der andere hat es vielleicht wegen diesem dummen Fluch mit der Angst zu tun bekommen und wollte nicht mitten in der Nacht hierherkommen.«

»Angst?« Wenn ihr nicht so unwohl zumute gewesen wäre, hätte sie gelacht. »Er hat einst bei der British Navy gedient, und dort vergisst man, Angst zu haben. Und er war stets stolz darauf, den Ruderwettkampf von Beginnish nach Valentia Island mehrmals gewonnen zu haben. Niemals würde er sich die Gelegenheit entgehen lassen, Tabak zu verdienen – womit ihn dein Onkel nämlich bezahlt.«

Sie wehrte sich gegen O'Driscolls Griff, doch der blieb eisern. »Himmel, und wenn mich der Teufel selbst ans Festland rudert! Ich werde nicht auf dieser verdammten Insel bleiben. Nun mach schon, du dummes …«

Er war stärker als sie, was nicht hieß, dass sie es ihm nicht schwermachte. Sie leistete so erbitterten Widerstand, dass er nun auch ihren zweiten Arm packte. Auf diese Weise drehte sie dem Boot zwangsläufig den Rücken zu und sah darum nicht, wie es anlegte, der Bootsmann ausstieg, ihm der zweite Mann folgte … sein Gehilfe … nein, nicht sein Gehilfe.

Emma gelang es wieder, sich umzudrehen. Sie schrie auf, als sie den Mann erkannte, und etwas lag in dem Schrei, was selbst O'Driscoll alarmierte. Er ließ sie so abrupt los, dass sie fast gegen den Felsen krachte, aber sie vermochte, sich aufrecht zu halten, ja, machte sogar ein paar Schritte auf das Boot zu, während O'Driscoll unschlüssig verharrte.

Der zweite Mann war kein Ruderer, sondern … Síomon Canavagh.

Und in seinen Händen hielt er nicht etwa seine schwarze Arzttasche, sondern eine … Pistole.

Obwohl sie ihn nicht ansah, ahnte sie, dass sich auf O'Driscolls Miene blankes Entsetzen ausbreitete.

In Síomons hingegen lag nur grimmige Entschlossenheit, während ihres wohl Resignation widerspiegelte.

Versagt ... versagt ... ich habe meine Aufgabe nicht erfüllt. Ich habe es nicht vermocht, Síomons Misstrauen zu zerstreuen ... er weiß es ... weiß alles ... er ist gekommen, um O'Driscoll festzunehmen ... aber warum tut er das ganz allein, ohne seinen Bruder, den Constable?

Sie fand keine Antwort auf diese Frage, aber das zählte in diesem Augenblick auch nicht. Was zählte, war, dass nur noch eine Chance blieb, ihren Auftrag zu Ende zu bringen und O'Driscoll auf das Schiff nach Amerika zu bringen.

Während O'Driscoll immer weiter zurückwich, machte sie einen Satz auf Síomon zu, und es geschah, worauf sie gesetzt hatte. Anstatt die Pistole auf sie zu richten, sah er sie nur fragend, ja sogar etwas verwirrt an, und dass er sie für eine Betrügerin hielt, änderte nichts daran, dass sie auch eine Frau war ... eine Frau, die Männer schwach machen ... die sie überrumpeln konnte. Sie umschlang seinen Nacken, zog sein Gesicht zu ihrem und küsste ihn überschwänglich. Und ehe er begriff, was sie da tat, hatte sie ihm schon die Pistole aus der Hand geschlagen.

Sie hatte erwartet, dass die Waffe ins Meer fiel, doch das Klatschen blieb aus. Das dumpfe Geräusch, das ertönte, ließ vielmehr vermuten, dass sie stattdessen auf dem Bootssteg gelandet war. Danach erklang ein Keuchen, von dem sie nicht sicher war, ob sie oder Síomon es ausgestoßen hatte, und schließlich ein Schrei.

Emma fuhr herum und sah, dass Ceit nicht weit vom Bootssteg entfernt stand. Sie trug nur ein dünnes Nachthemd, und ihr Gesicht war fast so weiß wie dieses. Wieder schrie sie auf, und erst jetzt erkannte Emma warum: Nicht etwa, weil Síomon und sie sich geküsst hatten. Sondern weil O'Driscoll die Pistole hochgehoben hatte und auf Síomon richtete.

26

»Wer hat Emma denn nun getötet?«, rief Rebecca aufgeregt. »Ich hatte vermutet, dass Ceit die Mörderin war und sich deshalb später schuldig fühlte. Ein mögliches Motiv könnte Eifersucht gewesen sein, weil sie doch Síomon liebte. Doch wenn die Pistole in O'Driscolls Hände gelangt ist ... dann scheint er geschossen zu haben, oder? Aber warum ausgerechnet auf Emma?«

Sie stellte diese Fragen nun schon seit geraumer Weile, aber obwohl Iain ihr eben noch so viel erzählt, ja, alles bis ins kleinste Detail ausgemalt hatte, schwieg er nun.

»Himmel!«, fluchte sie. »Sagen Sie mir alles oder gar nichts! Diese Halbheiten habe ich endgültig satt.«

Seine Reaktion überraschte sie. Sie hätte ihm zugetraut, sich trotzig abzuwenden, sich einfach hinzulegen und schnarchend einzuschlafen. Stattdessen verzog ein Lächeln seine Lippen und schenkte ihr zum ersten Mal eine vage Ahnung davon, wie gut dieser Mann aussehen könne, wenn er etwas weniger Haare im Gesicht, weniger Kilos am Leib und weniger Grimm im Blick hätte.

»Ihr habt alle keine Geduld«, sagte er leise. »Ihr seid das schnelle Leben in den Städten gewohnt und müsst euch erst mal darauf einstellen, dass ihr hier auf Skellig Michael dem Meer und dem Wind ausgeliefert seid und darüber keine Kontrolle habt.«

Der Wind schien ihm zuzustimmen, denn er rüttelte plötzlich laut an den Fensterläden, obwohl der Sturm eigentlich schon nachgelassen hatte.

»Ich wohne nicht in der Stadt«, sagte Rebecca trotzig. »Und ich beschwere mich auch nicht, Meer und Wind ausgeliefert zu sein.«

»Das wäre ja noch schöner, schließlich sind Sie selbst daran schuld.«

Rebecca gab kleinlaut zu: »Vor kurzem hätte mich die Vorstellung, eine Nacht hier zu verbringen, noch dazu auf mich allein gestellt, in Angst und Schrecken versetzt. Und richtig behaglich finde ich es hier immer noch nicht.«

Er stieß einen Pfiff aus. »Ich werde es nie verstehen, warum sich so viele Menschen unter ihresgleichen wohler fühlen, als wenn sie allein sind.«

»Macht Ihnen das denn überhaupt keine Angst?«

Iain schwieg eine Weile. Er machte Anstalten, sich zu erheben, wohl, um noch mehr Tee zuzubereiten, blieb stattdessen aber dann doch sitzen.

»Ich fühle mich mit mir selber eigentlich ganz wohl«, gab er zurück. »Warum Sie nicht? Sie haben doch gewiss keine schlimme Schuld auf sich geladen, die Sie zu verdrängen versuchen, indem Sie sich in Geschäftigkeit stürzen.«

»Etwa so wie Ceit?«, fragte sie. »Hat sie es geschafft, O'Driscoll die Pistole aus der Hand zu reißen? Aber warum hätte sie Emma töten sollen?«

Wieder erschien dieses Lächeln auf seinen Lippen und es funkelte schadenfroh in seinen Augen, doch sie beschloss, ihm die Genugtuung nicht zu gönnen und sich ihre Ungeduld und Neugierde nicht länger anmerken zu lassen.

»Vielleicht ist es genau das«, sagte sie. »Ich habe eben keine Schuld auf mich geladen ... ich habe nie etwas Böses getan ... aber ich habe auch kaum etwas Großes geleistet. Wenn ich auf mein Leben blicke, finde ich da so wenig Abenteuer und Heldentaten ... nur viel Routine ... viel Sicherheit ... ja, auch Zufriedenheit, aber gepaart mit Langeweile ... Ich fürchte, ich habe so viele Stunden nutzlos vergeudet, habe meine Zeit mit Nichtigkeiten verschwendet, hier eine Dinnerparty mit oberflächlichem Smalltalk, dort ein Friseurtermin, der gar nicht notwendig gewesen wäre, dann wieder ein Cafébesuch mit einer Freundin, die eigentlich gar keine ist. Ich ... ich habe immer versucht, Leere mit Leere zu füllen.«

Sie sah ihm nicht ins Gesicht, während sie sprach, sondern war aufgestanden, ans Fenster getreten und starrte in die dunkle Nacht hinaus.

»Meine Frau sagte auch immer, ich würde mein Leben vergeuden«, murmelte Iain. »Sie konnte einfach nicht verstehen, warum ich so viel Zeit auf Skellig Michael verbringe – für sie war das verlorene Zeit.«

Rebecca drückte ihre Nase auf die Fensterscheibe. Sie konnte kaum noch etwas erkennen, fühlte auch nichts mehr, weder Scham über ihr Bekenntnis noch Stolz auf ihre schonungslose Offenheit, nur, dass sie sich inmitten des riesigen Meeres winzig klein vorkam.

»Gehen Sie lieber wieder ins Bett, Sie zittern ja.« Erst als die Stimme zu ihr drang, erkannte sie, wie lange sie hier gestanden haben musste. Und ja, sie fror tatsächlich. Ihre Füße und Hände waren fast taub, die Zähne klapperten, die Lippen hatten sich wahrscheinlich blau verfärbt.

Als sie sich umdrehte, sah sie, dass Iain sich wieder auf die Schlafcouch gesetzt hatte, und bevor sie wusste, was sie tat, trat sie zu ihm, setzte sich neben ihn, breitete die Decke über sie beide und kuschelte sich an seinen wuchtigen Leib. Warm war er ... tröstlich warm.

»Was soll das werden?« fragt er heiser.

»In einer Nacht wie dieser ist Emma gestorben ...«, murmelte sie.

»Und jetzt haben Sie Angst um Ihr Leben? Denken Sie, dass Streicheleinheiten mich davon abhalten, den Psychopathen in mir rauszulassen?«

»Eigentlich wollte ich einen Liebesroman schreiben, keinen Thriller.«

»Aber worin liegt denn genau der Unterschied? Liebe kann tödlich sein.«

»Glauben Sie das wirklich?«

Er atmete schwer. »Ich weiß es nicht«, sagte er leise. Er zog sich nicht zurück, und sie blieb an seinen warmen Körper gekuschelt, als er endlich fortfuhr, von Emma, Ceit und Síomon zu erzählen.

27

1867

»Machen Sie jetzt keinen Unsinn! Um Himmels willen, tun Sie ihr nichts!«

Síomons Stimme war nach langer Zeit das Erste, was wieder zu ihr drang. Bis dahin hatte Emma weder Ceit noch den Bootsmann schreien gehört, und sie wusste auch nicht, ob sie selbst einen Laut von sich gegeben hatte. Doch Síomon hörte sie nun, als er verzweifelt wiederholte: »Tun Sie ihr nichts!«

Verspätet begriff sie, was er meinte, sah sie doch erst jetzt, dass sich O'Driscoll zur Seite gedreht hatte und seine Pistole nicht länger auf Síomon gerichtet hielt, sondern auf Ceit. Wie sie da in ihrem weißen Nachthemd stand und zitterte, erinnerte sie an jenen Geist, den Emma selbst erfunden hatte.

Emma rang vergebens nach Worten, während O'Driscoll Síomon barsch anfuhr: »Wann wird Ihr Bruder kommen?«

Zu dem Entsetzen in Síomons Miene trat basses Erstaunen. »Mein Bruder?«

»Ja, doch, der Constable!«

Síomon machte den Eindruck, als müsste er sich erst wieder mühsam daran erinnern, wer zu seiner Familie zählte, und Emma, die so lange Zeit anderen Menschen etwas vorgespielt hatte, wusste plötzlich, dass seine Verwirrung echt war. Warum auch immer er mitten in der Nacht zur Insel gekommen war – mit seinem Bruder hatte das ebenso wenig zu tun wie mit O'Driscoll. Und er hatte seine Pistole auch nicht mitgenommen, um diesen zu bedrohen ... sondern um jemanden zu beschützen ... um Ceit zu beschützen.

»Tun Sie ihr nichts, bitte!«, rief Síomon. »Ich werde Sie nicht aufhalten, ich bin auch nicht gekommen, um Sie festzunehmen. Aber als ich eins und eins zusammengezählt und begriffen habe, was hier auf der Insel vor sich geht ... dass hier einer der Fenians versteckt wird und der Fluch nur eine Erfindung ist ... da ... da habe ich mir solche Sorgen gemacht.« Er wandte sich an Ceit. »Ich wollte nur sicher sein, dass es dir gutgeht.«

Ceit hörte zu zittern auf, schienen sich die Worte doch wie ein warmer Mantel um sie zu legen, und sie wirkte auch nicht mehr schmal und verloren. Sie war kein Geist, sondern mit Leben erfüllt ... und mit Liebe.

»Du hast dir Sorgen um *mich* gemacht?«, fragte sie ungläubig. So sprach nicht die Tante, die Schwester, die hart arbeitende Frau, die die Verantwortung für ihre Familie trug. So sprach ein junges Mädchen, das von der Liebe träumte.

»Natürlich habe ich mir Sorgen gemacht, natürlich bin ich gekommen!«, rief Síomon. »Ich bin doch immer nur deinetwegen gekommen, von Anfang an! Als ich als Inselarzt zurück nach Valentia Island gekehrt bin, habe ich sofort nach dir gefragt, und nachdem ich erfahren habe, dass du jetzt auf Skellig Michael lebst, habe ich die erstbeste Gelegenheit genutzt, zur Insel zu fahren.«

Ceit brauchte eine Weile, um seine Worte zu begreifen. »Du ... du kennst mich von früher?«

»Du mich doch auch!« Er leckte sich über die Lippen. »Allerdings scheinst du mich vergessen zu haben ... du hast mich ja auch früher kaum wahrgenommen ... ich bin der Sohn vom alten Jack, dem Fischer ... zumindest an ihn kannst du dich doch noch erinnern, oder?«

Ceit nickte wie betäubt.

»Nun, ich war immer dabei, wenn die Frauen die Fischernetze reinigten ... und wenn alle jungen Leute zusammen getanzt und gesungen haben ...«

»Aber die Männer hatten doch immer nur Augen für Eliza. Eliza ist ... war so viel schöner als ich.«

»Aber du warst viel stärker!«, rief er. »Leider hattest auch du nur Augen für sie. Du hast ständig deine Schwester angestarrt, wie sie mit anderen Männern tanzte, aber du hast nie gemerkt, dass ich nicht weit von dir gesessen und mich danach gesehnt habe, dass du mir einen Blick zuwirfst. Als mein Vater starb, waren mein Bruder und ich eigentlich zur Armut verdammt. Doch in dem Waisenhaus, in das wir kamen, hat sich ein Priester unserer angenommen. Er hat geahnt, was in uns steckte, dafür gesorgt, dass wir die Schule besuchten. Mein Bruder ist in den Polizeidienst getreten, während ich dank eines Stipendiums in Dublin Medizin studieren konnte. Ich habe mich weiß Gott nicht nach einer Heimat gesehnt ... sondern nach dir ...«

In diesem Moment ertönte die Stimme von O'Driscoll, der ungehalten schrie: »Keiner bewegt sich!«

»Idiot!«, zischte Emma. »Merkst du denn immer noch nicht, dass von ihm keine Gefahr ausgeht?«

»Er hat hier herumgeschnüffelt!«

»Doch nur, weil ich wissen wollte, was auf der Insel vorgeht, auf der Ceit lebt!«, schaltete sich Síomon ein. »Ich bin nicht wie mein Bruder. Ich betrachte die Fenians nicht als Feinde Irlands ... ich bin auch dafür, dass Irland unabhängig werden sollte.«

»Du lügst! Du lügst doch nur!«

Emma ahnte, dass er O'Driscoll nicht erreichen würde. Er hatte Angst um sein Leben. Emma begriff früher als der Rest, was passieren würde, und als O'Driscoll tatsächlich einen Satz auf Ceit zumachte – offenbar, um sie an sich zu ziehen, sie als Geisel mit ins Boot zu nehmen und vom Bootsmann die Überfahrt zu erzwingen –, ging sie dazwischen. O'Driscoll wollte sie wegstoßen, doch sie klammerte sich regelrecht an seinem Arm fest. Kurz sah er sie nur finster an, dann änderte er die Taktik. Anstatt ihr einen neuerlichen Stoß zu versetzen, packte er sie und presste den Lauf der Pistole an ihre Schläfe.

Ceit schrie auf, während Síomon auf O'Driscoll zustürzen wollte.

»Bleiben Sie stehen!«, rief Emma. »Er wird nicht ohne Geisel gehen ... und diese kann doch ich sein. Ich bin mir sicher, dass er mir nichts tun wird.«

Eigentlich war sie das nicht, aber in diesem Augenblick war es ihr egal. Wichtig war nur, dass Síomon nicht auf O'Driscoll losging, sondern Ceit beschützte, die ihn bereits umschlang und sich an ihn presste.

O'Driscoll schnaubte, zerrte Emma dann aber zum Boot. Da er seinen Blick nicht von Síomon lassen wollte, ging er rückwärts, weswegen sie nur langsam vorankamen. Emma glaubte, in dieser Zeit keinen einzigen Atemzug zu machen, doch das war natürlich Unsinn, wäre sie in diesem Fall doch erstickt. Aber sie erstickte nicht, sie lebte und war überzeugt, dass alles gutgehen würde. Der Bootsmann würde O'Driscoll und sie ans Festland bringen, während Síomon mit Ceit hierbleiben würde.

Alles gut ... es wird alles gut ... was störte da schon das kalte Metall des Pistolenlaufs auf ihrer Schläfe?

Doch plötzlich ließ O'Driscoll abrupt die Waffe sinken. Sie fühlte noch seinen warmen Atem an ihrer Kehle, sah erst ein grelles Licht, dann einen dunklen Gegenstand. Ein dumpfes Poltern ertönte, sein Griff lockerte sich ... oder nein, es musste umgekehrt passiert sein. Als er auf die Knie sackte, hatte sie sich schon von ihm befreit, und das so ungestüm, dass sie fast ins dunkle Wasser fiel. Sie kämpfte um ihr Gleichgewicht, drehte sich um, erkannte, was passiert war. O'Driscoll hatte nur auf Síomon gestarrt und deswegen gar nicht auf den Bootsmann geachtet. Wer immer das genau war – zu den Freunden der Fenians zählte er anscheinend nicht. Er hatte nur darauf gewartet, dass O'Driscoll näher kam, um mit dem Ruder auf ihn einzuschlagen. Damit hatte er auch tatsächlich erreicht, dass O'Driscoll die Pistole fallen ließ und zu Boden ging. Doch er hatte nicht kräftig genug zugeschlagen. Schon kam O'Driscoll wieder auf die Beine und schlug dem Bootsmann das Ruder aus der Hand. Ganz verdattert, nahezu hilflos sah der auf den anderen, ehe er sich blitzschnell duckte, nun selbst nach der Pistole griff und sie – just in dem Augenblick, als O'Driscoll sich auf ihn stürzte – in die Hände bekam. Die beiden Männer begannen, wild miteinander zu ringen, und Emma konnte nicht erkennen, ob O'Driscoll dem anderen die Pistole entriss oder nicht.

Einer wird den anderen erschießen, ging ihr durch den Kopf.

Doch als sie den Schuss hörte, blieben sie beide aufrecht stehen, ja hörten sogar auf, gegeneinander zu kämpfen.

In die Luft ... sie haben ja nur in die Luft geschossen, dachte sie. Vor Erleichterung wollte sie auflachen, doch aus ihrem Mund kam nicht einmal ein Ächzen, nur Blut, warmes, metallisch schmeckendes Blut.

Und da erst fühlte sie, wie ihr der Schmerz schier die Brust zerriss.

Der Schmerz wuchs, verging, kam wieder. Ein Ungeheuer mit spitzen Zähnen hatte sie angefallen, hieb wieder und wieder seine Klauen in ihren Leib, so wie einst, als sie ihre

Tochter geboren hatte. Erst als Ceit sie auf ihren Schoß zog, begriff sie, dass kein Ungeheuer auf ihrer Brust hockte. Stattdessen kniete nun auch Síomon über ihr.

»Kannst du etwas tun? Du musst etwas tun!«, schrie Ceit ihn an.

Sie hörte Síomons Antwort nicht. Sie hörte nur aus weiter Ferne O'Driscoll heulen.

»Das wollte ich nicht ... es ... es war ein Unfall.« Vielleicht sagte das gar nicht O'Driscoll, sondern der Bootsmann, dessen Stimme sie nicht kannte. Egal, egal, alles war egal ... sie wollte nichts hören ... sie wollte sich treiben lassen ... im schwarzen Wasser, in dem sie langsam versank, nicht eisig kalt, sondern warm wie ihr Blut ...

Doch als Ceit ihr das Kleid aufriss und der Wind sie traf, musste sie erkennen, dass sie noch auf dem Bootssteg lag.

»Wer ... wer ist das?«

Alexandras Foto, das sie an ihrem Herzen trug, war von der Kugel nicht getroffen, von ihrem Blut nicht beschmutzt worden.

Der Schmerz kehrte wieder zurück, diesmal in Form der bitteren Erkenntnis, dass sie ihre Tochter nie wiedersehen würde, dass sie sie kein einziges Mal berühren würde, dass sie Alexandra niemals erzählen konnte, wie es zu alldem gekommen war ...

Dieser Schmerz war so gewaltig. Noch weigerte sie sich, ihm nachzugeben, und die Augen zu schließen. Sie weigerte sich auch hinzunehmen, dass ihr Körper nun selbst zu Stein wurde. Zumindest ihre Hände konnte sie noch bewegen. Mit ihnen griff sie nach Ceits und Síomons und führte sie zusammen.

»Ihr müsst glücklich werden ... ihr müsst für mein Kind sorgen ... Alexandra ... Francis ... meine Dienerin ... Lord Rothburn ... von ihr erfahren ... wo das Kind ... nehmt es zu euch ... es soll erfahren ... soll erfahren, was Liebe ist ... ich ... ich konnte es ihm nicht beibringen.«

Der Schmerz verging, ihr Körper war nicht mehr Stein, sondern Wasser, begann zu zerfließen, ins Meer zu tropfen ... Dort ging sie allerdings nicht unter, sondern wurde von unsichtbaren Händen hochgerissen und nahm die Gestalt einer Möwe an, die am dunklen Himmel ihre Kreise zog. *Ich warte auf dich ... ich werde auf dieser Insel bleiben und auf dich warten.*

28

Als Rebecca erwachte, stieg ihr der Geruch nach frischem Kaffee in die Nase, und ehe sie die Augen aufschlug, streckte sie sich wohlig und räkelte sich auf dem Kissen. Verspätet fand sie zurück ins Hier und Jetzt und fuhr hoch. Iain hatte tatsächlich Kaffee gemacht. Das vermeintliche Kissen, auf dem sie geschlafen hatte, war seine Jacke.

Rebecca rieb sich verwirrt die Augen. Was sich in der Nacht so selbstverständlich, ja gut angefühlt hatte – nämlich an Iain gekuschelt einzuschlafen –, erfüllte sie nun mit Verwirrung und Befremden.

Dieser grimmige, stets schlechtgelaunte Bär von einem Mann …

Allerdings: Schlechtgelaunt schien er nicht zu sein. Als er sich umdrehte und sein Blick auf sie fiel, umspielte wieder ein Lächeln seine Lippen, das ihn nicht nur jünger, sondern irgendwie … freier wirken ließ, als wäre in dieser Nacht eine unsichtbare Last von seinen Schultern abgefallen.

Schließlich hatte er ihr alles von dem Mord an Emma erzählt … oder vielmehr von dem Unfall.

Rebecca erhob sich, und sofort war ihr eisig kalt, weil die Heizung nicht länger eingeschaltet war. Immerhin rüttelte auch kein Sturm mehr an den Fensterläden. Das einzige Geräusch, das von draußen hereindrang, war das Schreien der Vögel.

Sie nahm sich eine Tasse Kaffee. Auf Milch konnte man hier offenbar nicht hoffen und auf Zucker erst recht nicht, aber ihr Schädel brummte derart, dass sie alles zu sich genommen hätte, was ein wenig Koffein versprach – und ein wenig Klarheit. Doch selbst nachdem sie die Tasse halbleer getrunken hatte, konnte sie sich nicht mehr daran erinnern, worüber sie als Letztes gesprochen hatten, ehe sie eingeschlafen war.

»Dieser O'Driscoll trägt also die Schuld an Emmas Tod – oder dieser Bootsmann«, murmelte sie. »Und vielleicht trägt auch Síomon Canavagh eine gewisse Mitverantwortung, weil er es war, der die Waffe auf die Insel mitgenommen hat. Ceit aber hatte nichts damit zu tun. Warum, um Himmels willen, hat sie sich später so schuldig gefühlt?«

Iain trank schweigend seinen Kaffee. Auch als seine Tasse leer war, sagte er nichts. Das Lächeln schwand von seinen Lippen, er wirkte gedankenverloren, als er zum Schreibtisch trat und eine der Laden öffnete. Eine Flut von Papieren, alten Zeitungen und Mappen fiel ihm entgegen, doch er achtete nicht darauf, stellte sich auf die Zehenspitzen und zog eine Rolle aus der Lade, die sich ganz hinten versteckt hatte. Obwohl sie nur erkennen konnte, dass diese aus Pergament und von bräunlichen Flecken übersät war, schrie sie auf.

»Das Ende der alten Legende!«, rief sie. »Sie kennen es nicht nur ... Sie besitzen sogar die fünfte Pergamentrolle ...«

Er trat zu ihr und legte die Rolle vor ihr auf das Tischchen. Nahezu ehrfürchtig blickte sie darauf, wagte jedoch nicht, sie anzufassen.

»Mein Gott, Joseph Flanagan würde dafür töten! Warum haben Sie es nur vor aller Welt versteckt?«

»Nun«, sagte er leise, »die Erste, die es versteckt hielt, war Ceit. Sie fand es wohl in Emmas Nachlass – also den wenigen Dingen, die diese mit nach Skellig Michael genommen hat – und musste erkennen, dass nicht alles eine Lüge war. Gewiss, Emma war keine Schriftstellerin, die einen Roman über Rónán und Aislinn schrieb, aber diese alte Legende hat es wirklich gegeben ...«

»Nur, dass sie anders endete. Aislinn ist gar nicht auf dieser Insel gestorben und nicht von Mönchen ermordet worden – das hat sich Emma nur ausgedacht, um diese Geschichte vom Fluch in Umlauf zu bringen. Und deswegen haben Ceit und alle ihre Nachfahren die letzte Rolle der alten Handschrift versteckt: damit man diese Geschichte vom Fluch weiterhin am Leben erhalten konnte. Sogar Sie wollten das, sonst hätten Sie diese Rolle nicht versteckt, sondern einem Experten wie Joseph Flanagan anvertraut. Aber warum nur?«

Einmal mehr schwieg er. Himmel nochmal! Wenn er jetzt wieder in dieses trotzige Schweigen verfiel ... dann ... dann ... dann würde sie ihm den Kaffee ins Gesicht schütten.

Allerdings schmerzte ihr Kopf immer noch derartig, dass sie ihn lieber selber trank, anstatt ihn zu verschwenden, und als die Tasse leer war, sagte er so leise, dass es fast vom Kreischen der Möwen übertönt wurde: »Es stimmt. Aislinn ist nicht auf dieser Insel gestorben, Bruder Rónán auch nicht, und Emmas Tod war wiederum ein Unfall. Aber da gab es noch einen Unfall ... oder vielmehr zwei ... und daran trug Ceit die Schuld.«

Als Rebecca hochblickte, hatte er sich schon wieder abgewandt.

»Kommen Sie mit!«, sagte er, schlüpfte in seine Jacke, die voller Falten und Flecken war, und trat ins Freie.

Der Dunst waberte zäh über dem Wasser, so dass man nicht sagen konnte, wo die dunklen Steine aufhörten und die schwarzen Fluten begannen. Der Weg war glitschig, ebenso die Stufen. Wie betäubt setzte Rebecca Schritt vor Schritt, als sie hoch zu den Klosterruinen stiegen. Am Anfang fröstelte sie noch in der kalten Morgenluft, doch spätestens, als sie Christ's Saddle erreichten und dort kurz innehielten, war ihr warm geworden und das Herz pochte dröhnend in ihrer Brust. Doch Iain gönnte ihr keine lange Pause, schon ging es den letzten Teil der Treppen hoch. Während Rebecca erst jetzt ihre Müdigkeit abschütteln konnte, schienen alle anderen Bewohner der Insel längst erwacht zu sein: Munter hoppelten einige Hasen über den einstigen Klostergarten und taten sich an ein paar Margeriten gütlich, während ein schwarzer Rabe krächzend über einer der bienenwabenförmigen Zellen seine Kreise zog. In der Ferne ragte Little Skellig mit seinen Tausenden von Nistplätzen aus der Nebelsuppe auf und sah ein wenig aus, als würde es auf einer Wolke fliegen.

»Das ... das meinte ich«, sagte Iain plötzlich.

Rebecca folgte ihm in die Ruinen der einstigen Kirche. Vage erinnerte sie sich, hier schon einmal gestanden, sich dann aber nicht weiter vorgewagt zu haben. Von Gräbern war damals die Rede gewesen ... den Gräbern von Mitgliedern einer Leuchtturmfamilie im 19. Jahrhundert. Und da sie sich bei ihrem ersten Besuch auf Skellig Michael so verloren gefühlt hatte, war sie rasch geflohen.

Jetzt konnte sie gar nicht anders, als näher zu treten, um den Grabstein zu entziffern. Sie zuckte zusammen, als der Rabe wieder krächzte.

»In Erinnerung an Patrick Callaghan, der am 3. Dezember 1868 im Alter von zwei Jahren und neun Monaten verstarb«, stand da auf Englisch zu lesen, »und an William Callaghan, der am 12. März im Alter von vier Jahren und neun Monaten verstarb.«

Die beiden Söhne von William und Eliza Callaghan ... Ceits Neffen ...

»Das waren also die Unfälle, die Sie meinten«, stellte sie fest. »Sie haben sich kurz nach Emmas Tod ereignet.«

Iain nickte. »Am 3. April 1869 beantragte William Callaghan seine Versetzung. Damals war sein drittes Kind, das seine Frau Eliza wenige Monate zuvor geboren hatte, erkrankt, und er sah endlich ein, dass diese Insel kein Ort war, um Kinder großzuziehen ... und erst recht kein Ort, wo Eliza überleben würde. Und ja, die Unfälle haben sich in der Tat kurz nach Emmas Tod ereignet. Oder vielmehr«, er machte eine kurze Pause, »vielmehr kurz nachdem Ceit die Insel verlassen hat.« Er blickte hoch, und obwohl der Rabe nicht mehr krächzte, klang in Rebecca das Echo dieses traurigen Tons nach. »Verstehen Sie jetzt?«

29

1867

Emma fand ihre letzte Ruhestätte an jener Stelle, wo die Treppe endete und der Klostergarten begann.

Ceit konnte sich hinterher nicht erinnern, einen Spaten beschafft zu haben, doch da sie damit das Grab aushoben, musste sie wohl zum Leuchtturm gegangen und einen geholt haben – gottlob ohne jemanden zu treffen. Sie konnte sich auch nicht mehr daran erinnern, dass sie Síomon dabei geholfen hatte, doch als die Erde nicht mehr schwarz war, sondern im ersten fahlen Morgenlicht grau wie Staub wurde, schmerzte ihr Rücken und hatte sie Blasen an den Händen.

Nur ihr Herz und ihre Seele schmerzten nicht, sie fühlten gar nichts mehr, nur ... Entschlossenheit. Erst nachdem sie die Tote in das Loch gerollt hatten und Síomon sie mit Erde bedeckte, ging ihr Blick wieder zu Colin O'Driscoll. Er hatte die ganze Nacht über auf einer der Stufen ausgeharrt, den Kopf zwischen seinen Knien eingeklemmt, und als er hochsah, war sein Gesicht rot und verquollen, als hätte er zu viel geweint oder zu viel getrunken oder beides. Ceit konnte nicht weinen, sie sagte nur knapp: »Emma hat für dich ihr Leben riskiert, und das soll nicht umsonst gewesen sein. Wir bringen dich ans Festland, und von dort reist du weiter nach Amerika und kehrst niemals wieder zurück. Wir begraben sie, damit niemand unliebsame Fragen stellt – und da wir dich nicht auch einfach begraben können, müssen wir eben so verfahren.«

»Ihr ... ihr lasst mich laufen?«, fragte er.

»Welchen Nutzen hätte es, dass du hängst? Oder dass der Bootsmann Schwierigkeiten bekommt, obwohl er nur helfen wollte? Der Arme wird sich den Rest seines Lebens Vorwürfe machen.«

Erst als O'Driscoll wieder den Kopf zwischen den Knien verbarg, ging ihr auf, dass Emma ihr Leben nicht seinetwegen, sondern für ihre Tochter riskiert hatte, deren Foto Síomon eben betrachtete.

»Sie ... sie ist noch so klein ...«, murmelte Ceit, als sie zu ihm trat.

Síomon nahm ihre Hand und drückte sie noch fester als vorhin.

»Sie wird sich an uns gewöhnen ... und sich später an keine anderen Eltern mehr erinnern können ...«

»Und wir werden gute Eltern sein.«

Er zog sie an sich, umarmte sie. Sein Körper zitterte und wirkte schmächtiger als damals, als sie sich geküsst hatten.

Ist es wirklich so einfach, glücklich zu sein? So einfach, sich zu befreien? Von der Verantwortung, die mich an die Insel bindet? Zählt sie nicht mehr, weil anderswo eine noch größere wartet?

»Dass ich dich nicht erkannt habe ...«, stammelte sie, »und dass ich damals, als wir noch jung waren, nichts bemerkt habe ... ich war überzeugt, dass alle nur Augen für Eliza hatten ...«

Er löste sich von ihr und sah sie an.

»Nun, jetzt hast du Augen für mich...«

Aber werden wir uns irgendwann anschauen können, ohne die tote Emma vor uns zu sehen?

Allerdings war O'Driscoll oder der Bootsmann schuld an ihrem Tod. Sie durften nicht zulassen, dass die Erinnerungen an Emma ihr Leben verdunkelten. Ihr Zuhause sollte ein lichter Ort sein ... für Alexandra ... für Síomon ... für sie.

»Alexandra soll es gut haben, das schwöre ich«, sagte Síomon feierlich.

In diesem Augenblick war die Insel nicht ihr Gefängnis, sondern der heiligste Ort, den sie sich vorstellen konnte, um einen solchen Schwur zu leisten.

»Ja«, sagte Ceit. »So soll es sein. Ich ... ich liebe dich.«

»Ich liebe dich auch.«

Es machte ihr die Sache leichter, dass William ihr schweigend zuhörte. Hätte er sich geärgert und sie ermahnt, dass sie zuallererst Elizas Schwester und Willies und Patricks Tante wäre und nicht die Mutter eines fremden Mädchens, wäre sie vielleicht ins Zaudern geraten. Und noch tiefere Zweifel hätte er gesät, wenn er sie daran erinnert hätte, dass Eliza wieder schwanger war und sie sie jetzt unmöglich im Stich lassen könnte. Später vielleicht ... nach der Geburt des dritten Kindes ... wenn das Kleine etwas größer wäre.

Aber Ceit wusste, es gab kein Später, es würde nie alles plötzlich gut oder zumindest einfacher werden. Und William schien zu wissen, dass es keinen Sinn hatte, sie aufzuhalten. Er fiel ihr kein einziges Mal ins Wort, als sie erklärte, dass sie Síomon Canavagh heiraten und die kleine Alexandra bei sich aufnehmen würde, nachdem ihre Mutter Emma Rothburn nicht nur Skellig Michael verlassen hatte, sondern auch Irland, um in Amerika ein neues Leben zu beginnen. Und als sie danach vergebens darauf wartete, dass er, wenn er ihr schon keine Vorwürfe machte, so doch zumindest die Frage stellen würde, warum Emma so überstürzt aufgebrochen war und sie sich für deren Tochter verantwortlich fühlte, überkam sie plötzlich Erleichterung.

Sie wusste nicht genau, was ihn ihren Entschluss hinnehmen ließ. Vielleicht, weil er nun endlich niemanden mehr um sich haben würde, der ihm stets vor Augen hielt, was in seinem Leben alles schieflief.

»Wenn du weg bist«, murmelte er, »wird es Eliza wieder bessergehen. Dann bleibt ihr gar nichts anderes übrig, als sich zusammenzureißen.«

Ceit presste die Lippen aufeinander, um nicht empört zu rufen, dass er sich etwas vormachte. Warum sollte sie ihm widersprechen und sich dadurch ihr Leben schwermachen? Und warum sollte sie es ihm schwermachen, anstatt ihm ein wenig Hoffnung zu lassen?

»Du musst künftig gut auf die Jungs aufpassen. Sie werden immer größer, sie wollen die Welt erforschen, und die Welt hier ist ein gefährlicher Ort.«

»Ich schaffe das schon ... und auch Eliza wird es schaffen ... wenn es sein muss, kann sie stark sein.«

Und wieder presste Ceit die Lippen aufeinander, anstatt zu sagen, was sie dachte: dass Elizas Zustand nicht erst begonnen hatte, als sie nach Skellig Michael kamen, und dass die Geburt ihrer Kinder nichts besser, sondern alles nur schlimmer gemacht hatte.

»Pass auf, dass die Jungs den Klosterruinen nicht zu nahe kommen«, sagte sie bloß. »Sie haben dort oben nichts verloren ...«

»Du kannst dich darauf verlassen ... sie fürchten sich ohnehin vor den Geistern.«

»Gut«, sagte sie und beschloss, auf Valentia Island noch mehr Geschichten von Aislinn und Rónán und dem Fluch zu verbreiten, damit die Fischer den Ruinen fernblieben und dort kein frisches Grab entdeckten.

»Und versprich mir, dass du die Stelle hier aufgibst, wenn es Eliza nicht bessergeht. Du kannst doch auch irgendwo auf dem Festland arbeiten ...«

Nun war er es, der seine Lippen zusammenpresste. »Ich werde hier gebraucht.«

Du sturer Hund! Deine Familie braucht dich mehr!

Aber die Familie brauchte auch sie, und sie ging trotzdem, was bedeutete, dass sie ihm keine Vorwürfe machen durfte.

Sie wandte sich ab.

»Wer ... wer sagt es ihnen?«, fragte er.

»Ich ... ich werde es den Jungs erklären. Ich werde ihnen auch sagen, dass sie mich jederzeit besuchen kommen können ... darauf werden sie sich sicher freuen.« Sie versuchte, fröhlicher zu klingen, als ihr zumute war. Wenn sie sich ausmalte, wie Patrick und Willie sich an sie klammern würden, schnürte es ihr die Kehle zu.

William nickte. »Und Eliza?«

Ihr brauche ich es doch gar nicht zu sagen ... ihr fällt es wohl nicht einmal auf, wenn ich fort bin ... Sie hat sich doch auch nie darum geschert, wie ich darunter litt, in ihrem Schatten zu stehen ... während ich mich nicht um den Jungen scherte, der im Schatten stand und mich ansah.

Nun, Eliza würde auch weiterhin blind für sie bleiben ... aber sie ... sie würde mit Síomon glücklich werden.

»Ich rede auch mit ihr«, sagte sie leise.

30

»Die beiden Jungs sind gestorben«, sagte Rebecca leise. »Sie sind gestorben, weil niemand ausreichend auf sie aufgepasst hat. Das war die Schuld, die Ceit auf sich geladen hat.«

Iain nickte. »Auf dieser Insel haben sich so viele Unfälle ereignet. Manch erwachsener Mann ist von einem Felsen in die Tiefe gestürzt. Kleinkinder waren da natürlich erst recht gefährdet. Ich weiß nicht, was genau passiert ist, nehme aber an, dass Eliza nach der Geburt ihres dritten Kindes restlos überfordert war.«

»Und was ist mit diesem Kind passiert?«

»Es ist, wie gesagt, erkrankt, weswegen William Callaghan am 3. April 1869 um seine Versetzung angesucht hat. Ich weiß nicht, ob es ein Junge oder ein Mädchen war ... und erst recht nicht, was aus ihm geworden ist.«

»Und wie ging es mit Eliza weiter?«

»Es gibt da diese Geschichte ... von einer jungen, wunderschönen Frau, die auf einem Stein zwischen den beiden Leuchttürmen sitzt und für ihre Kinder strickt, obwohl diese tot sind. Vielleicht hat diese Legende einen wahren Kern. Vielleicht ist aber alles nur erfunden ... so wie Emma das Ende von Aislinns und Rónáns Geschichte nur erfunden hat.«

»Und hier beim Klostergarten haben Ceit und Síomon Emma also begraben.«

»Die genaue Stelle kenne ich nicht. Ich weiß nur, dass die Geschichte von Rónán und Aislinn Emmas Tod überdauert hat. Es war sozusagen ihr Vermächtnis – ein sehr unseliges, wenn Sie mich fragen. Ceit selbst hat die Geschichte wieder und wieder erzählt. Wahrscheinlich hat sie es sich so lange eingeredet, bis sie irgendwann wirklich glaubte, die Insel wäre verflucht. Auf diese Weise war es nicht allein ihre Schuld, dass die Neffen verunglückt sind, sondern das Wirken einer bösen Schicksalsmacht ...«

»Hat sie denn jemals wieder einen Schritt auf Skellig Michael gesetzt?«

Iain lachte. »Einen Schritt?«, rief er und seine dröhnende Stimme ließ sie zusammenzucken. »Oh, es waren vielmehr Tausende. Sobald Alexandra aus dem Gröbsten raus war – Ceit hat nie eigene Kinder mit Síomon bekommen –, hat sie viel Zeit hier verbracht, sogar im Winter. Síomon war offenbar nicht sehr glücklich darüber, aber er hat es ihr auch nicht verboten – er wusste ja, dass auch er eine Mitverantwortung an dem Tod ihrer kleinen Neffen trug. Scheinbar hat er sich sehr intensiv um seine Patienten gekümmert, um diese Schuld abzuarbeiten, während Ceit sich fortan für Skellig Michael verantwortlich gefühlt hat. Für Patrick und Willie konnte sie nichts mehr tun – für die Insel und die Klosterruinen schon. Und anders als ihre Neffen hat sie diese nie im Stich gelassen, sondern vielmehr dafür gesorgt, dass sie nicht beschädigt wurden. Sie wurde zu einer regelrecht fanatischen Beschützerin von Skellig Michael.«

»Und Emmas Tod wurde nie näher untersucht? Ich meine, wenn eine junge Frau hier einfach verschwindet, müssten doch alle Inselbewohner unter Verdacht stehen.«

»Na ja, damals war es ungleich komplizierter, Skellig Michael zu erreichen. Und die Polizei war mit etwas anderem beschäftigt ... der Verhaftung der verbliebenen Fenians.«

»William Callaghan hat sich doch sicher seinen Teil gedacht. Und als Leuchtturmwärter war er doch quasi für die Insel zuständig.«

»Vielleicht ahnte er die Wahrheit und verließ die Insel

später darum umso lieber. Übrigens wurde einige Jahre nach ihm Thomas MacKenna als Leuchtturmwärter eingestellt – ein Vetter von Ceit und Eliza. Er hat sich sehr für die Klosterruinen interessiert und den Tunnel gesucht, in dem O'Driscoll eine Zeitlang versteckt war, ehe Emma ihn in den oberen Leuchtturm holte. Ich weiß nicht, was genau er sich davon erhofft hat. Gut möglich, dass er dort Schmuggelware verstecken wollte – viele Menschen trieben hier an der Küste ja heimliche Geschäfte mit Whiskey. Wie auch immer: Da er bei der Überwachung des Leuchtturms sehr nachlässig war, wurde er bald wieder entlassen. Zur gleichen Zeit wuchs das Interesse der Öffentlichkeit an den Ruinen, nicht zuletzt, weil Ceit die Geschichte von Aislinn und Rónán in Umlauf gebracht und damit die Vergangenheit der Insel in den Fokus gerückt hatte. Offenbar kamen auch diverse Geisterbeschwörer hierher, aber – was noch wichtiger war – auch Archäologen. Ein gewisser Lord Dunraven ließ die erste archäologische Untersuchung durchführen, und 1871 übernahm das *Office of Public Works* die Verantwortung für den Erhalt der Klosterruinen. Von da an konnte nicht mehr ein jeder die Ruinen betreten und machen, was er wollte, so wie einst die Bauarbeiter, die die Leuchttürme errichteten. Nein, man brauchte eine offizielle Genehmigung, und Ceit wachte streng darüber, dass jeder, der die Insel betrat, diese tatsächlich vorweisen konnte.«

»Und Sie haben diese Aufgabe quasi geerbt …«

Er zuckte mit den Schultern. »Es muss wohl Teil unserer DNA sein. Wenn es wirklich so etwas wie einen Fluch gab, dann war es dieses Verantwortungsgefühl, das auf all meinen Vorfahren lastete. Wir alle sahen es als unsere persönliche Pflicht an, dass Skellig Michael erhalten bleibt und nicht entweiht wird – auch Alexandra. Ob Ceit ihr jemals die Wahrheit über ihre Mutter erzählt hat, weiß ich nicht, aber ich denke, sie hat gespürt, welche Schuld Ceit mit sich schleppte, und wollte sie ihr abnehmen. Ihren Kindern wiederum hat sie eingebläut, es ebenfalls so zu halten.«

»Weswegen auch diese die Insel quasi als ihr Eigentum angesehen haben, das sie beschützen müssen ... genau wie Sie.«

Wieder zuckte er die Schultern. »Meine Frau hat es nie verstanden ... dass ich einfach nicht loslassen kann ... dass ich nicht mit ihr nach Dublin gehen konnte ...«

Seine Hände verknoteten sich regelrecht ineinander.

»Aber hier leben doch längst keine kleinen Kinder mehr, auf die man achtgeben muss! Hier ist nur ... toter Stein.«

»Kein toter Stein«, widersprach er energisch, »sondern ein Zeugnis vom Leben ... dem Leben der Menschen vergangener Zeiten.«

Sie sah ihn kopfschüttelnd an. »Kann es sein, dass nicht Sie die Insel beschützen, sondern die Insel Sie? Hat nicht auch schon Ceit am Ende Zuflucht in einer winzigen Welt gesucht, um vor der großen zu fliehen? Fühlen Sie sich wirklich verantwortlich, oder sind Sie einfach nur feige?«

Seine Miene wurde verschlossen.

»Entschuldigen Sie«, sagte sie. »Ich wollte Sie nicht kränken. Aber ... aber ich denke mir, hier ist kein Platz für Lügen. Und bei mir ist es auf jeden Fall so, dass ich mich nicht zuletzt darum für Ceit und Emma, für Aislinn und Rónán interessiert habe, weil ich mich meinem eigenen Leben nicht stellen wollte.«

»Ist schon gut«, murmelte er, »wahrscheinlich haben Sie recht.«

Sie sagten nichts mehr, blieben eine Weile schweigend vor den Gräbern stehen. Der Morgendunst lichtete sich, der Wind fegte die Wolken vom Himmel. Nicht länger war nur Little Skellig zu sehen, sondern auch die Küste von Kerry. Und eine ähnlich gute Sicht hatte Rebecca auf ihr Leben. Schonungslos betrachtete sie es und war plötzlich fest entschlossen, ihrer Verzagtheit und ihrer Angst vor Einsamkeit nicht länger nachzugeben. Sie wusste, was sie tun musste.

Auch während der Bootsfahrt zurück zum Festland redeten sie kaum miteinander. Das Meer war heute glatt wie selten, die Luft jedoch ziemlich kühl. Rebecca war froh, dass sie im Boot von Iains Freund, den er benachrichtigt hatte, nicht im Freien sitzen musste, sondern Platz in der engen Kajüte gefunden hatte. Und als sich Iain neben sie setzte und sein Körper sich an ihren drückte, wurde ihr endlich warm.

So nahe sie sich körperlich auch sein mochten – was hinter seiner gerunzelten Stirn vor sich ging, konnte sie nicht erahnen. So ausführlich sie sich über die Vergangenheit ausgetauscht hatten – die Zukunft musste jeder von ihnen selbst anpacken. Als eine knappe Stunde später die bunten Häuser von Portmagee vor ihnen auftauchten, bedauerte sie es fast, dass die letzte Schonfrist zu Ende ging.

»Ich fürchte, ich habe heute zu wenig Kaffee getrunken, um Nils gegenüberzutreten«, murmelte sie. »Wahrscheinlich wartet er in Sheilas Pension auf mich.«

Erst als Iain sie fragend anschaute, begriff sie, dass sie den Namen ihres Ehemannes bis jetzt noch nicht erwähnt hatte. Anstatt Fragen zu stellen, sagte er jedoch nur: »Und ich habe nicht genug Kaffee getrunken, um meine Frau ... meine Exfrau anzurufen. Ich denke, ich werde es dennoch tun.«

»Um ihr was zu sagen?«

»Was werden Sie denn Ihrem Mann sagen?«, gab er zurück.

Obwohl sie das ganz genau wusste, sprach sie es nicht aus.

Nachdem sie das Boot verlassen und den kleinen Parkplatz neben der Bootsanlegestelle erreicht hatten, blieb Rebecca stehen und umarmte Iain unwillkürlich. Als er sich von ihr löste, zog er jene Pergamentrolle aus seiner Jacke, auf der das Ende der mittelalterlichen Legende geschrieben stand.

»Sie haben doch Joseph Flanagan erwähnt und dass er dafür töten würde«, murmelte er, »vielleicht ist endlich die Zeit gekommen, ihm das hier anzuvertrauen ...« Er sah auf den Boden und fuhr sich mehrmals durch den Bart, ehe er hinzufügte: »Ich habe nicht gedacht, dass ich das jemals aus meinen Händen geben würde. Aber ich habe auch nicht gedacht, dass ich jemals jemandem Emmas Geschichte erzählen würde. Eigentlich ... eigentlich hat es sich ziemlich gut angefühlt.«

Zum ersten Mal hielt Rebecca das Pergament in Händen. Da es noch warm von seinem Körper war, fühlte es sich tatsächlich wie eine Haut an.

»Und jetzt?«, fragte sie.

»Jetzt werde ich nicht plötzlich ein neuer Mensch sein ... aber ich denke, ich werde etwas weniger Zeit auf der Insel und mehr am Festland, vielleicht sogar in Dublin verbringen. Und Sie?«

Sie zuckte mit den Schultern. »Ich werde auch nicht gleich ein neuer Mensch sein. Aber ich werde wohl etwas weniger Zeit in Deutschland und mehr in Irland verbringen, und vielleicht werde ich irgendwann die Einsamkeit nicht mehr fürchten.«

»Die Mönche von Skellig Michael haben die Einsamkeit gesucht, um zu erkennen, wie groß Gott ist ...«

»Und wie klein der Mensch.«

»Vielleicht haben sie schlichtweg die Wahrheit über sich selbst erkannt, weil man dort keine Maske tragen kann, die der Wind einem nicht vom Gesicht reißt.«

»Wobei auch auf Skellig Michael gelogen wurde ... Rónán hat verheimlicht, dass er ein Mädchen gefunden hat, Emma hat vorgegeben, eine Schriftstellerin zu sein, Síomon hat Ceit verschwiegen, dass er sie von früher kannte, und Ceit hat sich selbst belogen, als sie dachte, sie könnte einfach gehen, ohne jemandem zu schaden.«

»Nun«, er lächelte, »dann sollten wir wenigstens ehrlich zu uns selbst sein und uns nichts mehr vormachen.«

»Leben Sie wohl«, murmelte sie. Sie umarmten sich kein zweites Mal, winkten sich nur noch einmal zu, ehe sie in ihr Auto einstieg.

Als Rebecca über die Brücke fuhr, bereitete sie sich innerlich auf den Brüllanfall von Nils vor, der gewiss unvermeidlich war. *Wie konntest du mich hier einfach hängenlassen? Weißt du nicht, welche Sorgen ich mir gemacht habe? Wie unverantwortlich du bist! Du kannst doch nicht einfach abhauen!*

Es würde eine Weile dauern, bis er sich beruhigt hätte, und so lange würde sie warten. Dann erst würde sie die Worte sagen, die sie sich zurechtgelegt hatte.

Ich werde nicht mit dir zurückkommen.

Epilog

1116

Der Mönch schwitzte. Er konnte sich nicht erinnern, dass ihm auf dieser winzigen, sturmumtosten Felseninsel inmitten des Meeres jemals so heiß geworden war. Er konnte sich auch nicht erinnern, jemals so geschnauft zu haben wie jetzt, da er mit einem Spaten ein Loch zu graben versuchte. Immer wieder stieß er auf etwas Hartes. Die vermeintlich saftig braune Erde war so dünn wie die Haut eines Mädchens – er konnte kaum daran kratzen, ehe er nicht schon wieder auf Stein stieß. Und wenn er noch so verbissen schuftete – am Ende würde er wohl eher den Spaten ruiniert als ein Loch gegraben haben.

Aufhören konnte er trotzdem nicht. Er musste etwas tun ... konnte nicht einfach stillsitzen und darüber nachdenken, was er getan hatte ...oder gar beten ... nein, beten konnte er am allerwenigsten! Er durfte es nicht!

Nirgendwo, so hieß es, wäre man dem Himmel so nah wie auf dieser Felseninsel, deren zwei Gipfel geradewegs in das unendliche Blau wiesen. Wer lange genug hinaufstarrte und lange genug keiner menschlichen Stimme gelauscht hatte, könnte die Engel dahinter singen hören. Aber der Mönch blickte nicht hoch zum Himmel, sondern auf den Boden vor sich, vermeinte keine Engel singen, sondern Dämonen keckern zu hören, fühlte sich nicht dem Himmel nah wie nie, sondern in der Hölle gelandet.

Denn ja, so musste Satans Reich beschaffen sein: Es glich keinem Meer aus Feuer, in dem die armen Sünder gequält wurden, sondern war wie diese steinerne Wüste, in der nichts mehr atmete …

Allerdings: Er atmete noch, er keuchte regelrecht, während der Mann, der nicht weit von ihm entfernt bäuchlings auf dem Boden lag, für immer verstummt war. Er selbst hatte ihn erschlagen und konnte ihm mit seinen verschwitzten Händen nicht einmal ein Grab graben. Er konnte sich noch nicht einmal auf den Beinen halten. Erst ließ er den Spaten fallen, dann sank er auf die Knie.

Du muss dich entscheiden … du hast nicht mehr viel Zeit … heb den Spaten auf und stoße ihn weiterhin sinnlos auf Stein … oder lebe weiter, was vielleicht auch sinnlos ist, aber es nicht unbedingt sein muss.

Wie erstarrt lauschte er seinen Gedanken, bückte sich dann unvermittelt, um den Toten mit ein paar der rötlichbraunen Steine, die hier überall lagen, zu bedecken. Ob diese allein die Vögel davon abhalten würden, sich am Leichnam gütlich zu tun, wusste er nicht. Er hatte auch nicht darauf geachtet, ob die Hände des Toten auf der Brust verschränkt waren, und dass er so lag, dass der Kopf Richtung Westen und die Beine Richtung Osten wiesen.

Hauptsache die fahle Haut war nicht mehr zu sehen, nicht die schlaffen Glieder, nicht der leere Blick. Und Hauptsache die Seele fand so selbstverständlich ihren Weg ins Jenseits wie ihn die Sonne von morgens bis abends ging.

Nicht dass von dieser Sonne viel zu sehen oder zu spüren war. Als der Mönch den Blick hob, wurde er nicht von ihr geblendet, sondern sah stattdessen etwas Dunkles über den Himmel ziehen: einen Eissturmvogel, den Vorboten des Winters. Für gewöhnlich erschreckte ihn sein Anblick ebenso wie der von Krähen oder Raben, denen man nachsagte, Unglück zu bringen. Heute aber war etwas zu Schlimmes geschehen, um den Winter zu fürchten. Heute war ihm heiß wie nie, er schwitzte wie nie.

Doch just als er die Hand heben wollte, um sich den Schweiß von der Stirn zu wischen, brachte ihn eine Stimme zum Innehalten. »Rónán, was tust du denn da?«

Der Schweiß tropfte in seine Augen, brannte dort, und noch mehr Tränen brachen sich ihre Bahn, als er sah, dass Aislinn auf ihn zugelaufen kam.

»Und ... und du bist ja verletzt!«

Sie hob die Hand, berührte die Wunde auf seinem Hinterkopf, die bis jetzt kaum geschmerzt hatte – nicht so, wie die Schuld, die er auf sich geladen hatte ... um sein Leben zu retten ... und Aislinns.

»Gottlob, du bist ihnen entkommen!«, stieß er aus.

Aislinn blickte auf die Steine, die den Toten bedeckte, setzte zu einer Frage an, brachte jedoch kein Wort hervor.

»Bruder Mícheal ...«, stammelte Rónán. »Er ... er hat mich niedergeschlagen. Ich dachte, er hätte meinen Schädel zertrümmert. Aber meine Ohnmacht währte nicht lange ... ich konnte mich wieder erheben ... bin auf ihn losgegangen ... habe ihm das Ruder entrissen ... oh, ich wusste gar nicht, was ich da tat ... es ist einfach geschehen ... ach Gott, ach Gott ... ich bin ein Mörder!«

Aislinn löste ihre Hand von der Wunde und legte sie auf seine Lippen. Blut klebte daran, dennoch nahm er den salzigen, metallischen Geschmack nicht wahr, nur ihren Geruch. »Schtscht«, machte sie, »wir ... wir müssen fort von hier.«

»Natürlich!«, rief er kläglich. »Ich kann nicht bleiben! Ich ... ich bin nicht länger würdig! Nie wieder darf ich diese Insel betreten! Gott ... Gott wird mich für diese Tat verfluchen ... oh, was, wenn er die ganze Insel verflucht?«

»Schscht«, machte Aislinn wieder, zog die Finger von seinen Lippen und presste ihren Kopf an seine Brust. »Gott verflucht weder dich noch die Insel. Gott hat so viele Gesichter. Als groß und mächtig kann er sich erweisen, aber auch als klein und zart. Als laut und aufbrausend, aber auch als flüsternd und singend. Manchmal ist er wunderschön, manchmal ist er hässlich, und manchmal ist das Hässliche schön und das Schöne hässlich. Nirgendwo ist man den Vögeln des Himmels so nahe wie hier, und diese Vögel sind frei und wendig, aber auch grausam: Sie stehlen sich Eier aus den Nestern und hacken sich gegenseitig die Augen aus. Nirgendwo ist man dem Meer so nahe wie hier, und das Meer schmiegt sich manchmal lieblich schimmernd um den Felsen, während es dann wieder schäumend dagegenschlägt. Du hast Bruder Mícheal nicht töten wollen, nur dein Leben retten, und das Leben ist, wie es ist, manchmal leicht und manchmal hart, manchmal einfach und manchmal schwer, manchmal ein Kampf und manchmal eine Freude, manchmal bedroht und manchmal reich. Ein Wenn und ein Dann kennt das Leben durchaus – aber keine Schuld. Selbst wenn der Wind unser Boot ins Meer hinausjagt und wir dort verhungern oder ertrinken müssen, so beweist das nur seine Stärke, nicht seine Bösartigkeit.«

Während sie auf ihn einredete, hatte sie ihn mit sich gezogen, und dann hatten sie schon das Boot erreicht. Sie stieß ihn hinein, nahm das Ruder, mit dem Mícheal auf ihn eingeschlagen hatte, und begann zu rudern. Aus weiter Ferne vernahmen sie die Stimmen der Mönche. Bald würden sie auf der Suche nach dem Mädchen auf Mícheals Leichnam stoßen, war der doch nicht gänzlich mit Erde und Steinen bedeckt.

»Wie sollen wir leben?«, fragte er, und er war dankbar, dass sie ruderte. Seinen zitternden Händen wäre das Ruder gewiss entglitten.

»Wenn du wirklich Schuld auf dich geladen hast, um zu überleben, ist doch die beste Buße, dieses Leben voll und ganz auszukosten. Wir sollten es nehmen, wie es kommt, sollten es in seiner Pracht feiern und unter seinem Elend leiden, sollten mit ihm lachen und weinen und …«

»Ich weiß, ich weiß«, fiel er ihr ins Wort, »das Leben mag so viele Gesichter haben wie Gott … aber welche Gesichter haben wir? Was werden die Menschen sehen, wenn sie uns anstarren?«

Einen Mönch?, dachte er bei sich. Aber der war er nicht mehr. Einen Frevler? Aber zumindest die Liebe, die er in diesem Augenblick für Aislinn empfand, war kein Frevel. Einen Mörder? Davon gab es in diesen kriegerischen Zeiten doch so viele …

»Ich werde Menschen heilen«, sagte Aislinn bestimmt und keuchte, weil sie so energisch ruderte, »und du wirst tun, was dich der Wind auf dieser Insel lehrte.«

»Heulen und toben und die Menschen in Angst und Schrecken versetzen?«, fragte Rónán verwirrt.

Aislinn hörte kurz zu rudern auf. Sie hatten sich weit genug von der Insel entfernt, um die Stimmen der Mönche nicht länger zu vernehmen, umso lauter hingegen das Kreischen der Vögel, die Little Skellig umkreisten. Und da war tatsächlich der Wind zu hören, nur dass er heute nicht heulte oder stöhnte, sondern es klang, als würde er singen.

Wieso hatte er diesen Gesang nie vernommen, als er noch auf der Insel weilte und auf ein Zeichen gewartet hatte, dass nicht alles hier einschüchternd und furchterregend war?

Weil ich nicht konnte, nicht wollte, noch nicht sollte?

Sie lauschten dem Wind, ließen sich von ihm treiben – nicht aufs offene Meer, um dort zu verhungern oder zu ertrinken –, sondern in Richtung Festland.

»Ein Barde«, murmelte er, »ich werde ein Barde sein …«

Gegenwart

Wieder und wieder strich Joseph Flanagan über das Manuskript, so vorsichtig, gar zärtlich, als würde er ein nacktes Baby berühren. Zunächst hatte er es gar nicht gewagt, es anzufassen, hatte stattdessen mit ehrfürchtig gesenktem Kopf den Tisch umkreist, als näherte er sich einem Heiligtum. Ein Wunder, dass er nicht in die Knie gegangen war. Immerhin hatte sein großer Respekt ihn nicht davon abgehalten, die Pergamentrolle zu entziffern.

»Nun«, fragte Rebecca lächelnd, »habe ich zu viel versprochen?«

»Lieber Himmel!«, stieß er aus, »Bruder Rónán wurde später ein Barde von Cormac MacCarthy. Das war ein legendärer König von Munster, eine der faszinierendsten Figuren des pränormannischen Irlands. Ihm gelang es, die bürgerkriegsähnlichen Zustände in der Region zu beenden und für eine lange Periode des Friedens zu sorgen. Und unter ihm wurde – mit Hilfe des Hochkönigs Turlough O'Connor – die Provinz Desmond unabhängig. Er war ein inspirierender, politischer Führer, auch ein großer Beschützer der Kirche. Ich wusste, dass er einen eigenen Barden hatte – so wie eigentlich an jedem Königshof einer lebte –, und dass dessen Lieder weit über die Provinz hinaus gerühmt wurden. Aber dass dieser eigentlich ein Mönch von Skellig Michael war ... dass er mit der einzigen Frau, die die Insel im Mittelalter betreten und – was fast noch spektakulärer ist – wieder lebendig verlassen hat, verheiratet war, das ist ... das ist ...« Er rang nach dem geeigneten Wort. »Das ist eine wissenschaftliche Sensation!«

Rebecca lächelte immer noch, obwohl sie fand, dass er

maßlos übertrieb. Gewiss, jene Historiker, die sich auf Irlands Frühgeschichte spezialisiert hatten, würden diesen Fund als spektakulär bezeichnen, aber dieser Kreis war wohl überschaubar. Seiner Freude wollte sie gleichwohl keinen Abbruch tun.

»Es gab also doch ein gutes Ende für die Liebenden von Skellig Michael«, sagte er und klang – für einen nüchternen Wissenschaftler – ungewohnt gerührt.

»Die Liebenden von Skellig Michael«, wiederholte Rebecca, »das wäre doch ein schöner Buchtitel.«

»Wollen Sie wirklich einen Roman über Rónán und Aislinn schreiben?« Ehe Rebecca antworten konnte, fuhr er hastig fort: »Ich kann Ihnen selbstverständlich bei den Recherchen helfen, Ihnen alles über Cormac MacCarthy erzählen und …«

Sie hob abwehrend die Hände. »Oh, ich bezweifle nicht, dass Sie mir eine große Hilfe wären, aber wenn ich ehrlich bin, weiß ich noch nicht, worum es in meinem Buch gehen wird. Ob um Rónán und Aislinn. Oder Ceit MacKenna. Oder Emma Rothburn. Vielleicht schaffe ich es ja, alle drei Handlungsstränge zu verknüpfen. So oder so muss ich eine Weile darüber nachdenken … und werde dann gerne auf Sie zukommen.«

Flanagan gab sich fürs Erste damit zufrieden und widmete sich wieder dem alten Manuskript. Sie dachte schon, er wäre völlig in der Vergangenheit versunken, doch als sie sich abwenden und ihn mit den alten Schriften allein lassen wollte, fragte er: »Aber Sie bleiben doch in Irland, oder?«

Rebecca nickte. »Zumindest eine Weile. Und ich werde hier nicht nur mein Buch schreiben. Muriel, Sheilas Angestellte, hat gekündigt, und ich habe ihr angeboten, im Bed and Breakfast auszuhelfen. Ich will mein eigenes Geld verdienen … auf eigenen Beinen stehen …«

Er blickte sie an, verknotete unbeholfen seine Hände ineinander. »Das heißt ... das heißt ...«

»Das heißt, dass ich mich von meinem Mann getrennt habe.«

Sie rang nach den richtigen Worten, um ihm klarzumachen, dass er sich deswegen keine falschen Hoffnungen machen sollte und sie keineswegs an ihm interessiert war. Ehe ihr jedoch einfiel, wie sie die Abfuhr geschickt verpacken konnte, erklärte er selbst: »Sie brauchen jetzt sicher Zeit.«

Sie nickte erleichtert. »So ist es.«

»Zeit, dass die Wunden heilen.«

Sie nickte wieder, aber insgeheim fühlte sie, dass die wahre Herausforderung woanders lag.

Vor allem brauche ich Zeit, um zu lernen, mein Leben allein zu genießen.

Wenig später ging sie zu Fuß vom Cottage zu jenem Parkplatz, von dem die knapp einstündige Wanderung rund um den Bray Head ihren Ausgang nahm. Am Morgen nach ihrer Ankunft war sie zum ersten Mal hier gewesen, und damals hatte es eine Weile gedauert, bis sich der dicke Nebel gelichtet und in der Ferne die beiden Skellig-Islands zu sehen gewesen waren. Heute war der Himmel klar und die beiden Inseln nicht hinter einem Dunstschleier versteckt. Wie riesige Fischflossen ragten sie aus dem Meer, wirkten so erhaben und sogleich so unwirklich, als hätte sie nie ein Mensch betreten.

Die Nacht, die sie mit Iain im Leuchtturm verbracht hatte, erschien ihr wie ein Traum. Allerdings war es ein Traum, der ihr Leben verändert hatte – das fühlte sie ganz deutlich, als sie nun langsam den Berg hochstieg, nicht so zögerlich und traurig wie beim ersten Mal, sondern voller Elan. Leuchend gelbe Blumen säumten den Weg, in der

Ferne äste eine Herde Rinder, die sie träge anblickten. Auch sie schienen einer anderen Welt und einer anderen Zeit zu entstammen, und je näher sie dem verfallenen Turm dort oben kam, der Ende des 18. Jahrhunderts während der französischen Invasion Irlands errichtet worden war, desto deutlicher fühlte sie, wie sie ihr altes Leben hinter sich ließ und mit ihm Gewohnheiten und Sehnsüchte.

Glücklich, glücklich, glücklich, dachte sie bei jedem Schritt. Ich bin wirklich glücklich.

Und das musste sie sich nicht einreden, sie musste sich auch ihre Lage nicht schönreden, sie war wirklich glücklich. Bei ihrem ersten Fußmarsch hier hatte sie Nils schmerzlich vermisst, doch jetzt war sie erleichtert, dass sie ihre Gangart nicht seinem Tempo anzupassen hatte, nicht stehen bleiben musste, wenn er ein Foto machen oder den Reiseführer studieren wollte, dass sie nicht gezwungen war, umzudrehen, weil ihm auf halbem Weg eingefallen war, dass er jetzt lieber ein Guinness trinken als die Aussicht genießen wollte. Nein, sie konnte mit allen Sinnen die Umgebung wahrnehmen, ungestört und frei von allem. Es gab nur sie, diesen Augenblick, den vorgelagerten Felsen, von dem aus man nicht nur die Skellig-Islands, sondern auch die Dingle-Halbinsel und die Blasket Islands sehen konnte. Der Wind fuhr ihr durchs Haar und ließ es tanzen, schien selbst den starren Fels dazu aufzufordern, sich mit ihm zu drehen. Nicht dass der Stein, der seit Jahrtausenden unverrückbar hier stand, seiner Bitte folgte. Doch er schien alle paar Minuten eine andere Farbe anzunehmen – mal die des dunklen Meeres, mal die der rötlichen Sonne, mal das Weiß der Möwen – und symbolisierte auf diese Weise nicht nur die Ewigkeit, sondern den steten Wechsel von Tod und Neubeginn.

Als sie sich später auf den Rückweg machte, wusste sie, dass sie auch die letzte Herausforderung meistern würde –

nämlich Johanna anzurufen, ihr zu erklären, dass sie längere Zeit in Irland bleiben und vorerst nur zu ihren Schulferien zurückkehren würde. Und sich ihren Fragen zu stellen, ob sich die Eltern trennen würden.

Vorerst ja, würde sie ihr behutsam erklären, denn darauf hatten Nils und sie sich geeinigt. Beide hatten Angst, ein »für immer« in den Mund zu nehmen, als sie sich nach ihrer Aussprache voneinander verabschiedet hatten. Was war denn auch auf dieser Welt für immer? Gerade schoben sich Wolken vor die Sonne, die Möwen waren verschwunden, und die Rinderherde wurde von einem Bauern heimgetrieben. Nur die Skellig-Islands waren immer noch deutlich zu sehen, so mächtig, so unverrückbar. Plötzlich schienen sie nicht Teil der Wirklichkeit zu sein, an deren Grenzen sie aus dem Meer ragten, sondern der einzige Ort, der selbst dann weiter bestehen würde, wenn die Welt unterginge.

Historische Anmerkung

Die Geschichte von Aislinn und Rónán ist frei erfunden. Bei der Schilderung des Klosterlebens habe ich mich zwar weitgehend an die historischen Fakten gehalten – es gibt aber keinen Beleg dafür, dass im Mittelalter jemals eine Frau Skellig Michael betreten hat.

Patrick und William Callaghan, die kleinen Söhne des Leuchtturmwärters, haben jedoch wirklich gelebt: Sie sind auf Skellig Michael gestorben, und ihr Grab befindet sich bis heute inmitten der Klosterruinen.

Über die genauen Umstände ihres Todes weiß man nichts, aber es liegt die Vermutung nahe, dass sie – wie viele Kinder, ja auch Erwachsene vor ihnen – bei tragischen Unfällen ums Leben kamen. Ihr Vater William Callaghan hat jedenfalls seine Versetzung beantragt, als auch noch sein drittes Kind erkrankte. Was aus diesem wurde, weiß man nicht, und ebenfalls ist nicht erwiesen, ob die Mutter der beiden Knaben wirklich Eliza hieß. Es gibt auf der Insel aber einen Ort, der als »Eliza's Corner« bezeichnet wird. Er befindet sich zwischen den beiden Leuchttürmen, wo seinerzeit, wie eine Legende behauptet, eine todunglückliche Frau saß und strickte. In einer Version der Legende heißt es, dass diese Frau um einen Matrosen trauerte, der im Meer ertrank – in einer anderen, dass sie die Mutter der beiden viel zu früh gestorbenen Knaben wäre, die nach deren Tod ihres Lebens nicht mehr froh wurde.

Nicht nur diese Geschichte hat einen wahren Kern, um den ich mit viel Phantasie meinen Roman gesponnen habe – es gab auch einen Mann namens O'Driscoll, der der Fenian-Bruderschaft angehörte, auf Valentia Island eine

Truppe Männer rekrutiert und ausgebildet hat, jedoch fliehen musste, als 1867 der Aufstand niedergeschlagen wurde. Offenbar wurde er von seiner Verlobten gewarnt, dass ihm die Verhaftung drohte, und er konnte rechtzeitig nach Amerika reisen.

Vieles hat sich damals gewiss anders zugetragen, als ich es in meinem Roman schildere. Es hat allerdings einen bestimmten Grund, dass ich mich auf reale Ereignisse und Personen beziehe. Wer sich mit Skellig Michael beschäftigt, hat meist nur die mittelalterlichen Klosterruinen im Sinn. Dieses Weltkulturerbe lockt jedes Jahr viele Touristen an, die von der asketischen, weltentrückten Lebensweise der Mönche tief fasziniert sind. Dabei rückt aber in den Hintergrund, dass sie nicht die einzigen Bewohner von Skellig Michael waren, die – um einer höheren Sache willen – ein sicheres, bequemes Leben opferten. Das taten auch die Leuchtturmfamilien des 19. Jahrhunderts, wenngleich diese weniger Gott, als vielmehr den Menschen dienten – also den Seefahrern, die ansonsten großen Gefahren preisgegeben gewesen wären. Ihr Opfer erscheint mir sogar als gewichtiger, weil nicht nur die Leuchtturmwärter selbst es erbrachten, sondern es auch von ihren Frauen und Kindern abgefordert wurde.

Ein Roman über Skellig Michael wäre in meinen Augen darum höchst unvollständig, wenn er allein die mittelalterliche Klostergemeinde zum Thema hätte. Erst wenn man sich auch mit der Geschichte des Eilands im 19. Jahrhundert beschäftigt, kann man die ganze Faszination, die von dieser Insel ausgeht, nachfühlen ... und ihren Schrecken.